背叛的幽靈

約金・桑德 JOAKIM ZANDER 著
朱浩一 譯

ORTEN

獻給我的父母

我為背叛付出了代價
當時卻不知道
你將永遠消失
世界將只剩下
黑暗

——茨畢格紐・赫伯特，波蘭詩人

二〇一一年冬
瑞典，貝爾格特

我們放低身子，就著夜色穿過貝爾格特。我們的動作精準無瑕，我們的隊形緊密堅實。我們靜默無語，眼神穿透黑夜，左右張望。我們是X戰警，我們是火線袍澤，我們是戰場菁英。

一輛車在浮木路上燃燒，我們聽見擋風玻璃因高溫而爆裂，我們看見碎玻璃冰塊般散落在雪地上，那是兼具沮喪與歡愉的半透明碎片。今晚就跟這年冬季裡的每個其他夜晚一樣，差別只在孩子們已經不再會跑上鐵軌上方的天橋了。他們會站得離火焰很近，近得火焰得以映射在他們張大的眼瞳中，近得他們的皮膚到最後都會有些燒灼。他們清清楚楚地知道，警笛聲要響多久以後才會停歇。他們氣定神閒，不慌不忙，不再逃離。

但我們的腳步不歇。我們有更遠大的目標。我們不再是一群只會放火燒車的孩子。我們是鷹隼，擁有尖牙、利齒跟大胃口的掠食者。洛伊斯、狐狸、梅第，以及邦迪。我轉頭看著自己的兄弟——他們是火光裡的暗影，一陣情緒在心頭蔓延開來。我已經不再追逐妳的腳步了。久遠以前，妳就開始離開這一切。縱使每晚躺上床時，妳的影子仍會落在我們房內的灰牆上。他們是我的朋友，我的兄弟，也跟我有同樣的感受。茫然無頭緒。空虛而疲憊。

「嘿，費狄？」

邦迪的聲音高亢而空洞，彷彿肺裡的空氣不夠。
「閉嘴啦，娘炮。」狐狸氣憤地低聲說道。
狐狸輕推了邦迪的肩膀，把他推進更深的積雪中。
「別鬧了，」我說。「我們可不是來玩的，聽清楚了沒有？」
「可是……」邦迪說。
「別給我他媽的可是，賤貨。」
狐狸又低聲咕噥了幾句，同時舉起手。
「你確定門的密碼是對的嗎？」
邦迪繼續說，同時往後退了一步，好避開那一拳。
「你確定他們沒有改過嗎？」
眼前的混凝土牢牢包圍住我們，令人動彈不得，我們感到焦慮不安。空氣冷冽，聞起來就像瓦斯在燃燒。我聳聳肩，覺得胸口一緊。感受到了自己總是會有的感覺：我什麼都不知道，也永遠什麼都沒辦法確定。
「媽的，廢話，」我說。「所以給我閉嘴。」
雖然海盜廣場空無一人，雖然現在是凌晨一點半，我們依舊在廣場另一側的陰影中等待。我們等待，直到聽見警報聲響徹整條公路。我們等待，直到藍色的光照亮遊樂場上方的天空。我們等待，直到看見梅第步履艱難地走過薩米那間土耳其烤肉店外結了冰的石板道路，他的腳步在冬日黑夜中發出一聲聲悶響。警報聲消失了，此刻只聽見另一頭孩子們爬過天橋時發出的尖叫聲。

「都確認過了。」梅第喘著氣，肺部因氣喘發出咻咻聲。

他向前傾身，嘴裡抱怨了一會兒。

「唯一要注意的只有消防隊，但他們現在就連消防警察都不派出來了。」

我們全都沉默地點了點頭，嚴肅得就像出席喪禮一樣。現在可是要玩真的了。口袋裡的鑰匙在發燙，密碼就存在我的記憶中。我往後仰，雙眼隨意地朝廣場另一側望，並順著往上看——看見沾滿孩童黏呼呼手印的窗戶，看見有龜裂的建築物正面，看見糾結成團的窗簾，看見薄薄的窗簾，看見碟型天線，看見索馬利亞旗幟，看見屋頂後繼續向上。今晚的天空漆黑冰冷，連星子都一顆不得見，就連那哀傷的銀月都不得見，除了空盪盪的黑雲別無他物。然而，我的雙眼依舊望著夜色，兩隻眼睛就如手指與夜晚那樣冰冷。重大選擇的時刻來臨了。要選自己，還是兄弟。

就像把舌頭從冰凍的旗桿上扯起來一樣，我逼自己不再繼續仰望天空，說道：「你們還在等什麼？快點動作！」

我們維持陣型，疾步穿過廣場，動作隱密的程度不下那些該死的無人機。我們是一支小隊，我們是犯罪集團，我們是菁英。我們悄無聲息，只有口中呼出的白煙。血液在我們耳中鼓動，我們專注呼吸，專注於自身及任務之上。

輕鬆簡單。連頭都不用回，我就輸入了前門的密碼，每個人都進去了。然後，我就照妳從前的方式去做——逕直走往白色按鍵處。伴隨著心臟的跳動，我眼睛盯著顯示螢幕，輸入了密碼。千分之一秒的等待時間過去，門鎖發出了長長嗶聲表示成功，於是我們進去了。快速擊掌，保持緘默，打開手電筒，穿過走廊，進入錄音室。

兩台 MacBook 放在混音間的桌上。叮咚！是我們的了。兩個三星的充電座。叮咚！是我們的了。三台小型平板電腦。叮咚！麥克風跟吉他。我們交換了一下眼神。媽的。太重了。我彎身蹲了下去，在混音台下方的黑暗中摸索，直到找到了它。我緩緩拉出一個 Nike 鞋盒。我打開鞋盒，把臉湊近，讓大麻的香甜味席捲而來。

「嘿！」

我拿起一卷大麻煙給弟兄們看，他們雙眼大睜的同時對我豎起了大拇指。但裡面的東西可不只這些。以前跟妳一起來這兒的時候我曾見過，見過黑眼從中拿出兩千塊錢[1]給幾個該死的小跟班買酒喝。就在那個時候，我第一次有了自己進來這裡的想法。

我溜進另一間房，也就是辦公室所在地。本想拉開最上面的抽屜，但它上了鎖。中大獎了。

「狐狸！」我輕聲朝錄音室叫喚。「螺絲起子。」

狐狸是使用螺絲起子、鑿子跟鐵撬的高手。沒有一扇窗、一道門是他打不開的——所以這肯定是小事一樁。他彎身，利用桌面當作支點，抽屜蹦一下就彈跳出來。綠色的錢箱沉甸甸，狐狸本來想撬開，我阻止了他。

「先別弄，」我說。「我們晚點再來搞定它。」

事情到此告一段落。我們就像水流般跑出門，雙手滿是戰利品，朝著遊樂場的方向跑過去，然後在

1 本書的主要貨幣單位為克朗，其他貨幣將保留原始單位名稱。在二〇一七年的現在，一克朗約可換三．四三新台幣。

那邊簡單分了贓。我拿錢箱跟一台MacBook。

「找個地方躲起來。我們星期四見。」

事情就這樣結束了。夜色冰涼、空洞、靜謐。就連車輛都不再燃燒。疲憊感侵襲而來，如同海洋，大雪，如同黑暗。我搖搖晃晃走回家，心裡安靜又空洞，跟自己原先的預期迥然不同。

房間裡，那射自窗外街燈的灰黃燈光怎麼也不肯放過我。縱使我不僅閉上雙眼，還把頭埋進凹凸不平的枕頭裡，那燈光依舊想方設法鑽過我的眼皮，鑽進了我的瞳孔。無論我怎麼做，它都不讓我入眠。最後我放棄了，張開雙眼在床上坐起身，但沒有開燈。時間的腳步變得緩慢，從而改變形狀，最後徹底停滯。我聽見房門傳來嘎吱聲，地板傳來嘎吱聲。我沒有轉頭，雙眼只盯著牆壁看。

妳把冬日帶進了我的房間，之後就坐上我的床尾。房裡的空氣凝滯不動。

「還記得我們小時候的事情嗎？」妳開始說。「你肯定只有十歲左右吧？還記得我從那時就開始說，自己一定要離開這裡嗎？」

我知道妳接下來要跟我說些什麼，那是屬於我們的故事之一，屬於我們的神話之一，但我什麼也沒說。只是坐著，心頭空洞，背脊挺直。

「我跟他們又吵了一架。忘了是吵些什麼。哪個混蛋又做了什麼混蛋事，誰知道呢？我跑了出去，很晚才回家。那時你年紀也稍大了，老早就不玩那盒又髒又舊、以前從慈善商店買回來的樂高積木了，對吧？可是我回到家的時候，你把所有藍色積木都嵌到了其中一個綠色積木底座上，中間還零散點綴了一些白色積木，並在臨睡前擺到我的床上。還記得嗎？」

我輕輕點頭。我記得。我記得那一切。

「你還記得自己做了什麼嗎？」

我什麼也沒說。那個回憶太久了。在那之後發生了太多太多事情。

「你說，那是一片海洋。你打造了一座海洋，我們可以藉此出航離開。你還說，要打造一艘船讓我們得以出航離開。」

我感受到眼皮底下跟胸腔有股熱燙燙的感覺。我感受到一切都分崩離析，自己被過去所淹沒，被未來所淹沒。缺少水，人依舊可以被淹沒。

「可是費狄啊，你只造出了那片海洋，卻從沒造出那艘船。」

我想說些什麼，想要解釋，想求妳原諒我，原諒我，原諒我。可是我知道，除了啜泣之外，自己什麼也做不了，我所做的一切只會帶來混亂及壓力。我們坐著，一句話也沒說。

後來，終於妳說：「或許你終究還是造了那艘船，費狄。但卻只夠一個人搭。」

我總算轉過頭去看妳。妳疲倦又削瘦。在朦朧燈光的照射下，皮膚顯得很蒼白。打從小時開始，我就知道妳遲早有一天會離開這裡，去到別的地方。但我從沒見妳露出過現在的模樣。

「妳說這話是什麼意思？」我說。

妳望著我的眼神非常哀傷。不是失望，不是憤怒。只是哀傷。

「你到底在想什麼？以爲他們不會發現是使用了誰的密碼嗎？要進去錄音室，每個人都有自己的專屬密碼。誰在什麼時候進去了都一清二楚。赫黑明天會做的第一件事，就是去查核密碼使用紀錄，然後就會看見我的密碼，不是嗎？」

我該怎麼辦？羞愧感在我體內燃燒。背叛。我眞是個他媽的蠢蛋。我是個叛徒。恐懼感隨之降臨。

「赫黑跟黑眼，」我說。「他們會要我的命。」

「他們不會這麼做，」妳說。「但畢茲或馬哈穆德或俄國佬可能會吧。」

我感覺眼淚從兩頰滑下。當然，我是因爲羞恥而落淚，但恐懼卻讓我無法再思考。

「費狄，我的弟弟啊，」妳說。「你怎麼會蠢成這樣呢？你要知道，他們不會只滿足於把東西拿回來。任何敢對海盜唱片做出這種事情的人……媽的，費狄，這是我們唯一敢拿出來說嘴的事。任何敢做出這種事情的人，就是叛徒。是全貝爾格特的敵人。沒有人會試著去阻止他們。」

我淚眼矇矓看著妳從床上起身，走進妳的衣櫥。妳幾乎不會待在這裡，一星期內只有幾個晚上會過來，但我知道妳把自己的塗鴉本留下來了。此刻，妳伸長了手，在頂端的架上胡亂摸索，把一些筆記本、書籍以及妳的瑞典語字典，統統丟進一個海盜唱片的托特包中。

曾幾何時，我們以爲只要憑這本字典，就能學會瑞典語裡的所有單字，那是一段多麼遙遠的過去啊。妳停下動作，把字典拿起來擺在床上。

「你留著吧，」妳說。「我用不到了。」

我用雙手把臉蒙住，如此一來就再也看不到妳了。

「妳怎麼知道的？」我小聲地說。「妳怎麼會知道關於海盜唱片的事？」

我從指縫間偷瞄，看見妳聳了聳肩，搖搖頭。

「今天下午的時候，我看見你人在天橋上，菸一根接一根地抽，肯定在計畫些什麼。你抽菸的動作一點也不流暢啊，費狄。後來我就聽到了闖空門的事，兩件事情就串在一起了。我可不是傻瓜。」

「妳打算怎麼做？」我說。「妳要去哪裡？」
「去哪裡不重要。你現在不要知道比較好。我之後會再跟你聯絡。」
妳在我面前蹲下，用力拉開我臉上的手，強迫我看著妳。
「嘿，」妳說，聲音非常嚴厲，連我們身旁的空氣都隨之顫抖。「只要讓他們知道，昨天晚上闖進錄音室的人是我就好了。畢竟用的是我的密碼。如果我就這樣消失無蹤，不留下隻字片語，就沒有理由去懷疑是其他人下的手。」
妳抓住我的手腕，筆直盯著我的雙眼，穿透了我的淚水與羞愧，穿透了眼鏡鏡片以及我煙霧迷濛的幻影，清清楚楚看見了我的本質，清清楚楚地把我看透。我不知道該說些什麼。我張開嘴又合上，試圖把頭別過去，但妳不讓我這麼做。
「可是我不懂。」我試著說。
「很簡單，弟弟，」妳說。「到頭來，你果然還是幫我造了一艘船。」
妳撫摸我的頭髮。
「原諒我，」我說。「原諒我，原諒我。」
我閉上雙眼，感受到妳乾燥的嘴唇貼在我的臉頰上。當我再次睜開眼，妳已消失無蹤。

二〇一五年八月十三日星期四
紐約，布魯克林

薄床墊底下混凝土地面的觸感；街上一輛卡車轟隆隆作響，骯髒的玻璃因而顫動；柏油路面傳來斷斷續續的說話聲及高跟鞋的喀噠聲；大西洋大道上的警笛聲；熱氣的推擠；妳脈搏跳動的聲音迴盪在磚牆與磚牆之間；鑰匙插進門的聲響。

雅思敏坐起上身。她立刻完全清醒過來，同時睜開雙眼，準備好面對任何情況，或幾乎是任何情況。所有那些聲音，街燈的光流瀉在地板之上。黑暗、反射以及各種她無法立刻辨識的信號。只是一把鑰匙插進門而已。她四下張望，把昨天穿的那件黑色背心套上，穿上牛仔褲，用手撫過自己濃密的深色頭髮，然後安靜地站了起來。腳掌底下的粗質地板驚人的冰涼。

門鎖卡住了，發出喀啦喀啦的聲響。鑰匙被人大力插入後大力轉動。那聲響在空空的公寓內迴盪。藍色街燈穿透窗玻璃射進室內，在靠著牆面的油畫半成品上搖曳閃爍。

現在是大半夜。她究竟睡了多久？她有睡著過嗎？時差在她體內劈啪作響。她的所有感官能力彷彿都被微弱的無線電頻率篩過，使得她緩慢又遲鈍。她再次甩甩頭，試著清除掉那些雜訊，接著就輕手輕腳朝門口的聲響走過去。外頭的警笛聲已消逝到裂縫處處的柏油路遠端去了，只殘留下某種近似平靜的東西。此刻，只剩下門鎖傳來的鑰匙聲響。

她走近門，靠近到連嘴唇都已碰到金屬門板，然後用瑞典語小聲地問：「大衛？是你嗎？」肺裡仍殘留了一些飛機上的空氣，她的聲音乾燥沙啞。那不停刮擦門鎖的鑰匙停了。

「雅思敏？」另一側的他說。

他訴說她名字的方式。那心煩意亂的語調，那挑釁、不耐的口吻。他們攜手建立起來的一切瞬間灰飛煙滅。她轉開門栓，門轟一聲開了。

大衛看起來幾乎跟平常沒有兩樣，幾乎跟一個星期前的他沒有差別。嘴唇有著同樣溫柔的弧度，額頭有著同樣深深的皺紋。同樣的鎖骨，左頰上有著同樣的酒窩，同樣的短髮，同樣上面有著噴漆痕與墨漬的T恤；同樣穿著那件她第一次去東京時，在澀谷買給他的老舊厚牛仔褲。但卻多了鬍渣、髒指甲、賊溜溜的凝視及不停磨牙的下巴。

「雅思敏，寶貝！」

他雙臂大張，腳步踏過門檻，牙齒在街燈的照射下呈現亮黃色。她往後退了一步，轉身避開他的擁抱。

「寶貝，我沒有意識到……現在幾點了？」他用英語說。

他碰觸自己的手腕，想找到那隻不在手腕上的手錶。他拍拍自己的口袋，想要找手機。總算找到了。他把手機拿出來，發狂似地猛按手機按鍵，但手機完全沒反應。

「靠，什麼鬼？沒電了！幾點啦，寶貝？」

他隨即放手，手機在地板上彈了幾下。他再次向她走近，兩手在身體前方合起，彷彿想要捧住她的臉。她持續往後退，直到站在房間中央。大衛把這裡稱爲閣樓，但其實這裡的大小跟宿舍房間差不多。

不過這裡的天花板很高，有時大清早就會有光線照進來。

「你爲什麼要講英語？」她說。

他停下腳步看著她，彷彿直到這一刻才意識到她的存在。

「妳是怎麼進來的？」他用瑞典語說，語氣是控訴中夾雜多疑跟挑釁。

「大衛，」她說，同時像孩子似地頭偏向一邊。「發生什麼事了？」

她站在地板中心處，雙臂在胸前交叉。感受到憤怒穿透了體內的痛苦與混亂，並不停在擴大。在她心裡，他們心裡，這個房間裡，都有一個深淵。每當她自以爲已經抓住深淵邊緣處，人就快要爬出去時，就會感覺到深淵變大，手指陷進了砂礫中。無論如何奮力抵抗、踢踹、流血，她永遠還是會在胡亂抓一通後，又往下墜落。

「發生什麼事？」他說。「妳說這話是什麼意思？」

他打開冰箱，把塑膠盒拿進拿出，把架上的剩菜重新擺好位置。一盒奶油落到地板上，但他似乎沒有留意到。

「提米跟艾莎辦了個派對，」他說。「後來我們跟拉席德還有幾個人一道去外頭晃晃。」

他轉頭面對她，驚訝地說：「妳怎麼會在這裡？妳應該星期四才會回來吧。」

「已經星期四了，」她邊說邊按著自己的太陽穴。「或者應該說，現在已經星期五了。」

腦中的雜訊揮之不去。

「提米跟艾莎上星期二辦了個派對，」她說。「所以我猜你之後就沒有回家了，對吧？」

他聳聳肩，彷彿試著思考這件事。

「星期四了？」他說。「拉席德跟我花了點時間，聽了些他找到的音樂。後來我們一起去一個在布希維克區辦的派對。洛蘭也在那裡。」

由於提到了一個藝廊老闆的名字，他似乎預期會受到些許稱讚，然而他倆都知道，她永遠也不會展出他的任何畫作。

「她似乎對我的新主題很有興趣，妳知道，就是畫那些鳥啊、教堂什麼的。我有跟妳講過嗎？」

雅思敏跪坐了下去。

「講過幾百萬次了，大衛。但你連個屁都沒畫出來，對吧？連他媽的一筆都還沒開始畫！」

她再次起身，走到角落的雙人床，拿起兩張紙。她二話不說，就把那兩張紙放在大衛眼前的檯面上。

他彎下腰，瞇眼看那兩張紙上寫了些什麼。

「唉唷，」他說。「管他去的。想要把我們弄進法院啊，他們可得花上一輩子的時間。我們是藝術家耶，寶貝！被房東趕出去是我們人生的必經之路。」

「我們再十天就得進法院了，大衛。然後我們就要當遊民了，懂嗎？我他媽每個禮拜都有給你付房租的錢。你拿那些錢去幹什麼了？買毒品嗎？在布希維克辦趴嗎？」

一步又一步陷入深淵。她甚至連反抗的力氣都沒有。

「我得喝一杯。」說這話的同時，他打開了冷凍庫的門。

他在冰庫裡找來找去，直到握住一只白茫茫的瓶子。在夜晚的灰色霧氣中，他把酒瓶舉高。先搖搖瓶子，再把它倒過來，接著傾全力把酒瓶扔往灰色的磚牆。酒瓶偏離了窗戶約五公分，然後砸得粉碎。

「操妳為什麼要把伏特加喝掉？」他憤怒而低沉地說，同時轉過來面對她。

或許是因為搬遷通知，因為這趟旅程，因為時差。或許是因為上個月在體內不停擴散的哀傷跟混亂。或許是因為深淵變得越來越寬。或許是因為他指甲裡的髒污。或許她就是因此而看見了深淵底部的黑漆漆與血淋淋。或許什麼都不是。但她忽然知道自己應該要做什麼。

「我可沒有碰你的伏特加喔，大衛。」她說。

不單如此。她的聲音沒有發抖，也沒有移開視線或退縮離開。她反而雙手交叉，還往他的方向踏前一步。她感覺到玻璃瓶的碎片深深劃進了左腳，感覺到那碎片的凍涼，感覺到炎熱夏夜裡自己體內那些凍涼的血液。

大衛一臉訝異。她現在說的話跟過去的模式並不相符。在那段事件不斷的過往中，最後她總會跪在角落清理酒瓶碎片。他困惑了片刻，磨了磨自己的牙。

「妳他媽的剛剛說什麼？」他往她走近一步，同時嘴角不斷抽搐，可能是心臟跳得太快，或是局勢過於緊張，也可能是因為缺乏睡眠。

她知道自己可以在此刻結束這一切。她可以認錯投降。拿幾張衛生紙把沾了血的碎片清乾淨。她可以跑下樓，去克萊森大道上的酒鋪買些啤酒回來給他。他可能會在喝掉一手啤酒後再吼上一陣子。她可以將他的憎恨轉向，引導到那些藝廊老闆、經紀人跟其他足堪怪罪的人身上，即便事實上，在他們來到布魯克林以後，他連一幅像樣的畫都沒畫出來。或許她可以跟布萊特借點錢，好讓他們不會從租屋處被趕出去？再去東京或柏林兩趟。繼續存買公寓的錢，好讓她能在夜色的掩護下消失無蹤。她可以重複去做自己已經做過一百次的事，讓自己再一次緩慢地墜入深淵之中。

但她沒那麼做。

「我跟你說過，我要去東京十天，」她這麼說。「而且我根本就沒碰過你的伏特加，你自己清清楚楚。」

他又往她走近一步，一度似乎在衡量她所說的話。

「你忙著跟你那群無能的朋友開第一千次派對，燒掉我們房租錢的時候，我可是在拚死拚活要讓我們的生活繼續前進，脫離這個爛處境。」她繼續說。

她說得太超過了。比以往都過火。但睡眠不足讓她變得不加思索又暴躁易怒。她一度認爲自己不再是這糟透生活的一部分，不完全是。彷彿剛過去的那個月暫時鬆開了對她的掌控，彷彿她跟大衛共有過的一切都不再眞實，只是一場戲，一段神話，一個夢。

一個月過去了，費狄已經消失一個月了，距離她的手機在地鐵穿行過西四街與春天街之間時嗡嗡作響的那日，已經一個月了，她身旁的世界都因此慢了下來。她開始逃離自己的悲痛及過去已經一個月了，而她逃離的速度跟距離都遠超乎自己的想像。然後，就在她以爲自己沒辦法再逃得更遠，就在她忽然感受到自己那龐大的哀傷之時，四天前，她收到了第二則訊息。那是一張模糊的照片，影中人可能是在貝爾格特的費狄。費狄死了。費狄還活著。所有的事情都變得不再合理。所有的事情都變得無法預測。

「你這混蛋！」此刻的她放聲尖叫。感受到自己聲音的尖銳及粗狂。

「閉嘴！」大衛用更大也更低沉的聲音嘶吼。

他在她面前舉起一隻手。

「妳最好把嘴給我閉上！妳他媽以爲自己是誰啊？嗯？我什麼也不欠妳。妳自己清楚。」他現在一臉不屑，她可以感受到他富含化學分子、有異味的吐息，聞到他衣服跟皮膚因參加了整整兩天的派對而滿溢的刺鼻汗臭味。他的語調現在變得比較平靜，比較帶威脅性。

「妳他媽有什麼資格在這邊說三道四？要不是我啊，妳現在還住在貧民區裡哪。要不是有我啊，妳現在還在妳朋友的媽開的那間天殺的美髮沙龍工作咧，妳這不知感恩的小婊子。不然就是跟妳那個智障弟弟一樣老早死透了。妳大搖大擺走進這裡，嘴裡說著幹妳他媽的那些東京之旅……好像這些都不是我幫妳安排的一樣。幹！」

她感覺到他的口水噴到了自己臉頰上，她知道他說得沒錯。他之前就說過很多次了。她也想過很多次了。因爲她欠他的實在太多，所以這個深淵，這所有的一切，都是她應當承受的。

在那當下，她差點就要放棄掙扎。差點就要去環抱住他。差點就要把他的頭移靠在自己的肩膀上，差點就要去拉他的手來環抱住自己的腰。

但今天晚上，有些東西不大一樣。彷彿有一道繩梯垂降下了深淵，一道幾乎可以觸及的繩梯。費狄的死亡與復生。世界旋轉的速度快得讓她頭暈目眩。跨時區的旅程讓所有一切變得簡單而超現實。但她知道若想抓住那道繩梯，只靠自己的力量是不夠的，她仍需要他，甚至仍需要這些狗屁倒灶的事情。或許這些狗屁倒灶的事情反而是最重要的。她需要他這雙手，來將她拉出這個無底深淵，來讓他們脫離人生軌道，得到自由。她需要他來幫忙挽救那些還可以挽救的事物。

因此她硬起心腸，懸崖勒馬，強將體內的柔情化爲純然發自自身的憎惡。她邊大叫邊盡全力去推他的胸膛。

他踉踉蹌蹌往後退了一步，一度失去重心。
「你根本就是個假貨，」她大叫。「根本就是個小丑，大衛！你還以爲自己是藝術家咧……」
她大笑，笑聲空洞，毫無歡快。
「藝術家！笑死人了！你一整年連條屎都沒屙出來！你是條毒蟲，大衛。你跟遊民只有一線之隔。還自以爲拯救了我？難道你不明白？是因爲有我，你才不用去睡公園的長椅。」
她還來不及多說些什麼，大衛的拳頭就猛擊中她的太陽穴。燒灼般的痛楚讓她頭昏腦脹——感覺不到重力的存在。房子在她身旁轉啊轉的，她往後倒在混凝土地板上。舌頭嘗到了鐵鏽味。那味道嘗起來像悲傷與空虛。像故事的結局。
那嘗起來就像勝利的味道。

二〇〇〇年秋
貝爾格特

這裡叫做貝爾格特。你想怎麼稱呼這裡悉聽尊便，我們並不在乎，反正我們也念不出來。相較於多數其他名稱，我們還比較會念這一個。如今我們知道，把我們帶來這裡的那些人，也就是我們的父母，他們將永遠也無法了解這個地方。出了這些圍牆他們會啞口無言，這比眞正的啞巴還慘，因爲他們會試著去訴說。他們會呑呑吐吐、結結巴巴，以爲自己該捲舌跟不該捲舌的地方都講得很好，以爲憑藉著這樣的支支吾吾就能夠得到自己想要的東西。但這麼做並不夠，永遠也不會夠。他們穿戴著那些款式老舊的黑色長褲、披巾跟珠寶。這樣怎麼會夠呢？我們從來到這裡的第一天就知道了。他們怎麼會有這樣的妄想呢？在這裡，我們是異鄉人。我們永遠都必須超越自己的極限。對我們這種人來說，只盡全力還不夠，永遠都不夠。

因此，我們在自己那又新又舊又破的公寓客廳裡，刮痕處處的木質地板上決定了。在這間公寓裡，還擺了上面畫有幼兒塗鴉的廚房櫥櫃，我們的愚蠢回憶仍然儲存在牆邊那些移來移去的箱子裡，我們仍然在等待誰來扶我們一把。等待誰來將我們從陳舊的箱子裡拿出來，讓我們得以跟所有這些嶄新的事物連結在一起。我們在地板上決定了，不要跟那些箱子裡的東西一樣。我們不可以期望他人來拯救，也不能夠依賴廚房裡的那些人，他們把我們帶來這裡以後，就對人生投降了。他們只是些舊衣物、舊思維，以及舊語言罷了。

我們靜默地坐著。聽見他們在廚房裡切菜，同時咕噥抱怨廣場某家商店販售的芝麻醬，抱怨番茄太酸，抱怨荷蘭芹、橄欖油，抱怨這裡的蔬菜都名不符實。我們四目相望，妳對著我笑，輕觸我的臉頰，把一絡落到我前額的頭髮推到耳後。妳剛學會一個很有趣的詞，高麗菜卷。學校裡的食堂會供應這種餐點，它的顏色有褐有黑，裡面可能有包肉。我們不應該吃豬肉，但我們不在乎。他們會用馬鈴薯來搭配這道餐點——以及所有餐點。

我們坐在地板上，聽著他們在廚房裡嘀咕抱怨。彷彿置身無人之境，世界只剩妳和我。彷彿在我們跟廚房之間，隔了許許多多的海洋、世界、星系跟宇宙。一道冷風從陽台那扇變形的門吹進來，妳輕聲對我說：「或許我們應該改吃高麗菜卷才對。」

我們大笑到喘不過氣。一切就從這裡開始。我們就在這個時候做了決定——世界只有妳和我。

一開始，除了上學以外，我們從不出家門。我會躲在兵營外面的樹叢堆後面等妳。這些樹叢秋天時葉子會掉光，變得跟所有其他事物一樣光禿醜陋。在操場另一側數著磚造建築上那只大時鐘的時間時，我會從那些樹叢上摘取漿果，感受它們在我的指間爆開，汁液流淌而下。

天氣永遠灰濛濛，天上老是下著雨——直到開始降雪。起初我覺得不可置信，那些雪花看似輕輕鬆鬆憑空出現，就跟風、思緒或夢境一樣。我又凍又跳又抖地等啊等啊等。

我心想，誰會去那些磚造學校上學呢？我們又爲什麼要來這些兵營呢？數著一秒又一秒，我卻覺得像是一分又一分，一小時又一小時，一天又一天，直到妳終於走出那扇門。妳總是第一個，總是一個人，總是垂眼望向樹叢，直到看見我爲止。於是天氣不再寒冷，生命不再無望，於是一秒又一秒不再像一小時又一小時，午後也不再空虛又無盡，比時鐘跟時間更漫長無盡頭。

秋天到了，冬天到了——我們把他們的阿拉伯歌曲〈愛呀愛呀〉換成了西班牙歌曲〈伶牙俐齒〉、英文歌曲〈七天〉跟小甜甜布蘭妮[2]。秋天到了，冬天到了。我們走在柏油路上，走在稀疏的籬笆與霜凍的青草之間，穿過一個越來越黑暗的世界，我不禁懷疑自己是否還會再看見太陽，甚至懷疑太陽已經消失，把我孤單地留在這裡。就像所有其他離開了我的事物一樣。所有一切都離我而去了，除了妳以外，我的姊姊。

沿著結霜的柏油路，我們緩慢走回家。移動著拖沓的步伐，走過建築物之間的初雪，創造出一條條溝壑，創造出一條可以沿著往回走的小路。彷彿我們就像童話《糖果屋》裡的那對兄妹一樣，只不過我們要找的不是回家的路，而是一條離家的路。

天氣一下子就變冷了，我那穿著老舊網球鞋的雙腳都快結冰了——白雪從鞋舌兩旁、鞋底的洞，以及太短的長褲與鞋子之間的縫隙鑽了進去。

「你長得太快了啦，弟弟，」妳說。「褲子很快就要遮不住你的小腿了。」

寒氣鑽進了我的聚酯纖維夾克和芥末黃二手毛衣，鑽進了T恤跟皮膚，侵入了骨頭跟骨髓。

「我們就快到家了，弟弟，」妳說。「到時候再泡個熱水澡就好啦。」

2 這邊提及的，都是二〇〇〇年左右，在阿拉伯世界、瑞典、英美等國當紅的歌曲及歌手。

我們都笑了。因爲我們家沒有浴缸，只有蓮蓬頭，出來的水流細小，又只有微溫，但大笑讓我的身子暖和了些。

妳說：「平安，木板，早餐，負擔。」

這些是妳學到的新字。從妳嘴裡發出的聲音像鳥的鳴唱，聽起來很陌生，不像人話。但我們知道這些字詞是關鍵，它們代表了一切。我們人已經在這裡了，沒有其他選擇，我們改變不了長褲太短、鞋子太破、住處又窄又爛的事實。但我們可以練習這種曲調，直到我們唱得比其他人都優美爲止。等到春天終於把一絲蒼白的陽光照射在黃色草皮上時，我就會歌唱：「幫忙，課堂，身旁，碗盤。」

「這樣沒有押韻啦。」妳說。

我們又笑了，笑得無法自抑，笑得無法呼吸，笑得我們都倒到了雪堆上——兩個身在異鄉，孤孤單單又瘦骨嶙峋的孩子。

有時回到家的時候，公寓裡面黑黝黝又空盪盪，我們就會後悔腳程沒快一些。要是在冬夜裡奔馳回家，我們就能在幾近全黑的溫暖黑暗中獨處久一些。

在那些獨處的午後，我們會把枕頭擺在近到人都快栽進去電視裡的一旁地上。憶起早年，那是我最幸福的時光。我們學會了轉台這個詞，於是我們就快速轉台，跳過阿拉伯語頻道，直接轉到瑞琪·雷克[3]或歐普拉主持的談話節目，或是看重播的《飛越比佛利》。我們會用硬麵包去沾鷹嘴豆泥、茄泥沾

3 Ricki Lake（1968——）是美國女演員及主持人。於 1993～2004 年間曾擔任與自己同名的談話節目主持人。

醬，或是任何擺在過酸的番茄跟毫無味道爛甜椒後面、冰箱深處的醬料。然後我們就會趴在那裡，依然覺得冷但半夢半醒，眼睛半張。妳會用沉重、疲累又溫暖的聲音，把螢幕上的字幕大聲念給我聽。在夢裡，我把妳的聲音當作世界上最厚又最柔軟的毯子裹在身上，然後入睡，睡到寒氣散去，睡到陽光從破損的窗簾縫隙中射入，把世界又交還給我們爲止。

但通常還沒等到這個時候，他們其中一位就已經上完課或做完臨時工作後回到家了。他們會嘆氣或抱怨，雙眼流露疲憊，吵一些微不足道的架，他們會心不在焉地問我們回家作業寫得怎麼樣。如果我們說沒有作業，他們就會生氣地痛罵我們，舉起手作勢用巴掌打我們。我們怎麼可能學到任何東西呢？這個社群太脆弱，太單純了。他們會自己編寫出數學題目跟阿拉伯文作業讓我們寫，因爲他們從我們的話語中，聽出了我們對阿拉伯語的疏離，對他們的疏離，聽出了我們的低聲呢喃與緩慢前行。

「咬，秒，小，瞭，鳥，腳。」

「潮溼，老師，遺失，母獅，古詩，設施。」

他們聽出了我們的呱呱叫聲，幾乎已像歌唱。他們看出了我們的羽翼正在成長。

二〇一五年八月十五日星期六
紐約，曼哈頓

太陽在夏天的灰色霧氣中升起，火車隆隆駛過曼哈頓橋。天氣已然變熱，雅思敏的左眼皮在跳。若要說此刻的她有什麼擔憂，那就只有她的腳了。昨天早上，把腳套進黑色帆布鞋之前，她有先把碎玻璃給挖出來。只是先拿掉玻璃而已，既沒清洗也沒包紮，直到很長一段時間過去，下午時分，人在展望高地一家館子的洗手間裡，她才做了進一步處理。此刻，她感受到橡膠鞋墊上的傷口正在流血，鮮血沾染了沒黏好的OK繃。當然，她昨天晚上的行徑只是加劇了傷口的惡化——她在布魯克林的街道上，像失眠症患者或殭屍一樣遊蕩了好幾個小時，最後才住進狄恩街上一間她負擔得起的飯店，度過了又一個失眠的夜。

現在，她凝望著外頭的河流以及紐約市緊密的灰色天際線，感覺自己的生命彷彿再次告終，又一次來到生命此刻或一直以來的極限點。縱使發生了那麼多事情，她訝異地發現自己當下的感受仍與大衛有關。以往，她時常想像自己會有離開大衛的一天，但想像出來的情緒卻跟此刻的眞實感受十分不同。在她的想像中，那一刻的她應該更清爽，腦袋也更明晰，有點像是人生的一個里程碑，而非成爲某種更大更重要事物的一部分。

現在，她所擁有的一切都擺在身旁座椅上。一只六個月前，準備出發前往初訪的盧比安納前，所買的美國海軍防水行李袋。裡面裝了她的素描本、電腦、幾件內衣、T恤、幾雙襪子、一件深藍色及膝長裙（幾個月前在 eBay 上下訂買到，設計師是英國人，價位高到令她暈眩），以及一件最小號仍嫌太大件的軍用外套 M51 parka，這件外套跟行李袋都是在同一家軍用品店買到的。此外，口袋裡還有一支行動電話跟一張刷爆的美國運通卡。這就是她全部的家當。所有其他東西都屬於過往。都屬於過往裡的另一個人。

她再次從口袋裡拿出手機，感受到手機的震動再現了橋梁的晃動，感受到手機的顫動與躍動。手機摸起來很溫暖，就跟一個月前，她搭上另一班前往上城區的地下鐵，去拜訪一位住在中央車站附近的顧客時一樣。她不記得自己是去拜訪誰，也不記得爲什麼要去拜訪，只記得手機在手中嗡嗡作響，而看見郵件發送者時，她的心裡湧起了一陣小小波濤，同時感受到羞愧與開心。發信人是派瑞莎。覺得羞愧，是因爲這封信讓她想起所有那些她從未回覆過的郵件。覺得羞愧，是因爲這封信讓她的思緒回到了貝爾格特，回到了舊日生活，回到了她所拋棄掉的每一個人身上，回到了伊格納西奧身上，回到了費狄身上。

但同時，她也因派瑞莎的堅持不懈而開心。派瑞莎依舊偶爾會寫信給她，大概是一年一封左右吧，即便雅思敏從未回信，即便派瑞莎無法得知雅思敏會不會讀這些信。就連費狄也曾停止寫信給她。一開始，她打算至少也要回覆他的郵件。人躺在皇冠高地住處的床墊上，她在腦中擬好了一封封信件。這些內容很長又鉅細靡遺的信件，寫滿了許許多多解釋，並再三保證一定會回去。

即便到了現在，即便費狄最後一次寄電子郵件給她已經是三年前的往事了，她依舊會在腦海中這麼做。但她從未把這些信寫下來。不是因爲她不想，而是她不知道從何說起。她跟貝爾格特的決裂來得突然又徹底。這也是唯一的辦法：她離開了費狄，直接跟大衛一起去到了機場。那伊格納西奧呢？他知道發生了什麼事嗎？他知道她要離開嗎？他知道這就是爲什麼她甚至還沒遇見大衛前，就要先離開他的原因嗎？伊格納西奧的信件，最後也終於不再寄來了。

在大衛用獎學金買下機票時，他們兩人都喝醉了，而她也將自己的臉書跟 Instagram 帳號都關了起來。把將她囚在貝爾格特人際網的一切都消除得一乾二淨。只留下一條小小的生命線，也就是她的電子郵件信箱。只留下她的羞愧。

她怎麼可以如此短促就拋下一切？拋下了形塑她的貝爾格特。拋下了初戀情人伊格納西奧。最重要的是也拋下了費狄。她怎麼可以這麼做呢？費狄是她的弟弟，她的血親，從她有記憶以來就一直保護並照看著他。但沒有其他辦法了，這就彷彿貝爾格特威脅著要把她拖進一個更深沉黑暗的境地，拖進這個她一直都知道其存在，從某個角度來說，也一直都期望能融入其中，成爲其一部分的地方。

但在遇見大衛之後，彷彿有另一條截然不同的道路冒了出來。另一個方向，另一種生活。而她幾乎想都沒想就選擇了新生。爲了要繼續前進，有時候，我們最好不要去將所有可能的後果想透。

嗨，阿雅：

這個信箱還是妳在用嗎？總之，我不知道該怎麼跟妳開口，但妳弟弟死了。我不知道妳知道多少，但他去了敘利亞。現在對方在臉書上發文，說他在作戰時丟了命。梅第把這件事情跟妳的父母說了。好姐妹，我也很替妳難過。

讀到最後一個短句時，她想起要在西四街下車，於是起身擠過人群，走出列車，跑上前往華盛頓廣場公園的電扶梯。

接著她就忘記了一切，直到當晚大衛在他們那皇冠高地的髒亂小公寓，發現她縮成一團望著窗外的街道。彷彿那天其餘的時光都被清除殆盡，彷彿那些時光從未存在。

「妳得打通電話給妳爸媽。」他悄悄走到她後面低聲說。就這麼一次，他沒有不耐煩，也不焦急，而是安靜溫暖。

但從他的懷抱鑽出來後，她只是搖搖頭，眼睛凝視著牆面。

隔天早上起床後，她胸口湧現了一股全新的感受。一種她從未體驗過的嚴重孤寂。大衛消失了，房裡空盪盪又冷冰冰。一抹閃爍的陽光鑽過骯髒的窗玻璃，像一杯打翻的橘子汁四處灑在混凝土地板上。

她好幾天沒有離開房間，直到布萊特因爲她沒有赴一個約而來找她，才硬把她帶到一家咖啡館，而她在那裡吞下了半個貝果。工作之餘，他們從未有過相處的機會，偏偏布萊特又不是那種會安撫人的類型，而她也不是那種會被人安撫的類型。因此多數時候，他們只是尷尬萬分、一語不發地坐著，直到她注意到他令人不舒服的凝視。

「派我去做點什麼吧，」她說。「隨便什麼都好。只要能讓我去到遠方就好。」只要能避免讓她想起費狄，避免要去跟大衛談起這件事情就好。只要避免讓她必須打電話給父母或回去貝爾格特就好。只要能讓她逃避自己跟自己的背叛就好。

布萊特點點頭，同時幫她付了早餐的錢。三天以後，她搭上了一架飛機，先飛往底特律，接著飛往巴爾的摩，最後抵達東京。在那過程中，她幾乎沒有時間洗自己的衣物。她從飯店跑到機場，不停跟藝術家還有廣告代理商開會，她對開會的內容或涉入的世界毫無興趣。唯一讓她不會倒下的理由，是自己的方向及速度。

那天是星期二，時間是大半夜，她人在東京澀谷某個地方，一間充斥直角及淺黃色木料、單調而摩登的飯店裡。此時，她收到了第二封訊息。這是她第一次看見自己母親的電子信箱帳號，她一度考慮在未讀的狀況下直接刪去這封信件。但她實在太累，累到抗拒不了打開那封信的誘惑。內容相當簡短，僅區區幾個句子：

> 臉書上說，費狄上個月死了。但幾天前，他人卻在貝爾格特出現。我不懂現在是什麼情況，雅思敏。請妳回來吧。

她在床上坐起身，打開電燈。那封信裡附了四張照片。她點開第一張，手機螢幕於是被一張照片塡滿：背景是一面混凝土牆，一名年輕男子側身面對鏡頭。他手裡似乎拿著一罐噴漆，正用噴漆在牆上寫或畫些什麼。

在街燈的照射下，那名男子的輪廓異常清晰。雅思敏將顫抖的手指滑過螢幕，盡可能將那張照片放大，直到螢幕上只剩下一張有大顆粒的點狀臉孔爲止。他瘦削憔悴，比過去都要瘦，比他小時候還要瘦，看起來幾乎就像另一個人。但不管自己的弟弟人在何處，不管他出現在任何一張照片上，雅思敏都會認出他來。毫無疑問，眼前的人的確是費狄。

❖

雅思敏跛著腳在布利克街出了地鐵，走上通往休士頓的樓梯。布萊特人站在一間加油站的停車格裡，身體靠在一輛又大又駭人、匹配得上大企業老闆的黑色運動休旅車上。他頭頂上有一個大型廣告牌，是一家叫「史特靈保全」的公司設立的，上頭用一米高的字詢問觀者：「你的生活夠安全嗎？」雅思敏運用鋼鐵般的意志試圖趕跑腳底的疼痛。現在可沒有時間痛。

大衛把她想存起來的錢都花光了。唯有仰賴布萊特的人際關係跟自身的生存智慧，才能讓她搭上飛往斯德哥爾摩的飛機。她把母親信裡附的另外三張圖像寄給了布萊特。那三張圖像證實貝爾格特出了些狀況。這些證據值得她跑這一趟，好藉這個機會把事情再次導回正軌。

二〇〇七年春
瑞典，貝爾格特

春天到了，眞是奇蹟，令人難以置信，我們脫掉了十一月時從內城區運動用品店偷來的夾克，露出了蒼白、瘦削的手臂，我們眼中依舊閃爍著冬日時玩的《最後一戰》及《國際足盟大賽》的遊戲影像。除了電視螢幕裡的東西，其他我們什麼也不知道。微弱的陽光照在我們臉上，我們坐在遊樂場裡布滿塗鴉的幾張殘破長椅上，開始憶起往日，開始發明另一種生活。

「我們可以烤肉啊，朋友！可以烤些好吃的香腸！」

「什麼時候還能再游泳啊？我猜猜看，是五月嗎？」

「嘿，只要能在大太陽底下吃點冰的，對我來說就很夠啦，夥計。」

但是夏天還沒到。雖然直發抖，但我們仍拒絕穿上夾克。我們拍打著球，往諾坎普的方向去。我們的關節僵硬，吐息依然會化作白煙從嘴裡冒出。

抵達那片粗糙的人造草皮地時，那邊的角落依然堆著討人厭的硬邦邦白雪。我們把附近一些踢塑膠球的孩子趕走，接著把六個人分成兩隊。我們伸展四肢，猛力踢球，圍著草皮地的鐵絲網不停喀啦喀啦響，就像被雷擊中的混凝土一樣搖晃個不停。洛伊斯、狐狸跟我，對抗梅第、邦迪跟法薩德，這當然很不公平——邦迪有九十公斤，梅第則是有氣喘，呼吸會發出咻咻聲——但我不在乎，我只想贏，只想感受風吹過我的背，感受臉上的春意，感受近在咫尺的夏天。今天我可以不間斷地一直跑下去，做出超屌的腳後跟踢球和倒掛金鉤。我是蒂埃里（Thierry）跟艾托奧（Eto'o）。我是茲拉坦（Zlatan）。把球從中場踢進球門邊角時，我可以感受到全世界都在自己的胸臆；伸長雙臂在蠢得要死的人造草皮上繞圈跑時，我會聽見身旁的群眾在嘶吼，會感受到手臂在長大，翅膀在展開，身體變得越來越輕，直到我離地，在人造草皮上翱翔，飛在氣喘的梅第頭上，飛在混凝土之上。

這些早春的日子永遠沒有盡頭，縱使太陽西下，氣溫下降，縱使冷得猶如冬天再臨，陽光消失殆盡也不例外。可是當影子回到我們身上的時候，我們就會穿上自己的夾克。我們只是撤退，而非投降。我們會坐在遊樂場的長椅上抽菸，喝可樂，做些嶄新的、壯大的、不著邊際的白日夢。與此同時，因球賽而流下的汗水逐漸從我們皮膚上變乾。

「靠，那個叫安娜瑪麗亞的，你認識她嗎？就赫黑的妹妹啊？那個大奶的有沒有？我敢發誓，她比蕾哈娜還火辣。」

「嘿，我們應該想辦法弄點現金，去一趟巴塞隆納看場比賽。赫黑不是有個舅舅住那兒嗎？」

「我想要去澳洲，朋友。那地方超酷的，有袋鼠還有各種東西，對不對？」

「澳洲？天啊，你眞是個死娘炮耶，邦迪。袋鼠？哈哈哈哈哈！」

「袋鼠！」

我們不停嘲笑邦迪，直到身體躺在堅硬、依舊凍寒的沙上，直到我們難以呼吸，直到梅第的肺幾乎要被氣喘折磨得失去功用，直到邦迪差點哭出來，並在最後放棄跟我們爭辯而走開爲止。

我們繼續留在那兒，直到笑聲飄過鄰近的屋頂後消散，只留下沉默與焦躁，我們身旁的光線則從乾淨的淺灰色轉爲最深沉的藍色。這不是春天的夜晚，凍死了，天上的星星依舊是冬天的星星，清楚而顯著地高掛在藍天上。我轉過頭，閉上雙眼。或許是因爲今天的陽光很古怪，或是春天來了一天以後又離去了，可是忽然間，焦慮猶如波浪般席捲而來，我喘著氣，幾乎吸不到任何空氣。心臟實在跳得太猛，我只得平躺在沙坑地上。

除非你想跟邦迪有同樣下場，否則一旦遇到這種情形，絕對不可以跟自己的兄弟講。我喘著氣，同時吸進大口又大口的冰冷空氣，感受到嘴唇上那霜凍的沙子。我強迫自己冷靜下來，強迫自己的心臟停止猛跳。

「嘿，費狄？你是在幹嘛啊？」

我強迫自己閉上雙眼，強迫自己把那種感覺埋進心底，強迫自己站起身。

「沒事啦，娘炮，」我說。「走吧。」

於是我們就離開了。我們走上橫跨鐵軌的天橋，因冬天大衣裡只穿了T恤而渾身發冷，可是春天依然在我們的皮膚上劈啪躍動。我們在地下鐵軌道上的橋梁處逗留，背靠在圍欄上。我們吐痰、抽菸，看著列車在底下呼嘯而過——發出白色的光芒，一心一意朝著一個方向前進。

我們跟艾德擊掌。他從排屋那邊過來，身上穿了件 Canada Goose 的羽絨外套，隨身帶了個叮噹作響的包包。

「媽的，怎麼這麼冷？」他說。「想說都春天了咧。」

我們點點頭。看到他時，我就想起了妳。我已經有一星期沒看到妳了，連個影子都沒瞧見。我想問他有沒有在錄音室那邊看到妳，但我把話吞下去了。我拉起他那件超大大衣的毛領。

「帥耶，」我說。「你穿這件大衣看起來很像吹牛老爹。」

他聳聳肩，包包叮噹作響。

「你那邊有沒有酒啊？」梅笫啞著嗓子說。「分一些給我們嘛！」

「別妄想了，」他說。「紅仔那邊在辦趴。過個幾年，等你們這些毛頭小子都大了，說不定也會被邀請去參加。」

他大笑著過橋消失了。

「你這個小氣鬼！」梅笫對著他身後大喊。

艾德連頭都沒回，只對我們比了中指，就繼續往混凝土路面那邊走過去。

於是我們就走上去，沿著柏油路往前走，在殘破街燈的照射下，走過霜凍的黃色草皮。我們在一幢幢建築跟配電箱，噴上我們毫無價值的符號。Boing[4]。只不過把 o 換成了星星。這個詞沒有任何意義，我們連這詞是從哪兒來的都不知道，但卻低劣而毫無意義地將它註記在整個貝爾格特中。我持續將視線集中在黑色柏油路面或深灰色的建築上，因爲如果一不小心抬頭望向上面那片深藍色的虛空，我不知道自己會有怎麼樣的反應。

一定得發生些什麼事才行。人生不能像這樣——如此無盡、安靜、空虛又貧窮。因此我離開其他那些留在遊樂場抽菸或講蠢笑話的人。我解開大衣鈕釦，把牛仔褲再多往下拉一些。

4 在英文中，這個詞是俚語，有「勃起」的含義。

「我得去確認點事情。」我說。

「啥事啊，老兄？」他們問。

「沒事，很快就會回來。」

我穿過廣場，經過土耳其烤肉店，看見芬恩一家在那兒賭命猛灌酒；經過那間敘利亞人開的店，看見地鐵發出黃色光線；經過高樓大廈林立的區域，往低層建物區前進。這些建築物的正面，幾乎都被常春藤般的碟型天線給遮住了。這些碟型天線就像懷舊的蟲洞一樣，會把人傳送到另一個時光，另一段人生背景，另一場現實中去，那些世界既虛假又凝滯，宛如一則童話故事。

我不記得紅仔家的確切位置了，但是沒關係，我聽見了「鬼臉煞星」跟「小人物」的聲音從一樓的開放陽台飄出，聽見了派對裡所有人都在跟著〈放輕鬆〉的曲調饒舌。我看見了靠在扶手上的妳。妳穿了件綠色的法蘭絨格紋襯衫，裡面穿著緊身背心，其他女孩穿的牛仔褲都很緊，但妳穿了件寬鬆、男孩子氣的牛仔褲，留著一頭直髮。正在點燃一根大麻菸，打火機的柔和火光照亮了妳的肌膚。我小心翼翼地越過陽台扶手，不想讓所有人都瞧見我，同時清了清喉嚨。

「嘿，阿雅。」我小聲地說。

但妳聽不見我的聲音。妳正在跟黑眼、伊格，就是伊格納西奧說話。妳深吸了一口大麻，讓煙從口中飄出，飄離陽台，往街燈飄去。我人就站在妳手肘下方的陰影中。〈放輕鬆〉的音量逐漸降低，我一度聽見了妳的歡笑聲，但後來再次開始的樂音蓋掉了妳的聲音。我再次張嘴，伸手去碰妳，要告訴妳我人在這裡。但妳把手收了回去，又抽了一口大麻，然後把大麻菸遞給伊格，接著快速跑離陽台，回到那間公寓、那場派對，以及幾乎專屬於妳自己的人生當中。

我在原地站了一會兒，不知道該做些什麼，也不知道自己爲什麼來到這裡。我聽見身後的門打開，艾德趺趺撞撞走了出來，瞳孔幾乎無法對焦，臉孔扭曲轉綠。他在光禿禿的草叢裡彎身，把幾個小時前喝下的滿肚子啤酒一股腦兒吐了出來。吐完以後他轉身，嘴上帶著一抹笑意。他用手背揩了揩嘴，說話有點含糊不清，身體搖搖擺擺。

「你跑到這裡來幹什麼啊，朋友？」

我聳聳肩。

「沒事。」

「那就滾出去吧，孩子。這裡沒你的事，對吧？」

朋友？孩子？他根本就不是這邊的人。他是從排屋那裡來的，只是個瑞典人罷了。幹他媽的。可是我什麼也沒說，只是瞪著他，把夾克的釦子扣起來，然後離開。

我回去的時候，他們仍待在公園裡，正在看梅第手機上的東西。

「靠，看看誰回來了！」

赫黑站了起來。

「走吧，我們去邦迪那兒打《國際足盟大賽》吧。這裡冷死了。」

我搖搖頭，感覺體內的空虛感開始滋長。

「小狐，」我說。「你那邊有管子嗎？你知道，就可以吸汽油的那種。」

狐狸點頭微笑。

「老兄，我那兒啥都有。你知道的。」

「很好，去拿來吧。還有一把鐵撬。」

不到五分鐘時間，狐狸就回到家挖出了我們需要的東西。接著又花了五分不到的時間回來。他臉色紅潤，雙眼瞇細，準備就緒。

「我們要幹嘛啊，兄弟？」

「你們應該很恨那個敘利亞人吧？」我說。「你們應該很恨他那糟糕的品味跟他那間他媽的破店吧？」

他們點點頭。我們都被他逮過偷東西，都被他粗糙的手打過耳光，都因爲這樣而跟條子說過話。

「也是他媽的時候來給他點教訓了，是吧？該幫他上一課了。」

此刻，他們看我的眼神不同了。《國際足盟大賽》被遺忘了，寒冷被遺忘了。這件事情特別多了。

「你們有看過他開那輛新買的奧迪嗎？」我說。「新？哈，根本舊翻了，但對他來說是新的。你們看過嗎？媽的，驕傲得鬍子都要翹起來了，自以爲像什麼大人物一樣，那個該死的娘炮。」

「好啊，」梅第說。「媽的，也該是時候給他點顏色瞧瞧了。」

於是我們湊一塊兒，把管子跟鐵撬藏在大衣裡，用連身帽蓋住自己的頭，感受體內血液在離開諾坎普以後，第一次健康有力地流動。我們在停車場裡繞了幾圈才找到那輛奧迪。一輛車齡大概十年的旅行車，綠色，骯髒，垃圾一台。一開始，我們刻意經過，假裝沒有看見它。又多繞了兩圈停車場，確定現場沒有其他人。我們沒說話，只是安靜地大步走在柏油路上，少林，武當，就像屌爆了的黑幫分子一樣。

然後，我們躲在陰影中問：「要多久啊，小狐？」

他聳聳肩。

「油箱蓋十秒，車門兩分鐘。就這樣。」

「剩下的呢？」

「唉唷，簡單啦，幾分鐘就夠了。放心啦，老兄。交給我。」

我們交換眼神，藏不住微笑，也藏不住自己有多麼期待做這件事，有多麼期待春天，有多麼期待展開黑幫生涯。我們滑步走過停車場的黃色燈光，腳步輕盈又無聲地走向那輛奧迪，一心只想著報仇跟製造混亂。

狐狸是個天才，他把兩腳當支點，撬開了油箱蓋，油箱蓋砰一聲彈開，我們就把汽油吸進兩只可樂瓶裡。一公升應該就夠了。我們對彼此點點頭，狐狸對著玻璃揮動鐵撬。再一次。砰。啥事也沒發生。他瞇細了眼，但梅第二話不說就拿走了那把鐵撬。

他使盡九十公斤的力道，揮出了注定將成為傳說，注定會陪我們度過整個夏天的一擊，擋風玻璃碎裂成千百片細水晶灑落柏油地面。碎片都還沒落地呢，狐狸已經鑽進了車裡，把瓶裡的汽油都倒到後座上，同時打開車門，增強空氣的流動。然後他又爬了出來，眼睛望向我們，朝我舉起一盒火柴。

「兄弟，這主意是你想的。只有你才有資格點火燒這台垃圾。」

我接過火柴，望向他的雙眼，望向梅第的雙眼，望向赫黑的雙眼。他們點頭，臉色紅潤，興奮。我動手了。一次點燃三根火柴，在面前舉了一秒。然後把火柴扔進車裡，看著座椅上的煙霧轉為又藍又紅的火焰。我們全都轉身，疾馳離開停車場，火勢仍在身後逐步壯大。油箱爆炸時，我們人已經回到廣場上了。

二〇一五年八月十五日星期六
紐約，曼哈頓

「妳看起來很累。」布萊特說。雅思敏整個人陷進他身旁那張金色的軟皮革座椅裡。

雅思敏半個小時前打給他時，他才剛起床，但看著他現在的打扮，你絕對不會猜到這人才剛醒沒多久：量身訂做的西裝、解開上面兩顆釦子的白襯衫、義大利皮鞋，一頭有型的深色波浪鬈髮。

雅思敏拉下眼前的遮陽板，快速瞄了眼上頭的小鏡子。她左邊的太陽穴發腫，顏色淺紅中帶紫。她用手指撫過腫脹處，感受到傷口微微顫動。

「前幾天很漫長。」她說。

她把皮革材質的遮陽板推了回去，往後躺，閉上雙眼。

一年前，她在大衛朋友的畫展開幕式上認識了布萊特。在那之前，她從沒碰過這樣的人。當然，她曾在照片裡見過類似的人，曾在瑞典見過類似的人：在斯德哥爾摩的開放式咖啡館裡，沐浴在陽光底下，彎身去吃海鮮、喝紅酒。當她還是個青少年，要跟朋友們一起去麥當勞而經過斯特里普蘭廣場時，這樣的人就會出現在這樣的場景中。坐著的他們身穿昂貴西服，坐擁典雅的十九世紀公寓，是一群在斯德哥爾摩內城的高級社區裡，過著與世隔絕生活之人。他們因自己的房價與教育程度而安全無虞，並藉此與她每天所經歷的混亂區隔開來。

布萊特不單如此。他是典範中的典範，美國夢中的美國夢。哈佛畢業，穿帆船鞋不穿襪，在漢普頓有棟房子。每週工作八十小時，聖誕假期會在加勒比海地區度過。但同時，他身上也有不協調之處，某種劃破他那完美無瑕表面的叛逆與反諷。在跟一些無可救藥的客戶開會時，這種傾向就會在一句意料之外的笑話或失望的表情中顯露出來。

此刻，他忙著要將運動休旅車從兩台加油機之間倒著開出去，同時快速斜看了雅思敏一眼。

「看起來不只是漫長而已。」他說。

雅思敏假裝沒有聽見他的話，依舊閉著雙眼。布萊特是一位廣告界的經紀人。他會去挖掘出一些他稱之爲天才的人——有特殊技能又有創意的年輕人，然後推銷給各個針對手中專案需要該技能的廣告代理商及其他客戶。認識布萊特以前，雅思敏壓根不知道世上有這種工作的存在。她對廣告界一無所知。她覺得有趣的是，去年春天，在羅布林街上一家小藝廊喝下幾杯夏多內葡萄酒後，布萊特就開始吹噓自己的工作及人脈。她以爲對方喜歡上了自己，偏偏演技又很差，而人在藝廊另一端的大衛又盯著他們看，她只好賣力遮掩，好讓大衛無法發現。

過了幾天，布萊特聯絡了她，言談中表示要安排她去一家大型能量飲料公司底下、他稱之爲「街頭情報單位」裡面工作。她吃了一驚。更教她吃驚的，是對方在同一星期內，就表明想要在一家他們稱之爲「俱樂部會所」的地方跟她碰面。該會所位於布朗克斯區一個即將蓬勃發展的社區內，現階段當地還沒有酒吧或有機商店，只有區區幾個暗示後續發展的初期徵兆——一家咖啡館的窗玻璃上掛了史坦布頓咖啡[5]的標誌，以及一些蓄著鬍、穿著偽工人服的男人坐在一扇滿是灰塵的窗戶另一頭。她問布萊特是否也會到場，他眼神流露出尷尬，同時緊張地撫了撫頭髮。

「聚會辦在布朗克斯區。」是他唯一的解釋，但隨後表示可以載她到最近的地鐵站。

這間「俱樂部會所」坐落在一個老舊的商用空間中，屋內有一扇又一扇巨大的窗戶，窗戶正對著一條砂石小路，路旁則有一家老舊餐館，說來諷刺，餐館名竟叫做「元氣」。這個街頭情報單位的成員包括五個二十多歲的孩子，他們似乎就代表了大量的族群跟次文化。

在聊過班克斯[6]跟謝爾帕・費瑞[7]及他們的「街頭資本」後，雅思敏簡短地提供了幾個她當時覺得有趣的街頭藝術家。十分鐘以後，她就得到了那份工作。隔一個禮拜，她初次搭機前往東京。她有了一間已經付費的飯店房間、幾台完全不知道該怎麼使用的全新數位相機。任務只有一個：找出「下一個班克斯」。

她就像一道影子，走在自己不認識的街道上，身在一個感覺就像另一顆星球的國家裡，聽著令人費解的語言，看著令人費解的文字。她所擁有的一切，就只有自己的相機，以及幾個顯然是飲料公司那幫人認識的廣告人的電話號碼。日本的廣告人很客氣，帶她去各種酒吧跟派對，帶她去最棒的麵店，也帶她去到那些在暗夜中發著光，彷彿自成一個世界的大賣場。不過這些廣告人似乎跟她一樣，對要如何完

5 Stumptown Coffee。源自波特蘭，除了經營咖啡店也販售咖啡豆，為美國知名品牌。
6 Banksy。知名英國匿名街頭藝術家，作品極富政治色彩，常帶有諷刺意味。
7 Shepard Fairey。知名美國街頭藝術家，以歐巴馬肖像〈希望〉等作品聞名。

成交付予她的任務毫無頭緒。他們帶她去看各種塗鴉跟動漫壁畫，這些作品都出現在下北澤或高丹寺一帶，這些地方看起來就像人口更稠密、光芒更耀眼的霍恩斯圖或威廉斯堡。她盡責地拍下了每一張畫作，但對那些蓄著鬍的藝術總監來說，這些作品似乎都太平淡、空虛、欠缺表現力、世界各地隨處可見。不值得繞地球半圈來發現。

她放棄了，決定對自己的任務說一句去他的，覺得自己至少來了趟東京，暫時離開了所有一切，這就值了。

但在最後一個晚上，一個在學生宿舍之類的地方舉辦的派對上，在這最後關頭，她站到了一個年約二十歲、名叫美咲的嬌小女孩身旁。當時，雅思敏其實準備要去機場了，但還有幾小時的空閒時間，而那些渴望讓她看到一切的廣告人則堅持要她到場。

美咲安靜、嚴肅，體內有種氣息在對著雅思敏訴說。在僅剩的夜晚時光中，就這樣兩個人隱藏起自己的心緒，安靜地站在一塊兒其實也挺不錯的。但過了一會兒之後，美咲轉過頭來面對雅思敏，帶著歉意與試探地用英文說，她聽說雅思敏是一個策展人，同時詢問雅思敏能不能看看她的建構型藝術作品。雅思敏大笑出聲，她完全不知道策展人這三個字指的是什麼，但她欣然同意看看美咲的作品。美咲變魔術似地憑空弄出一台筆電，很快地，她們就彼此挨著坐在一張褐色沙發上。沙發擺在一個看似封閉的陽台上，能夠俯瞰一條暗巷。

透過電腦，美咲展示了一些手繪草稿的掃描圖片：一模一樣的立方體彼此相連，建構出各種有稜有角、機器人似的造型，這些機器人彷彿都在做各種不同運動。有一些雙臂伸長蹲著，好似在做某種體操或瑜伽；其他的做出跪坐姿態，雙臂外張，好似在懇求或祈禱。有幾尊單腳站立。總數可能是十二個左右。

雅思敏不知道該說些什麼。這些人形都做得非常好，細緻而好看。但同時也過於簡單，就像一個聰明、罹患輕微自閉症孩童所繪的圖畫一樣。她笑了笑，希望自己的笑容能給對方一些鼓舞，並點點頭。美咲指著自己的圖，同時傾身向她。

「建構，」她說。「這些都很耐用。櫃子。」

透過美咲說出口的、缺乏自信的英文，她所創造出的景象緩緩展現：利用繪圖及強度計算來得知如何用貨櫃拼湊出這些人形。幾百呎高的巨大雕塑。在這趟旅程中，雅思敏第一次覺得自己找到了十分有趣的東西。在趕往機場之前，她請美咲將這些草圖用電子郵件寄給她。

回到紐約以後，那幫賣能量飲料的人很愛美咲畫的圖。

「我們在找的就是這個！」一個蓄了鬍，可能是同志的男人大叫並擁抱了雅思敏。「眞潮！」

布萊特稱呼她爲叛逆策展人——甚至還把這個形容詞印在雅思敏的名片上，讓她大感害臊又煽情，經常不想遞出去。爲了尋找最新的潮流，布萊特跟因各式理由而來到紐約的世界各地年輕人合作，而在東京之行結束後，雅思敏也成了他固定合作的對象之一。布萊特會把她推薦給其他公司，例如身穿迷彩服，想要找點潮玩意兒的毛頭小子，或是來自中城、身穿西裝，想理解何謂街頭的男人。在布萊特的幫助下，她得以去到世界各地。盧比安納、底特律，又回到東京。總是爲不同的公司辦事，總是有著同樣不清不楚的任務。

有時候，她會有些眞的很棒的發現，例如美咲這類，但有時候什麼也找不著。過去六個月的經驗，讓她開始意識到自己有發掘意料之外的新作品的能力。案子不停出現，錢財持續入帳——而大衛總是花得很快。但這些案子讓她得以以流亡者的身分待在紐約，而當大衛的派對越辦越多時，也讓她得以暫時消失。這些案子讓她能夠繼續流亡，同時也讓她能夠暫時逃離流亡生活。

現在跟布萊特一起待在這輛駭人大車裡的她，則希望自己的名聲有好到足以讓她擁有再一次的機會。讓她得以再次逃離。或者讓她有機會能夠逃離現在的生活，重新成爲過去的那個自己。

睜開雙眼時，她看見布萊特又一次凝視著她眼睛旁那個腫起來的傷口。

「沒什麼事。」她說，好先堵他的嘴。「我什麼都不想談。」

她拿出手機，上下滑動螢幕，假裝去看那些根本不存在的訊息。她用眼角偷瞄，看見他點點頭，或許是鬆了一口氣吧，這樣就用不著問跟她眼睛有關的任何事。他把注意力都放在拉法葉街的路況上。

「妳的提案應該想好了吧？」他終於開口。「不是我想得罪妳，但妳的狀況似乎有些不佳？」

「提案？」她說。「我連我們要去見誰都不知道。」

「是妳說想要找人幫妳付回家機票錢的吧？」他抬起單邊眉毛說。「我們要去許氏父女那邊開會，許氏父女是世界上最有名望的公關公司之一。我的意思是說，這是妳的主意，對吧？妳打電話給我，要我幫妳爲妳手邊的一個專案找客戶。妳在想什麼？以爲六個月前發掘了一個日本的貨櫃藝術家，人家就會乖乖砸錢請妳幫忙嗎？」

他斜望一旁的雅思敏，顯然有些惱火。

「幹這事的可不是就妳一個，而且說眞的，妳的名聲還沒穩固哪。是啊，大家都聽過那個貨櫃小姐，這讓妳有了籌碼，這也是他們願意見妳的唯一原因。但到了現場，妳他媽最好能說點正經話。行行好，跟我說說，妳應該有所準備吧？我該不會只是浪費掉了自己的星期六早晨吧？」

她感覺到壓力在體內攀升，感覺到傷眼的疼痛，感覺到雙足的顫抖。她原先的確是那麼盤算的。她只要隨便說幾句，說斯德哥爾摩那兒有些什麼玩意兒，有趣的照片或什麼的，布萊特就能找到人幫她支付旅費。她沒想到自己得實際拿出些什麼，她手邊只有媽媽信裡附的三張照片。她滿腦子想的都是費狄。滿腦子想的都是他曾經死過，但有可能又活了過來。她滿腦子想的都是要藉這個機會讓事情回到正軌。

絕望攫住了她，她很想打開車門把自己扔到拉法葉街上，很想盡全力跑走，跑得越遠越好。但卻沒有這樣做，因為她知道這樣做沒有用，不會有任何幫助，你能夠逃避的事物，總是會被你無法逃避的事物給壓垮。

於是她再次閉上雙眼，緩慢呼吸，眼睛看著蘇活區的建物，同時盡可能小心翼翼擦掉一滴可能是眼淚的東西。

「你看過我傳給你的那些照片了嗎？」她說，語氣盡量平緩有自信。「那裡有些東西。如果你沒這麼想，為什麼還要出手幫我？」

布萊特嘆了口氣，身子陷進了汽車座椅之中。

「好問題。」

二〇一一年冬
瑞典，貝爾格特

最後我醒了過來，那表示我一定有睡著。屋內的顏色變得更灰白，黑暗已逝，屋外街燈的黃光亦然，肯定已是早晨。床單全都捲成一團，有那麼一會兒，我以爲昨天或許尚未發生，或許仍只是一個未實現的遙遠計畫。但抬起薄薄的床墊後，那個從錄音室拿來、裝了小額現金的鐵盒，卻動也不動地放在彈簧下方的空心處。房內另一側，妳爲了拿走自己的塗鴉本而打開的衣櫥門仍微微敞開。一切都發生過了。所有的一切。

我伸手拿起手機想打給妳，但預付門號裡的錢卻不夠了。我輸入簡訊：妳人在哪兒？然後按下「發送」，但訊息卻傳不出去。就連發簡訊都不夠錢。我任手機掉落地板，背往牆上靠，懊悔與焦慮教我撕心裂肺。我用拳頭敲自己額頭，一開始輕輕的，後來卻越來越大力，大到我都怕自己眉毛要裂成兩半了才停手，我在床上蜷縮成一團，低聲地說：「不要，不要，不要啊！」

約莫十點過後，我溜出了公寓。外頭安靜無人，他們都在做自己的其中一份工作，賺那些我們永遠看不見摸不著的錢，不是寄回去給家人了，就是存在什麼地方了，爲的永遠是過去或未來，而非此時此刻。我打開老舊的筆電，再次試圖跟妳取得聯繫：

妳在哪兒？這件事我可以解決。

我看到自己的兄弟都在線上，於是發送了一則簡短訊息給他們，沒有任何解釋。

諾坎普。現在。有事要談。

十分鐘後，我在塑膠草皮的角落呼吸著霜凍又冰寒的空氣。昨晚後來一定有再下雪，因爲圍繞著草皮的鐵絲網，處處都多了毛絨而脆弱的一層表皮。覆雪的草皮被雪網團團圍住。半個小時以後，他們紅著臉大笑出現。

「嘿，費狄，怎麼啦，兄弟？」

「媽的，朋友，你該去上學的。不是講好了嗎？兄弟，我們講好了啊！」

他們大力拍打彼此的背，無憂無慮，開開心心。我望向他們背後。我跺腳，跳躍，繞圈，憂心。

「聽好，」我說。「一切都搞砸了，聽清楚沒有？我發誓，徹頭徹尾搞砸了。」

我燃起一根彎彎曲曲的菸，開始跟他們說起密碼的事，對方將如何發現我們行竊時用了阿雅的密碼。但我的這些兄弟只顧著笑，彼此互望，好像我是個白痴一樣。

「所以責任她要扛就對了？」邦迪說。「兄弟，這有什麼大不了的？嘿，她不是想走嗎？讓她扛不是剛好嗎？」

其他人點點頭。他們不懂。我只是不停抽菸——吐出凹凹凸凸的灰色煙團，飄在凹凹凸凸的灰色混凝土之上，飄往凹凹凸凸的灰色天空。

「靠，」我說。「這對她根本不公平好不好？」

我看著赫黑，試圖引起他的注意，此刻的我才不屌其他人，不屌邦迪，因爲他是個媽的大智障。不在乎狐狸，因爲他早就是個罪犯，一直都沒變，他才不在乎這種事，早已經轉頭去玩他的手機了。不在乎梅第，因爲他是個胖子。我只看著赫黑，因爲他總是最後一個蹚渾水的人，總是抱持著懷疑的態度，總是腳步慢半拍，思緒快半拍。但他只是聳聳肩。

「你要我說什麼呢，兄弟？覆水難收。而且妳姊已經準備好要走了，對吧？嘿，放輕鬆。低調點就好。」

菸燒完了，但我又多抽了一口，火就燒到了濾嘴，於是我將菸丟在雪地上。我再次望向赫黑，但他已經爲了梅第說的一句什麼話在大笑了。

「好吧，算了啦。」我說。

反正我不在乎。我他媽的才不在乎他們蠢爆的風險分析。反正那從來都不是重點。我不在乎這一套有沒有用。我只在乎妳將一去不歸。長久以來，妳一直都飄浮在我的上方，如今妳已離開這個大氣層。妳的影子將落在他處。但妳不會跟自己的兄弟分享這件事情。妳不會跟任何人分享這類的心事。

離開諾坎普要回家時，天空開始下起了雪。走經遊樂場，裡面空空盪盪，雪堆淹沒了長椅，沒有孩子，沒有鞦韆，遊樂場就失去了存在的意義。縱使在下雪，我依舊聽得見我那些兄弟的聲音。他們走的方向跟我相反，他們會走過低矮的建物，走過公園，走往學校的方向。我沒辦法在學校度過今天下午。我沒辦法什麼也不幹就浪費掉這天。街道間沒半個人影，就連那些平常會坐在酒類商店外面椅子上的乞丐都不見了，而那些招牌——總在促銷一隻七十九塊錢該死的雞，則在風中搖搖晃晃，發出吱嘎吱嘎的聲音。彷彿這裡只留我一人，大家都離開了，彷佛所有人都在沒有告知我的情況下，去哪裡避難了。

我選擇走小路，選擇繞遠路，因爲昨天所做的事情，我必須遠離海盜廣場，不能穿過那裡。那裡排斥我。排斥，訓斥，充斥。到頭來我們學得很好，阿雅。我們學會了那些詞。但我們錯了。光會模仿還不夠。他們的要求不只這樣。對我們這些人來說，他們要求的永遠更多。

等到他們站在我面前，我知道完蛋了，一切都結束了。

事情發生得很快。我躺倒在雪地，嘴裡有鐵鏽味，後腦勺抽痛，雙耳因倒地而嗡嗡作響，白雪從大衣的領口湧進，臉上有雪花。直到他們彎下腰俯視我，我才知道出手的人是誰。

「找到你了，賤貨。」有人說，可能是俄國佬。「你這個小賤人。」

他們用拖的讓我再站起來。因爲剛剛那一跤，我的頭顱依舊沉重，感覺都要從肩膀滾下去了。我看見姆拉迪奇、俄國佬跟黑眼。有人從後面抓著我，但我不知道是誰。

「就是他嗎？」姆拉迪奇轉頭問黑眼。

黑眼點點頭，眼睛望向他處。俄國佬擊打我的胃，雖然厚重的大衣有保護作用，但那拳依舊打得我喘不過氣來。我張大嘴想吸氣，感覺自己就快要死了。我要死了嗎？

眼淚從兩頰滾下，後面的人放開了我，我往前跌進雪地中，白雪塞滿了口鼻。他們踢我的胃，我往側邊滾，他們依然踢個不停。但他們沒辦法踢得很準確，因爲雪實在太深了，意識到這點之後，有人把我拉了起來。姆拉迪奇，這個有著麻子臉、小平頭、瘋狂眼神的人把臉湊近。他在我臉上吐口水。我感受到口水從他的鼻腔流下，滴到我的下巴上。

「你這他媽的小婊子到底是有多笨啊？」他說。「天底下怎麼有這麼欠幹的賤貨，笨到偷用自己姊姊的密碼？而且居然敢闖進海盜唱片，啊？」

他往後退，又揮出一拳，擊中我太陽穴上方——一陣閃光在我頭殼裡炸開，此刻的我只想再跌回雪地裡，但後頭抓著我的那個人卻不放開我。我發出呻吟，雖然不想發出呻吟，不想求饒，我還是做了。尿液流下腿間，對死亡的恐懼在我體內滋長。

「求求你，」我說。「求求你，求求你。」

「求求我？」俄國佬在我背後的某處發出笑聲。「打起精神啊，你這小兔崽子。」

他把我往前一推，我又跌回雪地中，正面朝下。接著，他們抓住我的雙腳沿路拖到鐵軌處，我的臉頰在白雪與砂礫上彈動、流血。

「不要，不要，不要啊！」我尖叫。

他們把我抬過鐵絲網生鏽的空隙，拖到地鐵的軌道上。我的臉頰感受到鐵軌的冰冷與光滑。

「你們在做什麼？求求你們，東西都還在。你們都能拿回去——」

他們踢我的胃，用我的頭去敲鐵軌。俄國佬彎下腰，嘴裡滿是菸草及酒精味。

「你要死在這裡了，娘炮，」他氣憤地在我耳邊小聲說。「你現在就要死了。」

我又哭又叫，像隻該死的豬。感覺自己全身顫抖，快要爆炸，無法動作。

「你那些小娘炮朋友有幫你，對不對？」姆拉迪奇說。靠近我耳朵的那聲音聽起來很明理，甚至帶點同情。

我點頭，發抖。

「對！」我說。

「邦迪，狐狸，梅第。」

他們相視而笑。

「你不單是個小賤人，還是個他媽的抓耙子。你這個噁心的賤貨。」

一個接一個，他們全都朝我吐口水。

「娘炮，今天下午，所有的東西都給我還回錄音室。」俄國佬說。

我聽見火車在隧道裡發出隆隆聲。透過鐵軌的震動，我感受到它的力量。

「一定，」我低聲說。「我錯了。原諒我，原諒我，原諒我。」

他們起身，拍掉身上的雪。一聲不響地離開了。

我感受到鐵軌的震動越來越大，聽見火車加速的聲響。感覺尿液讓我的長褲變得又溼又冰。一切都完了。真的完了。我應該要把自己的頭留在這裡。現在就結束這一切。那將會多麼輕鬆，多麼自在啊。

但我就連這麼做都辦不到。就連這麼一點點榮譽感都沒有。

二〇一五年八月十五日星期六
紐約，曼哈頓

打開的電梯門正對著一個開放的辦公室空間，裡頭出乎意料的黑暗，僅有明亮陽光從面對麥迪遜廣場花園的那些窗戶流瀉而入。彷彿暗紅色的地毯吸收了所有反射在深綠色牆面的光線。房內擺設了十二張歲月相仿的櫻桃木桌，一張張桌子排成直線。黑色的辦公椅搭配黑色的金屬辦公室檯燈，多數燈具都開著，好填補其他裝潢的陰鬱。要不是有看見身穿牛仔褲、水手布襯衫跟芥末色喀什米爾毛衣的年輕人，這裡看起來就跟一九三〇年代的英國政府機構沒兩樣。

雅思敏瞥了布萊特一眼，但他的視線早已望向房內深處。

「布萊特！」一個傳自房內後方的尖銳聲音劃過這個開放空間。

布萊特拉長身子，好讓視線不被那些辦公桌擋住。

「你來啦！」那個女人說。她正穿越那一排排桌子，朝他們的方向走過來。「妳一定就是雅思敏囉？我是吉納維芙。」

她站在他們面前，伸長了手。她又矮又瘦，一頭鐵灰色濃密長髮掃過光潔的額頭，在嬌小的後腦勺處收攏，順著收到耳後，耳上則掛著藍寶石金耳環。身穿一件垂至地板、苔蘚綠的寬鬆長袍，長袍的袖子及胸口繡有複雜精細的花草跟昆蟲。脖子上隨興地打了條鮮紅色絲質圍巾。她幾歲呢？六十？七十？

說不上來。看起來她似乎過著一種非常有趣的生活，而隨著年齡漸增，還會變得更加有趣。

「情況看起來有點嚴重，」她說，同時謹慎地朝雅思敏的眼睛做了個手勢。「但沒有我們解決不了的問題。」

她轉身背對後方。

「妙麗？」她的英文帶有大西洋兩岸國家的口音，這讓雅思敏回想起小時候，他們曾在瑞典的公共電視頻道看過一部英國迷你影集，影集裡的年輕金髮女子身穿正式襯衫、灰色開襟毛衣，戴了副角質眼鏡，會用叮噹作響的玻璃杯喝香檳，或是週日乘著積架去哪邊遠足，她總會從小螢幕裡仰望雅思敏。

妙麗，雅思敏心想。這裡不只有個吉納維芙，還有人叫做妙麗[8]。

「可以請妳幫我叫葛雷琴嗎？叫她過來這裡。很急。」

那個女人點點頭，伸手去拿自己的電話。

「真的沒事啦……」雅思敏開口。

吉納維芙揮手阻止她，彷彿她打算要說的話無關緊要，然後輕輕抓著雅思敏的手肘，引她到房內右側深處角落一個黝暗的巨大隔間中。換作平常時，這種過度自信的做法應該會激怒雅思敏，但是此時此刻，在這間古怪的辦公室裡，經歷過一個可怕的夜晚之後，她一心只盼望吉納維芙永遠也不要放開她。

但一走到隔間處，吉納維芙就放手了。她在隔間一側打開了一扇極不明顯的門，該隔間的外牆除了這扇門的存在之外長得完全一模一樣。

8 此處影射《哈利波特》。妙麗是《哈利波特》中的女主角，而吉納維芙．岡特則是電影版中飾演潘西．帕金森一角的女演員。

「辦公室的會議間不夠用，」吉納維芙邊聳肩邊說。「所以我們在這個角落自己蓋了一間。」

原來隔間裡黏滿了深紫色、毛絨絨的隔音棉，此情此景讓雅思敏的思緒回到阿飛跟紅仔的巢穴，回到了海盜廣場上的錄音室，她十五歲時常去那裡。她幾乎都要聞到啤酒跟大麻的味道。但那只是幻想。這個房間聞起來，就像一根放在角落基座上、昂貴的香草風味蠟燭。如果這裡是一個巢穴，那也是個無比豪華的巢穴。裡頭的家具包括一張跟辦公室內其他地方一樣的舊櫻桃木桌，木桌旁則圍繞著八張黑色現代風人體工學辦公椅。吉納維芙示意要雅思敏坐下。

「雅思敏，歡迎來到許氏父女。」她說。

房間大幅降低了她的音量，聽起來就像只保留了核心語言，其他全被抹去。雅思敏跟著布萊特坐到桌子的長邊。一個跟雅思敏差不多年紀、穿著整齊、綁馬尾、戴了副閃閃發亮銀耳環的白人女孩，帶著微笑坐在吉納維芙身旁。

「很高興妳能過來這一趟，」吉納維芙繼續說。「這位是瑪莉，我的助理。」

瑪莉對雅思敏揮手眨眼。

「我們聽過很多關於妳的事蹟。」她說，再次漾起微笑。

一個約莫三十五歲、身穿斜紋棉布褲、深藍色休閒西裝夾克、戴著角質眼鏡、頂著一頭蓬亂深色頭髮的男子，走進房內並關上門。

「這位是馬克，」吉納維芙說。「我們的趨勢分析師之一。」

她轉頭面向布萊特並露出溫和的微笑，同時輕拍自己手腕上的手錶。

「我們最好現在就開始吧，」她說。「畢竟是星期六，我們都想在午餐之前回到家。布萊特說妳手邊準備了些有趣東西要給我們看，是嗎？我猜妳應該對我們的業務很熟吧？」

雅思敏點點頭。馬克坐下，摘掉眼鏡，用綠色條紋領帶的背面擦拭鏡片。他看起來很和善。她當然熟悉許氏父女。從進入這個業界開始，她就不停聽見這個名號——一家富有傳奇色彩的公關公司，具備幾乎可說是超自然的能力，不單能找出最新的潮流，更能在這些潮流依然新穎、尚未廣泛擴散前，就使用在客戶身上。他們會找出次文化，然後引領這些次文化的浪潮去衝擊大眾。他們的作品涵蓋萬物，從大型鞋類品牌的行銷活動到擔任國際藝術家的代表等等。總是留心聆聽街頭的聲音。活動目標總是針對年輕人。雅思敏多麼希望自己準備好的這套說法能在別的地方，某個比較不時髦的地方發表。多麼希望不是要講給這些很不容易受騙的人聽。

「如妳所知，這是一個造反的夏季，後續的發展很難預期。」吉納維芙繼續說。「貿易協定、戰爭，還有其他一切都是。這裡跟歐洲都一樣。我們對此深感興趣。讓客戶知道街頭發生了些什麼很重要，能知道流行萌生自何處也很重要。我不希望自己接下來要說的話聽起來很自私，但將於秋天發生的這場騷動極具市場價值——如果妳知道該怎麼利用的話。」

會議室裡的燈光有了改變。原本溫暖、深沉的光線變得更清澈、更寒冷。雅思敏四下張望，卻找不到帶來改變的源頭。

「LED燈，」彷彿讀懂了雅思敏心思的吉納維芙說道。「藏在牆壁的磁磚裡。」

她比了比覆蓋住牆面及天花板的絲絨隔音棉。

「紐約大學一名心理學家研發出一種側燈，能夠讓與會人士的注意力完全集中。我們找了他合作，也不知道有沒有用？」

雅思敏深深吞了一口口水。感受到眼睛的顫動，足部的顫動。看到他們朝她彎身，準備聆聽她的說法，看到他們期待她來爲他們點亮一條進入街頭文化的路徑。她看著他們微微晃動的寬鬆長袍、喀什米爾毛衣、角質眼鏡，以及銀耳環。她想起那些照片，想起貝爾格特。忽然間，覺得這些人很噁心，他們的雙眼充滿貪婪、剝削。他們正在尋找某種好東西，某種可以榨乾到只剩一層皮囊的東西。她也對自己的虛與委蛇感到噁心。她拋棄了自己的出身，棄絕了自己的血親與背景。不只如此。還捨棄了她原應保護的事物。離開那一切，就只爲了得到這一切：在沒有窗戶的會議室裡，跟一些她成人以後才知道其存在的類型的人開會。

雅思敏慢慢轉動自己的電腦螢幕，好讓每個人都能看見，可是瑪莉快速地在電腦上插了條線，於是在雅思敏還沒意識到之前，她的桌面已經被投射到室內唯一沒有被隔音棉覆蓋的牆面上。

她胡亂翻找電腦裡的照片。點來點去，好找出那些她想讓眾人看見的照片，但腦子裡其實不知道該說些什麼。最後，她找到了兩天前傳送給她的第一張照片。她點了兩下，聽見桌子另一頭的人倒吸了一口氣，並從眼角瞥見瑪莉將視線轉往其他方向。她抬頭，看見投射出來的影像，明白他們爲何會做此反應，但心底有些樂在其中。她想要對著他們大叫：這就是現場。我發誓，這就是他媽的現實情況！拿這種東西去他媽的行銷啊，老兄！但她什麼也沒說。她讓那張照片自己說話，讓那隻被一條電線垂掛在路燈柱上、毫無生命跡象的黑貓自己說話。

二〇一四年春
瑞典，貝爾格特

我已經好幾個禮拜沒住這裡了。我睡在老舊、骯髒的床單上，從幾乎空空如也的冰箱裡找任何能吃的東西吃，只在要買菸或紅牛的時候離開公寓。但我不住在這裡。我已經不再是費狄了。

我現在住在聖安地列斯，開著一輛超屌的法拉利。我身藏槍械打劫銀行，對條子跟平民開槍。我無所畏懼，他媽的遊艇跟飛機都敢劫持，四處執行任務，燒毀一輛、一輛又一輛的汽車。敢惹我，就讓你吃不完兜著走。

或者我就啥也不管，開車四處晃。把電台頻道轉到西岸金曲等著聽〈黑幫，黑幫〉。把一些傢伙推上美式機車，用克拉克手槍頂著他的下巴，看著他的動畫眼睛流露出恐懼，轟掉他的頭，然後沿著溫伍德山大道加速離開。在山區甩掉條子，流暢地往有著夕陽的大海騎去，同時聽著耳機裡傳來的〈琴酒和果汁〉。

我不再住在這裡。我住在虛構的、日不落的加州。我的選擇有限，孤獨是我的選擇，我跟鈦合金一樣堅韌。

這是我最接近離開的生活方式。不再等待妳的回信，不再等待妳的歸來以後，這是我最接近成爲另一個人的生活方式。到最後，我不再等妳的原諒，不再等梅第、狐狸跟邦迪的原諒。犯了錯就要承擔後果。人會習慣孤獨。

但在聖安地列斯，我的孤獨是自願的。在線上，Psych7876跟阿密拉是我的夥伴，是我搶銀行跟飛車追逐的好兄弟，會彼此支援，但如果膩了，我們也會用衝鋒槍抵著彼此的臉。有時玩膩了，我們就會偷輛車，開到網球場去，在天空由藍轉橘之時，打幾場網球。

像今晚，就只有我跟阿密拉。我們兩週前才在《俠盜獵車手5》的線上模式裡認識彼此，但如今我們已經稱兄道弟，氣味相投。雖然住在不同的岸邊，但卻住在同類型的社區中。今晚，我們已經飛車追逐過幾回，有時贏，有時輸，而我們對這樣的追逐有些疲累，暫時不想繼續下去。阿密拉的網球打得很差，但看他跟個小賤貨一樣，在底線跑來跑去直到發怒還挺有趣的。但今晚我輕鬆應戰，累到不想捉弄他。我們玩了好一段時間。此時，一封電子郵件寄到，我的手機發出嗶的一聲。

我打開那封信。他寄了個YouTube連結給我，網址是藍色的一長串。我點擊，心不在焉地看著影片，同時用正手拍使出一記挑高球，看他要怎麼用反手拍來應付。

畫面先是一片黑，有一些我不想閱讀的阿拉伯文，提到阿拉跟聖戰什麼的。我們聊過這部分，或說阿密拉提過這部分。他小我幾歲，會去城郊上穆斯林學校之類的，他說自己那蓄鬍的哥哥是激進派。

影片中，有人在背景音裡念誦可蘭經——聽起來像一首歌，像一段十分優美的週五禱詞。接下來的片段裡，出現了一個長著幾個矮樹叢的岩丘。畫面中央站著一群男人，他們頭罩黑色滑雪面罩，身穿黑色服裝。用阿拉伯語念誦了一段聽不清楚的話，然後念誦了眞主至大約莫十次。

念完以後，站在正中央的男人開始說瑞典話，有移民腔的瑞典話，貝爾格特式的瑞典話，我所使用的瑞典話。他提到了不公與恥辱，提到是時候做點什麼，提到世界各地的穆斯林都在受苦，我們必須反抗。我們沒有其他選擇，聖戰不是選擇，而是我們必須去做的事。

不知道爲什麼，我的心臟開始大力跳動。他們，那些戴著面罩，一身黑色制服滿布灰塵的男人打動了我。並不是因爲他們說了什麼，那都是些老生常談，就是你在廣場聽人叨念了一百年的東西。而是他們的行動，影片中的那些男人不單只是在發牢騷，他們打算做點什麼。他們操著跟我一樣的瑞典話，他們就跟我一樣。只不過他們坐在敘利亞的塵土之中，手裡拿著槍，身上穿著黑色制服，或許才剛從戰場上回來。我從頭到尾都用眼角在看這部影片。伊斯蘭國與戰爭、敘利亞的苦難，我們的兄弟姐妹都在受苦。看到這些畫面閃過時，我們的腦海都想著同樣的事。這個地獄，這個由阿薩德、猶太人、美國人、瑞典人跟所有他們那些人所創造出來的地獄。他們所做的一切都是要壓制我們，羞辱我們，把我們扔進難民營或該死的貧民區，強迫我們變得跟他們一樣，然後甚至這麼做也沒有用。就算我們學會了他們的所有單字，講出來的話比其他人都好聽也沒用。因爲就算如此，這些混凝土地面仍舊不會放開我們。我的心臟跳個不停。

「嘿，阿密拉，」我說。「欸，今晚就這樣吧。累翻啦。」

❖

結束通話以後，我溜到外面客廳拿起筆電，再溜回床上。我再次播放那段影片。這種影片我不是第一次看，卻頭一次看到瑞典語版本，而那傢伙的聲音裡有些什麼，很眞誠，很眞摯，很眞實。他說，他希望自己能死在這些塵土中，希望阿拉能帶走他。希望自己能有服侍阿拉的機會，希望能盡量幫助更多的穆斯林，希望每次的戰鬥都能幫忙國家興建。他那被滑雪面罩遮住的眼睛裡也有些什麼。那雙眼睛既不憤怒，也不指責，只是哀傷、誠實、眞誠。它們想要什麼，那雙眼睛，它們想要某種更大更好的東西。那雙眼睛散發出一種力量，劃破或燒毀了這些狗屁倒灶的事跟這些混凝土。那雙眼睛讓我心跳加速，我的思緒飛到了自己從未想過的地方去。

我不停用游標去點，在 YouTube 跟臉書上尋找在敘利亞的瑞典人。眞不敢相信我竟從未這麼做過。我曾在貝爾格特聽過一些傳說，一些故事，有弟兄去到那兒。沒人知道他們是怎麼過去的，他們就只是打包行李，在某個月黑風高的晚上離去。只會在幾個星期以後發送一則訊息給他們的家人，訊息裡提到阿拉跟犧牲。但那些故事總是令人卻步，赴戰場的總是那些住在郊區的弟兄，你不認識的弟兄，什麼也沒說，忽然就——咻——不見了，徒留荒謬的奇談跟鬼怪的故事，而非事實。

可是此刻我環視房間，心臟依舊猛跳。彷彿有東西卡在我的腦袋裡，有東西又推又擠地鑽進我的孤寂中。那孤寂已經存在了好幾個月，好幾年。自妳消失之後，自我強迫妳離開之後，自我背叛兄弟而脫離群體之後。

我望著妳的床，它距離我依舊不到幾百公分，依舊整整齊齊，彷彿在等著妳，彷彿妳隨時都可能會回來。但我現在知道了。我知道妳永遠不會回來了。我凝望著灰色壁紙上的白色方格，以前那裡掛了幾張梅西的海報、在巴塞隆納拍的團體照，以及海盜唱片的標誌。所有被撕碎的一切，所有被我撕碎的一切，所有被我撕碎成一片片的一切。因爲我永遠沒有辦法讓任何事情維持原貌。

房裡有一台電視跟一台 PS 主機，遊戲片、襪子跟內褲覆蓋了地板。灰色的光線，太陽不停下沉，外頭的街燈射出黃光，混凝土跟灰色。這裡什麼也沒有。

彷彿我透過聖戰士的眼在看我自己的人生。看見自己的人生多麼貧乏又空虛，多麼一無是處。只會醒來跟睡覺。只會持續不停做同樣的事，過著同樣的空虛日子。

一切都只是徒勞，徒勞，徒勞。

這種感覺比往昔都強。這種空虛占據了我身體的每一分每一寸，從裡到外將我團團包圍。我沉入自己的空虛中，就像一只黑色的潛水鐘，沉重而孤絕。彷彿我的大腦徹底擁抱了某種沒人應當了解的事：所有的事物都無關緊要。

我蜷縮在自己的床上，感受到胸口的起伏變快了，感受到眼前的閃光，感受到氧氣快用光，感受到自己要死了，可能要死了。

我得要解決胸口跟太陽穴感受到的重壓才行。

忽然間，我看見YouTube影片裡出現的那雙眼睛浮現眼前。發現它們並非冷漠，並非孤單而無助，而是強壯、溫暖，充滿意義與方向。

我像個初生兒一樣蜷縮在床上，腦子裡充斥一身黑的弟兄成排彎腰跪在沙塵中的畫面。他們同時往前跪下去禱告。不知不覺，我感覺到自己的嘴唇開始嚅動，一開始緩慢而猶豫。但越來越快，越來越大聲。我閉上雙眼，任那些字句奔流而出。

越多字句從體內衝出，就有越多空氣進入體內。我咕噥的聲音越大，胸口的重壓就越輕。我跌下床，雙膝跪下，兩手遮住耳朵，嘴唇咕噥出我不認得的字句，咕噥出我並不知道存在於體內的字句。聲音越來越大，越來越大。

每念誦完一輪，潛水鐘的壓力就減少一分。每念誦出一個字，海水的壓力就會減輕一些，形狀就會改變，顏色就會改變，從黑色變成灰色變成藍色變成明亮。我往前跪倒在刮痕處處的地板上，把額頭頂在一條舊毛巾上，讓雙手往前落下，就像那些沙塵中的弟兄一樣，感受到空虛退開，感受到空虛開了一道縫，亮光，或是某種類似亮光的東西照射在我的全身，那是最微弱的陽光，最脆弱的恩寵。我聽見自己沉默的聲音：「我作證，萬物非主，唯有眞主；我作證，穆罕默德，是主使者。」

二〇一五年八月十五日星期六
紐約，曼哈頓

雅思敏試著要用腦海中紛亂的字句來解釋他們正在看的是什麼。來自隔音棉的光線變成了一種更黯淡、更深沉的紫色。

吉納維芙總算把視線從貓移到了雅思敏身上。她的神情充滿疑惑，那對帶著明顯嚴厲批判神情的眉毛往上抬，靠近了灰髮。雅思敏清了清喉嚨。

「這張照片是兩天前傳來給我的。」她說。「如你們所見，是一隻貓被吊掛在路燈上。」

「沒錯，非常明顯。」馬克說，同時摘下眼鏡，再一次用綠色條紋的領帶背面去擦拭鏡片，並將臉轉向雅思敏。

他的眼神一樣充滿疑惑，但並不怎麼好奇。

「不管從哪個角度來說，當然這張照片都很可怕。但我看不出它跟任何東西有關。今天是星期六，我還寧可……」他的手畫了一個圈，顯然要解釋他寧可做任何其他事情，而不是來看這張照片。

雅思敏用手指拖過觸控板，把照片的中心點移到貓咪脖子上的繩結上，然後放大上頭的一小塊區域。她不停放大，直到照片的顆粒變得很大。但圖片上的標誌也因此變得清晰易見。

「這個符號被固定在貓咪的項圈上。」她說。

他們往前靠近螢幕，好看得更仔細。馬克再次戴上眼鏡，瞇眼看著牆面那個圖樣：前面是一個抽象的紅色拳頭輪廓，背景則是一個五芒星。四個同樣大小的長方形代表四根手指，一根大拇指則牢牢壓在這四根手指上面。這是一個簡單的圖樣，很可能出現在一張宣傳海報或一款八位元的電視遊戲裡。它的線條簡單到幾近童稚，就像一個放大了的表情符號。與此同時，這個符號也非常強大。它明白清楚到會讓人覺得似乎在哪兒看過卻想不起來，彷彿它已經是叛逆符號集合體中的一個，就跟無政府主義者的A以及切．格瓦拉的鏤空圖案一樣。

出現在貓咪項圈上的符號，正是費狄在第四張照片中噴在牆上的符號，而那也是唯一一張她不會讓他們看見的照片。

確認他們看得清清楚楚以後，她將照片縮小，換成了另一張。一道出現在牆壁上方、又高又鏽的鐵絲網。穿過那道鐵絲網，可以看見混凝土公寓建築，建物向上延伸，超出照片能顯示的範圍。鐵絲網前方有一個配電箱，上面有老舊的塗鴉跟灰塵。塗鴉的最上方出現了相同圖案——一個用鮮紅色噴成的拳頭。馬克把視線從照片轉到雅思敏身上。

「這在哪裡？」他說。

雅思敏還來不及解釋，布萊特已近乎不著痕跡地將手輕輕放在她的手臂上。

「我們相信這在瑞典。在斯德哥爾摩的城郊地帶。確切地點還不清楚。妳或許也想讓他們看看最後一張照片？」

雅思敏瞥了布萊特一眼，不確定他為什麼不想讓她告訴他們，該處是一片位於貝爾格特的人工草皮，孩子們把那兒稱為諾坎普。但她仍然因他想幫忙而心存感激。她點擊了觸控板。

最後一張照片展示出，另一幅噴在一棟公寓建築側面的鏤空圖案。跟前幾張照片同樣的符號。雅思敏清楚知道這在哪裡。就在海盜廣場的轉角，靠近書報攤的地方。

「這也是在瑞典，但是在不同的城市。在馬爾摩的城郊，瑞典的南方，」布萊特說。

雅思敏的頭轉得非常快。他為什麼要這麼做？她正準備抗議，但他看了她一眼，要雅思敏相信他。

「全部就這些嗎？」吉納維芙說。「來自至少兩個不同地點的三張照片？一隻死貓跟一個鏤空圖案？」

雅思敏點點頭。

「對。」她撒了謊。

費狄的照片不是要給他們看的。

馬克看起來很不耐煩，幾乎都要離席了。

「說眞的，」他說。「請恕我無禮，但這眞的是浪費時間。我們要這個幹什麼？貓死掉的確很可憐，但老實說，這會讓人有點覺得妳只是想要我們幫妳付回家的旅費而已。」

一邊的腳掌在顫動。一邊的太陽穴在顫動。眼淚威脅將要落下。吉納維芙朝布萊特傾身。她的眼睛就跟瑪莉那拋光的耳環一樣又小又亮。燈光再次變換，此刻是淺藍色的冷光。

「布萊特，」她說。「我眞的不懂。這個符號可能象徵任何東西。我們為什麼要在乎這個符號？說不定只是個不適應環境的孩子畫的啊？對我們而言，很難說有什麼意義。」

她似乎準備起身。可是布萊特依然沉靜地坐在椅子上。

「我還以為這是妳的專長呢，」他說。「妳不是最會發現孩子們打算做什麼嗎？」

「是沒錯，是這麼說沒錯。」吉納維芙疲憊地回答。她現在站了起來，用略帶保留的神情直勾勾望著布萊特。「如果可以假定有個對應的象徵意義，或代表某個團體的活動，或是某些潮流的話，可是這個東西……」

她心煩意亂地指著牆上那張扭曲又光源不足的照片。

「這個東西什麼都不是。只是塗鴉而已。還有一個會殺貓的、有精神障礙的反社會孩子。」

她轉頭面對雅思敏。

「這個符號很棒。要不是它這麼具普遍性的話，我們肯定能夠把它賣給另一間廣告代理商，供他們使用。但我們的業務範圍比這個還要廣。我們想要看到巨大的改變，而非只是個體的表達。不是妳的錯，親愛的，但我真的認爲布萊特看走眼了。」

雅思敏面向布萊特。他爲什麼不站起來？他爲什麼不結束這場折磨？

意料之外的，他彎下腰，從小牛皮材質的公事包裡拿出自己的電腦。這台閃閃發亮的電腦小得不能再小。問都沒問，他就把連接線從雅思敏的電腦上拆下來，改連接到自己的電腦上。一個深綠色的波浪出現在牆面上。顯然是他桌面的圖案。

「眞的有這個必要嗎？」馬克說。他人已經走到會議室門口，準備要開門了。由於毛絨絨的隔音棉之故，這扇門有了保護色，如果忘了自己是從哪邊走進來的，你絕對不可能找得到這扇門。

可是吉納維芙停止了手邊的動作，並示意要他回來。

「給他們幾分鐘吧。」她說，同時轉身面向布萊特跟雅思敏。「但相信我，你們也就只有這幾分鐘了。」

雅思敏轉頭面向布萊特，但他沒有回應她的眼神，只是有條不紊地不停點擊電腦裡的資料夾，直到找到一個名爲抗議的資料夾。裡面有四張照片。第一張是某種遊行——雅思敏看見上頭寫著法文的標語牌跟旗幟。

「很好，」布萊特說。「我們就從這張開始吧。」

他露出自信的微笑，身子往後一靠，雙手在柔軟的海軍藍休閒西裝夾克前交叉。

「這是一場幾個星期前在巴黎舉行的反全球化運動。規模很大，但他們成天在搞這種東西。沒什麼特別的。」

椅子上的他身體往前一擺，手指在觸控板上一滑，然後把照片最左側的一個標語牌放大。

「但妳或許認得出這個東西吧？」他說。

雅思敏訝異地在那個標語牌上看見了同樣的紅色符號，她傳送給他的符號：背景是五芒星，前面是一個拳頭。她轉頭面向布萊特，後者平靜地對她眨了眨眼，然後關掉那張照片，點開另外一張。

「地點是在威廉斯堡，」他說。「距離這裡差不多半小時路程吧？」

照片上是一條被磚牆跟混凝土包圍住的暗巷。巷子最深處的骯髒牆面上，有一個外面框著五芒星的拳頭。那個鏤空圖案比貝爾格特裡的圖案還大，長寬差不多各一公尺。布萊特將照片放大。五芒星的中間有一隻被繩索吊掛起來的貓，幾乎跟雅思敏那張照片上的畫面一模一樣。

雅思敏的視線從照片移到吉納維芙跟馬克臉上。他們再次落坐，身體前傾，此刻顯露出狩獵般的神情。布萊特點擊了第三張照片。

「這張照片是我前幾天拍的，」他說。「地點在曼哈頓這裡的布萊恩公園。」

毫無疑問，這張照片正是布萊恩公園。那個拳頭又出現了，噴在通往地鐵的一面牆上。

「你剛拍的？」吉納維芙說。

「可能是三天前左右吧，」他說。「一開始，我很驚訝。但妳知道的，一旦開始尋找某樣東西，就會發現它到處都是。大腦會自動去搜尋同樣的圖形。」

「我很確定自己也看過，現在我想起來了。噴在靠近澤西市的紐新捷運車站附近。」瑪莉忽然說，同時身體往後靠在椅子上，神色若有所思。「沒有貓。但有那個圖案。我很確定。」

吉納維芙面向馬克；她的不耐似乎轉化為專注。

「而你居然認不得這個圖案？」她說。「沒有人回報嗎？什麼都沒提到嗎？」

馬克搖搖頭，此刻就連他都若有所思。

「我沒有印象。」他說。「我會再確認一次，但我很確定這是我們第一次聽到這件事。」

「瑞典，巴黎，紐約竟也出現了幾次？」吉納維芙說。「就這麼一個簡單符號？怎麼可能？」

她身子往前彎，虎視眈眈地看著雅思敏。

「而有人把這些照片傳給妳？誰？」

「一個老朋友，」雅思敏撒了謊。「某個知道我對街頭藝術有興趣的老朋友。」

「而妳認為自己能夠挖出背後的真相嗎？」吉納維芙說。「這個符號意味著什麼？背後的主使者是誰？透過妳那個在瑞典的朋友？」

「對，」她說。「事實上，我認為不出一星期就能找出答案。」

吉納維芙點點頭，然後臉轉向瑪莉。

「幫雅思敏訂下一班飛往斯德哥爾摩的班機，」她說。「幫她在我們常住的那家飯店安排一星期的住宿。」

她轉動自己的椅子，冷冷地看著馬克。

「你會負責追查紐約這邊，對吧？我們總還有些聯絡人吧？我的意思是說，這畢竟是你的職責，是吧？」

馬克搖搖頭，忽然一臉困惑。

「眞奇怪，」他咕噥說。「我們通常不會錯失掉這種東西才對。」

微弱的敲門聲打斷了馬克的自省時光。

「啊！」吉納維芙說，同時站了起來。「葛雷琴。」

原來葛雷琴是一名金髮的中年醫師，下身牛仔褲，上身穿了件胸口印著粗寫體「聖母」的棗紅色運動衫，到場的時候手裡拿著一個包包，包包裡的醫療用品足夠一輛救護車使用。心情很混亂的雅思敏一再擔保自己沒事，但葛雷琴對她的說詞全無興趣，自顧自地把一種涼涼軟膏揉在她的兩眼跟兩頰上，甚至還成功讓她露出自己那受傷的足部。

二十分鐘後葛雷琴離開了，雅思敏也都被包紮好了。會議室裡現在只剩下雅思敏跟布萊特兩個人，而她覺得自己就像馬力克，一隻她小時候從克羅埃西亞鄰居那兒拿到的米色狗玩偶，她從沒讓那隻狗離開過自己的視線。馬力克被細心地縫補修復，有了一對新的鈕釦眼跟一條老是會掉下來的尾巴。每當它裂開，肚子裡的填充物就會掉出來一些，到最後只剩下絨布皮跟縫線。她覺得自己現在就像那樣，沒有東西會再掉出來了，只剩下皮囊跟縫線，除此之外什麼也沒有。

布萊特變出一個玻璃杯，然後把杯子放到她面前，倒了半杯礦泉水進去。

「有覺得比較舒服了嗎？」他問。

雅思敏不理會眼前的水。

「剛剛到底發生了什麼事啊？」她說。

「去機場的路上再聊。」布萊特心滿意足地給了她一個微笑。

此刻，她整個人陷進布萊特那台龐然大車的皮椅裡。車子走大西洋大道，駛經皇后區，朝甘迺迪機場前進。她可以感受到許氏父女的瑪莉給她的那張信用卡，穿透了英式短裙的厚布料蹭著她的髖骨。那是她的得獎彩票，連她自己都不敢相信。她正在前進。所有發生過的一切，那些跟大衛有關的狗屁倒灶事，那些跟分手還有欺騙有關的事全都在消逝。也都不再重要。費狄可能還活著，而她將會找到他。那張信用卡證明了她有能力辦到。

「要帶著負責任的心情去使用，收據記得保留。」瑪莉說，然後她眨眨眼，降低了音量。「但可別過度小心翼翼啊。」

她覺得自己的腳柔軟又舒適，就連太陽穴也不痛了。或許得感謝葛雷琴提供的粉紅色小藥丸吧。

「臭氧公園，」布萊特用手指敲打方向盤的淺褐色皮革邊說。「我一直都很喜愛這個名字。」

雅思敏望向窗外，看著那些布滿灰塵的美甲沙龍，飄過空車位的塑膠袋，廢棄屋宅窗戶上的三夾板，還有那些酒類商店。一切似乎都離布萊特的世界比較遠，離她的世界比較近。

「剛剛在那上頭，到底發生了什麼鬼啊？」她把視線從那些廢氣以及用木板封死門窗的廉價商店上，轉移到了皮革、木紋——以及布萊特身上。

「妳是要問會議上發生了什麼事嗎？」他問。

「不然咧？」

他笑出聲，再次敲打起方向盤。

「唉唷，」他說。「只是施了點布萊特魔法而已啦，就這樣。」

「你從哪兒弄來那些照片的？你之前就知道了嗎？我那些照片才傳給你不過二十四小時耶。」

他斜眼看她，嘴角漾起一抹微笑。

「二十四小時對我來說就很夠啦，寶貝。事實上用不著這麼多。」

車因紅燈而停下，他轉頭對著她。

「妳以為那些照片是真的啊？」他說。

雅思敏搖搖頭，試著在腦海裡將這天下午、過去幾天，還有發生的一切事情都弄清楚。

「我什麼都不懂，」她說。「什麼都不懂。」

他安靜地踩了油門，他們又開始在顛簸的路上緩慢前進。

「妳傳了那些照片給我，」他說。「我立刻就知道光憑這些還不夠。老天啊，雅思敏，我不是要妳好好準備嗎？」

他瞥了她一眼，眼神中有一絲絲不滿。

「幸好我不認爲妳辦得到，因此決定主動出手。那些人可不是一般老傻瓜。潮流是他們的商品。客戶付他們好幾百萬美元好跟時下的年輕人接軌，這樣銷售自家產品或舉辦推廣活動時才能占到優勢，彷彿是他們自己創造出了潮流。但許氏父女眞正的商品是什麼？什麼也沒有！只是欺瞞的把戲而已。他們是騙子。不過卻是富有成功的騙子。妳知道俗話說得好：想要欺騙騙子，就得技高一籌。」

雅思敏專注地看著眼前車流跟衰敗的混凝土建築。

「所以你做了什麼？用 Photoshop 修圖嗎？」

布萊特聳聳肩，高興地敲打著方向盤。

「唉唷，我還能怎麼辦呢？妳傳給我的東西還不足以讓他們爲此幫妳弄一個專案，我想妳可能也有留意到這點。從一開始就清清楚楚。我把妳傳過來的那些照片交給一個專門在修圖的客戶，請他幫我把格局弄大一點，妳懂我的意思嗎？把那些圖貼到其他背景上。其實看起來也挺搭的。他欠我一個人情，而我知道他們想要的是什麼。每一個身在這個業界的人都想要的東西：潮流，各個不同地方同時出現的新東西。最理想的就是出現在美國，最好跟他們有直接關係。例如曼哈頓。他們想要造反及青春。有點危險又不會太危險的東西。他們一直在找辦法，想用今年夏天的那些遊行來撈一筆，那些抗議跟暴動，反全球化運動跟那些什麼鬼的。而那個符號夠簡單。那隻貓或許有點過頭，但也賦予這個符號一些古怪。那些人喜歡古怪的東西。」

他大笑，同時背往後靠。

「就像你們歐洲人說的那樣，成啦。現在妳有一個禮拜去做自己想做的事。但看在我爲妳做了這麼多的分上，妳最好之後還是要生點什麼東西出來啊。」

二〇一五年八月十六日星期天
英國，倫敦

從連接蓋威克機場的高架鐵路軌道上往下看，倫敦看起來仍舊像座未來之城，地平線上滿是藍鑽般耀眼、扭曲而自信的摩天大樓，在傍晚的黑暗中閃閃發亮。但在富未來感的天際線之下，曲折蜿蜒的街巷看起來就像霍格華茲裡的樓梯，總是走往意料之外的方向。擁擠，骯髒，煙霧彌漫。返家巴士射出的黃色燈光照在蒼白的臉孔上，一包薯條權充晚餐。薪資過低的烏克蘭人跟希臘人在路上跳開，讓路給中國人開的豪華轎車。倫敦是融合了超級富豪的狄更斯。

克拉拉．瓦爾迪恩坐在窗邊，讓城市再次將她淹沒，從太陽穴流瀉而入，進入頭骨，進入全身骨骼，直到就連心跳都改變了節奏。

回來真好。跟祖父母在聖安娜群島一起待三天是她的極限，多一秒都沒辦法。她得要逼自己坐好坐穩，等祖母小心翼翼地將滾燙的咖啡倒進薄薄的陶瓷杯，並端上剛烤好的豆蔻麵包。彷彿她的身體已無力再多承擔這些小事，彷彿她的大腦運作速度對阿斯波亞來說太快了，而今晨，她得先熬過一秒又一秒，才能等到跟爺爺一同去獵鴨的時光。她覺得自己正需要這個運動——集中與期待，平靜與爆炸。

可是等到她跟祖父的巴吉度獵犬一起搭上小船出航，就在他站在船首迎著風、兩隻小眼滿是期待之時，她也開始覺得不舒服——每一顆經過身旁的岩石，平靜、美麗海上泛起的每一個漣漪都教她不適。

一年半又多一些日子前，聖誕節之時，在那些岩石與小島之間所留下的回憶又再次將她淹沒。風暴侵襲走私者之岩時，她跟蓋柏拉躲在波西的舊穀倉裡，以逃避政府派出來追殺她們、並想要置她們於死地的祕密士兵。

還有在那之前發生的事。布魯塞爾跟巴黎。馬哈穆德叫喚她的聲音，跟她記憶中在烏普薩拉時叫喚她的聲音非常不像。她好氣他。她幫他取了個綽號叫「壞脾氣」，她的初戀。也許是她唯一的眞愛，這個眞愛背叛了她，但又回來告訴她爲什麼自己會那麼做，因爲他又需要她了。

接著是巴黎那個下雪的夜晚。她還記得那些潑灑在超市地板上的紅酒氣味。無聲的子彈在他們身旁轉動。馬哈穆德的手沉沉地放在她的手中，當時她還不知道他中彈了。他額頭上那個小小的圓洞。鮮血在冰冷的地板上流淌。她決定要逃跑，決定要拋下他，只爲了要活下去的那一刻。

然後，才不過幾天時間，就在風暴正侵襲聖安娜群島時，那個美國人忽然敲擊了穀倉的大門。那是她的「父親」，一個她難以接納的字眼。

短短幾天之內，她看著自己的人生摯愛與先前並不知道存在的父親在她的眼前，在她的臂彎中死去。經歷過這樣的事情以後，你怎麼有辦法再打起精神來呢？

❖

從克拉拉有記憶以來，爺爺就會像這樣在早上開著小船，停泊在其中一座小島上。爺爺注意到了她周身的氛圍，於是環抱住她，把她拉靠近自己。

「小克拉拉，最近過得還好嗎？」他說。

但她承受不了這樣的關懷，承受不了他的擔憂。最近這幾年，祖父母已經爲她操了太多的心。在事情發生後的頭幾個月，他們看過太多次她躺在自己老房間的床上；他們也憂心忡忡地看著她接下撰寫馬哈穆德關於戰爭罪的博士論文工作，並將之完成。書籍出版了，上面印著她跟馬哈穆德的名字，她看見了他們臉上的驕傲，但她主要的感受卻是羞愧——那根本就不是她的作品。她止不住地認爲自己從馬哈穆德那兒偷了東西，從他已失去生命的手中拉出來，當作自己的東西呈現出去。

她也逃避不了每個人都在呵護她的事實。勒山德——馬哈穆德的上司成功說服她應該要讓自己的名字印在書上；告訴她她編寫的部分多過絕大多數的共同作者。的確如此。她每天工作十二小時，幾乎花了一年時間才讓這本書成形。然而她仍覺得自己的行爲像個小偷。而他們都在呵護她，小心翼翼地對待她。似乎沒有一個人意識到她沒有成功保護那些逝去的人。爲什麼他們要對她這麼仁慈，爲什麼他們要讓她的生活比較好過？

就像夏洛特．安德菲爾幫她安排了去倫敦念法學博士，並確保了她一定能領到獎學金，好在倫敦將馬哈穆德的書完成。或像她最好的朋友蓋柏拉，把她從床上拖起來，說服她繼續工作。

她不值得他們的幫忙跟耐心。

因此她甩掉了祖父的手，顫抖而空洞地對他笑了笑。

「沒事啦，」她說。「只是有點累而已，因爲太早了。走吧，我們去找點。」

開始朝他們常去的那個狩獵點前進時，她感受到祖父正從後面盯著自己，感受到他的擔憂跟好奇，感受到了他想要幫忙的心。這讓她憤怒。她想要轉身對著他，對著所有的人大叫：媽的，讓我靜一靜好不好！我毫無價值。一無是處。我是個叛徒，是個殺手！一無所知。放我一個人自生自滅吧！別來愛我！

就連他們就定位，無聲而隱形地坐在樹叢中，看著清晨的太陽在面前的海上閃爍發光時，她依舊找不到一絲安寧。就連來打獵，待在這裡，做她以往最最喜歡的休閒活動，也沒有任何用處。

但接著阿爾伯特開始吠叫，幾秒後蘆葦叢沙沙作響，六隻山鷸拍翅升起，飛往海灣。在那當下，就只有那片刻，重擔消失了，讓克拉拉變得空虛而孤單，毫無過去或未來。她用槍枝瞄準，舉槍不動，直到已有把握才扣下扳機。一次，兩次。後座力浪般襲來，她覺得腦子裡乾淨輕鬆。

可是一放下槍，那美好的空虛感就又消失了。

阿爾伯特把山鷸叼了回來，祖父讚許地拍了拍她的肩。

「射擊技術真不賴啊，克拉拉。」

他把鳥兒從阿爾伯特的嘴裡拿出來，拍了拍牠，並從防水大衣的口袋裡拿了點東西獎勵牠。

「要喝咖啡嗎？」他對著克拉拉微笑地說。

「是愛爾蘭咖啡嗎？」說出口的同時她就後悔了。

他看著她，眼睛裡泛起了新的擔憂。

「妳不覺得現在就喝愛爾蘭咖啡有點太早了嗎？」

克拉拉把來福槍架在肩膀上，開始往小船的方向走去。

「該走了吧。」她說。

她在黑衣修士站下火車，招了輛計程車。她今晚沒力氣搭倫敦地鐵或巴士。

「到秀爾迪契那邊，」她說。「諾瓦街。」

她感受到嘴裡的紅酒味，她喜愛那種濃烈，並期待一下車就能夠抽根菸。

她在機場喝了一杯，飛機上又喝了一小瓶，喝的速度盡可能放慢，避免還要加點時隨之而來的羞愧感。這天是星期日，她星期六做報告忙了一整天，大半夜的連杯酒都沒喝就離開了阿斯波亞。明天將會是漫長的一天，所以她今晚當然應該再來一杯。一到兩杯就好，現在還沒七點呢。

「對了，」她對司機說。「你知道雷納德街上的圖書館酒吧怎麼走嗎？」

抵達時，圖書館酒吧已經半客滿了，正合克拉拉的意。這裡很快就會沒位子了——對從事自由業的客人來說，星期天跟其他日子沒什麼差別。一看到她，酒保皮特就眨了眨眼。她走到吧檯邊，等他幫兩位穿條紋襯衫、寬鬆短褲，蓄著鬍的「創意產業」男人倒些在地生產的精釀啤酒。

「最近怎麼樣啊，克拉拉？」他說，並把一只玻璃杯放在她面前的吧檯上，同時伸手往下拿出一瓶紅酒。

「還可以，週末去了趟瑞典，剛回來。」

她對著立在身旁地板上的行李袋跟筆電包點了點頭。皮特幫她把酒斟滿，並在她伸手進皮包要拿皮夾時揮手阻止她。

「算我的。很高興看到妳一下飛機就過來。」

他暫停了一下，表情忽然一變。

「如果妳晚點幫我一起打烊收拾，我就在我住的地方另外請妳再喝一杯。」

克拉拉啜飲了一口紅酒，眼睛看著他那頭蓬亂的金髮、清澈的藍色眼眸，跟薄薄白T恤底下清晰可見的鎖骨及結實肩膀。她記得，或依稀記得，最近幾個禮拜曾在他家有過三個笨手笨腳、醉醺醺、沒有獲得滿足的夜晚。

她搖了搖頭。

「今晚不方便，皮特，」她說。「不過還是謝謝你請我喝酒。」

十點後酒吧滿了，克拉拉也覺得自己醉了。她喝了多少？顯然比預期的要多，而每喝下一口酒，她就覺得腦子裡越空曠，越輕盈。每喝下一杯酒，就更容易放鬆心情，更容易忘掉過去，更容易忘掉工作、壓力跟那些亂七八糟的事。但今晚，她一定錯估了自己的酒力，因為她頭暈目眩。她很後悔自己跟個該死的新手一樣，多喝了那最後一杯。

「我想我……」她對著那個三分鐘前自己才開始縱情挑逗、有著一頭深色頭髮的攝影師說。

「我想我得走了。」

他一臉訝異，彷彿她在開玩笑。他叫什麼名字來著——馬丁嗎？其實也不重要啦。

「我得回家了。」她說，同時因自己講話沒有含糊不清而鬆了口氣。

她先拿起自己的包包才說出這句話。

「我可以送妳回家。」那個可能叫做馬丁的男人說。

克拉拉搖搖頭，揮揮手。

「我就住附近，」她說。「沒問題的。」

「至少給我妳的臉書吧？」他對著克拉拉脖子說這話的同時，她已經擠開其他客人，走到外頭依舊溫暖的倫敦夜色之中了。

空氣很悶，聞得到廢氣跟油煙的味道。過去幾個星期都很熱，克拉拉的頭開始越來越暈。她試著走了幾步，發現自己的眼睛無法對焦。彷彿眼前的建築物都在她視線邊緣動來動去。

慢慢地，她開始往家的方向走，心裡擔心得要死。靠，她明天該不會真的宿醉吧？蠢斃了。她抄捷徑，走一條通往大東街的小路。走了幾公尺以後，覺得自己聽見背後有腳步聲。她停下，轉身。什麼也沒有。八成只是行李袋的拖輪發出的聲音吧。她忽然感到萬分疲憊，但仍強迫自己繼續往前走，加快腳步，心裡因自己住在離這裡不過十分鐘路程的地方而感到安心。

但一開始移動，她就又聽見了腳步聲。現在她很確定自己沒聽錯，於是在不減緩腳程的情況下往後偷瞄。小巷昏暗，兩邊都是布滿塗鴉的老舊磚牆。酒醉讓眼前的混凝土看似搖來晃去。但在牆與牆之間，柏油路面的中間，她看見了一個男人身影。一發現她看見了自己，男人就停下腳步。她也停了下來。

「馬丁？」她說。

混凝土在她的腳下旋轉、晃動，她發現自己視線難以集中。那個男人舉起雙手，什麼也沒說。克拉拉跌跌撞撞又往前走了幾步，然後蹲了下去，用四肢撐住身子。她的腦袋嗡嗡作響。底下的柏油路看起來像海洋，混凝土就像聖安娜群島的礁石。身旁的海浪在移動，彷彿在呼吸，在搖擺，彷彿她仍待在祖父的小船上。她別過臉，不去看所有那些暫時出現在眼前、移動著的東西，試圖集中注意力，同時一股噁心感也開始變強。但抵抗無用；她喝下的紅酒跟堅果硬闖了出來。吐完以後，她側躺在地，閉上雙眼。另一個宇宙在她閉上的雙眼外展開。她聽見一聲呢喃，感覺有人又拉又按她的手。接著一片黑暗。溫暖，無聲，漆黑。

二〇一五年八月十七日星期一
瑞典，斯德哥爾摩

在里達街的故事旅館外付計程車資時，雅思敏這才意識到現在已經是斯德哥爾摩的早上了。她手機裡的時間顯示爲早晨，但她的身體已經放棄，此刻存在於地球的任何時區概念之外。東京與紐約之間有十三小時的時差。與斯德哥爾摩又有六小時的時差。她覺得自己沉重又渺小，身體四分五裂又輕飄飄的。

司機刷卡時，她一度屏息。自會議結束以後，她第一次使用這張信用卡，而過去幾天在紐約的時光猶如一場夢境，因此她不確定這張卡到底能用還是不能用。

但讀卡機刷過了，於是她跌跌撞撞走進晚夏早晨的溫暖之中，跌跌撞撞穿過自動化的服務台，走上她那間根據網站形容，「波西米亞式」的房間，一走進去連鞋子都還沒脫，就一頭栽倒在床單上。

醒來時，從薄窗簾流瀉而入的光線換了個角度，她翻身，用手機確認時間。才剛過十二點；她睡了兩小時。感覺就像睡了一整晚，然而她的頭裡彷彿裝滿了沙，身體焦躁不安。回來的感覺很奇怪，縱使這個房間裡那未經修飾的赤裸裸牆面跟極簡主義的裝潢不像瑞典，或至少不像她所熟悉的瑞典。她起身來到窗邊，往外看著里達街上建物那融合了簡約、布爾喬亞現代主義及高雅的世紀末建築風格，往下則看見東馬爾姆廣場地鐵站以及畢格亞斯街。也不是她熟悉的瑞典。但她心想，費狄肯定就在外頭某處。

「弟弟，我來了，」她輕聲地說。「別再消失了。」

她拉上窗簾，走進浴室。鏡子裡的那張臉令她皺眉。那不全然是一隻瘀青的眼睛，更像是她的右眼腫了起來，一輪明亮的紫色落日從她的太陽穴放射出來。難怪布萊特會在甘迺迪機場買了副廉價的大太陽眼鏡給她。與此同時，她也感謝那隻眼睛，感謝那隱約顫動的疼痛，感謝那腫脹對她的臉部帶來的改變，感謝那腫脹帶來的醒悟。它毫不含糊，毋庸置疑，有如一幅蝕刻畫，每當後悔、自責或懷疑進駐心底時，她都能望向這個明顯簡單的符號。她拿起手機，盡可能把鏡頭對準自己的臉，然後拍了張照片。絕不再犯。

她坐在床上，點開母親傳來的訊息。看著費狄那張昏暗的照片，同時不停滑動手機。試圖讓那些畫素排列整齊，試圖讓那些畫素加總起來。是他，她心想。一定是他。

她關掉那張照片，但沒有關掉母親傳來的訊息。她有多久沒跟雙親說過話了？她在四年前離開，但在那之前好幾年，她通常連一個字都不跟他們說。他們在家的時候，她就待在外頭；除非確定他們出門了，除非知道只有費狄在，她才會回家。她只記得他們疲憊的臉龐，漫長的凝視，尖銳的字句和堅硬的拳頭。現在呢？她搖搖頭。明天再說。首先，她得去見一個人。

她緩慢掃過瑞典親友的電話清單。許許多多的人名，許許多多年未聯絡。那些對她來說曾經是一切的人，陪伴她一起長大的人。派瑞莎跟Q、馬力克跟賽巴、比拉爾、紅仔、索樂黛、漢娜、丹尼、阿瑪特。數學課跟課後學程、遊樂場裡抽的那些大麻；那根位在瓦爾街後方樹林的電線桿，他們會一直往上爬，直到快要碰到星辰，快要懼高而暈眩。大白天，趁著荷西跟孟娜的父母不在，就跑去他們家喝酒，結果他們的舅舅後來進了醫院、在廣場上蹓躂，以及在米莉安家的廚房風扇下面抽菸。接著還有錄音室，但她不能再想下去了。那些事情不重要。她深吸了一口氣。她沒有其他選擇，得要勇敢面對。她繼續滑動手機螢幕，直到看見自己在尋找的那個名字。

才響第一聲他就接起了，一定是把電話放在手邊吧。

「喂，我是伊格。」

雅思敏忍住掛斷的衝動。她要自己慢慢呼吸，鼓起勇氣。

「伊格納西奧，」她說。「是我。阿雅。」

電話的另一頭沉默了。

「我知道，」她說。「好久不見了。我……」

「妳現在在哪裡啊，朋友？」他說。

他的聲音就跟她記憶中一樣。又大又開闊，大到足以消失其中。

「我又回來了。在斯德哥爾摩。你呢？」

他笑了。

「欸，妳在想什麼啊？我就一直待在同樣的地方啊，姐妹。我又不是什麼會去環遊世界的人，對吧？」

「在上班嗎？同樣的地方？」

「就像我剛說的，阿雅，老樣子啦。妳呢？現在人在斯德哥爾摩啊？」

他的聲音聽起來很訝異，像大吃一驚那樣。很合理。

「對，我人在斯德哥爾摩。今天早上才剛到。」

又一次沉默無聲。好久好久。沉默了好久好久。她知道決定權在自己手上。

「我想跟你碰個面，伊格納西奧。」她說。

他猶豫片刻，嘆了口氣。

「伊格納西奧？」他總算說。「好姐妹，只有妳會這樣叫我。妳知道的。好啊，妳想在哪兒碰面？」

「我可以請你吃頓晚飯，至少讓我盡個小小的心意，你覺得呢？」

「妳要請我吃飯？這可是頭一遭啊，朋友。沒問題。我現在人在城裡上班。五點約在菲力品漢堡怎麼樣？在下班人潮還沒進去以前。妳知道地址嗎？」

「我會找到的，」她說。「到時見。」

瓦薩斯坦區很安靜，有種奇特的懶散感。今年的夏季很漫長，縱使假期結束，懶洋洋的感覺仍未消褪。偶爾會看到三十歲左右、穿著襯衫的媒體人散步回家，幾個請了育嬰假的父親遊蕩而過，一手推著娃娃車另一隻手拿咖啡。路上的車龜速前進。

從烏普蘭斯街一拐往天文台街，雅思敏就在菲力品漢堡外面的座位上，看見伊格納西奧那寬闊的背。雖然仍有一些距離，而且還是從背後看，伊格納西奧似乎仍縮著身子，彷彿自己的體積過於龐大。

要再見他令她憂愁，她刻意放慢腳步，盡量延緩兩人的重逢。從她一聲不響離開到現在已經四年了。而直到此刻，直到再次回到斯德哥爾摩，她才意識到自己過去那幾年去了多遠的地方，意識到自己的心或許仍未歸來。

「伊格納西奧！」她強顏歡笑地說，在他身旁的長椅上坐下。「最近還好嗎？」

他快速轉頭，差點就打翻餐桌。他把平頭藏在一頂藍色的尼克隊帽子裡，一把又黑又密的鬍子修成方形。這讓他看起來比實際年齡二十四歲還大。他下班以後直接過來，仍穿著藍色工作褲跟背部印有搬家公司名稱的T恤。一股舊情在雅思敏體內燃起。

「阿雅！」他邊說邊用大大的雙臂環住她。「老天，也太久不見啦，朋友。」

「四年了，」她說。「時光飛逝啊。」

他什麼也沒說，只輕輕地放開她，但大大的雙手仍放她肩上，同時仔細瞧了瞧她。

「瘦成皮包骨啦，阿雅。都沒吃東西啊？」

雅思敏聳聳肩，露出笑容。伊格納西奧無可奈何地搖了搖頭，接著放開她一邊肩膀，輕輕摘起她的黑色大太陽眼鏡。看見從雅思敏太陽穴放射而出的落日時，他瞇細了眼，嘴抿成一條線。還來不及說任何話，雅思敏就甩開了他，從他手裡拿回自己的太陽眼鏡，再次戴上。

「我們最好趕在所有瑞典人湧進來之前先點餐，」她說。「你想吃什麼？」

❖

四十五分鐘以後，他們已經吃掉了自己的漢堡，伊格納西奧則喝掉了第二杯摻有雙份傑克丹尼威士忌的餅乾奶昔的一半。雅思敏啜了一口斯德哥爾摩精釀啤酒（「妳已經回到家了，阿雅，得喝點在地的東西才對。」她本來想點美國啤酒，但他用這句話打消了她的念頭），接著往後靠在長椅上。酒精讓她穩定了下來，讓時差的影響減弱爲模糊的雜音。夜晚依舊溫暖，天空清晰、明亮、無盡。

過去四年所發生的事情，他們已經聊完了大半。誰離開了。誰出了專輯。誰搬家了、死了，或被抓去關了。有那麼一度，雅思敏幾乎可以忘掉其他一切，幾乎可以忘掉自己的眼睛跟大衛跟紐約跟許氏父女。幾乎可以忘掉費狄跟自己的流亡，因爲能夠將背部往後一靠，喝杯啤酒，聆聽那些老生常談的戰爭故事與傳說的全新版本，實在讓人心情舒坦。有那麼一度，回故鄉的感覺眞的就像回到了故鄉。

但她知道他們只是在繞圈圈，無法永遠這樣下去。到最後，他們一言不發，任雙眼隨意瀏覽幾乎無人的街道，瀏覽路面的鵝卵石跟新藝術派風格的建築門面。幾秒鐘過後，伊格納西奧朝她轉過頭來，用截然不同的神情看著她。

「我聽說費狄的事情了，」他平靜地說。「阿雅，聽到這個消息我眞的很難過。」

雅思敏只是點點頭，低頭望向自己的啤酒。

「我發誓，」伊格納西奧繼續說。「當時不知道情況這麼嚴重。到處都看不到他。早知道的話我就……」

「我知道，」雅思敏說。「我知道，伊格納西奧。」

她把自己的手放到他手上，但不敢去看他的眼睛。

「是我的錯，」她小聲地說。「全是我的錯。離開的人是我。」

她轉頭面向伊格納西奧，同時拿掉太陽眼鏡，直勾勾看著他的眼睛。

「我搞砸了，」她說。「一整個人失控，一句話也沒說就那樣走了。我錯得很離譜，伊格納西奧。對費狄跟對你都是。」

輪到伊格納西奧把頭別開，掃視著到處都是灰塵的人行道。

「妳什麼也不欠我，」他聳聳肩。「我們在那之前早就結束了，不是嗎？」

「但我就那樣突然走了耶？我不該對你那麼做。我在腦海中寫了好多好多電子郵件要給你，但一封也沒有寄出去。」

伊格納西奧轉頭看著她苦笑。

「該怎麼樣就怎麼樣吧，姐妹，」他說。「妳只是做了自己該做的事情，對吧？」

雅思敏謹慎地點點頭，喝了一小口啤酒。

「所以最近怎麼樣啊，阿雅？」他溫柔地說。「來這裡做什麼？四年耶？妳可是一聲不響就離開了耶，寶貝。應該不只是回來見我的吧？」

「他沒死。」她靜靜地說。

伊格納西奧似乎抖了一下，然後整個身子橫過桌面。

「什麼？誰沒死？費狄嗎？」

雅思敏把手機從口袋裡拿出來，點開母親寄給她的照片。然後把手機推給桌子對面的伊格納西奧。

「你自己看吧。」

他拿起手機，用手指拖曳照片放大，湊近臉龐仔細看。最後再次放下手機，眼神裡帶有哀傷。

「或許吧，」他說。「阿雅……不要抱太高的期望。那個人有可能是他。可是說眞的，畫面太昏暗又不清楚，妳不覺得嗎？」

「是他。」她平靜地說。

「所以妳回來想試著找到他嗎？」

「不是試。我會找到他。」

伊格納西奧看起來很擔心，不過他平靜地點了點頭。

「妳住哪裡？」他說。

「故事旅館，在斯特里普蘭廣場那邊。」

伊格納西奧吹了口哨。

「讚喔。妳變成大咖了，姐妹。」

「我有一份工作，」雅思敏說。「或者正確來說，我幫廣告代理商做事。尋找藝術家那類的。潮流。你知道的，那些想要賺孩子錢的大公司。」

她彎了彎手臂，做了個諷刺的嘻哈手勢。

「總之，我現在合作的這家公司想要知道貝爾格特那邊的情形。」

伊格納西奧搖搖頭，喝了一口奶昔。

「妳到底在講什麼啊？他們找費狄是想幹嘛？」

「他們根本不知道費狄的事情，」她說。「但那邊有些狀況。費狄可能也牽涉其中。」

她再次聳了聳肩。

「我不知道是什麼狀況。但管他的，反正他們願意付錢就好。」

「我不懂，」伊格納西奧說。「有紐約的廣告公司想要知道貝爾格特的情形？天底下怎麼會有這種事呢，朋友？」

雅思敏疲憊地笑了笑，啜了一口啤酒。

「用了一點老套伎倆啦，」她說。「天底下可不是只有你一個人能從樹上搖下錢來啊，兄弟。」

伊格納西奧大笑，背往後一靠。

「所以妳讓他們幫妳付回來的錢啊？旅館錢也是？靠，阿雅，我眞爲妳感到驕傲耶。」

「我得要找到費狄。可是大衛……他偷走了我所有的錢。我需要別人資助我。」

她拿出手機，點開那張貓吊在圈套裡的照片。

「這邊，」她說，同時再次將手機推到桌子另一邊去。「傳給我的照片還有另外三張，似乎可能跟費狄有關。」

他再次拿起手機，看了幾眼照片就幾乎立刻關上螢幕，交還給雅思敏。

「不知道，」他語帶防衛地說。「妳從哪兒弄來這些照片的？」

她質疑地看著他。

「嘿，伊格納西奧。還有其他照片。一個拳頭在星星裡的圖案。」

她拿起手機，打開螢幕。

「我什麼都不知道喔，懂嗎？」他說。

他說話的態度忽然變得很草率，幾乎可說帶有攻擊性，她馬上抬頭望向他，但他把眼神轉移到了街道，轉移到在午後光線中呈現出柔和與黯淡質感的新藝術派風格的店家門面上。

「老兄，幫幫忙好不好？」她說。「你連那些照片都還沒看耶。」

她再次將手機掉轉方向，但他從她手中接過來後，就把手機放在桌上。

「Wallah，」他說。「我發誓。關於那些事情我什麼也不知道。」

他直視她的雙眼，表情不再溫暖又尷尬，而是變得更貝爾格特——滿是確鑿又複雜的忠誠。那表情除了擔心之外還有別的。有種他沒說出口的東西。

「說眞的，阿雅。」他說。

他把一隻手放在阿雅手上，那隻大手完全遮住了她的，同時按了一下，力氣沒有很大，但大到足以讓她想起過往——想起貝爾格特及成長過程，想起幽閉恐懼症及禁閉。想起無助感。

「有些事情妳就是只能忘掉，懂嗎？」

「有些事情你就是不能忘掉，」她小聲地說。「但我聽清楚你說的話了，兄弟。」

他們沉默地喝了一會兒酒。直到伊格納西奧再也忍不住了。

「妳的眼睛怎麼了？是他弄的對不對？那個跟妳一起走掉的瑞典人。那個藝術家。」

他吐出藝術家三個字時所獲得的滿足感，就像一個人好不容易總算把卡在牙縫的食物渣滓弄出來一樣。

「那不重要，」她說。「我現在已經回來了。」

她深吸了一口氣。他們早晚總是要聊到這事上頭。

「什麼鬼啦，阿雅——」

「別說了，」她打岔。「我得要搭上飛機啊，對吧？在闖進去偷東西跟所有那些事情以後。我那麼做是爲了費狄。我以爲我那麼做是爲了費狄。」
伊格納西奧傾身向前，眼神再度變得柔和、熟悉。
「可是阿雅，親愛的。妳沒發現大家老早就都知道了嗎？妳眞的認爲他們會相信錄音室裡的東西是妳偷走的嗎？」
她感受到一股冷風吹過自己身體。當然，她知道那只是藉口，只是某個把她逼到極限的藉口。讓她有了離開的力量。
「人都要做自己該做的事，對吧？」她說。「我現在已經回來了。你還希望我說些什麼？」
她啜飲了一口啤酒。伊格納西奧聳聳肩，瞥了眼自己的手機。
「我得走了，」說這話的同時他站了起來。「很高興見到妳，阿雅。」
他的身軀擋住了太陽，巨大的影子落到雅思敏身上。她也站了起來，親了他的臉頰，但他抓住她的肩膀，將她微微推開，同時又一次嚴肅地看著她。
「別四處把這些照片展示給別人看，好嗎？」他說。「我是認眞的。妳不會想捲進去的。」
「捲進什麼啊，朋友？跟我說吧。我也就只有這些照片了。」
「有些事情是不能說的。少管他人閒事。貝爾格特的風格，妳瞭的。」
「但你會去問問費狄的事，對不對？會去幫我問問看有沒有誰聽過他的事嗎？」
「當然。可是別期望太高。說眞的，阿雅，在這裡最好還是低調一點。如果他還活著，一定會跟妳聯絡。相信我。」

二〇一四年七月到十月
瑞典，貝爾格特

這個夏天很熱。那些身上帶著保溫壺跟起司三明治的瑞典人是這麼說的。這裡是菲夏區果菜批發商後方的卸貨平台，職業介紹所最後要我來這裡上班。曬曬太陽眞不錯啊，他們說，然後就把自己那宿醉的蒼白臉孔面向天空，以確保自己能曬傷。

「你覺得呢，阿布杜拉？就像回到故鄉的沙漠上，對吧？」

我在休息的時候不會坐在大太陽底下。我不吃起司三明治，不喝咖啡。我會在他們拿著自己的塑膠飯盒跟其他鬼東西去卸貨區外頭時，從棧板上偷一些堅果跟番茄吃，我只吃這些東西。接著，我會在更衣室裡洗澡，走進其中一間冷藏櫃，把我那條老舊的毯子攤開。這條毯子，是我在高架橋底下的週日市集花四十塊錢買來的。我一毛錢都沒殺，沒打算殺，沒打算爲了過自己的新生活而殺價。

現在，我甚至不需要再看自己的麥加應用程式了——我知道要面朝黃瓜跟茄子。在那些蔬果的背後，如果你畫出一條又直又長的線，就會連到麥加去。回到家在我們房間裡也一樣，只要面對妳的枕頭，或說是妳以前的枕頭，然後從我的額頭拉出一條直線，穿過妳的枕頭，就能連結到麥加。

每一天，每一次在做禮拜的時候，我都會覺得自己是個差勁的穆斯林，差勁的弟弟，因爲在禱告的時候，我感覺不到眞主在我的體內。我感覺不到聖光穿過我的身體，我又會偷番茄，而且還記不住做禮拜的正確步驟跟可蘭經裡的段落，所以總是要上網搜尋，就著手機的螢幕念出來。而且念的還是瑞典語的版本，因爲阿拉伯文的太難了。

每一天我都會咒罵：我們多麼努力想要成爲地方的一分子，卻永遠也不可能。我們把整本瑞典語字典上的單詞都學會了，卻忘掉了我們的阿拉伯語。每一天我都保證自己會做得更好，會去學習，不再做亂七八糟的事。在這種新的生活裡，你不能做亂七八糟的事。

禱告結束以後，我聽見瑞典人在儲藏室門外的咳嗽聲及竊笑聲。我快速低語願眞主賜你平安與憐憫兩次，起身，把毯子捲好，塞進梨子的貨架底下，離開冷藏室，回去搬運香蕉、萵苣、蘋果跟高麗菜，直到搭地鐵回家的時間終於來臨。

我是世界上最寂寞的穆斯林。我在孤寂中祈禱，在孤寂中閱讀，在孤寂中信奉。在某一些星期五的日子裡，我會前往清眞寺。我站在廣場的另一頭，看著一群老邁男子走進地下室，永遠都是同樣一群人。梅第的父親跟祖父，在地鐵站裡修鞋的老先生賈馬爾。看他們的正式長褲、棉夾克、鬍鬚，跟屈服又順從的頸子。我怎麼可能有辦法加入那個社群呢？那不適合我。那只是個他媽的俱樂部而已，不夠認眞。他們只會發牢騷跟抱怨。我需要的不只這樣。我等待的不只這樣。在找到之前，我是孤身一人的兄弟盟。

而在等待的過程中，我沒有教友，沒有一個能夠陪我在這個專注於社群、正義與團結的宗教裡一起禱告的人。等待的過程中，我也在準備。強迫自己不間斷地一次念超過十行可蘭經的經文，強迫自己記住禱詞。

我在準備自己，同時也在網路上找新的虛擬弟兄。他們跟廣場那兒的人不同，他們認眞而積極，我的信念隨著他們傳給我的每一部敘利亞影片、每一場佈道而變得更堅定。我的新弟兄們有頭銜，而非姓名，他們跟我一樣憤怒，跟我一樣準備好要把這些爛玩意兒給炸個一乾二淨。也跟我一樣孤單。跟我一樣，這些弟兄眼前的面罩已被揭開，我們看見了世界的眞實樣貌：壓迫、殖民主義、帝國主義，以及不公。沒想到我以前居然看不見。我生活其中，強迫自己去接受，甚至意圖成爲其中的一分子。讓我充滿憤恨及自我厭惡。我怎麼會盲目了這麼久？怎麼會覺得瑞典語字典比阿拉伯語重要呢？但現在這一切都結束了。

如今每天下班以後，我都會在螢幕上看見這些事情：寫實的影片、以像素構成的壓迫證據、沙漠裡流下的鮮血，兄弟姐妹被趕出故鄉、被殺害、在藍色暮光下被強暴。如今我看到了在加薩走廊跟敘利亞的無知與惡行，就跟在這裡，貝爾格特一樣，我們同時遭到拘禁與隔離，被困在混凝土中，沒有未來，沒有過去，完全仰賴那些毫無道德感、無法令人尊敬、行事缺乏合理性、不敬畏神明的政府的施捨。

如今我發現，顯然我浪費了自己的一生，但沒有關係，那都沒有關係。如今一切都是嶄新的，我跪在地板上，跪在家中另一條毯子上，面朝著妳的枕頭，朝著麥加彎下腰，我不自覺地想到，如果看到現在的我，妳會說些什麼。妳會感到放心還是害怕？我感覺到那片海洋又一次席捲了我，那片空虛，無止無境的空無，感覺到它如同水銀般擴散，浸透了我渾身的骨頭跟血液，我咕噥著自己還記得的禱詞，整個人趴倒到毯子上，讓那些禱詞留在我的體內，強迫它回到心底深處，強迫它回到胸臆的深處歇息。

這種做法有用。我用禱詞驅走了空虛。如果我的心裡沒有充滿眞主呢？如果我感覺不到祂的關愛跟恩寵呢？這是祂的試煉之一。我必須先證明自己的虔誠，祂才會將金色光芒照耀在我的身上。

數月過去，我沒有跟任何人說話，只除了那些瑞典同事，而我也盡可能迴避他們；只除了那些會在線上跟我聊天的無名弟兄。我會在自己的房間或健身房裡自我鍛鍊、做好準備，我感覺身體在茁壯、疼痛，我知道每次舉重時都該感謝阿拉，但要能每天見到眞主對我來說很困難。我需要某種更龐大、更重要的東西。

我是個差勁的穆斯林。我知道自己應該尊敬、尊重父母，但我會躲開他們，躲去工作或健身房或自己的房間。我不知道該跟他們說些什麼，不知道他們會跟我說些什麼。在妳消失以後，這件事情變得容易多了。我很想告訴妳這件事，因爲我知道只要一想到我還在這裡，妳就會睡不著覺。他現在比較溫和，可能是老了吧。雖然幹了一大堆亂七八糟的事，但我總是比較會避開他，也很少會去觸怒到他。

我更擔心的，是妳很有可能過著不正當的生活。我跟阿拉祈禱，希望妳能在爲時已晚之前敞開心胸明白這一切。一想到這件事，黑暗就會在我的體內滋長，直到我大聲念誦可蘭經的經文，念誦這些我不明白的字句，但它們能帶來幫助，我不再去想那些自己沒辦法改變的事情。

十月的某一天，我在通往地鐵的橋旁邊遇到了梅第。他一樣肥胖、呼吸急促，坐在敘利亞人那間店外頭灰磚旁的一張長椅上，正在喝一瓶那個老頭賣的那種一公升裝的土耳其可樂。我只打算走過去。我甚至不記得自己最後一次跟這些老夥伴說話是多久以前的事了。八成是在妳消失之前吧？

可是梅第卻抬起那閃亮如牛的眼睛。他看見了我，於是在椅上展了展身子，舉起那隻拿著可樂的手。

「嘿，費狄！」他說。「最近怎麼樣啊，老兄？」

我沒辦法繼續前進，只得停下腳步朝他走過去。

「幾萬年不見啦，朋友。」他說，同時起身跟我擊拳，用單手擁抱我。「我發誓，你可真是個隱士啊，兄弟。」

我聳聳肩。

「你知道的。我在菲夏有工作。上健身房。沒空閒時間。」

他往後退了一步，偏了偏頭，大笑彎身，拉了拉我的鬍渣。

「嘿，這啥鬼啊？你現在留鬍子啦？」

我沒有回答，心臟開始猛跳，覺得自己沒了隱私，我的私生活忽然曝光了。否認自己的信仰是種罪嗎？我不記得了，關於可蘭經的事其實我什麼也不懂，我只是聳聳肩，往後退。

「不過留個鬍子而已嘛，賤人。」我說。「你呢，最近怎麼樣？」

他露出微笑，喝了一口可樂。

「你知道派瑞莎吧？」他說。「你姊的朋友啊？」

我點頭。她以前是我們的女神，她的緊身上衣、光潔肌膚跟牛仔褲裡的苗條雙腿，我現在仍會在她母親的沙龍外頭看到她。她依舊火辣，但臀部更結實了。

「她現在是我馬子了，老兄！」他說，同時舉高手想跟我擊掌，但我沒理他。

「嘿，你在開我玩笑吧？」我說。

天底下男人那麼多，搞上派瑞莎的人居然會是梅第，這太瘋狂了。媽的有氣喘、聲音又細又尖的胖子梅第，搞上了貝爾格特最辣的女孩？

「沒有，沒有啦！」他說。「我發誓是眞的，兄弟！」

他湊近我低聲說。

「床上的她啊，朋友……嘖嘖嘖！超熱情的，眞的！」

我退一步，這太超過了，可蘭經裡一定有批判這種事情的經文。

「說眞的，」我說。「我不想要知道這種事情，好嗎？」

「別那麼緊繃嘛，兄弟，」他大笑著說。「好啦，該走了。」

他舉起拳頭，我用自己的拳頭去頂。

「見到你眞開心，費狄，」他說。「天氣好的時候我們那夥人都會去熱熱身子。來嘛。我們好久沒見到你了。」

我點點頭，某種奇怪的憂鬱忽然席捲了我。我們再也不會一起踢球了，我知道。我們再也不會一起聊妹子了。再也不會一起抽大麻或燒車了。如今那所有的一切都已在我腦後。那應該是種解脫。是一種解脫，但也令人哀傷。

看到他的時候，我已經快要到家了。他蹲在地上，盯著我家門旁枯萎的樹叢。看起來像個哈比沙人[9]，也可能是索馬利亞人，蓄著一把梳理過的濃密長鬍，身上穿著寬鬆長袍，戴著一串念珠。我冒出一身冷汗，因爲我知道這件事情的含意，我知道自己即將展開新生命。想到隨之而來的事情讓我很害

9 居住於非洲之角的人的統稱，包含諸多部族。

怕，但我知道恐懼是阿拉的試煉之一，我得要忍受這樣的恐懼，才能證明自己的虔誠。我深吸了一口氣，安靜地朝家門走過去。

那個男人站了起來。他的鬍子沒我想的那麼濃密，長袍沒我想的那麼乾淨平整，他看起來很疲累，一雙小眼睛仔細打量我。

「你是費狄．亞傑嗎？」他說。

我靜默地點頭。

「讓我聽見你的聲音，」那個男人說。「沒什麼好覺得羞恥的。」

我吞了口水。

「我是費狄．亞傑，」我說。「祝你平安。」

我輕輕對他鞠躬，表達我的尊敬。

「也祝你平安。」他回答。

他眼睛盯著我，一手比了比停車場，另一手繼續數著念珠。

「過來這邊，」他說。「不然我們就要錯過宵禮[10]了。」

我仍在猶豫。這是我夢寐以求的事情。我曾跟線上的弟兄解釋過。我需要更多夥伴，我沒辦法自己面對這些事情，沒辦法忍受過著一天又一天，我得要離開，奉行阿拉的旨意。阿拉聽見了我的聲音，派了這個哈比沙人來領我前行。我卻仍在猶豫。

10 伊斯蘭教徒每天必須進行五次禮拜，分為晨禮、晌禮、晡禮、昏禮和宵禮。

「過來，」他又說了一遍，同時伸出手。「阿拉，願祂得到頌揚與彰顯，需要你。」

我瞥了一眼我們那扇窗簾從不拉開的舊窗戶，吸了一口氣，閉上雙眼。

然後我張開雙眼，跟著那個男人走過柏油路，前往停車場。

二〇一五年八月十七日星期一
英國，倫敦

頭痛喚醒了她——不很強烈，卻是鈍重的悶疼，她輕輕睜開眼。充斥房中的灰色光線既熟悉又陌生。這裡不是她家。她再次閉上雙眼，緊緊閉上。

她人在哪兒？發生了什麼事？昨天的一幕幕緩緩回到腦海。跟爺爺去打獵，機上喝了杯紅酒，搭計程車去圖書館酒吧。然後呢？她記得自己喝得比平常還醉。記得自己離開酒吧，街道如吊橋般搖搖晃晃，建築凹陷錯位。她記得背後的人影。接著就沒記憶了。

她慌張地坐起身，睜開眼。用雙手撫摸全身。身上穿了件龐大的白色T恤。不是她的。裡面只穿了內褲。她感覺胸口異常緊繃，脈搏加快。她開始冒汗，頭部陣陣抽痛。這個房間很熟悉，但她想不起來：一張床、一張散亂著紙筆的桌子、一個掛了男性衣物的衣架、唯一的一扇窗戶上掛了白色薄窗簾，灰色光線穿透而入。她把腳踩在地毯上，看見自己的行李箱放在角落，自己的衣服疊放其上。

她的手機呢？幾秒鐘不到，她就在牛仔褲口袋裡找到了。現在七點，沒有未接電話。

她起身，意識到自己需要喝點水。嘴巴又黏又乾。她猶豫地走過地板，穿門而出，進入一個可以望向街道、看似客廳的地方。房間中央擺了張雙人小餐桌，牆邊有一套沙發——一名男子正在沙發上睡覺。她躡手躡腳進房。她現在非常非常渴，但首先得弄清楚自己在哪裡。

走到房間中央處，她的心情整個鬆懈了下來。是皮特的公寓。她只有在夜裡，在各種酒醉的情況下看過這個地方，總會在天亮前離開。皮特。皮特。情況有可能會更慘。比這次還慘上許多。

她找到廚房跟一只玻璃杯。倒滿後咕嚕咕嚕喝下，喝了三大杯，喝到她覺得再這樣灌下去可能會嘔吐才停。但她的頭疼好了些。她放下杯子走回客廳，在皮特的身旁跪下，感覺一股柔情跟逐漸增加的焦慮融合在一起。她之前到底喝得多醉啊？

「皮特。」她說，同時輕輕推了推他的手臂。

皮特打了聲鼾，轉過去背對她，於是她再次輕輕搖他。這次他張開雙眼，轉過來面對她，似乎立刻清醒了過來。

「克拉拉？」他說。「妳醒啦？」

他在沙發上坐起身，用清澈的藍眼看著她。她聳聳肩，立刻滿心羞愧。她怎麼可以喝得這麼醉？怎麼可以醉到不記得發生了什麼事？

「我……」她開口，但不知道怎麼接下去，於是陷入沉默。

皮特坐得更挺了，同時擔心地看著她。

「有比較舒服了嗎？」他語氣真摯地說。

她輕輕點頭。

「老天啊，」他說。「妳醉得一塌糊塗。妳還記得發生了什麼事嗎？」

「算記得，」她說。「我一定是有點失控了。」

她尷尬地笑，臉頰飛紅。頭痛引發太陽穴微微顫動。

「到圖書館酒吧以前，妳還喝了多少啊？」他說。

她感覺到自己的臉更紅了，這讓她覺得溫暖又赤裸。她不確定自己有辦法去聊這種事情，跟皮特聊這種事情，或是在此刻聊這種事情。

「飛機上喝了一杯，」她終於開口。「但我不知道，我猜可能是在圖書館喝了太多吧。」

皮特搖搖頭，眼裡有種不安。

「妳在圖書館喝了三杯紅酒，」他說。「我有在留意。不想讓妳喝得太醉，妳知道的。三杯耶？這對妳來說通常不是問題吧？」

克拉拉不確定對方是不是在誇她，所以又一次聳了聳肩。他說這話是什麼意思？

「還有，」皮特繼續說。「妳當時就那樣躺在小巷子裡。妳吐了。還記得嗎？」

她渾身僵硬。她記得片段——倒在小巷裡，世界在搖晃。她依稀記得自己吐過，但也記得小巷裡的男性身影。

「我的老天啊，」她低聲說。「巷子裡當時還有另外一個人。是你嗎？」

她直視他的雙眼。「我倒下去的時候，你就在現場嗎？」

皮特皺起眉頭，兩眼瞇得更小，變得更藍更認眞。

「克拉拉？妳不記得了嗎？我會出來，是因爲有個酒吧的客人在巷子裡發現了妳，而他不知道該怎麼辦。妳就自己一個人躺在那裡。」

記憶閃現又消逝。她覺得雙腳無力又不穩。她記得自己四腳朝地倒了下去，記得嘔吐，某人低語的聲音。這讓此刻的她起雞皮疙瘩。

「我的行李呢？」她說。「你有把行李都拿過來嗎？」

「行李？」皮特說。「妳只有一個行李吧？就是有滾輪的那個旅行箱。」

巷弄裡的人影。她記得有一雙手，跟一陣低語。

她起身跑回臥室，推開行李箱上的衣物，把行李箱翻過來，打開，伸手往裡面探。什麼都沒有。她轉頭大喊：「你有看見我的背包嗎？我的電腦包？」

皮特站在她背後的門口處。

「沒有。發現妳的時候，妳身旁就這東西。」

他指著行李箱。克拉拉起身，用手梳理自己的頭髮。幹！她把行李箱再次翻過來，打開最上面的置物格，看見了自己的護照跟錢包。稍微安心了些。

「妳的意思是說，妳不見了一個包包嗎？」皮特說。

她假裝沒有聽見他說的話。思緒跟焦慮如洪水瀑布般急流過她的體內。有人拿走了她的筆電包，就只拿走這樣。她轉頭面對皮特。

「你確定我只喝了三杯嗎？我不確定，我記不清了。還有，我記得最後那杯我只喝了一半，忽然間就覺得自己超醉。」

「對。百分百確定。因爲當時店裡人不多。」

「當時人不多嗎？」

在她記憶中，店裡人滿多的，又吵鬧。

「就很一般的星期天，」皮特說。「半滿再多幾個人。」

克拉拉輕輕點頭。她記得那些人影，記得那雙又拉又扯的手，她因而發抖。

「那到底是怎麼了？」她說。「如果我只喝了兩杯半紅酒，那到底發生了什麼鬼？」

他聳聳肩，在她身旁蹲下。

「妳有在吃什麼藥嗎？」

她起身，把雙腳放在他身旁的床上，被他突如其來的親密弄得有點生氣。當然，她很感謝他的照顧，但她現在只想離開這裡。

「沒有，我可沒吃什麼他媽的藥。」

他再次起身。他現在只穿著內衣褲，她盡力不去看他。她面對不了這種親暱又眞誠的情境。

「會不會只是吃壞肚子？」他說。「背包說不定還在酒吧？我們去看看吧。」

她點頭。

「好啊，」她說。「我們去看看。」

但她知道，背包已經不在那裡了。

二〇一四年十月
瑞典，貝爾格特

我在午後的陽光中，跟著哈比沙人一起去到停車場。我原先以爲他有一輛車，結果不是，我們緩慢朝著一棟低矮的公寓走，邦迪家搬去住排屋以前就住在那兒。長大以後我就很少去到那邊了。那裡什麼都沒有，比我們住的地方還差，而且位於大廣場跟地鐵的相反方向。

停車場邊緣的草又黃又亂，滿是枯萎的峨參、蕁麻跟薊草，可是那個哈比沙人指著一條穿過小草皮的窄路。那條半圓形路似乎繞過那棟矮房，通往那片我們小時候常去探險的小樹林，妳在那裡跟我說了《強盜的女兒》[11]的故事，那是老師在學校念給妳聽的，而我很害怕那些灰侏儒跟強盜，所以即便我的年紀已經大到早就不應該牽著誰的手，但那天黃昏我們要回家時，妳牽住了我的手。跟著那個哈比沙人穿越草地、樹叢跟蕁麻時，我想著那所有的一切。然後我想到，雖然我現在也很害怕，但沒有一隻手讓我牽。沒有任何人，除了阿拉，subhanahu wa ta'ala——願祂得到頌揚與彰顯。但今晚祂很安靜，祂的雙手很冰冷。這是一場試煉，我一步步地走過叢生的雜草。

那片樹林比我記憶中小得多，地鐵的軌道也沒離那麼遠，附近的巨石也跟故事書裡的不一樣，比較

11 著名瑞典兒童文學，描述主人公「強盜的女兒」隆妮雅的冒險故事，曾於1986年拍成同名電影，台灣兒童劇團亦多次編導上演。

像是又大又灰的石頭，縫隙間塞進了塑膠袋跟生鏽的啤酒罐。我們小心翼翼地爬上那道小斜坡，我依稀記得那裡通往小樹林中心的一塊空地。

事情就是從這條林中小道開始的。我的新生命裡包含了三名男子，他們都蓄著鬍，其中一人穿了件類似那個哈比沙人身上穿的寬鬆長袍，其他兩人則穿著牛仔褲跟正式襯衫，襯衫的鈕釦扣到了喉結處。他們成排站著，彷彿正在等待我們。他們身後散置著五條禮拜毯，禮拜毯正對著樹林的開口。從那開口望出去，只能隱約看見一個隧道洞口，洞口的另一側則有一棟高樓大廈跟購物中心。此刻我已經離開了自己的身體，飛在自身之上，現實事物似乎變得很銳利，有稜有角，光線從一個不自然的角度照進來，把我們照得金光燦爛、翠綠生輝。

那個哈比沙人往那些男人走過去，一個接一個親吻他們的臉頰，用阿拉伯語咕噥地問候了他們，然後轉頭面向我。

「這位是亞傑弟兄。」他用瑞典語說。

我不知道該說些什麼，不知道該用哪國語言說話，該採用怎麼樣的姿勢。我什麼都不知道，因此我只是舉起手來跟他們問候，像個傻瓜似的。

「嗨。」

身穿寬鬆長袍的男人露出微笑，往我的方向走了兩步，伸出雙臂，將我拉過去擁抱入懷，親吻了我的雙頰，然後將我推開。他有一頭紅髮，一把紅鬍，跟一雙好奇的綠色眼睛。他是瑞典人，不是阿拉伯人，可能是後來才皈依真主的人吧。

「歡迎，亞傑弟兄。」他微笑著說。

他的聲音裡有種眞誠、溫暖跟深沉，讓我想要再次被他擁抱拉近，聽他輕聲說一切都會沒事，有信念最重要，眞主看見了我的誠心，只要一顆心眞誠，就算是個差勁的穆斯林也沒關係。

「我是達希勒伊瑪目[12]。」他說。

達希勒伊瑪目的瑞典語裡有種起伏，那是哥特堡那邊的口音。他不是貝爾格特人。

「這些是我的會眾。」他說。

男人們逐一靠近我，首先是那個引領我來到這裡的哈比沙人。

「塔西姆弟兄，你們已經見過了。」達希勒伊瑪目說。

塔西姆親吻了我的雙頰，然後用阿拉伯語細聲說了些什麼，我聽不懂。

「泰穆爾弟兄。」伊瑪目繼續介紹，於是牛仔褲男子中最年輕的那位走上前來，親吻我的雙頰，他看起來沒比我大多少，可能大五歲吧。或許跟妳同齡。

「最後是亞拉敏弟兄。」伊瑪目補充說。

亞拉敏弟兄四十多歲，又高又壯，留著一大把修剪整齊的鬍子，身上穿了件皮夾克，頭上戴了頂庫菲帽[13]。

「歡迎，亞傑弟兄。」說的同時，他擁抱了我。

---

12 Imam，原意為「領袖」，指伊斯蘭教中的「率衆禮拜者」，對什葉派來說則等同「教長」，地位極神聖。

13 一種無帽簷，帽頂也不高的圓帽。

從他身上，我也感受到了同樣的溫暖，我希望也能從阿拉身上感受到這樣的溫度，也能像這樣握住祂的手。我淚盈滿眶，覺得自己被拉進了他們所散發的溫暖之中。

「你再也不是個『亞傑』了，」亞拉敏弟兄說。「你再也不是個陌生人[14]了，現在你是阿拉，願祂得到頌揚與彰顯，的一部分。」

他用一隻手環住我，我們跪在毯子上同聲說出清眞言[15]。然後我們施行宵禮。在禱告過程中，我終於感受到一種令我狂喜又顫抖的歡樂，因爲這些弟兄找到了我，因爲阿拉，願祂得到頌揚與彰顯，允許這些弟兄找到我。

「你們是怎麼找到我的？」我在事後問。彼時，我們安靜地同坐在草地上，看著貝爾格特在午後的陽光中轉變成紫色。

亞拉敏弟兄指著泰穆爾弟兄，後者舉手示意。

「我們是在線上聊天認識的，」泰穆爾微笑著說。「我的帳號是Righteous90。」

我很訝異，同時彎身仔細看他。Righteous90是最早在線上聯繫我的人之一，也是跟我聊最多的人。我告訴他自己住在貝爾格特，那裡就是我住的地方。我告訴他自己希望離開這一切，去參與聖戰。

「能……」我開口。「能在現實生活中見到你眞是太棒了。」

「感謝阿拉，」泰穆爾鞠躬說。「我應該要早點跟你聯絡的，但我想先確認你是不是眞心的。很多

14 在阿拉伯語中，亞傑（Ajam）有非阿拉伯人與波斯人兩種意思。
15 又稱見證詞，即前面提過的「我作證，萬物非主，唯有眞主；我作證，穆罕默德，是主使者。」

人會假裝他們對聖戰有興趣，多數人都只是講講。但你不是，亞傑弟兄，你是眞心的。」

一聽他這麼說，我立刻又滿心感激。我喉嚨一緊，眼淚快要落下。我是眞心的。雖然我不會禱告，但這些弟兄看得見我的眞心。

我環視周遭的小樹林，試著讓自己平靜下來。

「你們經常在外頭碰面嗎？」我說。「如果下雨怎麼辦？」

他們彼此相視，會心一笑。

「我們會在很多地方碰面，」達希勒伊瑪目說，同時往下指著貝爾格特。「我們很……謹慎，你可以這麼說。我們不想引起別人的注意，不想讓我們決定接納的弟兄以外的人探聽我們的舉動。除非有像你這樣的同伴加入，或是有重要事情要討論時，我們才會見面，亞傑弟兄。」

我感到自己的心跳開始加速，臉頰開始發燙。達希勒伊瑪目單手握住我的雙手，用另一隻手放在我的手上。他用自己那眞摯的綠色瞳眸望著我，我覺得人生最重要的就是此刻，這件事情比我自己，甚至比妳，比我們都重要。

「泰穆爾弟兄說你很有熱誠？」伊瑪目說。

我猛點頭。從未像此刻那般急切想要表達我的眞誠。

「說你覺得我們兄弟姐妹的遭遇很不公平？泰穆爾弟兄說你有你的困境，亞傑弟兄，一如我們也都有自己的困境，但你選擇讓阿拉，願祂得到頌揚與彰顯，掌管你的整顆心，而非只是一小部分嗎？」

「是，」我說。「我整顆心都屬於阿拉，願祂得到彰顯。」

我堅定地說，就像我在說自己的清眞言時一樣，就像我在禱告跟閱讀可蘭經時一樣。會這麼說，是因爲我希望它成眞。即便沒有這樣的感覺，但我依然這麼說，因爲全天底下我最希望這件事情成眞。

達希勒伊瑪目點點頭，握住我的手緊了幾分。

「泰穆爾弟兄還說，你迫切想加入聖戰？說你想要跟我們敘利亞的弟兄取得聯繫，說你不怕殉教，說如果阿拉，願祂得到彰顯，允許你殉教的話，你會很樂意？」

「是，」我心臟猛跳地說。「我不怕死，我渴望進入天堂，我希望能服侍阿拉，願祂得到頌揚與彰顯。」

他們平靜地看著我，達希勒伊瑪目握我的手更緊了，他隨即彎身，深深凝望我的雙眼。

「參與聖戰的方式有許多種，」他說。「不單只是上戰場跟殉教，如果你能夠得到阿拉，願祂得到彰顯，如此大的恩賜的話。這不是進入天堂的唯一辦法，明白嗎？」

亞拉敏弟兄朝我們靠近了些，如此一來他就能望著我的眼睛。

「你知道我們也在這裡打一場聖戰嗎？」他說。「就是透過我們現在正在做的事。透過找到像你這樣的信徒，幫助他們貫徹阿拉的旨意。這也是聖戰。」

但我不能做這件事，我想要大叫。如果阿拉對我有所安排，那一定不會是在這裡！

「是，」我說。「我明白。希望阿拉能貫徹祂的旨意，願祂得到頌揚與彰顯。」

在這裡讚美阿拉，在這些瘦骨嶙峋的樹木之間，在這片高聳的草地裡讚美阿拉，讓我覺得不舒服。我一心只想要祂塡滿我的心，而非測試我，因此讚美祂讓我覺得不舒服。

「你可能有潛力，」達希勒伊瑪目說。「我們有人可以接洽，也有行動的機會。如果你的信念夠強大，亞傑弟兄，那麼你想要在戰場上侍奉阿拉的心願，願祂得到頌揚與彰顯，或許有實現的可能。」

現在，我覺得自己又一次充滿熱情，那種溫暖、帶來希望、容易消失的熱情，那種比血還濃、比空氣或思想還輕的熱情。我心想，或許這就是眞主，或許這就是阿拉，願祂得到頌揚與彰顯。或許祂有來塡滿我的心，以獎勵我的耐心與信任。但我知道這不是眞的。我知道自己是個差勁的穆斯林，因爲我感受不到眞主，因爲我雖然有更大的渴望，卻感受不到最偉大的眞主。

「謝謝你們，」我說。「謝謝你們跟我聯絡。」

「用不著謝我們，」達希勒伊瑪目說。「感謝阿拉，願祂得到頌揚與彰顯。」

二〇一五年八月十八日星期二

英國，倫敦

剛過早上九點，克拉拉抵達了通往瑟瑞街三十三號的四級台階處。這裡距離河岸及早上尖峰時刻的喧囂不遠，拐個彎而已。空氣厚實又溫暖，充滿了廢氣、河流，以及咖啡的味道。門鈴上的黃銅門牌宣告著，她人就在國王學院的人權研究中心外面。

昨天那鈍重的頭痛已消逝，但後腦某處仍殘留些許嗡鳴。她昨天實在沒時間生病，但當時的狀況也沒辦法工作。宿醉跟焦慮使得她一整天幾乎都躺在床上。當然，她很感激皮特爲她所做的一切，但她拒絕借他的衣服，而是穿著自己那些噁心的服裝回家。發生了那種事情以後，她再也沒辦法面對他了，還是盡快忘掉那天晚上發生的事情最好。

此刻，她啜飲著從星巴克的白俄羅斯青少年店員手中買來的咖啡，立刻就因再度湧現的噁心感而後悔。不管星期天夜晚發生了些什麼，都讓她至少有了兩天的宿醉，而咖啡顯然幫不上什麼忙。

爲了花點時間讓噁心感過去，她走過通往三十三號的正門，踏上通往庭院的一道階梯，階梯上頭的標誌寫著河岸巷。她記得以前讀過，在那個小庭院的窗戶背後，藏了一座古老的羅馬浴池。

下樓梯時，她拿出手機查看電子郵件，注意到庭院裡還有其他人在時嚇了一跳。在不超過九公尺遠的地方，她看見又高又瘦的美國同事派屈克·夏皮洛的身影。他本來似乎蹲著，但一看見她就立刻站了起來，用手理了理自己的金髮，調整了一下鈦合金鏡框。

「克拉拉，」他嚴肅中帶一絲害羞地說。「早安。」

「早安。」她回答，並意識到除了走近之外沒有其他選擇。

他們握了手，看起來似乎過於正式，但過去一年待在研究中心期間，兩人除了每個禮拜跟共同老闆夏洛特．安德菲爾開會（夏洛特堅持這麼做）以外，幾乎沒有說過話。而當你手中拿著一杯咖啡要回辦公室時，派屈克也不是那種你可以聊天的對象。他不大跟人來往，很早就來，很晚才走，門總是關著。據說他因爲一些原因拒絕使用網路，甚至連電腦都不用。

克拉拉注意到派屈克背後的一扇窗。她往前走了幾步，靠近骯髒的玻璃，同時把手放在眼睛上方，阻擋刺眼的光線。她只看得出一座貌似老舊、下陷的砂石浴池。一座浴池的遺跡。她轉過頭面對派屈克，臉上掛著尷尬的微笑。頭痛依然穩穩存在腦袋深處。

「作爲一個觀光點，這裡顯然比不上迪士尼樂園，對吧。」她說。

他認眞地點點頭。她心想，他那光滑細長的臉看起來也很像沙岩。

「呃，我喜歡，」他幾乎帶著受冒犯的語氣說道。「我幾乎每天早上都會過來這邊。據說狄更斯以前會來這裡泡澡。」

克拉拉點點頭，她也在哪邊聽過這種說法。

「蓋．福克斯跟他的夥伴也是在這邊碰面，共同計畫如何攻擊議會。」他補充，聲音低了些。

「眞的嗎？」

她不知道這件事。

「所以你每天早上都會過來這裡囉？」她繼續說，眼睛再次瞥進窗戶。「有點覺得好像在哪兒見過類似的東西……」

她沒把話說完。

「我喜歡這個想法，」他說。「有層層面向。故事裡還有故事。說不定它根本就不是座羅馬浴池，而是更近代的東西。而它就靜靜藏在所有東西之下，安靜，幾乎遭到了遺忘。首先，是羅馬人——可能啦，然後這座城市發展了好幾千年，接著是福克斯，然後是狄更斯。所有東西都圍繞著那座舊浴池在發展，而我們根本連它是個什麼都不確知。最後，我們來到這裡搞『人權』。」

他在空中比劃了一下，特別強調最後兩個字。她第一次聽到他說這麼長的話。

「你說這話是什麼意思？『人權』？」她模仿他的手勢。「你不認為我們就是來促進人權的嗎？」

他聳聳肩，似乎更直接地打量她。

「我的意思只是說，人權就像這座浴池一樣。事情不總是像表面看起來那樣，它們有著層層內情。到頭來，我們甚至沒辦法確知其核心是否正如我們所想的那樣。」

她搖了搖頭，輕輕按摩太陽穴。對今天的她來說，這些對話太存在主義了。

「我想我得去工作了。要一起走嗎？」

❖

走上三樓，站在夏洛特的房門前，克拉拉深吸了一口氣才敲門。由於緊張，她不停將重量從一腳換到另一腳，老舊的木地板因此發出嘎吱聲。

「請進。」夏洛特的聲音從房內傳出。

克拉拉慢慢推開門。夏洛特坐在面街凸窗旁的一張骨董桌內，桌上散放著紙張、螢光筆、手機充電器及半滿的咖啡杯。一片狼藉的桌面中心放了個鋁色的大電腦螢幕，那螢幕大概是連接到紙張跟雜物下方某處的一台電腦。牆面旁的書架上擺滿了書籍、活頁夾，以及更多相疊的紙張，相當混亂。

「抱歉打擾了，夏洛特，」克拉拉用瑞典語說。「出了點事情。」

夏洛特從桌旁起身，示意克拉拉跟她一起去坐在小沙發上。今天的夏洛特看起來很放鬆，走的是波希米亞風，寬裙寬上衣。一頭濃密的深色頭髮綁成一個亂亂的馬尾。

「坐下吧，親愛的，」她說。「怎麼了？喝點水。還是妳想喝茶？有比較舒服了嗎？妳昨天生病嗎？」

克拉拉點點頭，感覺自己臉紅了。

「對，」她說。「好多了。一定是……食物中毒。」

夏洛特用一雙深色大眼和藹地看著她，眼神中的真摯讓克拉拉更覺得自己是個大騙子。

「唉唷，」夏洛特說。「很高興聽到妳身體比較好了！」

「真的！」克拉拉邊說邊猛點頭。她大力吞嚥了一下，準備繼續說下去。

「本來不想打擾妳，只是我的電腦在禮拜天那天不見了。」

她知道自己現在臉更紅了，她最痛恨的就是承認自己的失敗。她沒辦法告訴夏洛特真相，因此決定說出另一套改編過的版本，裡頭沒有紅酒、嘔吐、酒保或在暗巷中昏倒。沒錯，一個完全沒有酒吧的故事。夏洛特雙眼大張。

「什麼？怎麼會不見的，克拉拉？」

「我一定是放在機場或火車上了，」她撒謊。「我聯繫過失物招領中心，可是妳也知道他們辦事的效率，目前為止還沒有消息。」

她聳聳肩，覺得自己渺小又沒用。

「沒關係的，克拉拉，我們會找出辦法來的。當然，我們會找另一台電腦讓妳工作。但在文件的儲存上，妳都有遵照指示去做吧？」

克拉拉急忙點頭，因為自己終於能說出有好好照做的事而覺得放鬆。

「是，當然，」她說。「跟工作有關的東西都儲存在網路伺服器上。」

「只有存在網路伺服器上嗎？」說這話的同時，夏洛特捏她手的力道重了一些些。「妳也知道，現在離斯德哥爾摩會議舉行的時間很近了，最好不要有什麼東西洩漏出去。」

克拉拉再次點頭。

「只有存在網路伺服器上。」

「確定嗎？」

「是，非常確定。」她說。

的確如此。她完全遵照夏洛特的指示，小心翼翼地把每一份文件都儲存在加密的伺服器上，特別是那些跟在斯德哥爾摩舉辦的大型歐盟會議有關的文件。約莫一星期內，歐盟各成員國的司法部長就要召開最大型的年度會議。對夏洛特及中心內的其他成員來說，能夠在這些部長面前，報告他們對於監獄及警力民營化相關的優點與風險，是極大的殊榮。這份報告正是中心在一年前聘用克拉拉的主因。而任務會交到夏洛特手上，不單因爲她剛好是瑞典人，報告的發表地點又在斯德哥爾摩，而是因爲她扎實的學術經驗，而她也需要一個能幫助自己去組織與撰寫的左右手。

夏洛特的工作邀約來得很突然，當時克拉拉剛脫離阿斯波亞祖父母家的窩居生活，決定試著去完成馬哈穆德的論文。

「天大的好機會啊。當然囉，妳應該接下這份工作的，克拉拉。」馬哈穆德的上司勒山德教授這麼說。「妳會有寫論文的機會，離開一下熟悉的環境也挺不錯的。而且是國王學院耶！講出去很風光。」

她查詢了一下那個人權中心，的確隸屬於倫敦國王學院，相當新，專注於研究私人與大眾市場之間的人權問題灰色地帶。關注的主體就跟馬哈穆德的論文所碰觸的一樣，而她看到安德菲爾的一些文章出現在馬哈穆德的參考書目中。考慮了一星期以後，她去見了夏洛特。

該機構原本的成員有夏洛特、派屈克、另兩名研究員，後來加入了克拉拉。過去一年以來，幾個畢業生加入了他們的行列，幾個在學生則負責針對不同的幾個專案去做背景研究。

打從一開始，克拉拉就喜歡夏洛特那自在又聰明的態度。她顯然有野心，對她自己跟新成立的中心都是。克拉拉感覺到一種興奮在體內被喚醒。這對她來說也許是好事吧？

「可是怎麼會選我呢？」她問夏洛特。「妳是怎麼知道我的？」

夏洛特臉上掛著微笑。

「優秀的研究員很快會受到矚目。」她說，同時眨了眨眼。

克拉拉其實對夏洛特怎麼找到她的不怎麼在意，只是開心能離開聖安娜群島。能離開那裡，繼續過日子。稍晚飛回斯德哥爾摩以前，她已經簽下了聘雇契約。

「都這樣，」此刻的夏洛特說。「我的意思是說，在這種時刻搞丟電腦。可是就像我說的，這種事情總會發生。」

她拍了拍克拉拉的手，同時伸手去拿馬克杯，然後將咖啡桌上熱水壺的綠茶倒進去。

「工作部分怎麼樣？」她繼續說。「關於法律約束的草稿？」

克拉拉的工作是針對跟民主有關的敏感機構，例如警察或監獄體制，在民營化方面的法律問題，彙整出一份背景資訊。她盡可能地明確和客觀，即便她認爲，如果有人眞心覺得警力的民營化符合民主精神，那眞是糟糕到了極點。她心想，幸好負責處理這種敏感議題的人是夏洛特。夏洛特既客觀又誠實，於公於私皆然。與此同時，想到歐盟國家會以人權中心的研究來當作重要的討論基礎，就讓她覺得頭暈目眩。這正是那種可以耗掉克拉拉所有精力的工作，能讓她不再思考過去或未來。

「很順利，我覺得，」她說。「才剛整個讀過第二遍。下午就會把連結傳給妳。」

「好，」說的同時，夏洛特喝了口茶。「跟朵恩說電腦的事，她知道妳得塡寫些什麼，才能跟學院那邊申請。」

克拉拉踩著輕鬆腳步爬上嘎吱亂叫的樓梯，爬上頂樓，頂樓只有她跟派屈克在用。夏洛特跟其他研究員都在下面一層樓。建築餘下的五層樓都由學院內部不同的行政單位所用，克拉拉從未有任何理由得以造訪。夏洛特表示，他們很快會再拿到一層樓以及至少三名研究員。而且似乎也會拿到些經費，在學術界來說，這麼嚴謹的安全把關很不尋常。

走進自己的樓層時，克拉拉的頭微微抽痛，她從皮包裡拿出一顆止痛藥，沒配水就呑下。正準備進去辦公室時，十分驚訝地注意到，派屈克的門微微開著，打她進來這兒以後是第一次。她停步，躊躇。她跟同事曾聊過派屈克跟他的古怪行徑，這使得她很想偷瞄他的辦公室。

她望向狹小洗手間的門，發現上了鎖。他八成是去上廁所，然後第一次忘了關上辦公室門。

她再次瞄了眼上鎖的門，然後躡手躡腳踩在吱嘎吱嘎的地板上，走往派屈克的辦公室。只是快速瞄一眼而已，沒關係吧？她小心翼翼地推開那扇發出微微嘎吱聲的門。

房裡出乎意料的暗，他把面向後院的頂樓窗戶窗簾都拉上了。她不確定自己期望看見什麼——或許是某種有創意的瘋狂，釘在牆上的紙張，紙張與紙張之間用有顏色的毛線去連結，就像電影裡的瘋狂學究，但他的房間並非如此。裡面整整齊齊。桌上有一排堆疊齊整的紙張，占據整面牆壁的低矮深色木書櫃上，所有的書全都照順序擺放。牆上用膠帶黏了一張紙，信紙大小的紙張上有幾個大大的字：一種危險的療法。

她動彈不得。那些字裡有某種東西。一種危險的療法。某種熟悉的東西，某種讓她寒毛直豎，讓她顫抖的東西。這句話是什麼意思？是他正在看的書的書名嗎？

她繼續用雙眼在房內探尋，但唯一的古怪之處，是一個電腦螢幕——跟她辦公室裡的一樣，校內的基本配備——擺在地板上，連接線就掛在後頭。桌上反而掛了個巨大的白板，白板上畫了個類似心智圖的東西。克拉拉好奇地將身子探進去——也許能夠藉此稍稍知道派屈克平常到底在幹嘛？

黑暗中，很難看清楚他用紅筆在白板上寫了什麼，但她看出在心智圖中央有一個正方形，方形裡頭寫著「利本史坦」。她跨進門檻半步。在另一個長方形裡，看見了像是「史特靈保全」的字。一個箭頭從那兒指向利本史坦。史特靈保全的下方是一個圓圈，圓圈裡頭寫著「俄國大使館？」。

他在做什麼呢？她心想。

與此同時，她聽見有人在沖馬桶的水，於是轉頭快速瞧了眼，然後身子往前彎，瞇著眼最後再看一次那面白板。所有的箭頭似乎都從國王學院人權中心起始，朝向白板頂端一個參差不齊的圓形前進。圓形裡寫著「斯德哥爾摩會議」，旁邊則是「夏洛特的報告？」。

她聽見背後傳來踩在地毯上的腳步聲，於是立刻抽身，轉頭面向自己辦公室。

「妳在做什麼？」

派屈克剛走到轉角。她跳了起來——被抓到了，感覺自己臉紅了。

「沒什麼。」她盡可能平靜地說。

他越過她，走進自己的辦公室，轉身，氣憤地望著她。

「我還以為妳很尊重我。」他說。

「拜託好不好！」她說，忽然被他戲劇性的行為惹毛。「不過就偷瞄一下而已。你是哪根筋不對勁啊？」

派屈克什麼也沒說，只是轉身當著她的面把門關上。

二〇一五年八月十八日星期二
瑞典，斯德哥爾摩

內城區的地鐵站涼爽乾淨，磁磚亮晶晶，燈光迷濛、溫暖。雅思敏搭上一輛前往貝爾格特、半滿的火車，整個身子陷進藍色座椅裡，試著要釐清思緒。回到斯德哥爾摩讓她不知所措。她曾是這座城市的一分子，這個地鐵站的一分子，這些混凝土跟鐵軌跟磁磚的一分子。但如今，她卻彷彿格格不入。她不再具備任何功能，內部也缺少了運行的系統。

當然，她昨天就該去的。她沒有時間可以浪費。但跟伊格納西奧碰面以後，時差打暈了她，在深深的夜色中醒來時，她的身體宛如充滿了沙子跟水，又沉又重，難以動作。她所能夠做的，只有透過客房服務點餐，同時輕聲感謝許氏父女給了她這張信用卡，然後就落進一種不平穩、有如被催眠般的睡眠狀態中，同時做起一段反覆出現的夢。在那夢中，她穿過貝爾格特的大雪要尋找費狄。他的短褲在風中啪啪作響，笑聲明亮刺耳，一如孩子。

此刻，火車緩慢往南開。車門關閉的聲音，在鐵軌上移動的聲音，一旁矮小男子耳機裡流瀉而出的嘻哈音樂聲。此情此景跟她記憶中一模一樣，只不過顛倒了過來。她從未回過貝爾格特，就連以前也不曾，即便火車是開往這個方向，而她人也在那上頭。即便如此，她也是要從這裡離開，甚至是要去到更遙遠的地方。她總是閉上雙眼，幻想著不同的未來。出了南邊城郊的地下室俱樂部以後，她會跌跌撞撞地走下火車，在黎明時分搭上電扶梯，對周遭景物毫不在乎，依舊在啤酒與未來之中沉醉。她甚至從未想過自己人在哪裡，就把鑰匙插進派瑞莎或亞布督或她剛好碰上的誰家門鎖中。她會幻想著那種未來，直到那未來成爲了她的一部分，直到她居住在那未來之中。直到那未來最後成爲了某種跟她想像不同的東西，直到她忽然坐在這張藍色座椅上，穿過這些隧道，終於踏在回家的路途上。

有那麼一會兒時間，雅思敏憋住氣息，閉上雙眼。火車離開隧道，衝進了松樹、樹叢及夏末的午後陽光之中。那火車發出顫抖的颼颼聲響，衝出了曾經能爲她帶來喜悅的地底黑暗。只有在這個時候，你才會感受到火車的速度及行進方向——那力量如何得以永無止境地前進。

此刻她張開雙眼，看見貝爾格特出現，就像一座位於鐵軌旁的立體灰色堡壘，圍著購物中心挺立的高層公寓有如森林中的守望塔，而在那之外的就是些低矮建築。她看見那座停車場，車子參差不齊地一排排停在靠近出口的地方；她看見碟型天線朝著天空伸長它們哀求的手臂。家鄉，她心想，但她只感受到胸口的緊悶，呼吸變得更爲短促。

火車停靠在月台處，有那麼片刻，她考慮繼續留在車上，但在門即將關上的最後一秒，她起身離開，走進月台的熱氣中。幾乎都還沒完全走出車廂，她就在撐住車站屋頂的其中一根混凝土柱上，看見了那個符號。簡單而小巧，剛噴沒多久，不超過一個禮拜。五芒星裡一個紅色拳頭。

她緩慢地走下車站的斜坡，朝購物中心的方向走，行經斯卡路跟巡艦街區，朝著霧角巷跟瓦薩廣場去。所有那些瑞典街道名都如此挑釁、排他，於是孩子們扯下那些路牌，重新命名每一個角落，改造貝爾格特成爲他們的所有物。斯卡路成了開槍路，巡艦街成了幹炮街，瓦薩廣場成了海盜廣場。

她深吸一口氣，試著要找到一種節奏，一種接納那如此熟悉一切的方法。那生鏽的扶手，那些她跟紅仔十三歲時噴在配電箱上的標記，雖然被後來的標記層層覆蓋，卻仍清晰可見。從那斜坡往外再往外，深深進入那段過去，深深進入自身之中。那些破爛不堪的建築、長在廣場石板之間的雜草、雜貨店外面的告示、那隻永遠存在的雞、法魯克的披薩店，似乎有氣無力地想將這裡的名字改成天堂，但那些醉鬼仍在。他們待在廣場上，戴著念珠，穿著西裝褲，瑞典語很破，永遠無業；敘利亞人的店外頭那些逃學的孩子戴著鴨舌帽，穿著背心，在光天化日之下偷竊著一包包的菸。這些都是她的一部分。這些景物塑造了她，她用這些東西來幫自己打造一雙翅膀，這些景物就如同空氣，讓她得以飛翔。

派瑞莎坐在母親的美髮沙龍外抽菸，長長的指甲，長長的睫毛，略寬的臀部，略蓬的頭髮。除此之外，彷彿一切都沒變，彷彿這場夏天持續了四年，雅思敏只是花了一個小時去城裡買雙新靴子罷了。

她遠遠就看到了派瑞莎，於是停下腳步，不確定該怎麼起頭，怎麼進行接觸。然而一切是如此安全，如此自然。派瑞莎在塑膠椅子上搖搖晃晃，用指甲按手機按鍵。不確定自己是怎麼辦到的，雅思敏忽然站在她身旁，從派瑞莎的香菸飄出來的煙甜滋滋的，充滿薄荷味。

「嘿，朋友。」雅思敏邊說邊在她旁邊蹲下。

派瑞莎抖了一下，目光從手機往上移，轉頭，雙眼睜大，越睜越大。

「什麼？」她邊說邊站起來，椅子往後倒在混凝土地面上。「雅思敏！」

雅思敏露出微笑，挺直身子，張開雙臂。

「阿雅！」派瑞莎大叫。「寶貝！」

她轉頭面向那間小沙龍，她母親正站著幫客人護髮。

「媽媽！」她尖叫。「看看誰來了！是阿雅，我的gahar，我的姐妹！」

在那之後，她們坐在遊樂場的長椅上。雅思敏拿了一根派瑞莎的薄荷菸，感覺到尼古丁那銳利又不熟悉的感覺穿過身體，令她微微暈眩、顫抖。派瑞莎搭著雅思敏的肩，把她拉近了些。她的臉頰因化妝品及八月的熱氣而光滑油亮。雅思敏覺得派瑞莎的假睫毛像隻昆蟲般，在她太陽穴的地方振翅。她轉過來正對著派瑞莎，面帶微笑。

「所以妳跟梅第還有在一起嗎？」她說。

一年前，派瑞莎透過電子郵件寄了封開心，幾乎可說興高采烈的長信給她。很妙，梅第。肥肥的小梅第。費狄的朋友。不過管他的，這件事也讓雅思敏覺得開心。她把那封信列印也保存了下來，但從未回信。一如過去四年來，她從未回過任何派瑞莎的信件一般。

派瑞莎嘆了口氣，不大情願地笑了笑，然後眼神望向他處，聳了聳肩。

「算吧，」她說。「發生了很多事，姐妹。發生了太多太多事。但現在管他的。」

她把雅思敏推開，捏她的肩膀，輕撫她的鎖骨。

「妳變得好瘦喔，姐妹！」她說。「我倒是變胖了。」

她拍打雅思敏的大腿。

「屁啦，」雅思敏說。「大家都嘛愛肉肉女。妳一直都像碧昂絲，寶貝。我則跟平常一樣，像個男的。」

「但至少是個瘦傢伙，」派瑞莎說。「妳住哪兒啊，阿雅？沒住這兒嗎？」

她搖搖頭。

「住城裡一間很漂亮的旅館，在里達街上。說來話長。」

派瑞莎吹了口哨。「幹得好啊，姐妹。」她認眞地說。

雅思敏聳肩微笑。

「不是我出的錢。」

派瑞莎點點頭，手指輕輕滑過雅思敏左眼腫脹處附近。

「我就知道他不是個好東西。」她小聲地說。

雅思敏起身，甩了甩身體，又抽了一口就把菸丟在草地上踩熄。

「妳我都知道，」她說。「但他就在那兒，對吧？就在我需要他的時候。」

「妳自己就可以搞定的，阿雅。但妳就是沒耐性，等不了。妳就是想趕快走。」

她再次聳聳肩。要是這麼簡單就好了。

「而現在我回來啦。」她說。

派瑞莎點點頭，捻熄她的菸。

她們沉默地彼此互望了一會兒，過去如霧般在兩人之間飄蕩。

「聽到費狄的事我很難過，」派瑞莎最後說。「眞不敢相信他就這樣走了。成了一縷輕煙，朋友。捲進去就會有這種下場。就像一陣煙，妳再也碰觸不到他們了。」

雅思敏點點頭，在沙坑上蹲下，讓熱沙流過她的指間。陽光照在一間間高樓大廈的玻璃上，折射成炫目的光芒，教她瞇細了眼。

「妳沒有聽到更多消息了嗎？」雅思敏說。「從他們在臉書上說他死掉以後？」
派瑞莎在她身旁的沙上坐下。
「什麼意思？」她說。「我們只知道那些貼在臉書上的聖戰而已。妳去看了嗎？他所隸屬的小隊在某個前線，他們被轟炸了。」
雅思敏輕輕搖頭，拿出手機打開圖片，遞給派瑞莎。
派瑞莎盯著看了一會兒，放大，然後把手機轉往雅思敏。
「那是他嗎，姐妹？」她說。
雅思敏點點頭。「是他。」
「妳怎麼知道那張照片不是他離開以前拍的？」
「是我媽寄給我的。她說照片是上禮拜拍的。」
派瑞莎再次看著那張照片，臉貼得更近。她聳了聳肩。
「八成不是他，」她說。「姐妹，妳最好接受他已經走了的事實。反正也只能這樣了，對不對？」
雅思敏訝異地看著她。派瑞莎是哪裡聽不懂呢？
她手裡可是拿著一張他媽的費狄的照片啊。
「你們倆小的時候很親，」派瑞莎繼續說。「他下課以後都會去等妳，對不對？當時你們都還不會說瑞典話。但每個人都留意到了你們兩個。妳當時就有點與眾不同了，寶貝。」
「別說了。」雅思敏說。
她沒辦法再聽下去了，沒辦法再聽到那些往事了。

「但你們後來爲什麼不再跟對方說話？」

雅思敏再次起身，把黏到牛仔褲膝蓋處的沙拍掉。

「爲什麼事情最後會變成那樣呢？」她說。「一開始，我很氣他。妳知道的，就是海盜唱片那件事情以後，蠢斃了眞是。所以我不回他訊息，不回任何人訊息。我們立刻就走了。在那件亂七八糟事情發生後的隔天早上。大衛訂了機票，我們飛到了紐約。那有如……」

她陷入沉默，知道可能會止不住自己的淚水，清了清喉嚨。

「有如一則童話故事。Wallah，我發誓。我所夢想的一切，妳懂嗎？我就是應付不了費狄。應付不了貝爾格特跟我爸媽……」

此刻，淚水留下雙頰，她痛恨這樣的自己。痛恨自己阻止不了眼淚，她根本不配擁有哭泣帶來的釋放感。派瑞莎走到她身旁，用雙手環住了她，將她拉近，雅思敏任她摟了一會兒，然後甩開了派瑞莎。

她忽然又有了同樣的感覺。混凝土朝她逼近，封閉了她的內心。

「沒事，」她說，同時用手心擦拭自己臉頰，感覺殘留手中的沙粒刮著臉蛋。「他沒死，派瑞莎。」

可是派瑞莎什麼也沒說，只是繼續盯著上方的混凝土跟屋頂，迴避了雅思敏的目光。

「別說那種話，」她說。「這樣不好，姐妹。很不健康。」

雅思敏再次從口袋拿出手機，將畫面往下滾動到被繩圈套住的貓照片上。她把手機拿給派瑞莎，接過的派瑞莎有些訝異，雙眼睜大。

「妳知道這是什麼嗎？」她說。

派瑞莎幾乎立刻就把手機還給雅思敏，彷彿想盡快擺脫它。

「從沒見過。」她說。

雅思敏把一隻手放在她的手臂上。

「那這個呢？」

她切換到下一張圖片，那個鏤空圖案，然後把手機放在派瑞莎的膝蓋上，可是派瑞莎只快速瞄了一眼，就把手機關掉遞回去。

「噢，拜託好不好，」她說。「這裡到處都是這個圖案，妳是認眞的嗎？從來沒看過這個圖案嗎？」

派瑞莎起身，把大腿處的沙子拍掉，以陰沉的眼神斜望著雅思敏。

「就說沒看過了，聽清楚了沒？」

此刻，雅思敏回到了城市。她萬般疲累，差點就連從地鐵走回旅館的幾步路都走不動。時差跟再次見到貝爾格特的代價，徹底榨乾了她。

在沙龍外跟派瑞莎道別後，雅思敏的雙腳彷彿有了自己的意志，帶她走往那棟她曾住在裡面長大的建築。同樣骯髒的牆面，同樣的窗簾跟骯髒的窗戶。

她應該上樓見自己的父母，見自己的母親。應該上去問問他們知道些什麼，同時去看看自己跟費狄的舊房間。但彷彿有道看不見的力場在排斥她。彷彿她還不夠堅強。不過，她依然在舊家外頭停車場的長椅上坐了一陣子，直到太陽消失在一幢又一幢的高樓大廈之後，直到疲憊的身心強迫她回到地鐵上。

回城以後，在故事旅館四樓的柔和燈光中，她拿出了在接待處拿到的進門密碼紙條，輸入密碼，房門就開啓了。她立刻覺得有點不對勁。燈是亮的，而她幾乎很確定自己今早離開時有關燈。

小心翼翼，幾乎可說是躡手躡腳，她繼續往門裡走。其中一盞閱讀用的燈亮著，照向她床上方的牆面。她沿著照亮牆面的燈光往上看，看見有人噴了一個外頭有著五芒星的拳頭。下方的枕頭上放了張照片。

她慢慢拿起照片。那是一張放大的照片，跟她之前收到的畫面一樣：一隻貓被繩索吊在路燈上。她把照片翻面，讀後頭的簡短訊息。

離貝爾格特遠一點，婊子。

二〇一五年二月
瑞典，貝爾格特

秋天變成冬天，一不留神，聖誕節就來了又走了。我會在家裡做晨禮，也就是 fajr，因為如果去伊瑪目那低矮的家中跟弟兄們一起，我就會來不及上班。上工以後，我會在冷藏櫃裡做晌禮跟晡禮，但不再躲躲藏藏。那些瑞典混蛋都下地獄去吧，他們愛怎麼說就隨他們說去。但彷彿他們現在可以直接看穿我不會忍氣吞聲，不會委曲求全一樣，他們現在不會來招惹我，不會再對我開恐怖分子、駱駝或沙漠的玩笑。他們都乖乖閉上嘴，吃他們乾巴巴的爛香腸。他們很弱小，甚至比我都弱小，只有著油膩膩的中餐餐盒、體臭，跟忘記取下的聖誕飾物。

工作結束後，通常都會有一位弟兄來找我，我們會去購物中心，在咖啡店裡喝咖啡，靠得很近低聲聊敘利亞的事。我最喜歡亞拉敏弟兄。他安靜又沉著，總讓我盡情說話，也讓我問他任何還不懂的事、想學習的一切。關於一些規則及禮拜，關於伊斯蘭律法及禁忌。但多數時候，我們都在聊那些掙扎與奮戰的弟兄。以及阿拉，願祂得到頌揚與彰顯，如何藉由賦予殉教的可能性，來獎勵我們在敘利亞的弟兄。

亞拉敏弟兄說，他真希望自己更年輕些就好了，如今的他又老又慢，上不了戰場，不過仍對自己被給予的角色心存感激。他說，敘利亞那邊需要的，就是像我這樣的人，伊斯蘭國的興建就靠我們這些人了。

聽到他這麼說，我滿心驕傲與自信。這句話讓我的羽翼又一次開始成長。它們現在很大了。就跟先知的旗幟一樣又黑又大。於是我輕而易舉就能忘記眞主那依舊冰冷的手。於是我輕而易舉就能不再去想起妳的雙眼，想起妳若看到現在的我可能會說的話。

二月中旬左右，某天下午我下班回家時，亞拉敏弟兄在門外等我。這件事情本身稀鬆平常，弟兄們知道我父母並不同情那些在賣力掙扎的同胞，他們知道最好別激怒我父母，因此總會在外頭等。

看到亞拉敏弟兄站在那兒，我很開心；這禮拜稍早前，他告訴我伊斯蘭國的法庭是如何組織的，並答應等下次見面，會再跟我說更多關於他們日常生活的各種事。他有幾個親屬已經加入了這場戰事，而透過 **Skype**，他得知那邊的生活有多麼美好。

但今天，我人還在腳踏車道時，就已經看出他跟平常有點不大一樣。他站立的方式幾乎可用莊嚴來形容：背脊直挺，雙眼尋找著冬日黑暗中的我，縱使現在還不到下午四點。看到我的時候，他往前走了幾步，焦急地揮手要我動作快點。我開始在腳踏車道上小跑步，胸臆裡的期待逐漸攀升。

「祝你平安，亞傑弟兄，」他說的同時親吻了我的兩頰。「沒時間了，亞傑弟兄，達希勒弟兄已經在等我們了。」

我的心臟停了一下，覺得全身上下充滿某種類似碳酸，活力旺盛的東西。

「怎麼了？」我說。

「先走吧，你很快就會知道了。」他說，並先我一步朝停車場的方向走去，遠離那棟我在裡面長大的房子，朝向一個我甚至都還不敢去夢想的未來前進。

幾個月前，我跟這些弟兄們初次會面是在林中的空地，而下著雪的此刻，達希勒弟兄就站在那空地中間。天色昏暗，我們能看見他的臉，是因爲手機的螢幕照亮了他。注意到我跟亞拉敏弟兄正在爬上斜坡後，他帶著微笑朝我們走來，兩手外張，準備擁抱我們。

在彼此問候、讚美阿拉與先知，友好地親吻我的雙頰數次後，他一手在身前舉高。

「請將手機交給我，亞傑弟兄，」他說。「安全起見。」

我訝異地將手機從夾克口袋拿出來交給他。他將手機關機，然後放進他自己的口袋裡。

「亞拉敏弟兄？」他接著說。

亞拉敏弟兄從口袋裡拿出一個香菸盒大小的黑盒子，盒子上頭有三根橡膠短天線。按下一個按鈕後，盒子開始亮起微弱的紅光。他對達希勒弟兄點頭，要他繼續。

達希勒弟兄轉過頭來面向我，臉上掛著一個小小的微笑。雪花在我們之間飄飛，我不知道我們爲什麼要來這裡，爲什麼不能跟平常一樣待在他的公寓。雖然光線如此昏暗，但他輕撫著自己濃密的紅鬍子時，鬍子似乎在閃閃發亮。

「小心爲上，」他指著亞拉敏弟兄手中的黑盒子說。「那是一個訊號干擾器。能夠中斷方圓二十五公尺內的訊號。沒有訊號，就沒有竊聽。」

他指著一張攤放在雪地上的厚毯子，我們都坐了上去。達希勒弟兄什麼也沒說地看著我，我不知道該說什麼，也不知道他們想要我做什麼。因此我保持沉默，眼睛凝望著鐵軌。在腳踏車道上方的街燈照射下，鐵軌看起來冰涼又沉靜。再往外則矗立著霜凍的生病樺樹跟混凝土塔樓，在購物中心燈光的照射下，它們看起來既黑暗又危險。

「你是一個虔誠的穆斯林，亞傑弟兄，」達希勒弟兄終於說。「虔誠又急躁。」

他大笑，傾身向前，拍拍我的臉頰。

「這是好事，」他說。「你很年輕，熱情地想侍奉眞主，你的確應該這樣。」

他再次沉默，眼神平靜地望著我。我感受到他那雙膚淺綠眼神中的認眞。我依舊沒說話，黑暗中，我只試著盡可能平靜地回應他的眼神。

「一年前沒這麼困難，」他說。「現在我們得要更謹愼。這就是爲什麼我們要在這裡碰面。爲什麼亞拉敏弟兄要用他那台小裝置讓電話通訊失效。你的身家也很清白。過去進過幾次警局，但這種事誰沒有遇過？我們想如果加快腳步，應該不會有什麼問題。」

我清了清喉嚨。

「打岔一下，」我嘴巴乾乾地說。「加快什麼腳步？」

一開始，一身寬鬆長袍從頭包到腳的達希勒弟兄什麼也沒說。他從長袍底下的尼龍背包中挖出一樣東西。那是三張信紙大小的紙張，他把那三張紙放在我眼前的毯面上。飛旋的雪花小點飄落在第一頁。我把雪花撥掉，拿起紙張看內文，然後快速翻閱。裡面寫了兩個不同航空公司的班次。先從斯德哥爾摩的斯卡夫司塔飛往倫敦。再從倫敦飛往伊斯坦堡。明早七點三十五分起飛，我感覺喉嚨緊繃。達希勒弟兄直勾勾凝望著我。

「感謝阿拉，願祂得到頌揚與彰顯，你的夢想成眞了，」他說。「你明天早上出發，有人會開車載你到邊境。另一個人會幫你越境。這星期以內，你人就會到敘利亞了。」

我吞了吞口水，希望世界能趕快變回它眞正的顏色，希望一切能停止跳動、顫抖。

「你會被安排進斯堪地那維亞旅。亞拉敏弟兄已經把流程都解釋清楚了。」

但我沒再聽見他接下來說的話，只看到機票。

「明天早上，亞拉敏弟兄會帶你去機場，」達希勒弟兄說。「班機很早。」

他閉上嘴，平靜地看著我。

「通常，如果不確定父母是否支持那些受苦受難的同胞，那就最好不要跟他們說，弟兄。」他補充說。

亞拉敏弟兄帶我回到停車場，走下山丘，走過白雪覆蓋的田野，一陣冷風將冰晶打到我們身上。他的汽車出乎意料的新，是一輛閃亮亮的藍色 Volvo V70。我本來有些問題想問，卻因爲剛剛發生以及即將發生的事情太令我震驚，而啞巴似地說不出話來。他打開後車廂，拿出一個黑色附滾輪的行李袋，商務旅行時常會用到的那一種。

「這是你的，」他說。「別帶太多行李，弟兄。」

接著他沒再說話，從包包裡拿出一台像早期諾基亞手機一樣笨重的電話。把那支電話交到我手上時，他流露出幾近哀傷的眼神。

「這是衛星電話。」他說，把手放到我的肩膀上。

「你對我們來說很重要，亞傑弟兄，」他說。「我們需要方法跟你聯絡，希望你能跟我們保持聯絡，隨時讓我們知道阿拉，願祂得到頌揚與彰顯，讓你成就了什麼。」

「謝謝你，」我說。「謝謝你爲我做的這些事，讓我有機會能侍奉阿拉，願祂得到彰顯。」

他望向我的瞳眸深處，朝我靠過來，壓低自己的聲音。

「有件事情你應該要知道，敘利亞那邊有叛徒。」他輕聲說。

我不確定自己有沒有聽錯，因此朝他靠近一步，輕輕搖了搖頭。

「你剛剛說什麼？」我說。

「你要加入的那個團隊裡有一個叛徒。那個團隊裡都是瑞典人，費狄。他們都是這個作戰計畫的參與者。但裡面有個叛徒，弟兄。這個叛徒會把情報洩漏給阿薩德的軍隊。你明白我的意思嗎？」

我搖了搖暈眩的頭，感覺到手裡電話的重量。

「我們不知道這人是誰，」亞拉敏繼續說。「但發生過太多巧合了，弟兄。有太多場前線的作戰就在弟兄們準備好要進攻時，阿薩德的軍隊已經到場阻止他們。我們有太多次經驗，似乎敵人知道我們在想些什麼。你明白嗎？」

我懷疑地點點頭。

「但我們不知道這個叛徒是誰，」他繼續說。「只知道他在那個旅裡面。你事先知道這件事會比較好。」

於是他放開了我的肩膀，並用略微潮溼的溫暖雙手捧住我的臉。把我拉近時，我聞到了他呼息裡的大蒜及薄荷味。

「把這台電話帶在身上，弟兄，」他說。「萬一發生任何不尋常的事，一定要聯絡我們。這是唯一的辦法了。明白嗎？」

我再次點頭。

「最重要的是，」亞拉敏繼續說。「你不能把這件事告訴那裡的弟兄們。」

他放開我的臉，親了親我的臉頰。

「我爲你感到驕傲，弟兄，」他笑著說。「阿拉將會給你豐厚的獎勵。」

二〇一五年八月十九日星期三
英國，倫敦

克拉拉所住的單房公寓窗戶敞開，清晨送貨的貨車駛經諾瓦街龜裂柏油路的聲音喚醒了她。克拉拉伸長了手拿電話，放心地看見現在是六點半，十分適合起床的時間。昨晚很不好睡，盡是些沒有條理的夢：她躺在一條冰冷的大街上，渾身動彈不得，竊竊私語的聲音在朝她接近。她不停在驚恐狀況下甦醒，因爲感覺到有人彎身在她身上吐息。

坐起身以後，她留意到至少頭痛似乎消失了。她昨天晚上早早上床，睡前只在能眺望庭院的戶外逃生梯上喝了兩杯夏多內葡萄酒，抽了幾根菸。但她覺得自己幾乎沒睡，伸長手臂時，還從手肘處傳來一陣疼痛。她皺著眉頭輕揉手臂，走過窄小廚房的木地板，打開咖啡機。

那天晚上的暗巷回憶依舊讓她夜不成眠。她怎麼可以如此不負責任呢？暗巷裡發生什麼事都不意外。比打劫更慘的事都可能發生——前提是，如果她那天眞的只單純遭到打劫。

她在小小的廚房桌旁坐下。她幾乎可以確定那天暗巷裡還有其他人在場。不只是一種感覺。那些吐息跟那雙拉扯著她的手臂。

爲什麼會有人想要找她麻煩或搶她的電腦？該不會只是幾個毒蟲看她躺在那兒，就乘機拿走了她的背包吧？

「靠，靠，靠，」她喃喃自語。「我怎麼會喝到那麼醉啊？」

她搖了搖頭，打開從中心借回來的電腦。

她昨天晚上最後打開的網站跳了出來。出於好奇，她上網搜尋了史特靈保全，也就是派屈克寫在辦公室白板上的幾個名字之一。搜尋結果很多，但沒有能產生連結的任何東西。在那之後，她就累了。可是現在的她更敏銳，因此看到搜尋頁面下方處似乎有點蹊蹺，便點了連結：

史特靈保全是世界上最大的保全公司之一。我們為世界各地的個人、公司，以及政府提供諮詢暨全面性的保全服務。你應該要問問自己：你的生活夠安全嗎？

她打開了一個新分頁，用 Google 搜尋「利本史坦」，也就是派屈克白板上出現的第二個名字。同樣地，她得在掃視過臉書及 LinkedIn 的個人檔案以後，才發現到或許有點用的資訊。有家位於列支敦斯登的私人銀行似乎就叫做利本史坦銀行。

她之前從未聽過史特靈保全，但她知道數百家類似的公司。這些公司提供各種服務，從情報分析到幫西方世界的公司保障個人在戰區的安全。馬哈穆德的博士論文多少有提到類似的公司。其中唯一的不同點，就是一條指向國王學院人權中心的箭頭。以及另一條指向俄國大使館的箭頭。或許她應該直接去問派屈克就好？

倒了一杯咖啡以後，她打開瑞典的晨間電視節目來讓自己分心。這習慣是在布魯塞爾待的那幾年間留下來的，當時，身為一名政治祕書的她，工作內容之一，就是要留意那些坐在晨間節目沙發上的人說了些什麼。現在只是成了個反射動作，例行公事的一部分；她甚至根本就不喜歡那種人工的舒適感，但時間還太早，公共電視那些冷冰冰的專題節目還沒播放。

她背對電腦打開空盪盪的冰箱。該死，她完全忘了要去採買。只看見一包在機場買的巧克力片。轉身回去面對電腦時，她嘴裡塞滿了甜膩、正在融化的巧克力，她覺得一陣噁心。螢幕上有個上過歌唱選秀節目《瑞典偶像》而聞名的條子，正在談論預計於歐盟各會員國司法部長開會期間舉行的示威遊行。整個段落都蠢斃了——一個愛唱歌的條子懂什麼遊行跟歐盟？但那場討論依舊讓她心跳加速。這是一場她將參與其中的會議。當然，她只是裡面的外圍角色而已，但畢竟自己人在現場，因此依舊算大事一樁。

她拿起電話發訊息給蓋柏拉。她忽然很想念蓋柏拉，那個愛唱歌的條子毫無自知之明，在節目裡大放厥詞，討論自己幾乎壓根兒不懂的主題，卻被另外兩個皮膚曬成棕色、講話快速的主持人捧得滿心歡喜，這正是蓋柏拉會覺得搞笑的東西。

要不是有蓋柏拉，克拉拉就不會有今天，也永遠離不開祖父母家裡那張床。

讓她回到斯德哥爾摩的人是蓋柏拉；讓她離開布魯塞爾的那份工作，並去完成馬哈穆德論文的人是蓋柏拉；當機會來臨時，讓她接下倫敦工作的人也是蓋柏拉。

而克拉拉爲她做過什麼？

只會利用她而已。去年聖誕節的時候，害她差點喪命，接著強迫蓋柏拉解決所有克拉拉所遭遇的問題。她甚至連道謝都沒有。

這就是現在的我，克拉拉心想。這就是過去一年以來的我。其他人都在照顧我，幫我解決問題，呵護

愛米粒出版
Emily

廣　告　回　信
台北郵局登記證
台北廣字第04474號

平　信

To: 愛米粒出版有限公司　收

地址：台北市10445中山區中山北路二段26巷2號2樓

當讀者碰上愛米粒

姓名：＿＿＿＿＿＿＿＿＿＿　□男 / □女：＿＿＿ 歲

職業 / 學校名稱：＿＿＿＿＿＿＿＿＿＿＿＿＿＿

地址：＿＿＿＿＿＿＿＿＿＿＿＿＿＿＿＿＿＿

E-Mail：＿＿＿＿＿＿＿＿＿＿＿＿＿＿＿＿＿＿

● 書名：＿＿＿＿＿＿＿＿＿＿＿＿＿＿＿＿ ※請記得填寫

● 這本書是在哪裡買的?

a.實體書店 b.網路書店 c.量販店 d. ＿＿＿＿＿＿

● 是如何知道或發現這本書的?

a.實體書店 b.網路書店 c.愛米粒臉書 d.朋友推薦 e.＿＿＿＿＿＿

● 為什麼會被這本書給吸引？

a.書名 b.作者 c.主題 d.封面設計 e.文案 f.書評 g.＿＿＿＿＿＿

● 對這本書有什麼感想？有什麼話要給作者或是給愛米粒？

- -

※ 只要填寫回函卡並寄回，就有機會獲得神祕小禮物！

讀者只要留下正確的姓名、E-mail和聯絡地址，
並寄回愛米粒出版社，即可獲得晨星網路書店$30元的購書優惠券。
購書優惠券將mail至您的電子信箱（未填寫完整者恕無贈送！）

得獎名單將公布在愛米粒Emily粉絲頁面，敬請密切注意！
愛米粒Emily: https://www.facebook.com/emilypublishing

愛米粒出版有限公司
Emily Publishing Company, Ltd.

我。黑暗再次降臨，帶走了她一開始想到蓋柏拉感受到的片刻歡愉。她關掉了通訊軟體。

她有好多話想對蓋柏拉說，也很想好好報答對方。但她似乎仍太脆弱。她得要堅強起來，得要在沒人幫助的情況下自己做到。把電話放下的同時，它發出了嗶聲。是皮特傳來的臉書訊息。她沒有給過他手機號碼，但在某個醉茫茫跟著他回家的夜晚，他成功地讓兩人成了臉書的朋友。

訊息很短：

希望妳沒事。昨天晚上，我們找到了妳的電腦。有空的話再過來酒吧這裡拿。

她把電話放下，眼睛凝望著庭院另一頭的紅磚。她聽見從公寓另一頭傳來，街道上的車流聲及談話聲。一陣暖暖的微風穿過公寓，一抹陽光從諾瓦街那邊射過來，穿過家裡的木地板，幾乎快照到廚房。暗巷回憶的碎片忽隱忽現，在腦海中閃爍。她很確定離開酒吧時，電腦就帶在身上。有些事情不大對勁。電腦不是在酒吧——而是被偷了。

在她背後的電腦螢幕上，新聞正在播放一場遊行的檔案畫面：年輕人戴著蓋．福克斯的面具，成群結隊走在一座不知名的首都中，遊行隊伍兩側則是站在荒謬劇院前、戴著頭盔的鎮暴警察。在那座城市裡，鎮壓者就跟造反者一樣缺乏面容。

二〇一五年八月十九日星期三
瑞典，斯德哥爾摩

雅思敏已經忘了這裡有多麼亮，彷彿永遠不會變暗。在灰色光線中，她看見了圍繞在這間新蓋旅館旁的碼頭，也看見了沿著碼頭停泊的所有船隻。許多船隻是美麗的骨董——老邁，凹損，鏽蝕，塗料斑駁。但它們仍帶有一種魅力。彷彿代表一種她從未意識到的特殊階層，那些人能夠合情合理地將古老船隻殘骸停泊在斯德哥爾摩的中心地帶。她心想，如果有人在其中一艘船上放火，如果燒毀的是這些船，而不是停在貝爾格特停車場裡的汽車，那會發生些什麼事。

她坐在利德瑪酒店內的埃及棉床單上。這是她最後住進的地方。發生過那種事情以後，她沒辦法在故事旅館多住上一秒鐘。她問計程車司機，搖滾巨星來斯德哥爾摩時都住在什麼地方。他說會住格蘭大酒店或利德瑪酒店。格蘭大酒店感覺太老了，於是她就住到了這裡來，用許氏父女的信用卡，加上一個假名，並再三得到櫃檯那個削瘦金髮男子的保證，任何人都不會進她的房間，就連服務員都不例外。

她輾轉反側。腦海裡有一千件忘不掉的事情，一千件讓她無法放鬆的事情，有一千個走過門外走廊想像出來的腳步聲，有一千個思維細針般戳著她的皮膚。在身體再也無力抵抗以後，她就像掉下了懸崖。她掉落的時候，貓咪與五芒星的畫面從她身旁飛旋而過，還有費狄，當時他還小，冬天裡站在那些雪球樹的後面，小手放在她的大手裡，她的嘴對著他的耳朵。

醒來時，房裡很暗，但她知道是大白天了，打骨子裡有這種感覺，她睡得很沉，睡了很久。直到拉開窗簾，望著窗外閃閃發亮的水流，完全無法理解爲什麼瑞典王宮會矗立在河岸的另一側而搖了搖頭，她才想起來自己人在哪裡。就像看著手機螢幕一樣，彷彿畫面不停滑動，從東京，皇冠高地，飛機，及故事旅館，最後才來到這扇窗的後面，往外望著這個美麗動人的八月早晨。

原來時間已接近中午十二點，理論上來說，早餐時間好幾個小時前就結束了，但顯然用許氏父女的信用卡住進利德瑪酒店有許多好處。其中之一，就是你似乎隨時都可以吃早餐。一個長相嚴肅、戴著眼鏡、鬍子修剪整齊的二十歲男子把菜單交給了她。她點了班尼迪克蛋，主要是因爲對方的推薦，而她完全不知道那是什麼東西。

吃早餐的地方，就像一間品味出眾的摩登城堡中的圖書館，一名認眞而誠摯的服務員說，那是一種「水煮」的嫩蛋，同時搭配某種麵包跟一種清爽的黃色醬料，那加了奶油的醬料滑順到雅思敏大吃一驚。在這兒，在這個短暫的片刻，她覺得有人在乎自己，甚至或許還覺得比較有安全感。難怪所有的瑞典人都努力賺錢想住進這裡，她心想。在貝爾格特，根本沒人吃過班尼迪克蛋。

可是對她來說，對她的生命來說，這不過就是一滴眼淚，一場幻覺，服務員還沒來得及收走她那吃得乾淨溜溜的盤子之前，她已經又一次搭上了地鐵。

她碰了碰那張在枕頭上發現、如今放在口袋裡的照片，照片材質是一種猶如紙板的厚紙張。她爲什麼要把那張照片留下來呢？重點是，是誰將那張照片留在她房裡的？

她親眼見到了伊格納西奧的眼神。見到了當她把那個符號拿給他看時，他那雙只注視了螢幕片刻的眼神。見到了他的眼神有了改變，變得更堅硬而冰冷。縱使貝爾格特有很多陣營跟連結，縱使大家對貝爾格特的忠誠都纏繞在一起了，但在經歷了那麼多事情以後，她覺得自己可以相信他。如果還有誰可以信任，那就是他了。她的初戀情人。

但她離開了很久很久，而忠誠的壽命在貝爾格特並不長。顯然因她問及有關那個符號的事，而讓某人覺得受到了威脅。她還不知道原因，但費狄牽涉其中。顯然連伊格納西奧也不能倖免。但她沒有料到他會威脅她，或叫某人來威脅她。她沒想到聯絡他會帶來任何風險。她對伊格納西奧所產生的沉靜熱情，轉換成了另一種灼燙的東西。他背叛了她。他要付出代價。

就在列車搖晃著發動，朝向過去，朝向貝爾格特前進時，她拿出了那張貓的照片。盡己所能地把它撕成最最細小的碎片，並在抵達貝爾格特的地鐵站以後，將碎片扔進了眼睛看見的第一個垃圾桶。

她昨天就站在這裡，同一個地方，遲疑著，意識到自己辦不到，對她來說太困難。但睡眠給了她力量，而此刻的她毫不遲疑。

他們逃進的地方，她逃離的地方，是一棟有著四個入口的高層公寓。那個入口以前就有標記，現在亦然。不同的文字跟圖案，不同的孩子，同樣的混凝土房舍跟不毛的松樹，同樣的文字跟圖案。

她平靜地走過柏油路來到門前，推門，當然沒上鎖，電子門鎖按鍵板壞掉的頻率高到沒人想去修理，關掉電子門鎖，讓任何想進來的人進門就好，這樣容易多了。

電梯沒辦法用，跟平常一樣。貼在電梯上宣告壞掉的紙條，很可能跟四年前是同一張，泛黃磨損，邊緣有被打火機燒過的痕跡。

她走樓梯，每一步都是回憶。剛搬進來的頭幾個月，他們會在樓梯間狂奔，跑上跑下，跑上跑下。一次費狄走得跌跌撞撞，她以爲他會撞斷一顆牙，結果只傷了臀部，但血流啊流的，撒上那種難用的雜牌洗衣粉以後，不管她出多大力氣去刷洗他那件厚T恤，就是沒辦法清除掉那些褐色小點。她記得自己是如何將那件厚T恤藏在洗衣籃底部，而他們又是如何找到，以及她如何鑽進廚房角落，而她父親則是拉出一張張椅子好抓到她。在那之後就沒有記憶了。所有的事情都在開始後立刻結束。

就連走到他們家的樓梯平台，走到公寓正門時，她都沒有絲毫遲疑。只是走到門的左側，瞄了眼其他戶的姓氏：雅瑪迪、戈薩米、黎托能，以及她的父母：亞傑。一如以往。她甚至毫不猶豫地按下門鈴，並在門鈴沒出聲後也不敲門，只是將手伸到脖子處，抓住一條項鍊，將一把鑰匙從胸罩之上、雙峰之間慢慢拉出來，直到握在手中，然後朝門的方向移過去。她甚至毫不遲疑地將鑰匙插進鎖孔，轉動門栓，打開大門。

公寓裡很昏暗，聞起來似乎有肥皀的味道。但同時，它也既擁擠又老舊，彷彿窗戶從未開啓，沒有人在這裡生活。或許實情眞是如此。她的雙親住在這裡，睡在這裡，存在。但他們眞的是在過生活嗎？是否有罪惡感？是否覺得羞愧呢？在離開貝爾格特以後，或在費狄消失以後，雅思敏一通電話也沒打給母親過。如果有的話，那麼這種感情藏在所有情緒後面，這樣更深沉，也更容易。

雅思敏連燈都懶得開，就逕直穿過黝暗的走廊，進入客廳。窗簾就跟平常一樣是拉攏的。所有的東西都比以前更乾淨，更整齊，更有秩序。咖啡桌上沒有疊盤子，沒有帳單或空杯子。她走到書櫃旁，以前照片都立在那裡頭。那些她跟費狄在故國拍的照片，那些他們在來這裡以前拍的照片。即便是當時，人站在沙灘上，明亮陽光映照在他眼睛裡的費狄，看起來都很害怕。

但那些照片現在都不見了。只有親友的老照片，只有老祖母、堂兄弟姐妹，以及父親的姊姊的照片。但她來這裡不是看這些照片，於是她轉身，走過磨損的地板，接著腳步停了片刻。慢慢呼了一口氣後，她打開自己跟費狄共用的房間的門，跨過那個低矮而磨損殆盡的門檻。

跟公寓其他地方一樣，這個房間陰暗又悶熱。窗簾也是合攏著，但一絲陽光仍流瀉在色斑點點的灰地毯上。她看見自己的床跟她走時一模一樣，或許甚至完全沒動過。用一條白色的宜家床罩蓋了起來。除此之外，這個房間跟以前截然不同。電視推到靠牆的地方，遊戲手把收了起來，地板上沒有衣服，桌上沒有喝到一半就忘掉了的紅牛，床旁邊也沒有盤子。就跟她自己的一樣，費狄的床也仔仔細細整理得整整齊齊。

她靜悄悄地走到窗邊，拉開窗簾，往外看著鋪得平整的腳踏車道跟後方的小樹林。陽光把這個有如墳墓的房間轉換成它原來的風貌：在被遺棄的世界角落的一間被遺棄的房間。她心不在焉地打開衣櫃門，拉出抽屜。一切都空盪而乾淨。彷彿他們從未住在這裡，彷彿她跟費狄從未住在這裡。她小心翼翼——彷彿很怕留下任何東西，就連平整床罩上都不能留下一絲細紋——坐在自己以前的床上。

一開始，她以爲是自己的床在發出嘎吱聲，可是再聽一次以後，她凍住了，更仔細地去聽。聲音是從小公寓另一側傳過來的。那是鑰匙插進門鎖，門栓緩慢轉動的聲音。有人正打算進來。

二〇一五年二月
瑞典，貝爾格特

我睡不著，在眞主回應了你的禱告，給了你長久以來夢寐以求的東西以後，你要如何能夠入睡？我的身體在乾淨的床單下顫抖。我被選上了。證明了自己有勇氣跟力量，以及弟兄們對我的信心。護照跟衛星電話都放在亞拉敏弟兄給我的那個可移動行李袋裡面，整理好的行李袋則立放在地板上。

我坐在床沿。街燈的黃光將放下的窗簾變成地毯上疲憊又虛弱的陰影。除此之外，四周漆黑一片，就算妳蜷縮在自己床上我也看不見。但妳已經好久好久沒有睡在那裡了，久到我都記不得了。

我起身，走到妳的床邊，沒有掀開床罩就躺了下去。我在想，如果眞主可以進入我的體內清除掉所有東西，只除了我渴望與祂親近的念頭之外，或許我的體內就可以充滿妳的一切。閉上雙眼，我九歲大，在學校外面的雪球樹後面等妳。然後，我們人在電視前面，我半夢半醒，妳正在大聲念出美國脫口秀的字幕。然後，我們在凍寒公寓裡的客廳地板上大笑、摔角，好讓身體暖和。然後，妳握住我的手，輕聲對我說世界上沒有灰侏儒，那只是個童話故事，不用害怕。就算世界上眞的有，妳也會保護我，不會讓牠們長著尖喙的嘴靠近我，也不會讓牠們的爪子抓傷我。

我張開雙眼，感覺眼淚流下雙頰，滴到妳的枕頭上。妳現在沒有辦法保護我了。現在沒有人可以保護我了。就連眞主也沒有辦法保護我了。我坐起身，擦乾淚水，站起來，用雙手撫平頭髮。把旅行袋拖進走廊時，把手發出嘎嘎聲，滾輪則在地板上發出悶響。但還沒走過客廳，我就看見他的人影跟黑暗分開，擋住了我的去路。

他站在門口，我已經好久好久沒有見到他了。他只是道影子，不是眞的。只是一種氛圍，一種罪惡感，船隻的壓艙物跟船錨。

我發現他變得好矮，發現他被歲月的力量壓垮了，彷彿每個厄運跟失去都切進了他的腳踝，一次幾公分，現在的他，身高連我的下巴都不到。

「滾回你的房間去！」他說，同時用可悲顫抖的手，指著我背後的我們房間。

我停住，但手仍放在旅行袋上。

「走開，」我說。「回去睡覺。」

但我感覺心臟在猛跳，我想過很多，卻沒想到可能會發生這種事。

「這件事情我們明天再談，」他說。「現在立刻回你的房間。」

眞荒謬。他正在發出命令，並期待他人服從。我搖搖頭，不確定自己要用上多大的力量，多少的暴力。

「不要，」我說。「我現在就要走。站一旁去。這樣會比較輕鬆。」

他朝我走近一步，粗壯的食指在我面前晃啊晃。我看見他的雙頰因興奮而泛紅，兩眼發亮，這讓我心裡泛起了一陣出乎意料的溫情。

「我知道你要去哪裡，費狄，」他說。「我知道你認爲自己要去哪裡。你以爲我不懂嗎？你以爲我是傻瓜嗎？是嗎？我見過你那些朋友，費狄！見過他們的鬍子跟庫菲帽。你以爲我認不出他們嗎？」

他現在的聲音裡有種絕望、無可奈何，以及失落。這讓我很難過，也更下定決心要跨過他。我兩眼緊盯著他，排除掉我所有的情感，讓它們變得冷酷又暴力。

「你以爲我在乎嗎？」我說。「你以爲我在乎你他媽知道些什麼嗎？啊？你以爲自己管得了我嗎？」

我朝他走近一步，感受到他流汗的手指碰觸到我的鼻梁，他隨即將手指抽了回去。

「你對我來說什麼都不是，明白了嗎？什麼都不是！你給過我什麼？給過雅思敏什麼？什麼？」

我把音量拉高了。我聽見母親在他們的臥室裡移動，聽見門發出嘎吱聲，但她沒有出來。

「你有想過她爲什麼要走嗎？」

溫情都消失了。我只感受到憎恨，我彎身看著眼前矮小的男子，他不停退後，直到背部靠在廉價又愚蠢的灰泥薄板牆上。

「你只會打我們而已，爸爸。」

我吐出爸爸兩個字。口水落在他的臉頰上。我看見口水在黑暗中微微發亮。

「你只教會了我們恐懼。你知道嗎？」

我把他從身旁推開，推到牆上。他伸出自己那無力又老邁的手，抓住我的前臂。我把手放在他的脖子上。憤怒在我的體內漸增，在跟我的自我控制力對抗。我的手指緊緊壓住他粗壯的脖子，他的脈搏變快了，喉結在我施力的同時上下晃動。我感覺到他在掙扎，感覺到他的無助，感覺到我的力量。我不是眞的想這麼做，但這就彷彿我得結束這一切，彷彿我得關上這扇門。我推擠的力氣越用越大，他越來越無力，在我的手臂中越來越沉重。

到最後，讓我恢復理性的人是她。我聽見她在我背後大叫，我轉頭看見她的雙眼大張又瘋狂，嘴開著，從中流出一種絕望的、動物似的尖叫，我從沒聽過這種聲音。這種聲音讓我很害怕，這種聲音將我強拉回這個世界，遠離我差點就完成的事。我放開自己抓住的男人，他落在地板上，渾身不停起伏，不停大口大口地吸進空氣。尖叫停止，她快速坐到他身旁的地板上，把他的頭放在自己大腿上。我轉身背對他們，抓住我的行李袋，將過去拋諸腦後。

走到腳踏車道上，一場寂靜的冬日之雨落下。我甩了甩身，安定心神，走了幾步。接著我展開黑色翅膀，往上飛進雨中，飛過街燈的光線，飛過空盪盪的停車場跟碟型天線，飛在所有那些柏油路與混凝土之上。消失。

二〇一五年八月十九日星期三
瑞典，貝爾格特

她渾身肌肉緊繃，聽見大門處傳來的聲音就開始發抖。她小心翼翼地站起來，彎身去聽，前門嘎吱一聲打開。天還亮著，她父母應該不會這麼早回來。

她緩慢而猶豫不決地踏出一步，走往通向客廳的門。不管進公寓的人是誰，跟她之間的距離不會超過九公尺。她想起了故事旅館牆上的符號，五芒星裡的拳頭。她走出去，手握著薄門的塑膠把手。是有人跟蹤她嗎？但沒有人知道她搬到了利德瑪酒店。難道有人看到她出現在貝爾格特？是伊格納西奧嗎？還是伊格納西奧派出來盯著她的人呢？

她閉上雙眼，祈禱著將門緩緩朝自己拉過來時別發出聲響。她躲在門後面，只留下一個小縫隙好偷窺客廳。

走廊裡的腳步聲逐漸變小，取而代之的是另一種聲音，喀噠聲響徹客廳地板。她靠近門縫，等著看誰會出現在自己眼前。終於看到以後，她感覺整間公寓都在抖動，她的過去跟未來忽然合爲一體。

她緩緩推開門，走進客廳。

她母親站在客廳中間，依然穿著那件灰綠色的醫院工作服，化的妝在輪過兩次，甚至可能是三次班以後都淡掉了，但頭髮依然在後頭處緊綁成一個小髻。聽見雅思敏開門的聲音後她轉身，動作不會很快，不像是很驚訝或害怕，更像一直在等待這一刻到來。

雅思敏安靜地站在那兒，幾乎沒有呼吸。她看著那個自己跟費狄很久以前就不喚作媽媽的人。他們從沒聊過這件事，但在把說的話換成瑞典語以後，「媽媽」跟「爸爸」兩個詞就消失了——改由「他」或「她」或「他們」來代替。彷彿她跟費狄得要把一些特定字詞與家庭結構拋在腦後，彷彿再也沒有空間去儲存這些東西。

「雅思敏，」她用阿拉伯語說。「妳回來了。」

雅思敏清了清喉嚨。

「我收到了妳的電子郵件。」她說。

雅思敏的母親猶豫地走向她。雅思敏聞到了混合消毒水、漂白水以及花香香水的味道。

「雅思敏。」母親說話的聲音比雅思敏記憶中還輕，沒有那麼沉重，也沒有那麼充滿期望。

她任自己被對方擁抱，任自己的額頭落在母親那漿過而粗糙的工作服上。她一度又成了個孩子，感覺淚盈滿眶。她一度跟母親緊緊相擁，而她只是站著，任時間過去。她已經好久好久沒讓母親抱住了。她母親也好久好久沒有讓她抱住了。但這麼做沒有用，兩人之間有太多太多東西，因此她推開了母親，看著對方的雙眼。

「拍完那張照片以後，」她說。「妳有跟他說過話嗎？」

她母親的眼神疲倦又困惑。

「照片不是我拍的，」她小聲地說。「施琳拍的。妳知道我那個同事嗎？她也住這附近，住布里格路上。值完晚班的回家路上，她看到了那隻貓。我不知道她爲什麼要拍。但就在她拍的時候，一個男孩開始在那面牆上作畫。」

她陷入沉默。

「然後她把那張照片給我看，因爲她認爲那個男孩讓她想起了費狄。她幫我把照片傳給了妳。我不知道那是什麼，雅思敏。我不知道該相信什麼。」

她母親癱坐在地板上，用手摀住自己的臉。

「看起來很像費狄，」她輕聲說，同時搖了搖頭。「可是費狄已經死了。他們說他死了，一個月前就死了。雅思敏，我不懂，我沒辦法理解，我……」

她又陷入沉默。雅思敏猶豫了片刻，然後就坐到地板上的母親旁邊，用雙手抱住她。她們就那樣安靜地坐著，彷彿過去了幾秒，也可能是一整個下午。最後，雅思敏站起來，帶母親去到浴室。她輕輕地，幾乎可說是溫柔地把母親放到床罩上面，用一件開襟毛衣裏住母親。她看見母親的眼皮有多沉重，說不定在回家路上就已經吃了一顆安眠藥，她以前輪很長的班以後都會這麼做。但她掙扎著不閉上眼，同時抬起頭望向雅思敏。

「他死了嗎，雅思敏？」她輕聲說。「費狄死了嗎？妳知道眞相嗎？拜託妳告訴我，雅思敏，妳一定知道。」

雅思敏輕輕撫摸母親的頭髮。她對父母所抱持的所有情感，所有那些憎恨及輕蔑，在那黏稠而煤般黑的憤怒中仍有個縫隙。那是一個永遠也不會徹底封起來的縫隙。她握住母親乾巴巴的雙手。

「我不知道，」她說。「但我會找出答案。」

❖

在那之後，雅思敏獨自一人待在客廳。母親在她房裡睡，就像過去許多時候一樣，在醫院工作十八小時後吃下安眠藥，戴著耳塞睡覺。過去的許多時候，雅思敏發現自己待在這間客廳，聽著前門的開關動靜，等待他身心疲憊又受盡屈辱地回來，準備因為任何事或根本沒事發火。

過去的許多時候，他會走過地板，滿嘴都是誇大其辭的話或八卦、跟她或費狄有關的謠言、一些他在廣場上拉多萬開的那間破咖啡店裡聽朋友說過的事。過去的許多時候，她會把費狄推到自己背後，精神緊繃，準備就緒，然後等待。

過去的許多時候，她會將他的憤怒引導到自己而非費狄的身上。過去的許多時候，她已經到了情緒的臨界點。到頭來什麼也沒留下。她犧牲了那個自己理當保護的人，跟大衛這樣的人逃走了。

她走到窗邊，看著窗外的小陽台，打開了所有門窗讓下午的陽光湧進室內。這個下午聞起來有著雲杉與柏油的氣味。她感受到了跟往常同樣的壓力。他可能正在回家的路上，說不定已經在樓梯間。她不想在沒有必要的情況下，在這裡多待上一秒。

她回到自己房間，把那裡的窗簾也拉開，打開窗戶，手裡拿著手機坐在床上。她現在不擔心把床罩弄皺了。所有的架子跟抽屜都是空的，就連桌面都清理乾淨，床也鋪好了。但這裡有某樣東西在對她低語。

有東西告訴她，他來過這兒——而且是不久前。如果他活著從敘利亞回來，而且人躲了起來，那他一定躲過這裡。她幾乎可以感受到他的氣息。就跟她一樣，他也會回到自己的起點。

她起身，走到他的床邊。忽然間，她想起他以前固定會把東西藏在床底下某個地方。比如昂貴的鞋子或啤酒。

她彎身，把床墊拉到地板上。小心翼翼地抬起床的底座，也同樣拉出來，放到床墊上面。裡面果然有東西，一個亮藍色的尼龍拉鍊包。她拉住包包的帶子，慢慢將包包往上提。那個包包很笨重，難以移動，但她總算把它弄到了地板上。一開始拉鍊卡住，但她技巧性地拉了幾下後，成功拉開到可以掀開翻蓋。然後在裡頭找到了兩個讓她心跳驟停的東西。

兩件武器。

上面是一把有刮痕的黑色手槍。她抖著手把手槍拿出來。手槍冰冷又堅硬，彷佛就像一整塊鐵。她小心翼翼地把手槍放在身旁地板上，再次彎身看包包。另一件武器更不可思議。每個人都曾在電影裡見過，都曾經在戰爭或搶劫的照片裡見過它。那種武器深植於另一種文化之下，很難相信它是真的，有辦法使用，可以奪走人命。

她把開口打得更開，好仔細將它看清楚。那是一把 AK 47突擊步槍。槍身一樣老舊有刮痕，磨損的木製槍托，以及彎曲的彈匣。

她頭暈目眩。這些武器爲什麼會出現在這裡，出現在他們房間裡，出現在她的房間裡？費狄想幹嘛？他變成了什麼樣的人？

她癱坐在地板上，頭靠在床上，覺得眼淚終於降臨，再也無力阻止。她爲了費狄而哭。爲了床裡的

ＡＫ47、路燈上的貓，爲了打在牆上的拳頭而哭。她跟費狄的人生從來都不夠好，所以逃離是他們的唯一出路。而她之所以會哭，主要還是因爲她拋下了他，背叛了他。她沒有帶著他一起走，遠離這一切。她任由自己沉溺在自憐與懊悔之中，任由自己期望過去能夠改變，當時的她能夠做出不同的選擇。

但等她張開眼，房間依然相同。她依然相同。她沒辦法改變這個故事。

她慢慢起身，拿起ＡＫ47。

我現在就要結束這一切，她心想。我要在這裡結束這一切。

槍枝穩穩地靠在她的肩膀上，她握住把手。

「費狄，」她輕聲說。「不管你捲進了什麼，不管你發生了什麼事，我都會找到你。」

二〇一五年八月十九日星期三

英國，倫敦

七點過後不久，克拉拉直接從辦公室來到圖書館酒吧。整個地方充斥嗡嗡聲及低語聲，看不見的喇叭則播放不穩定的節奏當作背景音樂。皮特站在吧檯裡面，正在跟一個有著一雙褐色長腿、一條粗紅辮子比腿還長的女孩調情。皮特說了些什麼，對方頭往後仰大笑，但他道了歉，轉而跟克拉拉揮手。

「嘿，皮特。」她說，身子靠在吧檯上，一方面爲了讓皮特能聽見她所說的話，二方面則是想逼紅辮子女孩很難不看見她，藉此帶給自己一種膚淺的滿足感。

皮特把身子靠在吧檯上，克拉拉輕輕地親了他的臉頰。紅辮子女孩不滿地別過頭，咕嘟咕嘟喝下自己的啤酒。

「怎麼這麼好？」皮特說。

「答謝你幫我找到電腦啊，」克拉拉說。「放在哪裡？」

皮特拿起一瓶紅酒，用探詢的眼神望著她，但她搖了搖頭。

「給我夏多內。」她說。

皮特在吧檯裡彎下腰，拿出一瓶白酒。他幾乎把玻璃杯倒滿。

「妳顯然把電腦放在側邊忘了帶走了。」皮特說，同時比了比吧檯的短側。

她走往他指的地方，在吧檯突出的檯面下方，果真藏了幾個掛夾克的鉤子。

「我沒把它掛在那裡。」她再次面對皮特時說。

她啜飲了一口酒，立刻覺得比較舒坦，世界輕鬆了些，不再那麼咄咄逼人。皮特聳聳肩，對著她微笑。

「可能有客人在妳離開以後，幫妳掛在那邊的吧？誰知道？」

她看著他，看著他那頭蓬亂的金髮，看著他綠色背心底下發達的肌肉，看著他悠閒如衝浪手的態度，看著他自在到爆的正面生活方式。這讓她想把酒砸在他臉上，但她控制住了自己，改以喝一大口酒來代替。

「是你找到的嗎？」她說。

「沒，一個客人找到的，再拿來給我。」

她放下杯子，彎身，看著他的眼睛。

「一個客人拿來的？」她不可置信地說。「誰啊？」

皮特再次聳肩、微笑，頭側一邊，喝了口他在吧檯後面時常在喝的甘藍奶昔。

「我哪知道？就一個人。不是常客。」

她平靜地吸了一口氣，又喝了一大口酒。孩子似的，她心想。他像個他媽的孩子，她滿心厭惡地想起兩人居然在過去幾個月裡做過幾次愛，或做了些跟做愛很接近的事。他幾歲啊？二十二？

「長什麼樣？」她說。「你覺得自己可以試著回想看看，可以想得起來嗎，皮特？」

皮特舉起雙手，演戲似地往後退了一步。

「嘿，嘿！妳是在拷問我嗎？喝酒喝到把電腦搞丟的人可不是我，對吧？」

他又喝了一大口他那愚蠢的奶昔。

「他長什麼樣，皮特？」

現在他似乎真的在回想了，眼睛看著天花板，安靜地點著頭。

「有點傻。有點像那種沉迷重金屬音樂的怪胎，妳懂嗎？」他說。「很瘦，有點乾巴巴的。皮膚蒼白。T恤上有怪獸或類似睪丸的東西。牛仔褲。然後等等……」

他閉上雙眼，似乎真的在認真回想。

「他手上有一個刺青，」他最後說。「文字，不是什麼罕見的字。妳知道的，有點像舊型打字機上的字形。」

「我懂，我懂啦，」她不耐煩地說。「但刺的是什麼字？」

「就兩個詞。記住，記住，然後是三個點，就好像應該繼續下去那樣，懂嗎？」

她動彈不得地落坐在吧檯椅上。兩手寒毛直豎。她昨天晚上做的夢。那個影子，那個人影，那雙扯著她的手。那些她試圖抓住、飛逝而過的畫面。那個她躺在暗巷地上，快要失去意識時，在她耳邊低語的粗啞聲音。

皮特再次朝她彎身。

「還好嗎？」他說。

她搖搖頭，好擺脫掉那種忽然充斥全身、可怕的無助感。接著她站起來，從吧檯上拿起了電腦包，掛在自己的肩膀上。

記住，記住，十一月五號。

當他們把電腦從她手中拿走時，有人在她耳邊低語著這句話。

「晚點見？」皮特說。

她從吧檯上拿起那杯酒，一口把最後剩的喝掉，然後轉身朝門的方向走。

「不，皮特，」她回頭說。「晚點不見。」

走到酒吧外，她避開小巷，把電腦緊緊抱在胸前。在秀爾迪契大道上，她走進特易購，買了一瓶澳洲產的夏多內葡萄酒，以及一台新的手機跟一張預付卡。結帳的時候，她安靜地背出一組自己從未寫下，只記在腦海中的電話號碼。可以的話，她也不想打電話給小閃——她們約好除非情況緊急，否則不要聯絡。但若是想要找個人來探索隱藏訊息跟失竊電腦之間的關聯性，那非她莫屬。而這件事情的確越來越像個緊急狀況。

二〇一五年二月到三月
土耳其

圓圓的小窗外，他們在一片漆黑中對著機翼噴灑某種東西，我猜那應該就是機長或誰剛剛在通訊系統裡提到的事情。水流飛濺在金屬機翼上，發出嚓嚓的聲音，我無聲地複誦了幾段跟亞拉敏弟兄學會的可蘭經經文，全心全意地祈禱這一切只是正常程序。

我唯一一次坐飛機的經驗，是我們十五年前搬到瑞典來的時候，但過程我都不記得了。只記得當時天色也很暗，從機場搭巴士離開的時候我很冷，妳坐在我旁邊，握住我的手，臉上露出微笑。瑞典的味道聞起來就像柴油跟剛打過蠟的地板，妳在我身旁讓我很放心，縱使外面如此漆黑、安靜，讓我以爲自己死掉了。

此刻，我滿腦子都是那段回憶。那段回憶擠掉了所有其他記憶。那段回憶擠掉了昨天，我的手環住他的脖子，她大吼，我的雙腳走出大門。那段回憶取代了我記住的阿拉伯文片語，以及我對哈里發國[16]的夢想。那段回憶擠掉了貝爾格特跟我的弟兄。那段回憶趕走了眞主。

我閉上雙眼，飛機加速，從結凍的柏油路面起飛，再張開時，我人已經在伊斯坦堡的一輛計程車後

16 即由信仰伊斯蘭教的人所興建的國家。伊斯蘭國的成員宣稱他們所建立的就是哈里發國。

座上，我身旁坐著一位矮小、圓潤、穿著灰色襯衫、留著一把長鬍子，把自己喚做阿里的男子——整個世界變得緩慢，靜止，然後重新開始。我往後靠坐在塑膠皮椅上，從骯髒的窗戶往外看著所有那些灰撲撲的小車。計程車上的破喇叭流瀉出土耳其的流行音樂，在那音樂聲中，我聽見了喚拜員[17]的呼喊。直到這個時候，我才從我們的過去切換到我的未來。直到這個時候，我才放開了妳，快速地落進自己的命運中。

我在伊斯坦堡待了多久呢？久到不再數日子，也知道了阿里的太太都在哪裡買家裡用的番茄跟茄子。久到遇上塞車或在咖啡店裡聽見別人大聲說話時，不會像個孩子般張大雙眼、心有畏懼；久到我的阿拉伯語進步到阿里跟家人在餐桌上聊天時，我可以聽出個大概。每一天我都會問是不是該出發了。每一天阿里的回答都一樣。

「Bukra，inshallah——明天，願真主保佑。」

我會幫忙阿里的工作：將一些顯然是辦公室的用品送往這座無止無境、迂迴曲折的城市各處，並在他的清真寺裡做禮拜。清真寺裡的男人們會緊握住我的手，告訴我說阿拉有多麼喜歡我，讓我有機會能為自己的信仰而犧牲性命。

然後某一天，在一個下著雨的春天日子，明天到來了。

一輛迷你巴士在一個潮溼的清晨來接我。阿里叫醒我，並讓門開著，他太太則塞了一個紙袋給我，

17 也稱為「宣禮員」，即提醒附近的穆斯林要記得做禮拜的人。

裡面裝滿了用塑膠硬盒裝的冷掉雞肉、塔布勒沙拉跟鷹嘴豆泥。我連眼睛都還沒睜開，就已經在出發的路上。

終於醒來以後，我才意識到巴士上不止我一個人，還有四個與我同齡的男子，都散坐在自己的座位上。我看看他們，然後看了看我自己。雖然我們五個年輕人來自歐洲不同的區域，但我們的眼裡都流露出同樣刻意的冷漠，對警察的警棍跟空盪盪的公寓都有著同樣的記憶。我們偷竊過同樣的牛仔褲，燒過同樣的汽車，有過同樣的夢想。我們來自不同的城市，卻都來自同樣經濟弱勢的城郊，同樣的地區。

花了整整兩天時間才駛離土耳其。我們很少對話，對我們共通的語言，阿拉伯語仍不熟悉。直到某天深夜，其中一名司機才轉過頭來，指著窗外灰色的沙包輪廓及土耳其軍隊的車輛。他張嘴的時候，我感受到自己的太陽穴在顫動。一度以爲自己會因過度緊張而嘔吐。

「Al-Dawla，」他說。「哈里發國。就在那裡，在那些沙包的另一邊。」

二〇一五年八月二十日星期四
英國，倫敦

預付門號的鈴聲響起時，外面的天色仍是暗的。她翻側身，嘴裡又乾又苦，同時伸手去拿手機。號碼沒有顯示。她拿著一杯水，站在床邊地板上，把口腔裡的酒味漱洗掉。幾乎沒有頭痛，縱使她昨晚喝下了三分之二瓶的酒。她深呼吸一口氣，看著作響的電話。最後，她按下了「通話」。

「兩百歐元。」她對著電話說。

「三百歐元。」金屬似的聲音回覆。那是她們說好的暗號。

三百歐元，是青少年駭客小閃幫她處理另一台電腦問題時的費用——有時候，那件事情彷彿發生在久遠久遠以前，有時候，又像是發生在上星期。一年半以前發生的事件，讓小閃手中握有足以顛覆政府，開始革命的資訊。

在那之後，她們同意不再聯絡，在彼此的人生中隱形，以免吸引她們當時招惹到的強權注意。因此小閃發明了一個系統，其中包含兩組毫無特色的電子郵件帳號。如果其中一人眞的需要跟另一方聯絡，就可以把一個新申請的預付號碼寄給另一方。然後對方就可以打電話過來，同樣也是用新申請的預付號碼。根據小閃的說法，這種做法雖然稱不上百分百安全，但也很接近了。

確認暗號無誤後，克拉拉覺得語塞。要從哪裡說起呢？

「妳……過得還好嗎？」她最後說。
「很好，」小閃說。「但我希望妳不只是打來跟我問好吧？」
克拉拉因想起小閃完全缺乏社交能力而露出微笑。
「不是，」她說。「發生了一點事情。妳人在哪裡？」
「喔，拜託。」
「好啦，好啦。」她退了一步。「抱歉。」
「繼續說。我們改天再來閒聊。發生了什麼事？」
她深吸了一口氣。
「有人偷了我的電腦。然後又把電腦還給我了。」
她聽見小閃在電話另一頭深吸了一口氣。她正在抽大麻，克拉拉想。毫無疑問。
「妳在抽大麻啊？」她問。
聽起來小閃在咯咯笑。
「那不重要啦。所以呢？有人偷了妳的電腦？」
「情況有點可疑。一開始我以爲自己找不回來了。」
「好，」小閃邊抽大麻邊說。「妳有在電腦裡安裝應該要安裝的東西嗎？」
克拉拉走去外頭黝暗的廚房。空氣裡有種沉重的悶熱感，彷彿暴風雨已經來臨。她坐在餐桌旁，打開自己的舊電腦。
「當然，」她說。「發生過那種事情以後，我怎麼可能不疑神疑鬼？」

「疑神疑鬼很好，」小閃說。「能救妳的命。打開那個程式。應該藏在妳的文件資料夾裡，別打開其他程式。那看起來像是一個試算表程式。二〇一三年第三季。找得到嗎？」

克拉拉在文件資料夾中一直往下找，直到找出來爲止。她點擊了那個程式兩次，一份試算表出現在螢幕上，裡面充滿各種無法理解的數字跟文字組合。

「在G17那一格點兩下。」小閃指示。

克拉拉照著做，出現了一個對話框。她輸入了自己的登入密碼，一個小程式在另一個視窗裡開啓。

「然後點兩次威脅。」小閃說。

一個檔案名稱出現在小小的搜尋欄裡。

「有一個好像是 .exe 檔的東西出現了。後面有個日期跟時間。那是什麼？」

「那是一個釣魚程式，後面是安裝的時間。如果安裝的時間點是在電腦不見的那個期間，妳就可以確定電腦已經被感染了。除非妳是在瀏覽色情網站的時候被植入的。」

克拉拉笑了笑，檢查日期，八月十七。她往回數。三天前。是電腦不見的時候。她顫抖了一下。不只是喝醉而已。她再也不能忽略事實了：有人眞的偷走了她的電腦包，而且是爲了要使用她的電腦。

「沒錯，」她說。「有人在裡面安裝了東西。」

她喝了一口水，在電腦旁邊一個盒子裡找到一顆阿斯匹靈。

「妳現在是捲進什麼事情啊？」小閃說。

她的聲音聽起來很粗啞，可能是大麻的關係，但依舊流露擔心。

「我眞的不知道，」克拉拉說。「完全沒頭緒。也可能沒事。我不知道。」

「是怎麼消失的？」小閃邊抽大麻邊說。「妳被搶啦？」

克拉拉腦海裡浮現那些模模糊糊的記憶片段。

「對，」她說。「或者，我是這麼想的啦。」

「妳不知道自己是不是被搶了？」

「我當時喝了不少酒，」她小聲地說。「有點像昏過去了。失去了知覺。然後電腦就不見了。」

小閃沉默了一會兒。

「聽起來不像妳的作風，」她說。「倒不是說我多了解妳啦，但妳不太像會把自己喝掛的人。」

「在那之後發生了很多事情。」克拉拉小聲地說。

「但爲什麼會有人想要妳的電腦？是因爲妳正在處理什麼東西嗎？」

克拉拉喝了一口水，輕輕地按摩了自己額頭。

「我在幫歐盟撰寫一份報告。跟我老闆一起。基本上是在討論民營化的議題。這份報告是要提供給歐盟成員國的司法部長，以此爲基礎來做出決議，但我負責的部分並不特別具爭議。而我甚至連我老闆負責的部分都還沒看過，電腦裡也沒有儲存任何文件。」

「妳該不會覺得……」小閃開始說。「該不會覺得是有人在找我們的……妳知道的，去年的那些文件？」

她陷入沉默。克拉拉也想到了一樣的事情，但她不想要承認。還有什麼其他可能呢？

「我不知道，」她小聲地說。「但我什麼也沒有。妳是唯一有辦法看到那些文件的人。我們當時就是這樣約好的。而且如果他們想要檢查我的電腦，不是可以從外部直接入侵嗎？」

「或許因爲他們能力欠佳？」小閃說。「另外，我給妳的那個程式內建了一個很強大的防火牆。他們可能試過要從外部入侵妳的電腦，但是沒有成功，所以就改用手動方式安裝了那個垃圾。順便跟妳說，那個程式有個妳肯定不會喜歡的功能。妳去點位置。」

她照著做，一份北歐的地圖打開了。有一些點標記出倫敦，但也標記了瑞典東岸。

「那個程式有GPS追蹤器。妳可以輸入時間，它會告訴妳當時電腦在哪裡。這能夠有效防範遭竊。但妳也可以用來檢查電腦不見的時候是跑到了什麼地方去。」

「謝謝妳，」克拉拉說。「至少我現在知道某種很古怪的事情正在發生。」

「妳似乎總會吸引麻煩上身。希望事情能自己解決。小心點，之後再跟我聯絡看看怎麼樣，好嗎？」

「好，我會放輕鬆。等等！別掛斷。還有一件事。記住，記住，十一月五號。妳知道這句話是什麼意思嗎？」

「《V怪客》，」小閃說。「妳知道那部有關某種未來主義的蓋·福克斯的電影嗎？他是所有駭客的主保聖人。匿名者跟一些無政府主義者，都把這句話當成某種座右銘。網路上到處都有人在聊革命的事情。怎麼會問這個？」

「沒事，」她說。「只是我在某個地方看到的東西。保持聯絡，小閃。」

一句駭客的口號刺在搶奪者的手臂上？這到底是怎麼回事啊？

小閃的聲音消失以後，她覺得徹頭徹尾的孤單。雖然清晨有點熱度，但她覺得快凍死了，於是又爬進床鋪裡，把棉被蓋上。點擊了小閃程式上的位置以後，頭痛逐漸消褪。一張地圖立刻開啓，一個紅色的大頭釘落在西倫敦上。她盡可能地將該地點放大。

福爾摩沙街三號。看來她的電腦似乎在小威尼斯待了幾天。

她將電腦關機，凝望著外頭破曉的晨光。小威尼斯。不是一個你會覺得充滿無政府主義者跟駭客的地方。但至少是個起點。

「要出發了嗎？」

克拉拉跳了一下，抬眼往螢幕上望。今天已經工作五小時了，她快要完成自己那部分的報告了，由於全神貫注工作，因此她沒有留意到有人出現在自己辦公室門口。

夏洛特就站在那兒，身上穿著她常穿的那種輕飄飄連身長裙。戴著大大的耳環，一頭深色鬈髮隨興地在脖子後方綰成一個髻。克拉拉心想，而她也不是第一次這麼想了，夏洛特身上總散發出一種正要去上瑜伽課的氛圍。但在那波希米亞風的外表下，她骨子裡其實相當強悍。

「妳該不會忘記我們今天中午要一起吃飯吧？」夏洛特笑著說。

克拉拉望了螢幕一眼。已經十二點半了嗎？

「沒有啊，」她帶著罪惡感說。「我沒有忘記，只是沒有意識到居然已經這麼晚了。」

將檔案存檔的時候，第一滴沉重的雨正打在她那頂樓的窗戶上。她起身時，閃電奔馳過陰暗的天空。

「老天啊，」夏洛特說。「希望妳有帶傘。」

忽然的暴雨帶來一種釋放感，克拉拉並不討厭溫暖雨滴打在毫無遮蔽的腿上的感覺。她們沿著凱瑟琳街跑，來到那間夏洛特已經訂了位的小義大利餐館。

侍者似乎都認得夏洛特，他們立刻接走她們的雨傘，並把她們安排在面對大街一扇窗戶的桌子旁。就座以後，夏洛特謹慎地用一條亞麻餐巾把臉擦乾，露出微笑。

「我該不會滿臉都是睫毛膏吧？」她說。

一條粗線的確有點弄花了夏洛特的眼睛周圍，但看起來不差，剛好相反。搭配她褐色的大眼、高聳的顴骨跟隨興的髮髻，反而變得很性感。克拉拉搖搖頭。

「完全沒有。」

夏洛特彎身，對她眨眨眼。

「要來喝杯酒嗎？」她說。「我知道妳得完成自己那份報告，但一杯應該沒關係吧？」

克拉拉心裡湧起一股愉悅的期待。

「十分樂意，」她說。「如果妳也要來一杯的話，我樂意奉陪。」

她們點了餐廳的夏末特餐：白松露牛肝菌義大利麵，同時喝了一口酒。酒精進入血液帶來的釋放感，讓她電腦被偷及工作上的壓力暫時煙消雲散。無比放鬆的她，忽然決定要把一切都對夏洛特和盤托出，但情況現在太複雜了，尤其是在她隱瞞了星期天所發生的事情以後。她會先去一趟小威尼斯那邊的那個地址。或許在那之後吧。取決於她屆時有什麼發現。

「情況怎麼樣？」夏洛特說。「妳的部分快要弄完了，對吧？再沒幾天就要發表了。」

克拉拉啜了一口酒，口感乾而富含礦物質味。她覺得自己彷彿閉上了雙眼，暫時逃進那種口感之中；而且不知怎的讓她想起了阿斯波亞的初夏早晨：天空乾淨而溫暖，青草因露水或小雨而溼潤。她想要暫時忘卻那份報告跟那台電腦。然而她點了點頭。

「是，當然，」她說。「我快完成了。妳的部分呢？困難的部分都是妳在處理的。」

夏洛特也喝了一小口酒，眼睛則望向窗外的大街，雨水在鵝卵石上反彈。

「大致上沒什麼問題，」她說，同時若有所思地點頭。「但當然沒那麼容易。」

「我猜想，很多人針對這個議題有很強烈的意見。」克拉拉說，同時觀察夏洛特的表情。

「肯定的。」夏洛特同意，同時把視線從大街轉到克拉拉身上，直直地凝視她的雙眼。

「事情不總是像表面看起來那樣。」她快速地咕噥出這句話，又喝了一小口酒，然後折斷一塊白麵包，若有所思地去沾放在她們倆之間的那碟橄欖油。

「這話是什麼意思？」克拉拉說，並把自己那塊麵包放在眼前的盤子上。

夏洛特說這句話的感覺，讓她想起那天跟派屈克在庭院碰面的情形。他用了一模一樣的句子。派屈克的心智圖出現在她的眼前。所有那些箭頭及名字。

可是夏洛特只是搖了搖頭，彷彿試著要醒來，當她看著克拉拉時，眼神再次變得專注。

「沒有什麼特別的意思，」她說。「只是類似這樣的問題很……複雜。」

侍者把兩盤冒著煙的餐點放在她們面前，她們這窗邊的小小宇宙充滿了松露的香味。夏洛特用叉子捲起一些義大利麵，放進嘴裡使勁地嚼，眼睛則望向窗外的傾盆大雨。

克拉拉從阿斯波亞回來以後，情況就開始變得有點混亂——電腦被偷以及派屈克古怪的行爲。現在又加上夏洛特這番不清不楚的話——她已經疲於去面對這些問號了。她喝下一大口酒，鼓起了勇氣。

「妳知道一家叫史特靈保全的公司嗎？」她說。

夏洛特立刻轉頭望向她，並舉杯用水把嘴裡的食物沖下去。她眼裡閃過一絲情緒，但轉瞬即逝，取而代之的是空白而困惑的表情。

「那是什麼？」

「史特靈保全，」克拉拉小聲地說。「我不知道，只是我在某個地方看到的某個名字罷了。」

「在什麼地方看到的？」

夏洛特往後靠在椅子上，手裡拿著酒杯，平靜地看著克拉拉。她的語氣既冷淡又帶有威脅，克拉拉直覺地知道自己現在如履薄冰，她或許根本不應該提到這個名字。

「沒什麼，」她說。「應該只是在一份報告裡看到的吧。我以前從來沒有聽過這個名字。但我猜妳應該也沒聽過吧？」

夏洛特搖搖頭，但眼神仍直直盯著克拉拉。她緩緩喝下一口酒。

「但這件事情剛好讓我想到，爲什麼今天想跟妳一起吃頓中餐。克拉拉，關於那份報告，妳現在就應該把它完成了，」她說。「我們禮拜天要發表。妳的部分前天就該給我了。妳該專心工作了。」

克拉拉雙頰一紅。這是夏洛特第一次批評她。而且是毫無來由。

「對，我知道，但我的電腦不見了，工作受到了影響。我今天下午就會給妳……基本上都已經好了。」

「對，可是妳的文字總是有點草率又帶偏見，」夏洛特繼續說。「而這一次，事實跟結構又特別重要，有些部分我可能要重寫。所以妳最好立刻就傳給我，而不是繼續拖下去。妳明白我的意思了嗎？」

克拉拉的頭開始嗡嗡叫，喉頭開始緊縮。草率又帶偏見？彷彿她的理性基礎不是源於客觀。要指責一名律師，還有比這更重的話嗎？

她點點頭，可是沒打算徹底投降。

「我也還沒有看到妳寫的段落，」她小聲地說。「在不知道妳意見的情況下，要完成背景資料會有點困難。」

「克拉拉，」夏洛特說，她的聲音跟鋼鐵一樣平順。「這是我的報告。妳是我的助理，僅此而已。如果妳寫不出來，那麼或許我們應該重新考慮這份工作的安排。我應該不用說得更清楚了吧？」

克拉拉搖搖頭，感覺眼淚湧至眼後。她伸手去拿酒杯。

「午餐過後就會給妳。」她小聲地說。

「很好。」夏洛特皮笑肉不笑地說。

二〇一五年八月二十日星期四
瑞典，斯德哥爾摩

雅思敏拉開利德瑪酒店自己房裡的厚厚窗簾，並往外望向灰色的早晨時，她看見一場夏末的雨在海灣上鑿孔，海灣變得像是被幾千根針刺穿的錫箔紙一樣。

她背後的電視正在播放新聞。昨晚的貝爾格特很不寧靜。新聞裡的畫面有丟出的石頭跟燃燒的車。攜帶鎮暴裝備的警察跟穿著背心的青少年都在鏡頭遠處，看起來很不眞實。雅思敏從半小時前就一直坐著在看這則報導，她心臟猛跳，眼睛在搜尋，搜尋費狄的蹤影，或任何跟費狄有關的東西，或是認識的誰也好。但這則報導短促又空洞，沒有提供任何眞實資訊。警方說，他們不知道示威群眾背後的動機爲何，但他們同時也「早就注意到有些事情正在發生的跡象」。

跡象，雅思敏心想。貝爾格特到處都是跡象。五芒星與拳頭。一隻貓吊掛在路燈上。似乎沒有人想提及的符號，伊格納西奧不說，派瑞莎也不說。只要提到這個符號，你就會遭受威脅。

轉身時，她的視線落在從公寓那邊帶回來的槍枝上，而她把槍枝放在床頭櫃上。放在這裡，放在那個色澤自然的床頭櫃上，放在那個外框黯淡、鏡面打磨得閃閃亮亮的鏡子底下，放在這個乾淨的上層階級環境中，更讓人覺得瘋狂。

她覺得自己活脫脫就是個不法之徒，她從沒有過這種感覺。她把槍枝都放進一只舊足球包裡，掛在肩上走出大門。

但她還能有什麼其他選擇呢？

她不能把這些武器留在童年的家裡，不能容許這些武器被人拿去做她無法想像的事。她也不能報警。不能通報那些她成長過程中一直在逃避的警察。不能通報那些讓紅仔的關節脫臼，還打斷了卡林的牙，並將他丟在布特許爾卡那邊田野上的人。那些警察會把他們扔進警車後頭，說他們是婊子、來自沙漠地帶的黑鬼、搞駱駝的人、野猴子。如果讓警方找到費狄，他們會殺死他。而她對他的背叛已經夠多了。如果她要解決這件事情，就只能夠靠自己。

她差點就把那兩個武器帶上地鐵，但最後一刻決定把AK47藏在學校後方小樹林內的濃密玫瑰果叢中，他們小時候常把自己的東西藏那兒。對她來說，腰帶上塞一把槍已經夠多了。

她在費狄的床墊底下留了張字條，上面只有她的電話號碼。沒有別的。你不會搞丟一把自動步槍，就算是在貝爾格特也不會。特別是在貝爾格特一定不會發生這種事。他現在得要打電話給她了。

同時間，她得找出是誰四處講她的事情，還找人來威脅她。然後她就要把那個小王八蛋誘出巢穴。

電話裡，伊格納西奧的語氣聽起來十分平靜又放鬆，也很樂意下班以後跟她碰面。但管他的。你在電話裡的語氣一點也不重要。在貝爾格特，你學會做的第一件事情就是撒謊。

她迫不及待想知道，爲什麼伊格納西奧不想告訴她那些符號所代表的意義。而她甚至更急著想知道，爲什麼他要找人威脅她。

到底發生了什麼事？他眞的變成了一個大懦夫了嗎？

離貝爾格特遠一點，婊子。

電視上仍在播放貝爾格特的畫面，她很確定那個符號一定跟這次的暴動有關。她很確定伊格納西奧一定有涉入其中。問題在於費狄涉入有多深。

她站起來，望著槍枝上方的鏡子。每個人都說她變瘦了，或許是眞的。眼睛旁邊的腫脹現在變成了紫色。它似乎就跟許氏父女公司的會議室燈光一樣，會改變顏色。

她深吸了一口氣，緩緩拿起那把又大又沉的槍，用雙手去拿，然後往床的方向退一步。去年春天，大衛強迫她去弗萊布許的一間射擊場。他們使用了好幾種不同的槍枝去射擊，她發現射擊意料之外地舒暢。幾個星期內，他們又回去了好幾次，當時大衛想戒掉參加派對的習慣，只會在晚上喝點酒，抽點大麻，就這樣。

她慢慢地舉起槍，對準自己的倒影。她看見了那個又大又黑的槍口，槍口後面則是她興奮的臉。此刻，她感受到了體內的力量。勇往直前。縱使發生過那麼多狗屁倒灶的事。縱使有過大衛，她母親，以及貝爾格特所有那些屁事。縱使伊格納西奧背叛了她。現在，這一切都跟他有關，她心想。這一切都跟費狄有關。要想的事情只有一件。要做的事情只有一件。找到他，並做那件她最初就該做的事：別讓費狄傷害自己。

❖

她在五點左右終於離開了房間，在接待台那邊看見了那個安靜的瑞典人，他整齊又乾淨，留了一點點八字鬍，斑點領帶很時髦，使得她得壓抑自己的衝動，不告訴對方自己在牛仔褲腰帶的地方插進了一把又大又黑的槍。如果說出口的話，他會提高自己的音量嗎？他完美的服務會因此而打折嗎？

但她只請他幫忙叫計程車，然後就在大廳裡一張很有品味的扶手椅上坐著等。靠在後背下方的槍枝很冰冷，出乎意料地也讓她覺得很安心。

天空仍在下雨，或又開始下起了雨。她爬上了靠近夏托普中部停車場內的卸貨平台，然後蹲在一個屋簷底下，把連衣帽壓到低於額頭的地方，避免被人認出來。在計程車上時，她抬起頭看了看從伊格納西奧工作的那間約翰森搬家公司走到地鐵的方式，她猜想他會穿越這座停車場。而在這裡，在這條小巷裡，她將會突襲他。

約翰森搬家公司，她心想。如果真有個姓約翰森的人在裡頭工作，她會非常驚訝。她靠在後頭的磚牆上，凝望著半空的停車場，雨水將柏油路面變得又亮又滑，而她從起床以後就出現的情緒仍持續增強。那不是恐懼或焦慮。不是，而是無可奈何，使得她懷疑是否已經太遲。費狄是否已經迷失，也許在四年前拋下他時，她就已失去了他。與此同時，那種感受中也蘊藏著一股力量。如果最重要的東西已然失去，那麼她或許也會犧牲掉剩下的一切。世界上最危險的，莫過於已經失去了一切的人。

把頭轉向小巷時，她看見伊格納西奧的巨大身軀上，套了件溼透的大學運動代表隊夾克，戴了頂亞特蘭大勇士隊的帽子，穿了條寬鬆牛仔褲跟黑色的 Air Max，正從轉角處拐進巷內。站起身時，她的脊椎處感受到槍枝的冰冷與堅硬。那個他媽的抓耙子。走過卸貨平台時，她的心臟開始猛跳。他死定了。

二〇一五年三月
敘利亞

終於，我一個人待在沙塵與冰冷之中。夜晚很安靜，只聽得見蟋蟀的叫聲，以及迷你巴士駛過兩旁那廢棄未完成建物的砂礫道路遠去的聲音。我從來沒有覺得這麼孤單而困惑過，縱使在妳離去之後。縱使那時都沒有這麼強烈的感受。

當時的我心裡覺得孤單又困惑，妳長久以來都過著自己的日子，而除了貝爾格特以外，我只熟悉一種牢籠。可是現在呢？我環視四周，用心諦聽，臀部陷進沙塵之中。這才叫做孤單。

我往後仰，看見天上的星星如此光輝燦爛，因而失了平衡，往後倒在道路上。

不知道自己在那兒待了多久以後，我聽見腳步聲向我靠近。現在，我的雙眼已經適應了黑暗，因此我想這人是從一個類似村莊的地方走過來的。甚或也可能是一個空盪盪的小鎮。我很快地坐起身，抓住包包站起來。

與此同時，我聽見在蟋蟀聲處處的黑暗中，傳出了某種金屬喀噠聲。有人拉開了槍的保險。

「你是誰？」來者用殘破的阿拉伯語說。

「祝你平安，」我說，由於聲音非常刺耳，使得我必須清一清自己的喉嚨。「我是來自瑞典的費狄・亞傑。達希勒伊瑪目派我來的。」

他們叫我在抵達以後這麼說。這些話應該足夠，但我覺得自己彷彿命懸一線，在這個黑暗中有著腳步聲、蟋蟀，跟已經拉開了保險的武器。

「是來自斯德哥爾摩的費狄嗎？」那人說。

他說的是貧民區的瑞典語，但不是來自斯德哥爾摩的貧民區，而是來自鄉間。我感覺到自己的肌肉開始放鬆，心臟開始再度跳動。

「對，對！」我說。「來自貝爾格特的費狄。達希勒伊瑪目派我來的。」

金屬喀噠聲再次響起，可能是這人在關上保險。他更靠近了，近到我足以看出他的身影：他像聖戰士一樣用圍巾包住頭，深色的軍事長褲塞進靴子裡。

「很好，很好，」他邊說邊笑。「我第一次聽到你的聲音。」

現在他停在我的面前。我看出他是個索馬利亞人，有著稀疏的鬍鬚跟一頭長髮，牙齒在月光的照耀下閃閃發亮。

「歡迎啊，亞傑弟兄。感謝阿拉讓你平安抵達，願祂得到頌揚與彰顯。我是阿布·烏瑪。」

阿布·烏瑪帶我走上一條村落街道，街上所有窗戶都是巨大的黑洞，即便現在頂多才晚上八點。

「人都跑哪裡去了？」我說。「這裡沒有人住嗎？」

「這是戰爭啊，弟兄，」阿布·烏瑪說，同時擺出高人一等的姿態斜瞄了我一眼。「我還以爲這就是你來的原因呢，嗯？」

「可是，」我開始說。「這是什麼意思？他們都死了嗎？」

阿布·烏瑪搖搖頭，神情疲憊。

「死？」他說。「我們只會殺死敵人跟叛徒，弟兄。他們在戰況最激烈的時候逃走了。在我們還沒有解放這座村莊之前，感謝阿拉，願祂得到頌揚與彰顯。」

「你也有參加那場戰役嗎？」

我知道自己不該問那麼多，因爲這樣只會暴露出我他媽超菜。但我什麼都不知道。什麼都是新的。而我很好奇。

阿布．烏瑪聳聳肩。

「那場我不在，弟兄，」他說。「但參加了其他很多場。你也會是如此，如果阿拉，願祂得到頌揚與彰顯，允許你的話。」

我們走下一個小山丘（顯然原本是個令人沮喪的小廣場）時，我看見幾幢屋裡有著微微亮光的房子，聞到一股薄荷跟烤茄子的味道。

「但這裡還是有住幾個人嗎？」我說。

「鎮裡這一帶，一個人都沒留下來，弟兄，」阿布．烏瑪說。「只有我們這些人而已。而這就是我們住的地方，也是你以後要住的地方。」

我們走過一條小巷，走進一扇門。顯然這裡原本是一間普通公寓，裡頭有著寬敞的新樓梯。沒有電燈，但有一道微弱的黃光照在樓梯上。我們無聲地往上爬。這讓我想起家外頭的街燈，我吞下了某種又甜又溼的東西，可能是眼淚吧。

阿布．烏瑪走到一扇門前，沒掏出鑰匙，就將門把往下推，打開門，進去一間黝暗的現代化公寓。我們跨過門檻，我看見像客廳的地方有著黯淡的光線。

兩名男子圍坐在一個放置地板上的小野營爐，發出的微弱藍色火焰旁。我們走進去時，他們都站了起來。

「嘿，兄弟！」兩個人中比較高大的那個，站起來伸出了手。

他高大又魁梧，不像梅第那樣胖胖的，但也不是渾身肌肉。就是一般人的加大版。一把濃密、光滑的鬍子遮住了他的寬下巴，他的頭髮跟阿布．烏瑪一樣，藏在一條圍巾裡。我握住他的手，他的手溫暖又乾燥，而且能讓我稍稍心安。我不情願地放掉了他的手。

「我是沙希德，」他說。「歡迎你啊，弟兄。」

比較瘦小的那位握住了我的手。他沒有落腮鬍，但也沒有剃鬍子，頭髮則藏在一頂軍帽底下。

「歡迎你，」他說。「希望阿拉，願祂得到頌揚與彰顯，賜予你一場榮譽的死亡。」

他嚴肅地看著我，我感受到一股強烈到令人震驚的不適。我跟亞拉敏弟兄聊過的一切。殉教。我們對它的期望，我們迫不及待地想進入天堂。在這個黝暗的房間中，在這座鬼城中，殉教變得不再那麼讓人期待。曾經乾淨而美麗的它變得骯髒而過於眞實。

「但是我們今晚不會死，弟兄，」沙希德說，同時拉出一個枕頭來讓我坐。「今晚我們要喝茶，並且好好認識一下我們的新弟兄費狄。」

他轉過頭來面向我。

「塔里克弟兄很急，」他說。「他等不及他那些處女了。因爲他沒有結婚。」

沙希德因自己的笑話而大笑，同時把熱水倒進一個放有薄荷葉、有凹痕的錫馬克杯中，然後遞給我。塔里克什麼也沒說，只是看著自己的杯子，同時靜靜地喝茶。

塔里克在日出前把我叫醒，我們低聲說著自己的禱詞，直到太陽高掛在建築物後方。接著在我還來不及起身以前，他就消失了。

塔里克跟我共用一間公寓，因爲我們倆都沒有結婚。其他人跟他們的家人一起生活，那些在這裡待超過一年的人都已經有孩子了。

我不知道我們的身分、有多少人，也不知道我們的任務是什麼。但這些弟兄的工作似乎就是作戰。他們會去到前線，輪八小時的班，夜幕降臨後，就回家跟家人共處。就像一份正常的工作一樣，就像我在倉庫時工作一樣。士兵多半是敘利亞人跟伊拉克人，他們分散住在這座幾乎已經廢棄的村莊裡，因此要藉由轟炸的方式殲滅他們就會困難許多。但我們瑞典人似乎都住在一起。

茶壺裡有茶，我困難重重地燃起了野營爐的火焰。我找到了幾片平坦的麵包，並在那幾片麵包底下的一個塑膠罐裡，找到了一點點剩下的鷹嘴豆泥。我還不餓，但仍強迫自己吃掉那乾巴巴的麵包。才剛吃完，就聽見門打開，沙希德弟兄走了進來。

「祝你平安，弟兄，」他說。「跟我走吧，該出發了。」

一站起來，他就將一把槍塞進我手裡。這把槍沉重又冰冷，讓我心跳加速。是一把有木質槍托跟彎曲彈匣的AK47。我不知道該把槍口向著哪個方向，但沙希德已經消失在門外，走下了樓梯。

我們走出灰塵滿布的庭院，走一條砂礫小道去到一座停車場，裡面只停了幾輛燒毀的車。我在灰色的黎明中發抖，沙希德要我在原地等，他則走到一輛約十八公尺外的車旁。我有一千個問題想問，但我把那些問題從腦海裡推開，強迫自己只做被交代的事。

沙希德回來，要我把槍交給他，於是我交了出去。他把槍轉來轉去，從不同角度加以檢視，然後架到自己肩膀上，對著他放在那輛車引擎蓋上的幾個罐子開槍。忽然爆出的聲響震耳欲聾。

「很好，很好。」沙希德喃喃自語，然後用槍去瞄準了一些東西。

他開槍射了幾次罐子。自動步槍發出開火的巨響之後，我聽見風呼嘯的聲音，接著不遠處就響起了爆炸聲。我直覺地蹲下，四處尋找掩護，腦裡的血液在狂奔。我的人生從此刻開始，我未來的人生也將是如此。

可是當沙希德轉過頭來看到我蹲在牆邊時，他咧開了嘴。

「嘿，你在幹嘛啊？」他說。「我發誓，你看起來超搞笑。」

他用槍瞄準地面，然後轉頭朝向我。

「你怕那個啊？」

他用槍指著正傳來可怕槍響的方向。

「那裡是前線，弟兄，只會固定在那邊。」

我起身，雙腿仍在發抖。

「可是那個爆炸聲呢？」我說。

「巴沙爾手下的那些畜生從直升機上丟下來的桶裝炸彈。習慣了，整天都會聽到那種聲音。」

他用槍指著早晨的灰色天空。

「起來吧，我們來看看你的能耐。」他說，同時將那把AK47交給我。

沙希德沒辦法整天陪著我，他最後還得去前線。當他提到這件事時，我感覺自己的興奮與期待再次攀升。我很接近了，很接近自己的想望了。可是沙希德嘲笑了我。

「今天你還不會上前線啦，菜鳥，」他說。「你先負責後勤，我們之後再看看情況。」話一說完，他就跳上一輛老舊的飛雅特汽車，把自己的槍放在副駕駛座上，在一陣煙、一陣彌漫的小小沙塵中消失。

因此，我的職責是遠離前線，跟村裡那些人妻一起去購物，在那之後，我得試著將一幢房子裡的電力系統修好。跟我一起修電線的是個敘利亞人，說話的腔調很重，我一個字也聽不懂。我才一轉身，就聽到那些女人在笑我，也感受到她們在凝望我，對著我指指點點。氣溫下降，太陽靠近鎮外的山丘以後，我拖著腳步回到自己房間，等待其他人回來。我覺得自己無能又累贅。我們甚至連電力系統都修不好。

已經在床墊上睡著的我，被電話的嗡嗡聲叫醒。我花了一點時間，才意識到那震動的聲響來自我的包包，我把包包放在一扇能看見廢棄街道的窗戶下面。

「我是費狄。」把衛星電話從包包的外口袋挖出來以後，我說。

「費狄弟兄！」

亞拉敏弟兄的聲音在空氣中跳動，雖有靜電干擾，但聽起來很溫暖。聲音從貝爾格特開始往天上飛，一路來到這個距離前線只有幾公里的地方，來到孤寂的我的身旁。

「時間不多，電話費很貴！」亞拉敏弟兄說。「還好嗎？到了嗎？」

聽到他的聲音我非常高興，因此淚盈滿眶。我在搖搖晃晃的窗台上坐下，盡可能快速地把一切都跟他說。關於我搭迷你巴士穿過土耳其的旅行，關於邊境，關於入夜以後這裡有多暗。關於那些弟兄跟我無能的一天。亞拉敏弟兄讓我不停地說，讓我把所有的事情都說出來，縱使電話費很貴。

「情況會慢慢好轉的，」他終於笑著說。「你昨天才到嘛？放鬆心情吧。」

我臉頰發熱，心裡慚愧。的確，我昨天才剛到而已，我到底在幻想什麼啊？我連開槍都還不會。他們怎麼可能派我上前線去呢？

「沒問題，」我說。「對不起。我會耐心等待阿拉為我選擇一個合適的角色。」

「這樣很好，弟兄，」他說。「我猜沒有其他事情了吧？關於我們聊過的那個部分。還記得嗎？」

叛徒。我當然記得。

「我還沒有聽到任何消息。」我盡可能小聲地說。

「沒有討論到什麼大計畫嗎？沒有人來拜訪嗎？」

「都還沒有。」

「你要知道，這些事情都有可能是那個叛徒正在等待的，」亞拉敏弟兄說。「你只要一聽到什麼消息，我們的機會就來了。你的首要之務，就是眼觀四面，耳聽八方，隨時等候時機來臨。」

我聽見公寓的門打開，拖著腳走過石地板的人八成是塔里克。

「而且要記住，這件事情不能跟你的弟兄們說，費狄，」他說。「就連你有在跟我們聯繫都不行。就算只知道你有這台電話，他們也可能會對你起疑。」

門外，我聽見塔里克慢慢走近我的房間，他的腳步聲越來越大。

「我得掛斷了。」我輕聲說，同時按下紅色按鈕。

才剛把電話塞進戰鬥褲的口袋，塔里克就拿著AK47推門進來。剛從前線回來的他髒兮兮的，臉上則掛著筋疲力竭又不滿的神情。

「你剛剛在跟誰說話？」他說。

我吞了吞口水，感受到口袋裡電話的溫度。

「沒有啊，」我說。「是阿拉啦。我……我在禱告。」

他看了我一會兒，什麼也沒說。他不相信我，但那是一個不容質疑的謊言。他一句話也沒說，就轉身留我一人。

等聽見他走進自己房間以後，我整個人癱在放置地板的床墊上。塔里克那懷疑的神情，狐狸般的鬼祟與狂妄態度。他是哪裡有問題啊？他在擔心嗎？擔心什麼呢？身分被曝光嗎？

二〇一五年八月二十日星期四
英國，倫敦

克拉拉提早離開辦公室。經歷了午餐的酒跟完成報告的壓力以後，她覺得空虛又疲憊，但現在，把報告上傳到夏洛特的資料夾以後，她的精力回來了。

經歷了因電腦而產生的所有混亂以後，她因爲有了一個任務，一個計畫，或至少是個方向，幾乎可說覺得自在許多。她要找出藏在小威尼斯福爾摩沙街三號後面的東西。

這也是爲什麼她沒有跟平常一樣，立刻跳上自己的腳踏車騎回諾瓦街的家，而是朝向另一個方向，朝河邊前進。下午那場突如其來的大雨已經離開，也將原本的悶熱一起帶走。她覺得自己再度擁有了思考的能力。

她走到滑鐵盧橋上，這裡的位置剛好可以讓她遠眺巨大的城市，朝向兩側環形地面延伸出去。

她點燃一根菸，身體靠在潮溼厚重的扶手上。在午後明亮陽光的照射下，扶手上殘留的雨滴看起來有著無法言傳的美麗。菸抽完了，她把菸蒂往扶手外面一丟，彎身看著它掉進褐色的河水中。再也看不到菸屁股以後，她閉上了雙眼。

❖

想到跟夏洛特一起共進的那頓中餐，克拉拉不禁臉紅。提及史特靈保全是個錯誤。夏洛特的反應，無疑接近克拉拉從未在她身上見到過的敵意。裡面絕對有什麼問題。而原本的問題也還在：派屈克在他那間黑漆漆的小房間裡做什麼？史特靈保全，利本史坦，跟俄國大使館。

她離開橋，沿著蘭凱斯特道及弓街走，穿過遊客群及他們的夏末啤酒，繞過柯芬園，繞過他們的笑聲及購物袋。她推開停下來買瓶酒的念頭。等她做完自己該做的事情再說。唯有到那個時候，她才能得到這個獎勵。

她沿著柯芬園旁那些蜿蜒曲折的購物大街走，穿過七晷區，繼續走老康普頓街，朝著牛津街的倫敦地鐵站走。她聽見遠方傳來鼓聲、口哨聲，以及疑似呼喊口號的聲音。另一場遊行，另一場毫無意義的遊行。今年夏天充斥類似的遊行。

她從未去過小威尼斯——肯辛頓花園除外，她其實從沒去過西路高架橋的北邊，縱使她知道這個區域因美景而聞名，她發現這裡的運河跟綠色植物美不勝收，如詩如畫。這裡沒有演說或鼓聲。街道上幾乎無聲，只有一輛計程車跟偶然駛過的BMW，沒有遊客，就連鏤空的蓋．福克斯面具圖案或無政府主義者用的特殊A符號都沒有。附近似乎是中上階級的聖堂，住的都是些創意人才，工作時間彈性，孩子都會上蒙特梭利幼兒園。次文化與對現況不滿的人不得進入。類似這樣的社區總會讓她緊張。自認高人一等的想法就藏在這些橡樹，藏在水面上安然停泊著小船屋的運河，藏在這些空盪的街道之中。但外表可能會騙人，她心想。偷走她電腦的人就躲藏在這個美好的樣板地區裡。

她沒花多久時間，就找到了福爾摩沙街三號。這個地方的門就夾在一間有品味的咖啡館與一家服飾店之間。服飾店裡擺了一系列橘色絲質圍巾跟輕盈、顏色天然的訂製亞麻裙，專供當地崇尚波希米亞風格的富人選購。查看地圖的時候，她就已經決定對街的酒吧是等待的絕佳地點。

等什麼呢？她也不確定。從門旁似乎各自獨立的三個門鈴來看，這間屋子裡似乎不止一戶公寓。她不敢更仔細湊近去瞧，時機還沒成熟。她決定小心爲上，先從等入夜後查看進出的人開始。至於知道出入的人以後能做什麼，她還不確定。

對街的阿爾弗雷德王子酒吧跟這個地區很相配。或者可以反過來說，這個地區跟阿爾弗雷德王子酒吧很相配，彷彿這個區域之所以存在，就是要讓阿爾弗雷德王子酒吧的維多利亞門面能有個足堪匹敵的完美鏡像。不管頭轉到哪裡，都可以看見雕花玻璃、黑色鑄鐵柱，以及華美的木框。她穿過門走到吧檯旁，猶豫片刻後，她覺得嘴角漸漸擠出了「橘子汁」的嘴形。但在最後一刻，她吞下了那三個字，改點了一杯白酒。她坐在一扇正對福爾摩沙街的窗戶旁。她心想，只不過是等待的時候喝個一杯嘛，又不是世界末日。

結果到頭來，那個夜晚漫長而平淡。酒吧慢慢被那些英國中產階級的典型代表人物所塡滿，而絢爛的藍色黑夜則緩緩落在外面的大街上。

街燈逐一點亮。她正在喝第三杯酒，一度暫時沒有留意福爾摩沙街三號的大門，而事情終於在這個時候發生了。

她先是從眼角看到一個人影，於是立刻轉頭。一個站在門外又高又瘦的人，把手伸進身上穿的斜紋棉布褲口袋裡。她花了一點時間才意識到對方是誰。但千眞萬確。在對街的人正是派屈克．夏皮洛。

二〇一五年八月二十日星期四
瑞典，斯德哥爾摩

雅思敏很快就停下腳步，蹲了下去，同時快速瞄了整座停車場一眼。這場雨很棒，讓人們遠離開闊的柏油路面，都躲到了屋簷底下。這讓她的行動變得更容易。

她靜悄悄地站起身，兩眼盯著伊格納西奧平靜、搖晃的身影。他戴上了耳機，正靜靜地邊聽音樂邊饒舌，完全沉浸在自己的世界裡，似乎連雨都不在乎了。她再次感受到自己的憤怒在滋長。

在所有的人當中——竟偏偏是他。在他們共享過那麼多回憶以後。那麼多個一起待在錄音室裡，一起待在紅仔低矮公寓客廳裡的夜晚。那麼多個一起做白日夢、蹺課跟毫不管他人的白天。也許是她唯一眞正信任的人。而他居然要她承受這件事。明明她一心只是想要找到費狄而已啊。

起身時，她感覺到槍枝因重量滑進了牛仔褲，碰到她的臀部。

伊格納西奧來到近處，雅思敏從卸貨平台上跳下來，平靜地朝他走過去，帽子依然蓋住自己額頭。他沒有立刻留意到她，但一定注意到有人靠近，因爲他的下巴不再移動，或許是被人看見自己在饒舌很丟臉吧。

等到他從自己身旁走過，她停下腳步，拉開連衣帽，感覺打在自己額頭上的微弱雨滴不像眞的，而像是一場電影。她的呼吸變得急促，腎上腺素水銀似地流過血管，嘴裡嘗得到鐵鏽味。在自己都沒意識到的情況下，她把槍拿在手裡，沉重的槍枝因爲她的體溫而依然溫暖。

伊格納西奧繼續往前走，一樣沉浸在自己的世界，而她往他的背後走了三步。最後兩步加速，然後側過身全力踢擊他的膝窩。這是貝爾格特的風格，永遠對準膝蓋，永遠盡全力。伊格納西奧尖叫，失去平衡，往前跪下，頭暈目眩。他轉頭，把耳機拿出來，抬頭看她。

「什麼啦！」他大叫，舉起雙手。「雅思敏？最近怎麼樣啊，朋友？妳在做什麼啊？」

但她沒有回答，只是環顧了一下四周。空空盪盪，四下無人，就他們倆。她毫不遲疑地雙手緊握住槍，慢慢朝他走過去。她看見他的眼神——他知道這不是在開玩笑。此刻，她站在他面前，槍口離他的頭不到五十公分。

「你把我出賣給誰啊，賤人？」她說。「你這人渣。我居然還相信你。」

她在潮溼的柏油路面吐了一口唾沫，但她的嘴很乾，幾乎沒有口水。

「嘿，阿雅！」他說。「什麼啦？別鬧了。」

他的呼吸很淺，聲音尖細無力。他知道她不是在開玩笑。

「我可沒在開他媽的玩笑，」她說。「我他媽的非常認眞。」

她用槍抵住他的臉頰，就像電影一樣，並在他眼中看到貨眞價實的恐懼。以及一些其他的東西。

「什麼？」伊格納西奧說。「妳說那些話是什麼意思啊，阿雅？什麼鬼啦？」

他望著她的雙眼，不是哀求，而是徹底的困惑。但她還沒辦法接受這件事，他只是投降而已，就這樣。

「你知道自己做了什麼嗎？」她說。「他們立刻就跟蹤了我，你他媽的王八。他們立刻就找到了我。你知道我住在哪裡，兄弟。你知道我在尋找什麼。所以你他媽最好現在就跟我說他們是誰，聽懂了沒？」

她更用力地用槍抵著他的臉頰，但他眼神裡的困惑讓她的堅定動搖了，讓她的雙手發抖了。

他依然維持跪姿，兩隻大手垂在身體兩側，眼睛凝望著她。他不是第一次這樣被人用槍指著。

「我是認真的，阿雅，」他說。「Wallah！我發誓，阿雅，我完全不知道妳在說些什麼，好嗎？」

她看到了他的眞摯，但沒有辦法接受。一定得是這樣，不然還有什麼其他可能？

她感覺到伊格納西奧的頭靠著槍，感覺到他既不逃離也不反擊。他的眼神眞摯又誠實，使得她手裡的槍枝越來越沉，越來越重，直到她再也拿不住，槍便「咚」一聲落在他倆之間的地上。

彷彿她體內所有力氣都忽然被抽乾，過去那幾天，過去那個禮拜，過去那四年，過去的整個人生忽然將她擊垮，將她淹沒，她倒在地上——她的腳不再是腳，只是樹枝或雜草，什麼都不是。在某個地方，在另外一個世界裡，她感受到一雙強而有力的手臂環抱住了她，把她拉進一個寬闊的胸膛，一個蓄鬍的下巴靠在她的頭上，一個人在對她低語。

「沒事的，阿雅，妳沒事了。」

❖

在那之後，他們最後來到一間靠近地鐵站的咖啡店。店家差不多要打烊了，店裡只有幾個上了年紀的瑞典長者，顫抖的手裡拿著小圓麵包。她甚至連他們怎麼來到這裡的都不記得，也不記得自己面前怎麼會有一杯熱巧克力跟一份起司三明治。槍又插回了她的腰帶裡，伊格納西奧什麼也沒說，只是從桌子另一頭安靜地望著她。他鬍子上殘留著麵包屑，手裡拿著一杯咖啡。

「裡面沒有子彈，」她小聲地說，同時四下環顧，確保沒人聽見。「只是讓你知道一下，朋友。」

伊格納西奧大笑。

「聽到妳這麼說眞開心，」他說，並咬了一口他的馬薩林蛋糕[18]，開心地點點頭。「這些小王八蛋眞好吃。」

他們又一次陷入沉默。雅思敏啜飲了一口熱巧克力。最後，她彎身告訴他自己的遭遇：如何在故事旅館收到警告，如何確信告密的人就是他。她道歉了一百次。但完全沒提到費狄跟武器的事。有些事情不要說出來會比較好。

「但妳那槍是從哪兒弄來的啊？」他說。

她聳聳肩。

「說來話長。」

伊格納西奧點點頭，舔了舔手上的糖霜，把剩下的咖啡一大口喝掉。

「可是這些照片……」她開始說。

他慢慢地點頭，彎身並壓低音量。

18 Mazarin Cake，一種杏仁風味的瑞典蛋糕。

「我當時希望妳別插手這件事，阿雅，」他說。「我試著要警告妳。人們很害怕。我們是在幾個星期前開始看到這些鬼玩意兒的。妳要問那些符號嗎？一開始只有海盜廣場周圍有，接著到處都是。只要一個早上，就可能出現二十個新的。只出現在貝爾格特。一夜之間就冒出來了。」

「那貓呢？」

他聳聳肩。

「我自己還沒親眼見過。我猜只有妳秀給我看的那一隻。但如今那張照片傳遍了整個網路。媽的爛死了，對吧？我是說，把貓吊死耶？喪心病狂啊。」

雅思敏點點頭。

「眞的。但那是什麼意思？」

「我不知道，阿雅。但妳有看今天早上的新聞嗎？」

「暴動，」她說。「只發生在貝爾格特嗎？」

「我猜應該是從我們那裡開始的，但現在擴散出去了。我聽人們說，那個符號從貝爾格特一路往北到菲夏那邊都有，但貝爾格特似乎是起源。如今每天晚上都有車被燒毀。即便發生過昨晚那種事情之前都一樣。」

他再次壓低聲音，同時環顧四周，確保沒人在聽他們說話。

「有事情正在發生，姐妹。不只是小孩在胡鬧而已，不只是對社會心有不滿而已。」

「你怎麼知道？」

伊格納西奧往後一靠，彷彿遭到了冒犯。

「妳覺得我會連這種事情都不知道嗎？」他說。「說眞的，對我有信心一點吧。總之，這件事情沒那麼簡單。是有組織，有計畫的。從那些符號開始，人們開始在網路上張貼那張貓的照片。接著車子開始燃燒。有人用石頭丟條子。然後安靜了幾天，這週末又開始了。現在呢？媽的，我敢說，現在貝爾格特到處都是那種符號。過去幾天晚上燒毀了十輛車。」

他再次壓低聲音，四下張望。

「我得回家了，」他說。「跟我一起走，我會把知道的所有事情都跟妳說，如何？」

他們起身走出門，門關上時發出了友善的鈴響聲。外面雨已經停了，夜空開始變得澄淨。

「星期一妳問我那些照片的事情時，我什麼也沒說，是因爲擔心妳，親愛的。妳現在是個外人了。妳還記得這裡的規矩嗎？人們視妳爲叛徒。妳就這樣走了，再沒人聽過妳的消息。出現了一些跟妳有關的傳聞。我們知道那些傳聞不是眞的，可是那些不知道的人說，妳從紅仔那邊幹了一些錢就跑了。妳知道的，每件事情都會被誇大。」

她點點頭。離開的時候她就知道了。回到家不會有什麼好下場。

「所以我不想把妳捲進來。但我知道現在不是在開玩笑了。妳覺得這些事情跟費狄有關嗎？妳覺得是他到處在噴這些跟照片裡一樣的五芒星拳頭圖案嗎？」

「我知道這些事情跟費狄有關。」她說。

他們安靜地往來時方向走。

「那麼，」他開始說。「這就是有組織的了，阿雅。」

他轉過頭來看著她。

「這些孩子在做他們經常在做的事情，妳懂吧？亂噴漆、燒車跟丟石頭一類的鳥事。但這次後面有人在策畫。有人告訴他們要做些什麼、怎麼做，以及在什麼時候做。他們會噴鏤空圖案？靠，姐妹！妳覺得這聽起來像是那群不適應環境的孩子嗎？他們連他媽的要怎麼放火燒車都不知道。」

「所以你覺得是有人在分發那些圖樣還是怎麼樣？」

「有人在做這件事情，沒錯。而且有人在運送那些不是來自貝爾格特的滋事分子。是一些經驗老道的傢伙，他們有頭盔跟彈弓那一類的鬼東西。」

「可是是誰？」雅思敏說。「誰在組織這一切？而且爲什麼要這麼做，他們想要什麼？」

伊格納西奧似乎想了一下才回答。

「嘿，阿雅，妳知道情況是怎樣嗎？有太多可以說了。我敢說，有一天外頭的人一定到死爲止都在聊這件事。有些人說這是一場陰謀，背後有個組織在撐腰。有人想要牽制住我們，懂嗎？有些人說，他們看到幾台很漂亮的奧迪在學校外面那個停車場出沒，其中一個戴面具的會去那裡接受命令。」

伊格納西奧大笑，搖了搖頭。

「跟以前一樣，都是些嗑了藥講的瘋話。跟以前一樣，說背後出資的人是猶太人跟光明會。」

「但爲什麼要闖進我的旅館房間，還在牆上噴那些該死的符號？我跟這些事情有什麼關係？」

他們現在快要走到地鐵站了。

「有人把妳的事情抖了出去，」他說。「有人告訴他們妳在四處打聽，但出賣妳的人不是我。一定還有誰知道。妳一定還有跟其他人聊過這件事。」

他們沉默地看著彼此。

「但有一件事我可以告訴妳，」他繼續說。「其實我也不確定是不是該說，因爲我寧可妳忘掉這件事，阿雅。」

「把你知道的告訴我吧，伊格納西奧。反正我遲早也會知道。」

「我知道，」他說，神情很擔心。「好，那我就說了。昨晚發生了一些可怕的暴動，對吧？」

雅思敏點點頭。

「暴動還沒開始，我人就在外頭了，」他說。「妳知道的，就在我們說完話以後。我想要知道更多事情。所以我抓了幾個認識的孩子。阿里發的弟弟跟他的朋友。他們都會在外頭待到很晚，手裡總是滿滿的石頭跟酒瓶。他們跟我說，有一個戴面具的人會給他們命令。準確來說是個男人。他們不知道他的身分，但這種戴面具的人有好幾個，他們在指揮這些孩子。他們總是在諾坎普那邊碰面，妳知道的，就是足球場那裡啊？所以如果妳想知道眞相，就要從那裡開始去找。但我希望妳不要那麼做，阿雅。」

她點點頭。

「謝啦。我會小心。」

「小心那個抓耙子，還有不要太常秀出妳那把槍。下一次他們可能不只是警告就算了，對吧？而且任何人都有可能是那個抓耙子。」

雅思敏身子朝上抱了抱他。

「我已經知道出賣我的人是誰了。」她輕聲說。

二〇一五年五月到六月
敘利亞

日子一天天過去。我們在前線的位置固定住了，無論我們或阿薩德都沒有強到足以摧毀另一方，戰事遲滯，變得越來越制式。除了沙包、自製手榴彈跟虛有其表的眼神之外，我們會發動很敷衍的快速攻擊，以及行動更快速的撤退。這讓我想起我更年輕的時候，我們會在那些熱死人的夏夜往警察衝過去，兩手滿滿都是石頭，腦裡滿滿都是貧窮、擁擠跟罣固酮。可是現在，我們的目標更遠大，我們的動機跟毅力不可同日而語。我們現在的裝備更好，而敵人使用的也不再是警棍，而是桶裝炸彈跟狙擊手。

有幾次，每當覺得我準備要放棄，每當覺得我再也忍受不了幫鞋子打蠟或跟婦人們一同上市場，沙希德弟兄就會帶我上前線一趟。

「你開槍的技術有進步，」他說，同時打開副駕駛座的門。「也許今天你可以派上一點用場？」

每當他這麼說，我就滿心驕傲又期待，肩膀抬高，挺起脊梁，跳進他身旁的座位上。然後我們會一語不發地駛往戰場。

可是到了現場，我不會被分派到任何任務，或者說，我不知道該怎麼幫自己找到一個任務。弟兄們的動作協調搭配得宜，宛如演員或舞者。他們會在牆壁上找到自己可以安全射擊後蹲下的射擊地點與射擊孔。他們有固定投擲自製手榴彈的地方，有自己的模式跟儀式。而我什麼都沒有。只有尷尬難堪、缺乏能力、無法站穩。於是我只好煮茶水、幫他們建牆、填補沙包，把他們自製的迫擊砲排成一列。

這就是我的聖戰。不像一把劍，更像一個幫弟兄們的鞋子上蠟的鞋刷。不像一顆旋轉的、朝向敵人頭部擊去的子彈，而像一個子彈空盒，被遺留在地上，毫無存在意義。但我會禱告，也會讀可蘭經。我會跟弟兄們在夜晚時的野營爐光芒中談話，並藉此得到滿足：我們是夥伴，爲了兄弟姐妹們而戰，我們正在建立一個能讓穆罕默德，願祂安息，覺得滿意的社會。

而有些夜晚，躺在自己涼爽的床墊時，我的內心會充滿弟兄情誼。有些夜晚，我會覺得自己彷彿觸碰到了這種情感的本質，彷彿可以將這種情感捧在手中，用心去深深體會。其他夜晚，這種感受卻全然不足，我會坐在窗邊，望向眼前的黑暗，數著星星，直到距離感與空虛感威脅要將我摧毀爲止。

不定期地與亞拉敏弟兄用嘎吱怪叫的衛星電話簡短通話時，我不會把這些事情告訴他。相反地，我會告訴他前線的英雄事蹟，把我自己變成弟兄們故事中的主人翁。而亞拉敏弟兄會邊聽邊讚美我，告訴我說自己融入得多順利，以及阿拉，願祂得到頌揚與彰顯，一定會以我爲傲。他經常提到那個叛徒，也總是要我小心，別讓其他人知道我們之間的對談。他甚至連沙希德弟兄是否值得信賴都不確定。但他說，我們可以一起解決這個問題。與此同時，清楚知道我們在這兒的生活情形也很重要。他對所有細節都很有興趣，要我發送房間跟區域的照片給他，而我也很樂意這麼做。如此一來，我就用不著說謊，也總算可以去記錄下這一切並跟他分享。

「機會遲早會到來，」他常說。「隨時保持戒備。我有個計畫。有時候會有重要人物來前線檢視部隊的狀況。你知道的，他們每天晚上都會睡在不同的床上，這樣犬隻跟西方派出來監控我們的爪牙，希望他們永遠在地獄的業火中燃燒，就沒辦法用炸彈跟無人機奪走他們的性命。等到這種情形出現，我們就來將這個計畫付諸實踐。」

「是怎麼樣的計畫啊？」說這話的時候，我感覺到自己越來越興奮。「我能幫些什麼忙呢？」

「只要一發現這種情況發生，立刻通知我就可以了。」亞拉敏弟兄說。「然後我就會確保我們有機會來拯救我軍的領導人物，同時揭露出背後的叛徒是誰。」

時間是六月某天中午，午餐時間過後不久，我看見塔里克弟兄的車，沿著我們屋外那條灰塵滿布的紅色街道奔馳。此時這裡的溫度已經變得跟貝爾格特的夏日一樣溫暖，試著去修復一間浴室水管後，我人靠在被陽光曬暖的一片牆上，手裡拿著一杯薄荷茶。難得有人大中午就從戰場那邊回來，我想一定發生了什麼事。可能有人在膽怯的對手利用犬隻發動攻擊時受傷或喪命。看到車輛減速後，我起身朝他小跑過去。此時他已下了車，手上拿著武器。

「塔里克弟兄，」我說。「怎麼了嗎？」

一如往常，他以蔑視懷疑的眼神看著我，我很後悔自己剛剛像個傻瓜、僕人或奴隸似地跑向他。

「費狄，我有一個任務要給你。」他說。

總是只有費狄，從不會加上弟兄。彷彿他覺得我連那兩個字都配不上。

「好，」我說。「我會盡己所能地去服侍阿拉，願祂得到頌揚與彰顯。」

「你知道我們那間招待所嗎？」

我點頭。招待所是一間廢棄的公寓，矗立在村莊裡的小廣場旁邊，小鎮裡只有那邊還住著幾個平民。我們也睡過那間招待所，不停換睡覺的地方很重要，這樣那些犬隻跟西方爪牙才不會找到我們，並趁著夜色轟炸我們。

「當然，」我說。「怎麼了？」

「今晚有一些客人要過來，」他說。「我要你跟那些女人在三間公寓裡備好床墊跟床單。總共十二位。」

「十二位嗎？」我說。

我們鮮少有客人來訪。偶爾會有一隊人馬旅經此地前往另一個前線、另一場永恆的爭戰，而在此停留一夜，但從我來這兒以後，至多只有過一到兩次。而且從沒來過這麼多人。

「沒錯，」塔里克說。「十二位。你可以處理這件事嗎？」

他的眼裡又一次出現那種高高在上的神色，臉上又出現那種自鳴得意的微笑。我吞了吞口水，心想或許這就是亞拉敏弟兄曾提及的情形？或許叛徒就是在等候這個時機？叛徒將告訴政府軍有要人來訪。

「包在我身上，」我說。「當然沒問題。來的人是誰啊？」

「這件事用不著你操心，費狄，」他說。「只要確保公寓裡有足夠的床墊跟飲水就好。然後要孟娜跟其他姐妹去市場裡弄隻小羊回來。」

「一整頭嗎？」

「我剛剛不就這麼說的嗎？」

塔里克轉身，走回他的吉普車旁，把AK47放在隔壁座位上，把車開往他來時的方向。

我站在原地等，等到塵埃在砂礫上落定，我只聽見前線傳來一陣接一陣永不止息的炮火聲，接著就把衛星電話從口袋裡拿出來。打給亞拉敏弟兄時，我的心臟猛跳。

二〇一五年八月二十日星期四
英國，倫敦

看見派屈克．夏皮洛在跟似乎卡住的門搏鬥的身影時，克拉拉一度動彈不得。直到他終於把門打開並消失在門後，她才立刻行動，一口飲盡杯中剩下的酒。

她一路盯著那棟建築，穿過酒吧，來到外面街上，以便仔細看看所有樓層。她點燃一根菸，站在靠近酒吧入口的地方，這樣如果派屈克往外望，她就不會那麼明顯。

約莫等了一分鐘吧，三樓裡面的一盞燈就亮了。雖然樓高到沒辦法望進室內，但她看得出人影沿著牆在移動。

派屈克。眞的就是拿走她電腦的人嗎？星期天那天在小巷裡的人是他嗎？沒錯，他是個怪胎，但她依然難以想像他會捲入偷電腦這件事。

也許是酒的緣故吧，她難得覺得自己堅強又專注，幾乎可說是憤怒。那怪胎是哪根筋不對啊？居然來偷她的電腦，還在裡頭安裝該死的間諜軟體？他是個跟蹤狂嗎？

抑或是那種老掉牙的劇情：他嫉妒幫夏洛特撰寫報告的人是她？不然他爲什麼要在自己辦公室的白板寫下斯德哥爾摩會議？她曾聽說大學裡面會這樣，人們偷彼此的作品，捅彼此的刀。可是會做到這種地步嗎？偷竊並入侵同事的電腦？

他想要發現什麼？抑或只是單純想要摧毀她：抹消掉她所做的一切，讓她在夏洛特眼中看起來毫無能力？

她曾經很害怕發生的事情都跟兩年前的聖誕節，跟那場國際醜聞、情報組織有關。但說不定這根本只是小事一樁。只是學院裡的一場小小妒忌。只是派屈克．夏皮洛要的一點小小手段。

她還來不及想更多，那間公寓的燈光就熄滅了，於是她躲進了陰影之中。很快地，福爾摩沙街三號的大門就被一盞柔和的燈光照亮，她看見派屈克的身影出現在門框中。他仔細地關上門，開始往沃維克大道上的倫敦地鐵站快速走去。

她猶豫了片刻，任他往前走了一小段路，同時試圖讓自己冷靜下來。

往前走了將近九公尺後，她停下腳步，再次躲到建築後方。對街陰影裡，冒出了兩個人影跟蹤派屈克。看著他們身上穿的水洗牛仔褲、閃亮的皮夾克跟寬闊肩膀，看著他們移動、融入人群後依然顯著的身影。她直覺這件事情或許比自己想的還要複雜，不單只牽涉到派屈克跟同儕相妒而已。

與此同時，她沒辦法置身事外。酒精跟新發現的觀察對象讓她沿著沃維克大道走，心裡泛起一抹連自己幾乎都沒留意到的魯莽與粗心，讓她在那一瞬間忽然忘記了過去，只活在當下。

她再也看不見派屈克了，於是將注意力放到皮夾克上，同時確保一定距離，使得她差點跟丟對方。等來到地鐵站時，她確信自己的確跟丟了。但在最後一刻，她瞄到其中一名穿著皮夾克的人走下了樓梯。她沒有再看見派屈克，他一定已經進入地鐵站了吧。

她小心翼翼地走下樓梯，走進月台。但路還沒走到一半，就聽見了極大的嘎吱聲，鋼鐵跟鋼鐵之間的摩擦聲從月台處傳來。聽起來就像一輛駛近的列車即將脫軌，就像一場災難即將發生。

她下意識地起身，感覺自己的頭更暈了，身旁的世界在旋轉。發生了什麼事？她不能杵在這裡，她得知道情況，因此她加快腳步，三步併兩步往下跑，直到終於抵達月台。

一陣溼氣與金屬的氣味襲來。列車發出的噪音已然消逝，取而代之的是歇斯底里的尖叫聲。她覺得這宛如一場夢境：還未徹底進站的列車已經停下，其身形猶如漫畫裡疲累的龍，光滑、白皙、筋疲力竭。

站內約有三十個人，有些人站著，手摀著嘴或仍摀著耳朵，縱使站內目前靜得出奇。

忽然間有人尖叫了。一個男人跟女人往列車前方跑。整個場景很不眞實，彷彿兩個世界之間開了一扇窗：一邊是正常的世界，你在倫敦地鐵站內平靜地等車；另一邊則是混亂的世界，人們聲嘶力竭地尖叫，進站到一半的列車看起來就像一頭又一頭的龍。

她環顧四周，沒看見派屈克，也沒看見那些穿皮夾克的人。她往離自己最近的人走去，一個穿著西裝、年紀跟她差不多的黑人。他看起來很平靜，沒有尖叫，只是站定並沉默地凝望著靜止的火車，彷彿那只是一個裝置藝術，一幅描繪單一混亂場面的大型靜物畫。

「發生什麼事了？」她說。

她此時才意識到，那個男人依舊處於某種震驚。他的嘴半開，眼睛止不住地盯著眼前的列車。慢慢地，他把頭轉向克拉拉，視線不怎麼能對焦，彷彿忽略或穿透了她。驚訝又混亂的他，猶豫地指向列車。

「有人掉下鐵軌了，」他說。「一個男的。才剛剛而已。」

二〇一五年八月二十日星期四
瑞典，貝爾格特

如果不是伊格納西奧，那只剩下一個可能了，倘若如此，那這場背叛更嚴重，也更教她震驚。是派瑞莎，這麼想的同時，雅思敏擠過斯魯森地鐵站的下班人潮。可是她爲什麼要這麼做？爲什麼派瑞莎要背叛她？貝爾格特人的忠誠難以理解，即便你是貝爾格特的一分子也不例外。但經過了這麼久，她變得一無所知。雖然她依然相信，她們之間的友誼不單只有這點能耐。

可是誰知道呢？或許派瑞莎只是單純跟梅第提到，自己跟雅思敏碰了面而已。或許是他自己決定這麼做的？但問題還在：爲什麼梅第要威脅她？她只不過是想找到費狄而已。想確認他還活著，想確認他是不是已經回來了。

地鐵內的灰塵及壁磚讓她無法好好思考。她擠著推著過了旋轉柵門，往外走進南島廣場的毛毛細雨中。舊城如七彩蛋糕展現在她的眼前。當你說自己來自斯德哥爾摩時，人們是否就會想到這樣的景致？有著水流與灰泥的斯德哥爾摩，有著綠色島嶼與戶外咖啡的斯德哥爾摩。她從未想過斯德哥爾摩的這一面。她的斯德哥爾摩等同於貝爾格特。

她走過馬路，靠在欄杆上，往下望著流水與城市。到底發生了什麼事？費狄還活著。這讓她心裡充滿某種奇怪的溫情。幾乎可說是快樂，或是帶來快樂的盼望。但也讓她感受到空虛。那床底下的槍呢？

他到底捲進了什麼樣的事端？

她忽然很想念大衛。不是一星期前她離開的那個紐約的大衛，不是那個拳頭留下的痛楚依然殘留在她太陽穴的大衛。她想念的是陪她一起去紐約的大衛。那個大衛幫助雅思敏明白，她沒辦法再繼續待在那個混凝土建物中，或者說，她沒辦法再繼續待在貝爾格特這個混凝土之城中。那個大衛讓雅思敏意識到貝爾格特在扯她的後腿，並用它自己的模式與不公，用它那失常的忠誠在囚禁她。她想念那個白天工作、夜晚畫畫，好讓他們能夠一起逃離的大衛。那個大衛精力旺盛，情意滿滿，以至於你若瞇細眼睛，就看不到他身上的空洞與體內的空虛。那個大衛允許她無視那些後果與警告，給了她放手的勇氣。而她是如何回報這筆恩情的呢？他在她最迫切需要幫助的時候幫了她一把，而她是怎麼報恩的呢？在大衛最迫切需要她的時候離開他。

柵欄邊的她身子往下一沉，緩慢吐息。幾乎有一整個星期的時間，她都得以避開這些想法。但她知道自己早晚都會想起這件事。她在布魯克林所激起的，不過是一句效果短暫的咒語而已，沒有辦法永遠保護她。但此刻的她承擔不起輸給這些想法的後果。

她得要堅強。

她慢慢地站了起來。大衛跟費狄。她的母親。她所逃離的一切。她得要繼續逃離的一切。如果總是被扯往相反的方向，你要怎麼過活呢？

但她已經做出了選擇。自從費狄消失，自從聽到他死亡的消息，自從聽到他回到貝爾格特的消息，她就已經知道了自己的選擇。

她又有了一次機會，讓她得以選擇永遠不再背叛他。她緩慢轉身，走回地鐵站裡。

貝爾格特的空氣裡有種氛圍，她一踏出列車就感覺到了。某種五感無法掌握到的，劈啪作響的微刺就在那兒。殘留在空氣裡的催淚瓦斯跟丙酮，警棍跟燃燒的橡膠。她看見月台上的碎玻璃、噴在每個布告欄上的圖案，看見下班人潮眼神裡的不安。貝爾格特已經來到臨界點了。有人打開了瓦斯開關，只需再一根小小的火柴就能引爆。

雅思敏在其他夏天，其他那些無所事事、找不到工作的夏天，就認出過這種氛圍。當源自沙坑與空盪盪的冰箱，關閉的休憩中心跟消失的足球比賽的沮喪感瀰漫出來之時。那種氛圍源自夏天太短的焦慮，源自夏天太長的無聊，源自重複的生活以及金錢、意志、權力的欠缺。在那些夏天中，人們會因爲一些雞毛蒜皮的事而起來暴動。

走下通往購物中心的斜坡時，她就看見了這種氛圍。看見停車場裡有兩台緊鄰的、一同燒毀的車。看見敘利亞人開的那間店外頭的孩子的眼神，看見他們在午後陽光中拿菸、吐痰，以及往不可企及的雲朵吐煙的方式。看見他們的眼神及過度的專注，聽見他們短暫的竊笑。開始了。引線已經點燃。

派瑞莎人不在沙龍裡，而雅思敏不想讓派瑞莎的媽媽看見她，所以她在前往海盜廣場的路上加快了腳步。她看見那個符號噴得到處都是。那個符號有種令人反感的特質，會讓她聯想到極權主義的文宣。

廣場上空無一人，棋盤格磁磚因爲晨雨而又光又滑。她走過一個愚蠢的冷凍雞招牌，並因其毫無想像力而忽然憤怒，使盡全力朝它打了下去。但那招牌幾乎沒動，只在生鏽的外框中嘎吱幾聲搖了幾下。她抬起頭來，看著那些混凝土建築跟碟型天線。

「費狄，」她輕聲說。「你人在哪裡啊，弟弟？」

派瑞莎的家看起來就跟平常一個樣，就跟所有其他建築一個樣。十層龜裂的灰泥外牆，陽台的淺色漆正在剝落，試圖讓灰漆漆外表多點生氣的金銀色飾物則教人厭煩。大門沒鎖，她開門後艱辛地往上爬了七層樓，因為電梯一如既往地故障了。

爬上那些樓梯宛如回到過去：腳踩在階梯上的回音，涼爽的空氣，到處都聞得到的大蒜跟煎漢堡排味道，隱約的嬰兒叫聲。她想起那些無處可去的冬日夜晚，候車亭變得太冷，而休憩中心關閉已久。她們推開一間無人居住的建築的門，在裡面喝從敘利亞人那兒買來的低酒精啤酒，她們抽的菸吐出藍色的煙，很扎實，從半開的門飄出去，飄到冷風之中，街燈的光芒之中。她不確定那種感受來自久遠之前或是昨天。

爬到七樓時，她已上氣不接下氣，腳步聲依舊在後頭迴盪。那把大槍在她的牛仔褲腰帶內側摩擦。她靠近派瑞莎家的門，按下電鈴，同時用手指把小小的窺視孔遮住。

有人在屋內走動，拖著腳走過地板，有人在用安撫的語氣說話，彷彿講給小孩聽。腳步聲停在門的另一側，那人頓了一下，八成試著想透過窺視孔往外看，然後是門鎖轉動的聲音。門開了一個小縫，鎖鏈沒有打開。雅思敏看見派瑞莎的懷裡抱著一個小孩。

「嘿，派瑞莎。」她說。

她轉頭，從門縫往裡望，嘴角掛著微笑，眼裡卻無笑意。

「雅思敏？」派瑞莎說。即便燈光昏暗，雅思敏也注意到對方的壓力指數增加。

「我們得聊聊，姐妹。」她說。

她的聲音很冷淡，顯然是在諷刺。派瑞莎緊張地撫摸寶寶臉頰，眼睛骨碌碌地轉動。她回頭看了一眼，然後彎身靠近門縫，壓低聲音。

「這裡不方便，」她說。「現在不方便。」

雅思敏覺得焦慮又沮喪，體內的憤怒開始攀升。她只想要抓住派瑞莎，把她拖到門外，丟到石地板上，對她大叫：妳他媽是誰啊，賤貨？妳他媽的對我做了什麼事？

但她懷裡的嬰兒讓這一切都變得不可能，雅思敏任自己的怒氣消散。

「那什麼時候？」她生氣地小聲說。

「明天。」派瑞莎說，聲音壓得更低了。

她眼裡閃過某種東西，同時極輕微地朝公寓內點了點頭。

「我知道一些跟費狄有關的事，」她低聲說。「明天才能跟妳說。」

她又一次回頭望。

「遊樂場。三點。」

二〇一五年六月
敘利亞

我坐在一扇面街、敞開的窗戶旁，聽見遠方的引擎聲劃破寂靜。月亮幾乎是圓的，小村在昏暗光線的照射下呈現銀色，影子都又長又黑。弟兄們都去了下方的招待所，住在塔里克跟我常睡的那間上層公寓裡，我聞到了烤羔羊的味道。

我也應該下去招待所那兒才對，但今天稍早興奮地致電亞拉敏弟兄後，他要我在這裡等，拍下車輛的照片，一旦他們出發了就立刻通知他。

一分鐘過後，我看見第一輛車的車頭燈亮晃晃地出現在道路尾端。它們快速駛近，我立刻算出有四台車，不像我們開的那種又髒又破的爛車，而是兩台配裝有色玻璃的黑色休旅車，以及兩台平台上架設了大型機關槍的貨卡車。我拿起手機拍了幾張照片，直接傳送給亞拉敏弟兄後，才往下走去招待所。

走到一半，我就感覺到手機在口袋裡震動，於是接收了訊息。那是一張阿拉伯男子的照片，他的雙眼沉重又疲憊，留了一大把灰白的鬍子，可能五十多歲，也可能更年輕。那些在這兒待了很久的弟兄，年齡很難判斷，作戰催人老，一年彷彿就可抵五年。

「如果賓客裡的領導人物是他，那麼我們就可以執行計畫了，」亞拉敏寫道。「他聰明又強壯。看到他的話就跟我確認。奉行阿拉的旨意，我們很快就能找出那名叛徒了，弟兄！」

我覺得熱血沸騰。我把AK47拿近，仔細研究那張照片。我不是很明白亞拉敏弟兄要怎麼解決這件事，但我很確定那個畜生很快就會得到懲罰，這樣的想法讓我滿心歡喜，加快了腳步。

賓客都已步出車外，跟我的弟兄們一起圍站在我稍早搭起的烤架旁。說穿了，其實只是水泥磚上搭一個鐵網而已，但孟娜醃了好幾個小時的小羊散發出香料及大蒜的味道。我們的伙食通常不差，只是比較簡單樸素，好讓我們不會因此而分心，一時忘記了禱告及阿拉。來到這裡以後，我從沒吃過一大塊柔軟的烤羊排，我留意到自己飢腸轆轆。

賓客跟我們一樣，穿著老舊的迷彩服跟圍巾，肩膀上掛著AK47。但他們又跟我們不同，他們的態度、站立的方式都跟我們有區別，顯然他們屬於不同的單位。我想起了紅仔、黑眼跟妳。我想起我們看起來都很像，即便妳年紀要大上一些。但我們不同。打從最早開始，你就能清楚知道誰會死在前線，誰會搭上配備有色玻璃的運動休旅車離去。

沙希德弟兄看見了我，揮手要我走近。

「這位是費狄．亞傑弟兄，」他用阿拉伯語對著大家說。「我們最新的成員。他跟我一樣來自瑞典，他被送到這裡，感謝阿拉，來幫助我們解放阿拉伯的兄弟姐妹。」

「祝你平安。」賓客們說。

「也祝你們平安。」我回答。

我就在這個時候看見了他。亞拉敏弟兄傳給我的照片上男子。火光照亮了他的灰白鬍子，我看見了他疲憊的雙眼。他看起來至少有五十歲，或者更老。烏瑪弟兄忽然站在我的身旁。

「你知道他是誰嗎？」他用瑞典語低聲說。

我搖搖頭。

「他是從葉門過來的。負責掌管訓練營跟外籍士兵。」

他把聲音壓得更低。

「聽說他非常殘忍。」

我轉頭望向烏瑪弟兄，但他別開了眼睛。我們在夜晚時分喝茶聊天時，從沒有批判過任何事情。但你可以從字裡行間感受到許多弟兄都會有面臨痛苦抉擇的時候。針對歐洲的攻擊行動，大量處決。我知道烏瑪和沙希德的想法跟我一樣，那種做法錯誤、野蠻、無意義。戰場在這裡。要解放的目標在這裡。我們可以在這裡過穆斯林的生活，其他地區可以之後再說。但我們什麼也沒說。我們把一切都交給阿拉，願祂得到頌揚與彰顯。

此時，我把目光又轉回灰鬍男子身上。亞拉敏弟兄寫說他很聰明，能夠幫助我們揪出叛徒。那是此刻最重要的事情。我很餓，但這件事情更重要，於是在烏瑪弟兄走開後，我慢慢地從火光旁離開，直到確定沒有人望著我。他們幹嘛在意我呢？我基本上只是個僕人、雜工。

我躡手躡腳地走過轉角，從一棟建築的後面走出來。我聽見前線那邊偶爾會傳來槍響。夜晚很安靜，那裡的弟兄現在只是在固守我們的位置而已。我小心翼翼把電話從口袋裡拿出來，然後撥給亞拉敏弟兄。鈴聲一響，他立刻接聽。

「費狄弟兄，」他說。「是我們的目標嗎？」

「對，」我說。「就是照片上的男人。那個領頭的。我該怎麼做？」

「回到火爐邊，」亞拉敏弟兄說。「吃吃東西，保持正常言行。我很快會再跟你聯絡。」

電話就這樣斷了。沒有祝你平安。沒有阿拉，願祂得到頌揚與彰顯。我安靜地站在那兒，手裡拿著電話。

他怎麼會知道我們有生火？

但我沒時間多想，因爲背後的砂礫上傳來腳步聲。還沒轉身，我就聽見鬆開步槍保險時發出的金屬聲。

二〇一五年八月二十日星期四
英國，倫敦

克拉拉再次把頭轉往鐵軌的方向。此情此景，彷彿月台及巨大的白龍都在頭頂的黃光照耀之下顫抖，彷彿身旁的人們都忽走忽停、笨拙地移動，而她正努力適應這個新的情況。她看見了幾個人，二或三個——她似乎沒辦法數數了，走到火車前面，駕駛員打開門，準備要下列車。但他的行動似乎成了慢動作，雙眼縮成一團，拳頭絞成一球。

她動搖不前，但雙腳卻彷彿自有其意志，朝著聚集在邊緣的那一小群人走過去。一個女人跳下了鐵軌，另一個人在月台邊緣彎下腰。他們大聲說話，對彼此大喊，但所發出的聲音卻出奇的小，克拉拉幾乎沒辦法聽見。駕駛員現在站在人群前面了。他很生氣。

「媽的白痴！」他大吼。「居然跑到列車前面！」

他講話並非無聲，而是刺耳又駭人，拳頭往列車上猛砸，塑膠或金屬之類材質的外殼爲之顫動。接著他轉身背對列車垮了下來，身子像個沒了氣的氣球又空又皺。他似乎在哭，似乎因爲啜泣而發抖，有人蹲在他身旁，讓他在月台上雙腿伸直坐下，像個孩子似的。

雙腳拖著她走近，越來越靠近月台邊緣，顯然沒有留意到她想待在原地，想要轉身然後消失。但忽然間，她人就在鐵軌前，縱使她想閉眼別過頭去，但雙眼跟脖子似乎都不聽話，於是她彎身往下方的鐵軌看。

然後看到了他。她沒有意識到自己在尖叫，直到某人用手臂環住她，將她帶離邊緣處，帶往月台的中央，讓她在一張有刮痕的綠色木長椅上坐下。

等到顫動的影片結束，她的視界回歸正常時，月台上已經擠滿了消防員、醫護人員、擔架，以及看起來裝了重要救命設備的包包。但已經太遲太遲，救不了任何性命了。

她身旁有個人正在跟警察說話，不是那種帶著高桶盔的員警，而是一個普通警察：頭上戴了頂帽子，皮帶上有許多口袋，但沒有佩槍。

「然後他就走到了列車前面，」那個人說。「彷彿他走路搖搖晃晃的，彷彿他忽然失去重心，有點像不小心跳了出去那樣。」

「你從頭到尾都有看到嗎？」那個警察問。

「我想是有，」那人繼續說。「眼角看到的。」

那個人的語氣很開心，很高興自己是個他媽的一流證人。克拉拉轉過身去，看到對方是個五十多歲的男人，穿了套西裝，留著短鬢角。很富有，習慣他人的聆聽。但他沒有看到。他說的不是眞的。

「有人推他。」她說，聲音一開始很輕。

鬢角男停止思考，轉頭面向她。那個警察也轉過頭，一雙友善褐眼上方的眉毛挑起。

「請問妳剛剛說了什麼嗎？」那個警察說。

「有人推他，」克拉拉說，同時注意到這些話有多難啓齒，幾乎是從嘴裡擠出來的。「兩個人。兩個穿著皮夾克的人。平頭。」

鬢角男的神情一開始很困惑，然後他不確定地笑了笑，跟那個警察四目相對。但那個警察轉頭面對克拉拉。

「妳有看見嗎？」他說。

現在他的聲音裡出現了興趣。克拉拉抱住自己，她忽然覺得好冷。明明前一刻還很熱，怎麼現在忽然變得這麼冷？她搖了搖頭。

「事情發生的時候我剛下來這邊。」她說。

「所以妳沒有看見那個男人掉進火車前囉？」那個警察說。

「就像我剛剛說的，他不是掉下去的。而是被該死的幫派分子推下去的。」

「但是妳沒有看到？」

她起身。他到底是哪裡聽不懂啊？

「沒有，」她說。「我沒看到事情發生的經過，但我知道是怎麼發生的。我知道他被人跟蹤了。」

此時，那個警察的眼神有了變化。鬢角男的臉上出現了另一種微笑。警察把手放在她肩上，居高臨下，保護她，呵護她。

「我懂了，」那個警察說。「我們等一下再聊，好不好？」

「你沒聽見我剛剛說的話嗎？」克拉拉說。「他們推了他一把！」

她朝警察傾身，近到幾乎都要碰到他那頂蠢帽子的帽簷。他微微後退，用仍放在她肩上的手把她輕輕推開。她大力將那雙手拍掉。

「小姐，」那個警察說。「妳今天晚上有喝酒嗎？」

「喝酒？」克拉拉說。「有沒有喝酒跟這件事情有什麼關係？」

那個警察看了鬢角男一眼。他們交換了會心的眼神，然後警察搖了搖頭。克拉拉再次朝他走近一步，進入他的貼身領域，聞到一股肥皂與汗水味。她體內有種危險、紅色的東西在滋長。

「沒有其他任何人提到有發生類似妳現在所說的情形，」那個警察說。「我會聽妳講，但妳得冷靜下來，好嗎？」

「現在就聽我說，媽的，」克拉拉說。「我看到兩個黑幫分子跟蹤他走下月台。兩個四十歲理平頭的男人。東歐人。」

不是她要刻意提高自己的音量，但他們高人一等的表情激怒了她。

「要覺得我歇斯底里或什麼的隨你便，」她說。「但我他媽有看到的事情就是有看到。我認識這個躺在鐵軌上的男人。他的名字叫派屈克。」

她在大吼，然後注意到月台上出現一種奇妙的寧靜，混凝土似乎吸乾了所有聲響，只留下她的聲音。警察再次轉身面向她。他溫暖的凝視變得凝重。

「小姐！麻煩妳，小姐。沒必要大叫。我等下會記錄妳的證詞，保證。等我聽完這位紳士說的話就過去。」

他指著鬢角男，鬢角男看了克拉拉一眼，那他媽的高高在上的神情讓她氣炸了。還有那個小小的微笑。

「請在這裡坐好，很快就會有人來幫妳，」那個警察說，同時溫柔地扶著她的手肘，帶她回去坐在長椅上。「在這邊稍等一下。」

然後他又轉向鬢角男。

「我們在那邊繼續吧。」他說，同時指著粗混凝土柱的護欄。

她嘗到嘴裡的酒味及腎上腺素的味道。他們將會無視她。沒有其他人看到那兩名男子。她是個歇斯底里、看到幻覺的婆娘。他們已經在心底下了定奪。

她用手托著自己的頭，眼睛凝視著下方的混凝土，就那樣坐了幾分鐘。沒有人過來看看她的情況。忽然她又有了同樣的感覺。憤怒在攀升。他們在縱容她，溺愛她。他們想要彌補她，陪她說說話。但真正重要的事情出現時，你孤單無依。總是徹頭徹尾一個人。她望向那根一旁仍站著警察與鬢角男的柱子。看見鬢角男指指點點地說出不完整又不準確的證詞。那不重要，大家總會相信那種人所說的話。

她望了柱子最後一眼，然後安靜地起身，往沒在移動的電扶梯走過去。她得孤軍奮戰。只有她看見了事情的經過。

電扶梯走到一半時，她的兩腿開始發抖，幾乎站不直。舉起手時，她看見自己的手無法抑制地顫抖。

派屈克被推到了列車前面。他們把他推到了列車前面。

她覺得很不舒服。他拿走了她的電腦，接著就被人謀殺了。

二〇一五年六月

敘利亞

「你剛剛在跟誰說話啊，畜生？」

塔里克的語調平靜又冷淡，幾乎跟平常一個樣。我轉身，感覺就像腦袋裡的氧氣全跑光了，彷彿不管我再怎麼努力，都沒辦法把空氣吸進肺裡。我只是呆呆地望著他，手裡拿著電話。只是呆呆地望著AK47的槍口，它又大又圓又黑對準著我。他穩穩站著，槍架在肩膀上，保險拉開了，瞄準器對著我的胸口。四周毫無聲息。聽不見前線的槍響，聽不見其他弟兄的聲音。這裡只有我跟塔里克。所有一切閃過我此刻的腦海。亞拉敏弟兄的聲音。他怎麼會知道我們有生火？以及我眼前那極圓極暗的槍口。

接著電話又響了。我感受到它的震動，看見它在我手中發亮，像黑夜中的手電筒。塔里克不耐煩地揮了揮槍管。

「是誰？」他說。「你究竟是在跟誰說話，畜生？」

「沒有啦，」我說。「是我故鄉的伊瑪目。」

「接起來，」他說。「用擴音的，否則我發誓，會立刻對你開槍。」

我猶豫了。不管怎麼做，我都會死。這樣算殉教嗎？在一幢廢棄房屋的後方，在一塊滿是塵土的田野上，因一場誤解而被射擊胸膛，這樣算殉教嗎？

電話在我手中震動。我不想死。不管是不是殉教都一樣。我只是不想死。現在不想。不想爲了這種事。

「放輕鬆，」我說。「放輕鬆。」

我把電話高舉，動作就像演戲一樣。按下「接聽」，按下「擴音」，聽見亞拉敏弟兄此刻那上氣不接下氣的興奮聲。

「你回到爐火旁了嗎，費狄？」他沒問好就直接說。「你現在得回去領導人身邊，聽明白沒有？不然的話，我們就沒辦法找出誰是叛徒。」

我看著手機，然後眼神轉往塔里克。他把槍稍稍放下，一臉困惑地聆聽。

「我……」我開始說。「我現在就進去。」

「動作快！」亞拉敏弟兄命令我。「我們只有短暫的機會來揭露他的身分！現在就進去！」

「只有一個問題，」我說，同時吞了吞口水。「你爲什麼會知道我們有生火？」

片刻之中，萬般寂靜，只聽得見亞拉敏的呼吸聲。然後是：「你提過這件事啊，費狄弟兄。你說你們要造個烤爐。你不記得了嗎？」

「沒有，」我說。「我沒說過那件事。」

「別提這件事了，弟兄，」亞拉敏說。「現在趕快進去找那個領導人，我們好解決這件事情。」

我看著塔里克，他意有所指地點點頭。他放下槍，顯然思考了一下。然後以迅雷不及掩耳的速度伸出手抓住電話，直接對著話筒大喊：「你是誰？你他媽是幫誰工作？」

我聽見背景裡傳來幾個聲音，聽見亞拉敏弟兄掛斷電話發出的喀噠聲。塔里克的動作似乎暫時頓住。他就只是站在那兒，手裡拿著電話。

「他說我們裡面有個叛徒，」我低聲說。「我們得要揪出他來。」

塔里克抬頭望向我，眼神忽然明白了一切。

「他沒說錯，」他說。「你就是叛徒，費狄。」

接下來發生的一切都太快了。塔里克把槍甩到背上。他朝屋外走了幾步，然後仰望黝暗的星空。星空因月色而閃閃發亮，似乎在聆聽。然後我們就同時聽見了，四目交會。我知道自己的人生就在此刻改變了。我身旁的一切分崩離析。事情不能光看表面。人不能光看表面。

彷彿我們都先定住了。只有那幾乎無法察覺的聲響，高空的細微嗡鳴聲越來越近，越來越近。一隻大昆蟲正在下降。只可能是一種東西，一種我們試圖躲藏並每天恐懼的東西。

一架無人機。

我們動也不動地站在原地，所有一切都崩塌了。亞拉敏弟兄是叛徒。

他們全是叛徒。達希勒弟兄、泰穆爾弟兄跟塔西姆弟兄，他們全是叛徒。這個想法像炸彈一樣擊中了我，原來他們從頭到尾圖的就是這個。難怪他們要照顧我、幫助我並支持我。難怪他們要讓我來敘利亞。他們心裡圖的一直都是這個。圖的就是有一天，我能夠讓他們有機會成就自己的背叛。

這個想法讓我頭暈目眩。在貝爾格特做的所有祈禱及會面。整整一年。他們欺騙了我，利用了我。

爲什麼？

他們是誰？是哪一邊的人？

痛恨及無可奈何淹沒了我，一如大海，一如海嘯，徹底毀滅沿途碰上的一切，徹底毀滅了我的虔誠及做好事的心。毀滅了一切。

我渾身癱軟，雙膝著地。頭頂上的無人機聲響變得更急促了。我們該怎麼辦？我四肢著地，感受到手掌心下冰涼的砂礫。我們該怎麼辦？

可是塔里克把我整個人拉了起來。

「快走！」他大吼。「我們得離開這裡！你還不懂嗎？他們要把我們全部殲滅掉！」

第一聲爆炸聲響撼動了我的鼓膜，我的頭大聲地嗡嗡作響。感受到胸膛、肚子跟雙腿底下的砂礫，張開雙眼時，第二枚飛彈擊中了建築後方，那是其他弟兄坐在那兒吃羊肉的地方。整個世界變得白茫茫又震耳欲聾，變得只看得見微光及徹底的毀滅。

我趴在地上，躺在地上。我坐起身，感覺有人在拉我，我頭往左轉，看見了塔里克。他的臉很髒，有血。我看見他的嘴唇在動，我站起來，跟著他衝過田野，穿過一幢房屋的門。我們跌跌撞撞往前走，倒在彼此身上滾下樓梯，滾進了地下室。一枚飛彈擊中我們剛剛站的地方，炸毀了我們背後的世界。我們趴在冰冷的混凝土地板上，泥沙跟油漆碎片落在我們的身上。

接著就悄然無聲。徹底而絕對的悄然無聲。

二〇一五年八月二十日星期四
瑞典，斯德哥爾摩

回城的地鐵列車。雅思敏幾乎沒有認出來。她爬上走出中央車站的階梯，出去迎向一個宜人夜晚。腦子裡不停想著那唯一重要的事情。

她緩步走在水邊，朝利德瑪酒店的方向走去。那幾乎是下意識的，她並沒有決定要回去酒店，事情就那麼發生了。

派瑞莎知道有關費狄的事。

她把朋友的背叛、嬰兒跟派瑞莎焦慮的凝望等等想法，都推到一旁。你不可能有辦法理解貝爾格特的所有關聯及動機。如果你跟她一樣離開了這麼久的話。

雅思敏感覺到殘留體內的時差帶來的影響。她得先睡個幾小時，才能再次前往貝爾格特，遵照伊格納西奧告訴她的線索，找出諾坎普的那片人造草皮上究竟發生了些什麼事。

她的思緒開始旋轉。除了伊格納西奧，只有派瑞莎知道她住在什麼地方。派瑞莎一定把這件事跟某個和暴動或不管什麼有關聯的人說了。或許她是故意的？或許是無心的。但如此大費周章想讓她離貝爾格特遠一點的人是誰？爲什麼問及費狄跟那些符號的問題會這麼敏感？

而現在，派瑞莎知道一些有關費狄的事。某件她不想從門縫間說出來的事。

雅思敏停在水流橋上，抬頭望向瑞典王宮米色的骯髒牆面，然後繼續往外望向銀光閃閃的水面，看見靠近碼頭的船隻，以及後方的綠色船島。眞漂亮，她心想。斯德哥爾摩的這一面美得令人屏息。

但有種東西讓她覺得不安，於是她將頭從王宮及水面上別過去，回頭望向歌劇院及國王花園。車輛因紅燈而停歇，但從兩輛車的空隙之間，她得以望向另一頭。一個穿著閃亮亮藍色運動外套及帽T的男人就站在那裡。白色球鞋，平頭，扁平的拳擊手鼻，襯衫裡的綠色圖騰刺青一路蜿蜒上了脖子。他直直凝望著她，發現她也在看著自己，就露出了平靜而自大的微笑，腳步沒有移動分毫。

號誌轉爲綠燈，車輛又開始緩慢移動。她就跟柏油路一樣站著不動，視線因爲一台緩慢駛過的灰色廂型車而模糊不清。她感覺到槍枝摩擦著自己的背。

等那輛廂型車終於駛走，男人已經不見了。彷彿他從未存在，從未望著她。她在炎熱的氣溫中發抖。老天啊，她變得疑神疑鬼了嗎？

她快步走往利德瑪酒店，每隔十步就會回頭望，但只看見那種常見的人群組合：混雜了常見的、正在享受夏末水邊散步的遊客，以及跟昆蟲般整整齊齊推著娃娃車，往瑞典白鑞商店前進的當地富人。穿過接待櫃檯時，她朝門房點了點頭，就直接去搭電梯。

但走到房門外走廊時，她停下了腳步。有個東西用一條細繩掛在門把上。她慢慢地朝門走過去。至少不是一隻吊死的貓，她心想。不是，是一個小信封。

她鬆掉了門把上的細繩，打開門進房。心臟狂跳的她在未整理的床上坐下，手裡拿著信封。她閉上雙眼，打開信封，把信封裡的東西——一張沒什麼圖案、信紙大小、對摺起來的紙抽出來。

她慢慢打開那張紙。又是那個圖案，一張列印出來的照片。這一次，是一個戴面具的男子用一把巨大、黑色的槍指著鏡頭，指著她。那個男人肩膀很寬，而在介於T恤領口跟面具之間處，可以看到一個綠色的圖騰刺青。她將紙翻面。三個字：去窗邊。

她把那張紙放在床上，感覺自己的頭部在收縮。她並非真的想這麼做，卻又阻止不了自己，她安靜地起身，走了幾步路來到窗邊。

她輕輕拉開不透光的厚重窗簾，王宮跟水塔出現在眼前。她任雙眼掃視一圈眼前景致後，才將視線落到酒店與河水之間的街道上。

他就在那裡。離她不到三十公尺，站在大街上，背對河水凝望著她。亮閃閃的運動外套跟帽T，白色鞋子跟毫無疑問攀爬在脖子上的綠色刺青。

看見她出現在窗口，他舉起手臂。曾經的微笑變成了冷淡到近乎茫然的凝視。他繼續緩緩舉起手臂，直到筆直指著她。他把手做成槍的形狀，然後做了個動作，彷彿在扣動扳機。然後他把手放下，原地站了一會兒，接著平靜地轉身，沿著碼頭走去，慢慢消失。

二〇一五年六月
敘利亞

我不知道我們一語不發、一動不動地在地上待了多久，不敢移動分毫。

外面很安靜。我們只聽見一或兩台無人機發出的單調嗡嗡聲，它們似乎在現場盤旋，評估判斷剛剛毀滅掉的地方。但最後它們離開了，四下變得完全寧靜。

「塔里克？」我說。

他在一層泥沙、油漆碎片跟碎玻璃底下移動，然後轉頭面向我。我看見他的臉上滿是鮮血跟灰塵。他什麼也沒說，只是看著我。

「你受傷了，」我說。「臉上有血。」

他用冷酷的眼神望著我，那雙眼神曾經鄙視我，現在痛恨我。然後他坐起身，把身上塵土最多的地方拍了拍，在碎石中翻來翻去，直到找到他那把ＡＫ47。他用不穩的雙腳站起來。

「我們得離開這裡，」他說。「你也是，khain——媽的叛徒。尤其是你。」

他先我一步走上樓梯，開門，踏上砂礫地。一抹月光從門縫射入。我也站了起來。拿起槍枝跟電話，跟著他走。

門外有個很深的坑，無人機顯然是在我們逃離以後發射了飛彈。它們眞的想將我們一網打盡。

❖

亞拉敏弟兄。那曾是我的弟兄的人。我曾以爲他是我的弟兄。到頭來，毫不猶豫地要奪走我的命。他催促我踏上自己的死路。

爲什麼？那些弟兄是幫誰辦事？阿薩德嗎？我們的其他敵人嗎？努斯拉陣線嗎？但只有美國人才有無人機，對吧？總之，他們把我們出賣給了美國人。把我出賣給了美國人。

他們的欺騙與容易上當的我。想起此事，我就立刻噁心不適，於是蹲在牆邊嘔吐。我吐完以後，塔里克已經繞過彈坑，橫跨過一半的田野，走在通往廣場另一側、弟兄們原本所在的那幢房子的半路上了。

我不想要看見飛彈擊中哪裡。我不確定自己有沒有辦法面對那場由我帶來的屠殺。我的頭很痛，感覺就像好幾天、好幾星期沒睡覺了。我搖搖晃晃地前進，身體幾乎沒有辦法站直。

但我知道自己沒有藉口。必須面對這一切。我沒有辦法逃避，因此加快了腳步趕上塔里克。

他沒有望向我——甚至假裝我不在那裡，只是用平靜、堅定的腳步走過庭院。

「阿拉爲證，我發誓，關於這件事我什麼都不知道，」我說。「他們欺騙了我。我以爲我們是要揪出群體裡的叛徒。」

眼淚從我的兩頰滑下，我需要聽塔里克說點什麼，需要他承認我在那裡，跟他在一起。彷彿只要他轉頭看著我，我就會得到祝福。但他沒有。他只是不停地走，彷彿他單獨一人，彷彿我是空氣，比空氣還不如，毫不存在。

我們的腳步都在庭院拐角停下，因爲我們聽見了人聲跟車子引擎聲。一秒過後，塔里克蹲下，偷偷瞄了瞄轉角。外頭的人似乎是我們同伴，他立刻起身往前走。庭院裡說話的人聲變大了，腳步聲跑向他，央求他躺下，但他拒絕。

我留在轉角另一側，幾乎不敢呼吸，不確定面對自己所做的事情後，會有什麼下場。我靠在粗糙的混凝土牆上，閉上雙眼，盡可能深呼吸。但我不能再躲了，於是強迫自己望向轉角外的景象。

整座庭院變成了一個沙坑。本來堆起的沙粒、石頭跟黃草如今成了塵土，成了一個個被飛彈鑿出的二點五公尺深的大坑。兩台生鏽的救護車杵在庭院入口處剛進去的地方，引擎不停發出噴氣聲。醫護兵跟士兵四散在庭院各處。我看見一個穿著髒污白袍、留了把鬍子、年紀較大的男子手裡拿著一隻鞋。我花了一些時間才意識到，那鞋子還連著一隻小腿。

現場有救護車，卻沒有一個人可以救。醫護兵肯定來了好一段時間，甚至應該在無人機離開前就已經到了，因爲他們把找到的遺體都排好了。我試著不要去看那些細節，卻沒有辦法。我看到一具具沒有雙腳的身體，一具具沒有頭、沒有手臂的身體，一具具胸膛有炸裂洞口的身體。而那些完好無缺的身體，反而最讓人陷入困惑。

我被那些身體吸引過去。忽然間我得要見見他們，得要知道有多少具。因此我朝他們走過去，做夢似地數起他們。我沒有注意到有人在我身上裹了件毯子，直到我站在那些身體前面，沿著那些身體走，一個接一個指著他們。

「一，二，三，」我大聲地用瑞典語數數。「四，五，六。」

有時候，我不確定某些身體碎片是否同一組。某雙鮮血淋漓的腿是否屬於某具支離破碎的軀幹，某顆只有一隻眼睛的頭是否屬於某個胸膛。那就像是一個謎題。

「七，八，九。」

有人用手環著我，但我想把那隻手甩開。我想甩動肩膀擺脫他的掌握。

「十，十一，十二，十三，十四，十五，十六。」

那隻手拉著我，我停步，轉身面向身旁那個人。

「沒有用的，」塔里克說。「這是眞主的旨意。他們現在得到了獎勵。我們應該爲他們感到欣喜才對。」

他繼續環著我的肩膀，我沒辦法理解他爲什麼站在那裡，塔里克爲什麼站在那裡，他明明認爲我是個叛徒，他明明知道這一切都是我造成的。不是阿拉。是我。然而他卻環著我，把我帶離那些身體，朝救護車的方向走。

「那裡只有十六具身體，」我對那個穿著白袍，手裡拿著那條連著鞋子的小腿的男人說。「我們至少有二十五個人。」

他讓我坐下，給了我一瓶水，強迫我喝個一口。

「你永遠沒有辦法找到所有遺體，」他說。「有一些就這樣成了煙塵跟碎石。」

他說這句話的時候，我有了一種感覺。我知道自己一定得這麼做。這是我們唯一的選擇。

後來，我跟塔里克一起坐在彈坑邊緣。惡臭如今已十分濃烈，是火藥、火焰與死亡的味道。

「我得回去瑞典，」我對著眼前的一片災難說。「我得去摧毀那些下手的人。」

塔里克什麼也沒說。只是垂下眼睛望著砂礫，同時點了點頭。

「他們逃不了的，」我說。「Wallah，我發誓。他們要付出代價。」

塔里克轉頭面向我。

「你打算怎麼做呢，弟兄？」他說。

「我會成爲煙塵，」我說。「我會成爲煙塵跟碎石。」

二〇一五年八月二十日星期四
瑞典，斯德哥爾摩／貝爾格特

起床的時候，房間裡的聲音聽起來似乎有點不同，縱使她已經盡全力將窗簾拉上，彷彿這樣就能把那個注視並威脅她的人隔離開來。她翻到側身，查看電話。晚上七點三十四分。電子信箱有封信。她坐起來。她睡了超過一個小時，沒想到自己竟然還睡得著。

她半夢半醒地點開那封用英文寫的信件。

嘿，雅思敏。只是想確認一下妳斯德哥爾摩那邊進行得怎麼樣。我們手頭有個案子，剛好非常適合妳秀給我們看的那個符號。請盡快跟我聯繫。我們已經開始在想行銷活動了，想把背景作業完成。

她眨了眨眼，試圖提振自己的注意力。信末署名的人是馬克，寄件地址是shrewdanddaughter.com。靠，她幾乎忘記了自己的任務。他們希望她能提供一些東西。畢竟為了要在這個房間過夜，他們每天可要支付超過四百美元的費用呢。

她想都不敢想，如果出了差錯要怎麼辦。現在還不行。她不想讓他們凍結這張信用卡，因此她回覆了一封簡短的郵件，表示情況正在進展，並承諾週末過後會再回信。

她起床，再次走到窗邊。單手拉開窗簾，另一手握住背後的槍。她小心翼翼地朝碼頭窺看。但眼前毫無那名穿著運動外套男子的人影，於是她再次把窗簾拉上。

不管他要她離遠一點的理由爲何，現在都是時候回到貝爾格特了。

「這邊有其他的出入口嗎？」她問服務台的接待員。「我是指，針對那些不想直接從碼頭那面進出的客人，還是你們有不同的名稱？」

是前幾天吃早餐時幫我點餐的那個人，鬍子的造型沒變。

「我的意思是說，這邊會住一些要求安全的名人。你們有爲他們準備後門嗎？」

他毫不遲疑，也沒問原因。就從服務台後面走出來，伸出手。

「當然有。員工出入口就在那邊。」

在所有壓力跟緊繃環繞內心下，對方展現的單純親切讓她差點就想給他一個擁抱。

回到貝爾格特幾乎八點半了。如果用顯而易見來形容早上的情緒，那此刻則是帶磁力又厚重，如同逼近的風暴具壓迫性。月台上站了一群又一群穿著牛仔褲跟背心、邊抽菸邊往鐵軌上吐口水的孩子。但今天晚上，他們沒有跟平常一樣互相推擠、大笑，沒有發出噓聲或對哪個女孩吹口哨。這些小團體今晚就跟充得過飽的氣球一樣，擁有自己發出劈哩啪啦嘶嘶聲的力場，準備要爆炸。

電視台採訪車就停在靠近斜坡底部的地方，興奮的記者跟攝影師正在整理線路及麥克風。廣場另一側則是站在警車旁的警察，他們頭戴鋼盔，一頭金髮理得很短，制服整齊乾淨。就像一場足球賽，雅思敏心想。只是有哪些隊伍會出場還不清楚，目標是什麼還不清楚。

在靠近人造草皮的邊緣處，一切都悄然靜寂——只有幾個小男孩正在把球踢向高高的鐵絲網。鐵絲網遭撞擊發出的喀喀聲在建物之間迴盪。雅思敏憶起，費狄更年輕些時，做完這件事回到家的神情——臉上有紅暈，髒兮兮又汗涔涔的T恤，雙膝被塑膠草皮摩擦得流血。他會吃下一碗公又一碗公的玉米片，站在廚房裡吃，一半的心神依舊在外頭，仍跟他那些朋友待在一塊兒。那是他最像個小弟弟的時光。

她在稍遠處一張歪斜長椅上沉沉坐下，背往後靠。那是好久好久以前的事了，但她閉上雙眼時，那些在草地上說話的孩子們聲音，聽起來就跟費狄一樣。

天色終於開始變暗，有人對著草地上的孩子們大叫，該回家啦，他們母親大叫的聲音裡有些什麼，這些男孩立刻聽話離開。這不是一個可以逗留在外的夜晚，不是一個違抗父母命令的夜晚，除非你已是暗影的一部分，已是一名惡棍，已經無可救藥。

雅思敏知道，就算她跟費狄仍是孩子，也不會有人來叫他們回家。她看見母親出現在眼前時的身影，她那疲憊的雙眼及工作服。想起她從未對他們大叫，從未要他們回家。她只是不停地工作，確保桌上有東西可以吃，衣櫃裡有衣服可以穿。這樣的雙重性在雅思敏的心底留下了烙印。母親從不在他們身邊，但母親也隨時都在他們身邊。

草皮上空無一人，雅思敏去小店買了杯咖啡，主要想藉此走動一下。她手拿杯子走過介於建物與草叢之間的路。月光的蹤跡沿著屋頂消失，又往前出現在田野上跟松樹林間，直到黑暗，或至少是陰影，徘徊滯留在陽台與鐵軌下方的隧道處，將那些月光吞噬掉爲止。她終於走回了足球場，用皮包權充枕頭，兩腳靠在長椅上，準備好漫長的等待。

午夜時她再度坐起身，覺得身體僵硬又沉重。絲絨般深沉的黑暗籠罩了貝爾格特。空氣依舊溫暖，但夏天已快結束。她將目光移到塑膠草皮上，穿過鐵絲網，如今，她可以看出黑暗中有人影。她試著去數有幾人。可能有二十人左右吧。

一個人忽然出聲，聲音比其他人都要大。

「嘿，閉嘴！聽我說！今晚我們要大開殺戒！讓他們瞧瞧貝爾格特可不是省油的燈，你們覺得怎麼樣啊？」

年輕人大叫又吹口哨，把鐵絲網拉得喀啦喀啦響。雅思敏小心翼翼地潛入更靠近草皮的樹叢。她認得那個聲音，知道對方是誰。所有的線索在這裡交會又分離。所有這些關聯與干擾。她從稀疏的枝葉間窺看。他年紀變大了，變瘦了，更魁梧。但聲音一樣尖銳。

梅第。

說話的人是費狄的老戰友，現在是派瑞莎的男人。

她早該猜到的，早該知道爲什麼派瑞莎的神情會那麼不安。難怪那隻貓會出現在她所住的旅館牆上。梅第當然跟這一切有關。但爲什麼要鬧出這麼多戲碼？爲什麼會出現那些威脅跟瘋狂行徑？爲什麼會有死貓跟有刺青的黑幫分子？而她眞正不懂的是：費狄跟這一切有什麼關係？

「等等！別著急，兄弟們！」梅第的聲音出現在足球場上。「今晚，我們這兒有個朋友要來幫忙，他昨天也幫了我們的忙！Wallah！我發誓！今天晚上，那些畜生就要付出代價！」

另一名男子從人影中走出來，走到草皮另一邊，去到梅第身旁。雅思敏看不見他的臉——他戴著一個滑雪面罩，但穿了件平滑有光澤的藍色運動褲，就跟那個站在利德瑪酒店外的男人一模一樣。

他上身穿了件寬鬆背心，她瞄到他從背部到頸脖處有綠色的刺青。如今到處都有人紋身，不足爲奇，但的確是同一個男人。她百分之百確定。

但他是誰？他們又在做什麼？

「仔細聽清楚啦！」身穿運動長褲的男人說。「我們今晚要把這個爛地方燒個痛快！」

他把一捆滑雪面罩扔在面前。

「把這些東西戴上去。你們都看過廣場的情況，到處都是電視台的攝影機。可別把自己的臉弄上新聞啦。」

孩子們大笑，彎下腰，每個人都拿了面罩戴到頭上。就在那一刻，他們有了轉變。戴上面罩這個簡單的動作改變了一切。他們不再大笑或推擠，不再心有厭煩或無所事事。他們不再只是男孩。

戴上滑雪面罩的他們成了男人，成了沒有臉的士兵。他們不再是個人，而是群體。他們不再是你需要去理解或保護的對象，而是某種你必須去對抗的東西。

他們變得沉默不語，緊張心情在身旁炸裂，往外發出衝擊波，這些湛藍、鮮紅的衝擊波似乎沿著鐵絲網閃爍、躍動。

「兄弟們，今晚將不再是一場遊戲，」運動外套男繼續說。「今晚不單只有我們。今晚，我們散播出去的混亂將不只受限於貝爾格特，而是四面八方。每個區域的兄弟都將團結起來！」

這群先前還只是男孩的群眾猛力踏地、拍擊鐵絲網，又叫又跳。

所有的兄弟都將團結起來，雅思敏心想。他們的人數有二十，或許三十。貝爾格特住了多少人？三千？四千？這塊草皮上的兄弟顯然不多，也就是一群不想回家的人罷了。

運動外套男拖出兩只顯然又大又沉的袋子，然後打開。他一手拿著玻璃瓶，另一手拿著一罐液體。

「汽油彈，」他說。「這裡有漏斗、瓶子跟碎布。」

他搖了搖那罐東西。

「還有燃料。你們只需要自己製造就行了。」

所有的兄弟分組裝塡玻璃瓶。覺得他們似乎準備好了，運動外套男拿出了一些上頭裝有粗橡皮筋、看起來就像金屬彈弓的東西給一些孩子。

「我們延續昨天的做法，」他接著說。「你們從停車場開始。」

他指著一群約莫五個人。

「至少五輛車，朋友，」他說。「越多越好。等那些畜生來了，你們就跑上天橋，躲在橋梁底下。」

他選了約莫十個孩子。

「使用汽油彈。讓該死的畜生嘗嘗火雨的滋味，讓他們爲對你們的所作所爲付出代價。燒死那些人渣！」

此刻群情激動，腳步幾乎站不穩。體內的興奮感蒸騰而上。

「再來，」運動外套男說。「你們去放火燒雜貨店。」

他指著草皮上兩根像大槌子的東西。

「用這些東西去砸窗戶，」他說。「想要什麼就拿走，不想要的全部摧毀掉！然後我們再來看看事情的發展，明白嗎？梅第兄弟會跟每個小組保持聯繫。確認一下自己是不是都有他的電話號碼，照他說的去做，懂嗎？」

剛剛還只是男孩的士兵又踏又跳。他們已經準備好了，準備好上街，放火逃跑，製造混亂。梅第說了些什麼，接著眾人就分成不同小組出發，有些人戴著滑雪面罩，其他則沒戴，免得引起注意。最後，只有梅第跟運動外套男留了下來。

「交給你處理沒問題吧，朋友？」運動外套男說。

「你知道的，」梅第說。「放心吧，兄弟。」

他們握了手，運動外套男轉身，身影走向黝暗草皮的另一端。

雅思敏的思緒在狂奔，感覺自己一隻腳開始緊張地抖動。她應該在此刻去見梅第嗎？可是她還沒聽到派瑞莎明天要說有關費狄的事，不能冒這個險。

可是運動外套男呢？他是誰？猶豫不決下，她往後退了一大段在樹叢中蹲下，兩眼緊盯著緩慢消失的運動外套男身影。

她想起了牆上的圖案，以及今天稍早前他在利德瑪酒店外頭給她的警告。他們，不管眞實身分爲何，並不想要她出現在這裡，這個訊息無比清楚。但她已經走了這麼遠，也冒了這麼多險，既然已經看見他是暴民的領袖，就不打算在此刻罷手。

她緩慢謹慎地在樹叢中移動，直到自己離開梅第的視野。然後她挺直身軀，開始在建築之間小心翼翼地跟蹤運動外套男。

從一間間高樓大廈走往低矮的房舍區域時，男人脫下了滑雪面罩。她盡可能待在遠處，就算他回頭也不會看見她的身影。他用手比槍的動作閃現眼前，但她用費狄來驅走這個畫面，告訴自己這麼做或許能讓她找到費狄。

那個男人就快走到學校了。兵營還在，只是因爲霜雪跟烈陽而變得更老舊、眞實、永恆。男人往上走，穿越了以前費狄會在那兒等待她的雪球樹林，走進一座停車場，停車場只停了一輛在路燈底下、清潔而明亮的午夜藍 BMW。這台車跟附近會看到的幾輛昂貴房車不同，那些房車屬於回鄉探望家人的足球員或塞爾維亞人，或弄到了裝甲車的瑞典人。那些房車永遠是黑色的，裝有鋁合金輪胎跟有色玻璃，永遠屬於那些會大聲嘻笑的黑幫分子或超級巨星。但這輛車流線又安靜，低調又缺乏特色，不希望引人注意。

運動外套男朝駕駛座側彎下身，對車裡某人說了些什麼。貝爾格特另一側傳來隱約的爆炸聲響，一輛車被縱了火，運動外套男轉頭面向聲響的來源處。他一度望向雅思敏的方向，而她人就站在通往學校的斜坡處，建物邊角僅遮住她身子一小部分，距離他可能不到三十公尺。她一度以爲對方看見了自己。但他很快就轉頭對車裡的人說話，然後伸長了手。從車中伸出手時拿著一個信封，並從中拿出了貌似一小疊錢。他快速數錢，舉手道別，然後離開停車場，朝地鐵方向走去。

雅思敏等了一會兒，不確定現在該怎麼做。應該跟蹤他嗎？他極有可能會在月台上認出她來——他知道她的長相。

他的身影消失到建築物後方，雅思敏聽見停車場的汽車發動，車燈轉亮，於是她轉過頭來面對那輛車。也許這是繼續前進的方法？ERG-525。她眼睛盯著車，同時把車牌號碼輸進自己手機裡。車子緩慢駛出停車場，從距離不到九公尺的地方駛過，她彎身望向車內。在街燈柔和的光線下，瞥見了駕駛的身影。

對方約莫比她大十歲。金髮瑞典人，頭髮抹油往後梳，穿著休閒西裝夾克，鼻梁很挺，顴骨很高。跟這裡的環境格格不入，以致他的存在有種超現實感，簡直就像科幻小說的情節。他轉過頭，兩人一度在昏黃燈光中四目相對。他看起來很疲累。

疲累空虛又害怕。

二〇一五年八月八日星期六
瑞典，貝爾格特

貝爾格特。一切都沒變。混凝土、青草、松樹，以及攤車傳出微溫的土耳其烤肉味。我走的每一步以前都踏足過。什麼都沒變，什麼都照舊。除了我以外。如今的我是煙塵跟碎石。平頭，髒衣，失眠的夜，瘦九公斤。我沒有翅膀，只有顫抖的雙手及膽戰心驚的景象：沒有頭的身體，沒有腳的身體，小腿，大腿，胸腔，肩膀，手臂，手掌。這裡一切都沒變。但我除了死亡的記憶跟背叛的記憶外，什麼都不是。我什麼都不是，只是復仇的承諾。

我在學校後方的小樹林裡等到黃昏。謠言擴散得很快，我得待在陰影裡，靜候時機。等到影子變得夠長，我把包包往肩上一扔，朝購物中心走去。到了這時間點，街上只剩下孩子們海鷗似地在遊樂場裡拍翅呱叫，互吐砂石，亂跳亂叫。見到他們我很難過。我想要走向他們，叫他們排成一列，然後跟他們說話。我想要坐在他們面前傾斜的長椅上，指著自己細瘦的手臂，短髮的頭顱，跟他們說：「看看我變成了什麼樣！趁現在還有機會，趕快離開這裡吧。」

走到那裡以後，我任自己的視線在高層公寓那龜裂的外牆上游移。我連他住哪間公寓都不知道，但我知道就在這裡。

我拿出手機，什麼也沒想就發出一則訊息。只有兩個字。出來。

然後我在稍遠一點的腳踏車道上等待，躲在一個所有窗戶都看不見的地方。他沒多久就出了門，舒展了一下身子，目光沿著柏油路面看。我站起身在原地一動不動。他瞇細了眼，一開始似乎沒認出我來。接著他緩慢地朝我走來，臉色蒼白。

「說眞的，」他說。「不會吧。」

他停住腳步，猶豫不決，用手摸了摸自己的臉。然後閉上雙眼，再次打開，彷彿以爲我或許會消失，彷彿我只是一層出現在他眼前、只要揉一揉眼睛就會消失掉的薄膜。

我們就那樣站了一會兒。我沒有移開視線。我知道他看見了什麼。一道來自過去的影子。一個立體影像，顫動而薄弱，幾乎透明。

「費狄？」他總算說。「兄弟，是你嗎？」

我什麼也沒說。我跟梅第太久太久沒說過話了。他走得更近了，表情看起來很害怕，猶豫，止步。他瞇眼望著我，彷彿我只要稍稍刺激他一下，他就會立刻逃走。

我只是點點頭，試著微笑，張開雙臂。已經太久太久了，我沒有權利期待他給予我什麼。他猶豫地又往我走了一步。

「太瘋狂了，」他說。「兄弟……你不是死了嗎？我們聽說你死了。每個人都以爲你死了。」

他陷入沉默，依然猶豫，彷彿我是一個鬼魂。我再次試著微笑。

「但我沒死，朋友。」我說。「我的許多弟兄死了，但我沒死。」

他看著我，表情好奇又訝異。接著朝我走了一步，張開雙臂抱住了我。

「費狄，」他說。「我發誓，我們以爲你死在敘利亞了。聽說是場無人機攻擊啊，朋友？他媽的跟電影一樣，是吧？網路上有在說。所有參與者都跟著某個伊斯蘭國首領一起灰飛煙滅了？」

我點點頭，視線望向他處。

「你有菸嗎？」我說。

梅第一動也不動地站著，只盯著我看，彷彿我可能是個鬼魂。

「有啊，有啊，當然……」他總算說，同時從牛仔褲口袋裡用力掏出一包菸。

我點燃一根，吸一口就咳嗽，難以呼吸。我已經超過半年沒抽菸了。

「有一場攻擊行動，」我說。「很多人都死了，兄弟。」

我朝街道比了比。

「來，」我說。「我們走，我不想一直站在這裡。」

因此我們沿著柏油路面走，遠離松樹的氣味，遠離我們的童年、青春期跟此刻的我們。黝暗的遊樂場空無一人，跟往昔一樣破破爛爛。我們站在沙坑上，一如當年仍是孩子時。讓沙子從我們的指間流下。

「你爲什麼要回來故鄉？」梅第說。「你之前他媽瘦得跟鬼一樣啊，兄弟，還留了鬍子什麼鬼的。一大把鬍子耶！」

他大笑。我很久沒聽到人的笑聲了，因此我也笑了，而這個動作所發出的聲音讓我非常驚訝，音量又高又不規則，一點也不像我，我再次陷入沉默。

他看著我，傾身研究我的臉龐，我覺得受到了侵犯，因此退開。

「媽的，你瘦爆了，朋友。你那眼睛又是怎麼回事？靠，你看起來跟死人沒兩樣。說不定你眞的是鬼。」

「我爲了一件事情回來，」我小聲地說。「只爲了一件事。」

我再次望向他，緊緊盯著他的眼睛。

「我回來，是要殺死那些背叛我們的人渣。」我說。

天氣並不冷，但衣服單薄，所以我是發著抖把一切告訴梅第。關於我那些虛假的弟兄，我的旅程。關於我在紅沙那邊的眞正兄弟，關於塔里克弟兄。關於他們的人頭跟炸裂的胸膛跟腳掌。關於連接著鞋子的那條小腿。關於一切。

「靠，」梅第說。「媽的！跟他媽電影一樣，是吧？差別只在你是眞的經歷過。」

一部恐怖電影，我心想。一場夢魘。

「你現在打算住哪兒？跟你父母嗎？」

我搖搖頭。

「我得要保持低調。每個人都認爲我死了。他們也是。必須維持這樣。我得當一個鬼魂，朋友。你得要答應我，沒問題吧？答應讓我繼續當個鬼魂。你知道的，我們一起長大，然後發生了所有那些狗屁倒灶事。我知道自己出賣了你，卻從沒針對這件事道歉。但我求你，兄弟，請你幫我。」

梅第把手放在我的肩膀上，朝我傾身。

「當然，」他說。「我會幫你，兄弟。」

他陷入沉默，似乎在思考。

「或許你也能幫我一個忙。」

二〇一五年八月二十一日星期五
瑞典，斯德哥爾摩

現在時間是早上八點前，鐵尼爾街炎熱又滿是灰塵。車輛來來去去不張揚，娃娃車離開美麗的世紀末風格建築。她只花了一分鐘就找到十號。頂著陽光在對街站了半個小時，慢慢喝著來這裡途中買的紙杯裝熱咖啡。

要找到昨天在貝爾格特看到的那輛車車主，比她想得要容易。或者應該說，既容易又困難。她先用Google搜尋如何找出車輛登記人的姓名。找到一個網站後，輸入那個上層階級人的車牌號碼。問題只在於車子登記在一家公司底下。泰勒企業。某種公關公司——在官網上寫得不清不楚。「我們能創造出適合改變的氣候」，它的瑞典語官網是這麼寫的；這家公司似乎世界各地都有分部。

但他們對自家員工的外貌很自豪，所有員工的照片跟姓名都張貼在網站上，而斯德哥爾摩辦公室裡只有三個人長得跟那名車主很像。都是上層階級，牙齒潔白，皮膚光滑得要死。打高爾夫，開船，什麼都會。但她立刻就知道是哪一個人。立刻就看到了他那雙恐懼的眼神，即便理當要在那張照片中表現出自信，他依舊無法掩藏。

喬治．里歐。顯然是一名律師。是「政府關係」及「利益動員」的專家。管他那是什麼意思。去他的。她只在乎他的地址，用名字去搜尋，一秒就找到了。

她閉上雙眼，用手理一理自己的頭髮。

你到底是怎麼蹚進這灘渾水的呢，費狄？

再次張開雙眼時，她看見喬治・里歐從那棟房子的正門走出來。他是個貨眞價實的雅痞——深色西裝，一頭金髮平滑有光澤。白色襯衫有兩顆釦子沒扣，讓人有種底下有著一副結實胸膛的感覺。胸前的口袋隨興地塞了條紅點手帕。

「華爾街之狼。」她無聲地說。

她離開牆面，安靜地跟著他走往都柏街的方向。

喬治・里歐腳步飛馳走往內城，有時她甚至得用跑的才能趕上他。但他長得很高，又有一頭如獅子般蓬鬆濃密的長髮，因此要跟蹤沿著聖約翰墓園的綠意走動的他並不困難。

走到分嶺街時，里歐停下腳步，拐進一間小店。雅思敏止步，在稍遠的人行道上等候，不確定自己該做些什麼，但只花了一分鐘時間，他就又回到了大街上，手上還拿了一疊報紙，似乎是瑞典的四大報。她以前從沒看過有人一次買這麼多報紙。他的眼睛快速掃過一份八卦報的頭版，然後就把那份報紙摺起來，接著查看一份又一份。

「媽的。」她覺得自己有聽到他這麼說。

所有的頭版都是同樣的照片：燃燒的車輛、戴面具的男孩，以及沒有臉的警察。貝爾格特無所不在，突如其來的暴動之激烈，讓中產階級無法忽視。里歐繼續沿街快速前進，雅思敏平靜地跟著走。忽然間，就在抵達國王街上方的分嶺街橋之前，他趁隙鑽過車陣到了對街。猶豫片刻後，她跟了上去，距離他的背後大約九公尺。

街上有個黃色的大垃圾桶，他消失在那個垃圾桶的背後，她忽然看不見他的蹤影。彷彿他被吞噬掉了一樣。他是進了哪棟房子嗎？她只看到一棟辦公大樓而已，卻沒有看見上層階級的男人。幹！他跑哪去了？

但她隨後就明白了：走下橋邊通往國王街的樓梯了。她跑過去，看見他樓梯走到一半。她跟著他走下去。

到了樓梯底部，他往左轉。街上很擁擠，因此樓梯的最後一段，她得一次下兩階才能避免跟丟他。他在橋下走，雅思敏現在距離他只有四公尺半。從另一側出來時，他再次左轉，消失在一扇似乎位於橋梁底部的門裡頭。她仰頭研究眼前的建築。那扇門並非通往橋梁，而是走進一棟古老的大樓，同樣的大樓還有一棟，分別位於街道兩側。兩棟大樓看起來很像迷你版的高譚市，很像華爾街上的老舊摩天大樓，她心想，但高度只有三分之一。是國王大樓，她忽然想起來了。它們就叫這個名字嗎？稱不上摩天大樓，但至少有十層樓高。

她猶豫了片刻。既然都跟了這麼遠，那就跟到底吧。趁著門還沒有在里歐背後關上，她趕緊衝了進去。

門廳很暗，她的眼睛花了一點時間才適應，並看出里歐站在一台老式電梯裡面，那電梯是用木頭與鏡子構成的。他正準備關上門，但看見雅思敏踏進門廳，就為她停住了電梯。

「上樓嗎？」他說。

聲音一開始聽起來有點生氣，彷彿他不是真的想要讓她搭電梯，但某種天生的禮貌驅使他這麼做。她立刻感受到一股壓力。跟蹤的對象和妳說話時，該怎麼做呢？

「對……」她猶豫不決地說，同時不確定地朝他踏出幾步。

「妳不知道自己要去哪一層嗎？」他說。

仔細看了她的長相後，他的怒火似乎漸漸消褪，露出了一個自信而帶挑逗的微笑。她認得那種微笑。那種微笑在哪裡都一個樣，無論是在貝爾格特或東馬爾姆，無論是在紐約或東京。她想起過往的午後，她跟費狄會一起看無止境重播的《六人行》，裡面的喬伊會說出笨拙的搭訕台詞：妳好嗎？

她似乎難得占了優勢。

「知道啊，」她撒謊，同時微笑回應。「但是你又要去哪一層呢？」

她幾乎可以聽見里歐因她的配合，滿意地咂了咂嘴的聲音。

「十五樓，」他說。「更高還是更低？」

他的手指撫過自己鈕釦，她盡可能快速地掃過電梯裡小牌子上的那些公司名稱。高一些，她心想。這樣等他出去的時候，或許她就有機會看他往哪邊走。十六樓有間史托克頓影像公司，做什麼的都有可能。

「十六樓。」她說。

喬治按下按鈕，電梯嘎吱向上。雅思敏仔細看了十五樓的黃銅門牌。兩個公司名稱。一家律師事務所的名稱刻在門牌上，旁邊則是用一張窄窄的紙列印出了一個名稱，用膠布貼到門牌上。

史特靈保全，她讀著。這名稱很熟悉，但她想不出來是什麼。

「你是律師嗎？」說這話時，她盡力讓自己的語氣聽起來既佩服又順從。

里歐舒展了一下身子，清了清喉嚨。

「不全然算是，」他說。「我有法學學位。可是我做的是公關那一行，我想應該這麼說。」

「喔，我原本還以爲你是要去那間律師事務所呢！」她指著黃銅門牌說。

「沒有，」里歐說。「曾經有過那種可能，不過我是要去另外一家公司。他們是我的客戶之一。」

他對她眨了眨眼。目光熠熠生輝，但她發現裡面還藏有別種情緒，某種焦慮跟壓力。在那自信得意的外表下肯定藏了些什麼。他額頭上的皺紋出乎意料的深，雙眼布滿了細微血絲。此外，在那台老舊電梯搖搖晃晃往上爬的同時，他忍不住用手輕輕碰了她的手臂。男人走到哪兒都一個樣。

短暫嘎吱一聲後，電梯停了。手忙腳亂地要打開鐵柵門的鎖時，夾在里歐腋下的那疊報紙沙沙作響。

「掰。」他說，同時向她射出最後一抹微笑。

現在的時機不對，開口前她就知道了，但那微笑裡有些什麼，不確定的神情，焦慮的臉龐，夾在腋下的那疊報紙，使得她很難保持沉默。

「你爲什麼要付錢讓貝爾格特的那些人製造混亂？」

說出這句話時，里歐人已經走出電梯了，她的話語讓他腳步驟停，就像一隻又瘦又餓的獅子被麻醉鏢射到一樣。

他轉身，幾份報紙落在面前的地板上，只好彎身撿起。她用腳抵住電梯門。里歐緩慢起身，同時朝她靠近。微笑消失了，此刻的他跟三秒前的他截然不同，不是嚇人，而是恐懼。

「妳是什麼人？」他低聲說。他站得離她很近，太近了。

「付錢製造暴動的是這些人嗎？」說這話的同時，她指著一扇不起眼的門，門上用細小的紅色字體寫著史特靈保全。

「聽好，」里歐生氣地小聲說。「我完全不知道妳在講什麼。」他緊張地回頭看了一眼。她聽見建築底部傳來開門的聲響，聽見穿越大理石地板的腳步聲。有人按下了電梯按鈕，但什麼事也沒發生，因爲她讓電梯穩穩地停在十五樓。

「我現在要開會，」他繼續說。「剛剛進門的人，很可能就是我等一下要見的人。」

她從口袋拿出手機，叫出她昨晚拍下的照片。她不疾不徐地把那張里歐拿錢給刺青男的影像拿高。

「昨天晚上的事，混蛋，」她說。「是你的車，朋友。」

下頭的那人繼續用更大的力氣去按電梯按鈕。里歐吞了口水，臉色蒼白。

「不會吧，」他氣惱地小聲說。「靠靠靠。」

他看著她，此刻的眼神很絕望。

「妳是記者嗎？」

她搖搖頭。

「我只是在找一個人而已，」她說。「找一個捲進這場事件的人。我對你的事情一點興趣也沒有，喬治・里歐。」

聽見自己的名字時，他抽搐了一下。自己對她一無所知，她卻似乎知道不少跟自己有關的事，里歐覺得很不舒服。

「但是老兄，如果你不跟我談，就會有很多記者來扒你的糞。明白我的意思嗎？我會把這些照片寄到他們的爆料信箱，然後你就玩完了，朋友。」

喬治把那些報紙壓在胸前，彷彿一面盾牌，她對那疊報紙點了點頭。

「說眞的，」他輕聲說。「不能這麼做。不能在這裡。不能是現在。事情不像表面看起來這樣，懂嗎？」

他眼角抽搐了一下，壓力或某種東西導致的，某種更深的情緒。恐懼。

「那什麼時候？」

「明天以前讓我想一下，好不好？給我妳的號碼。」

雅思敏只是看著他。

「你在跟我開玩笑嗎？」她說。「時間跟地點。快點。」

「好啦，好啦，」他說。「那我們約九點好了，在公共圖書館前面的樓梯那邊。」

「不要遲到，」她說，同時腳終於離開電梯門。「別忘記昨天我可是找到了你。要再找到你一次不會是問題。」

與此同時，電梯再次往底下那座黝暗的門廳移動。

抵達門廳時，一名身穿緊身深色西裝的矮小男子正在等電梯。他大約六十多歲，頭頂是光的，側邊一圈短髮。他很纖細，幾乎可說是靈敏，像個體操選手或武術大師。綠色的雙眼很冷酷，同時也嚴厲又冷淡，像頭龍似的。

「爲什麼不讓電梯下來？」他的英語有很重的斯拉夫腔。

「對不起。」雅思敏說，同時眼光從他身上掃過去，望向他方。

里歐就是要跟這個人碰面嗎？如果是的話，她能理解爲什麼里歐的眼睛會抽搐。

走進外面的夏日早晨時，她放鬆多了。一輛黑色賓士車停在眼前的人行道上，看起來就跟電梯旁的男人一樣邪惡而冷淡。她發現這輛車的車牌很特別。藍色的，字母組合跟一般車牌不同。DL012B。她拿出手機，把這串文字記了下來。費狄怎麼會捲進這種麻煩事？她覺得自己的絕望感又更加深了。

但說不定這只是條死胡同。

二〇一五年八月二十一日星期五
英國，倫敦

克拉拉爬上通往研究中心的瑟瑞街入口時，已經近十點半了。她的雙腿跟頭腦一樣沉重。昨天的畫面閃現腦海：她在一棟房子對面的酒吧裡喝下一杯又一杯的酒，後來才知道那原來是派屈克的家。然後是那兩個男人。爲什麼她當時那麼確定他們是在跟蹤派屈克？他們的確出現在一個很剛好的時間點。但沒有任何明確的事證證明他們在跟蹤他。唯一的證據就是自己的疑神疑鬼跟過多的黃湯。唯一的證據就是腦海深處、怎麼也不打算放掉的少許直覺。

派屈克躺在鐵軌上的蒼白臉龐閃現腦海。那雙失去了生命、張開卻空洞的眼睛。警察暗示她喝醉了。她閉上雙眼，滿心懊悔與罪惡感。她的確喝醉了，醉得一塌糊塗。派屈克就是因爲這樣才喪命的嗎？如果沒喝下最後那幾杯白酒的話，自己能做些什麼嗎？

「不，不，不……」她輕聲說，同時推開那扇沉重的門。「不，不，不！」

有人在夏洛特門前擺了張桌子，桌上擺了一小束百合跟一根燃燒的蠟燭，蠟燭的火光因不怎麼密閉的窗戶吹進來的一陣風而微微搖曳。蠟燭前面有一張打開的卡片，克拉拉看見許多同事都在那張卡上，寫下了給派屈克家人看的悼念詞句。猶豫片刻後，她走到桌旁，拿起那枝普通的藍色原子筆，但心中卻湧現一股情緒讓她覺得腳步不穩。派屈克躺在鐵軌上的畫面。她得抓住桌子才能穩住自己的身子。

「克拉拉！」夏洛特從她背後說。「我想妳應該聽到那個可怕的消息了吧？」

她轉身，看見夏洛特站在她辦公室的門口。她看起來很疲累，眼神空洞，一頭蓬鬆的鬈髮沒有別起來，而是任其自然垂落，光環般漂浮在身旁。

克拉拉只是點點頭，一句話也沒說。她想跟夏洛特說昨天的事。關於那台電腦、穿皮夾克的男人，以及躺在鐵軌上的派屈克。但她想起了自己在午餐時提及史特靈保全時，夏洛特的語氣，忽然覺得很害怕。她往牆面的方向走了一步，把身子靠在牆上，閉上雙眼。

「妳還好嗎，克拉拉？」夏洛特說。

夏洛特的聲音離耳朵很近，她感覺到夏洛特把一隻手放到了她的肩膀上。夏洛特的頭髮碰到了她的臉頰。她別過臉，免得讓夏洛特聞到呼吸裡殘留的酒精味。

「還可以，」她小聲地說。「沒事。」

她緩慢張開雙眼。

「太可怕了。」

夏洛特點點頭，望向她的眼睛。

「誰會相信呢？」她說。「也許他一直都是這樣，但就算他行徑古怪，看起來也不像有憂鬱的傾向。」

「爲什麼會知道他憂鬱？」她望向夏洛特的眼睛說。

那雙眼睛看似充滿同情。但在那底下，克拉拉感受到一座寒冰深淵。

「克拉拉，」夏洛特說，同時靜靜握著她的手臂。「警方跟我說，他們在他家裡找到一張列印出來的遺書。」

「『列印出來』是什麼意思？」

夏洛特聳聳肩。

「我怎麼知道？警方是這樣講的。」

「類似用印表機印出來的這樣嗎？」

「對，他們是這樣講的，但重點不在這裡。」

克拉拉突然覺得一陣冷風吹過，再次渾身僵硬。

如果派屈克不使用電腦，又怎麼會用電腦來寫遺書呢？

「這消息眞可怕，」夏洛特繼續說。「但我們不能因此而分心。我們明天會飛去斯德哥爾摩。報告已經準備好了，此刻要把重心放在上面。其他事情等我們回來以後再處理就好。明白了嗎？」

不明白！克拉拉想大喊。*我當然他媽的不明白！這根本就徹頭徹尾地瘋了！*

但她沒那麼做。只是點了點頭。

「我會盡力的。」

她在派屈克辦公室前面那塊嘎吱作響的地板上等待，直到聽見樓下的夏洛特關上自己辦公室的門。她得知道他在裡頭做些什麼，爲什麼要拿走她的電腦。什麼是史特靈保全，以及爲什麼夏洛特的舉止很奇怪。最重要的是，爲什麼他會喪命。

深呼吸以後，她壓下他辦公室大門的門把。

大出她意料之外，門沒鎖，鉸鏈嘎吱一聲就開了。她慢慢打開門。窗簾沒拉開，室內一如往昔陰暗。她朝門檻走了半步，仔細聆聽有沒有人正打算上樓梯。

放心以後她打開電燈，轉頭面向派屈克畫心智圖的白板。但白板上空無一物，在光線照射下發出亮閃閃的白。

她直接站在白板前面。白板看起來是全新的，連一點污漬都沒有。她的眼睛掃過桌面，所有本子也都徹底清空了。連一本筆記或一張紙都沒有，甚至連便利貼都沒有。星期二的時候，派屈克桌子底下顯然有好幾疊擺放得整整齊齊的紙張。

轉頭面向書櫃時，她看見派屈克的人權書籍依舊充斥架上。但那些至少占據了兩格書架的活頁夾都消失了。

她記得自己曾經讀過，如果有人打算自殺，通常會在實際行動之前，把自己的東西都先整理好。夏洛特一定會這樣解釋。

但她很確定，整理這些東西的人肯定不是派屈克。

二〇一五年八月九日星期日到八月十六日星期日

瑞典，貝爾格特

等到商店都開張以後，我進了城去偷些牛仔褲、T恤、新球鞋跟一頂湖人隊的鴨舌帽。我本來在賣場裡拿了一頂上面寫了NY的黑色帽子，但後來扔了，因爲我忽然想起了妳。想到妳跟其他人一樣，一定以爲我死了，讓我覺得既難過又罪過，但同時也生氣。而我不知道自己該怎麼辦。從某個角度來說，我的確死了，我的身體只是一個空殼，一個無人居住的空洞。彷彿我的意識很薄弱，勉強在運作，只專注在一件事情上：我的任務，那是我現在生存的唯一動機。

每天晚上，我都會穿著自己的新衣服，用自己這副削瘦的新身軀，配上我剃得乾乾淨淨的頭顱及下巴，站在達希勒弟兄公寓旁的轉角處。我們幾個弟兄以前幾乎天天都在這裡碰面。那是很久很久以前，那是另一段生命，另一個世界，另一具身軀。

我看見他們來來去去。看見留著一把大紅鬍的達希勒，以及塔西姆弟兄、泰穆爾弟兄。但沒有看見亞拉敏。

我不是很清楚知道自己在做什麼。也許我在監視他們，也許我在尋找攻擊的正確時機。也許我在累積自己的勇氣或試圖找出憎恨的根源。找到根源以後呢？知道這些叛徒的生活作息以後呢？

屆時我該怎麼做？

所有那些跟他們的對話。我們如何在失去科巴尼以後禱告與哭泣。我們如何咒詛美國人的炸彈與庫德人的殘忍。我們如何因哈塞克省的進展以及厲害的戰士一步步靠近阿勒坡市而欣喜萬分。

在我終於得以啓程時，他們有多驕傲啊。

「失去科巴尼以後，最慘的日子已經過去了。」他們說。「庫德人很強悍，但防守哈塞克省的是阿薩德的人馬，而且他們很疲累。奉行阿拉的旨意，你將嘗到勝利的滋味，弟兄。」

全部都是謊言。全部都是演戲。全部都是爲了摧毀他們自己的弟兄。

那麼，在我對他們的監視告一段落以後呢？在我尋回自己的勇氣以後呢？屆時我該怎麼做？

摧毀他們。

夜晚，我會在梅第家地下室垃圾集中室旁的一間儲藏室睡覺。那裡是總有個誰會有鑰匙的地方之一。是那種我們還青澀時會躲在裡頭喝酒，或被趕出家裡或把自己搞得一團亂而沒辦法回家時，會去睡的地方。可是梅第如今是附近的大尾人物，他會監控那些孩子，只有他有這裡的鑰匙。我從一家運動用品店偷棒球鞋時，順手也拿走了一個睡袋。由於梅第的關係，每當我躺在黑暗中的床墊上，身上裹著睡袋時，不會有人來打擾我。梅第會帶些剩菜剩飯來給我，有時候我們也會一起去麥當勞，只不過會離開貝爾格特，離開附近的鄰里，去到其他地方，去到一個沒人認得我或認識以前的我的地方。

幾天的時光就這樣過去了。梅第沒事，所以我們開著他借來的一輛破爛馬自達去一座湖邊。天氣很溫暖，我們遠離了碼頭跟小沙灘，遠離了孩子跟噪音，赤腳走進一座森林，被松針劃開了腳底板。我們坐在一塊岩石的小小突出處，一旁是個沙坑，以前都會來這裡烤肉。

「媽的，你還記得嗎？」梅第說。「你跟索樂黛以前就是在這裡做愛的啊！」

他大笑，同時拍了拍自己大腿。

「媽的，我跟你發誓，兄弟，她眞的沒啥看頭！可是你超色的！跟野獸一樣！跟隻他媽的兔子一樣，朋友！」

我忍不住也露出微笑。太久太久以前了。當時我們幾歲啊？十三？

「Khalas！」我說。「別說了，她很辣啊，兄弟。」

梅第只是搖了搖頭。笑聲漸歇，氣候溫暖，我們無聲地坐著。一會兒後，他轉頭面向我。

「你還記得我說過，我們可以互相幫忙嗎？」他說。

我抬頭看著他，因太陽而瞇著眼，然後點點頭。

「當然，」我說。「赴湯蹈火，兄弟。若不是因爲你，不會有現在的我。」

梅第靠近了些，蹲在我身旁好壓低音量。

「你知道貝爾格特有點狀況，對吧？你有看到，對不對？有看到噴得到處都是的符號吧？有感受到空氣中的氛圍，對吧？」

臉上的陽光溫暖又舒適，我的身子又往沙裡沉入些，一半則躺在石頭跟松針上。當然，他提起這件事時，我的確想起每當在夜晚朝地下室方向走去時，會看到那些四處噴在混凝土牆上的東西，看到孩子們眼中的情緒，也會聽見他們短促的輕聲細語。與此同時，由於我專心一意活在自己的世界裡，因此沒有特別去想，只是有注意到，僅此而已。

「當然，」我說。「我注意到有事情要發生了，千眞萬確。」

梅第熱切地點點頭。

「很好，很好，」他說。「你知道的，有時就是會出事。會發生某些事情。警察打了某個人，或某人丟了命。整個貝爾格特會隨之陷入瘋狂，對吧？我們都參與過，對吧，兄弟？」

我點點頭，想起有一次，可能是五年前吧，那是個炎熱的夏天，貝爾格特暴動了幾個晚上。警察帶著他媽的警盾、警棍跟那些破玩意兒來了，但他們根本拿我們沒轍，我們就像水銀跟流水一樣，隨時都會找到新的河道流過去。但我不記得暴動的原因，也不記得是如何開始，如何結束的。

「可是這次不一樣，」梅第繼續說。「這次是有計畫的。明白嗎？有些很熟這些東西的人會幫我們，他們能幫我們揭開一場他媽的戰爭的序幕。我們就從這些東西開始，從這些符號開始。這是種心理策略，兄弟，我們在創造一種恐懼的氣氛，對吧？」

我聳聳肩。

「你說了算，朋友。」

「而且之後一定會發生。百分之百啊，兄弟！不單只有我們，其他城郊區，其他鄰里也是。一場他媽的戰爭。而你可以幫助我們，鬼魂！你只會在夜間出門，所以出門的時候就可以留下那些符號，對不對？」

我還記得那麼做的感受，還記得那有多令人興奮。想起跟兄弟們一起反攻，報復他們每一次用他媽的警棍痛擊或壓制我們，報復那些關在牢獄中的夜晚，報復那些待在警車後座無意義的夜晚。終於能讓那些畜生逃跑，讓他們困惑又忙於自保。讓他們瞧瞧我們他媽的能耐！讓他們瞧瞧貝爾格特的能耐。

但如今的我什麼也感受不到，只覺得空虛。如一陣無意義的風吹得頭頂的松樹搖晃、彎曲，遮住陽光，讓黑暗成爲威脅。當我們的兄弟姐妹成千上萬喪命時，朝條子丟幾顆石頭有什麼用？當我們的兄弟姐妹被無人機炸成碎片時，燒幾輛車有什麼用？毫無用處——毫無意義。但這是我欠梅第的。發生了這麼多事情以後，他依然挺我，因此我強迫自己露出微笑。

「沒問題，兄弟，」我說。「我來幫你噴那些符號，沒問題。」

啓程返回貝爾格特時，天色已漸暗，沿途梅第不停叨念那場他媽的暴動，叨念說規模將有多浩大。提到他們將把一個符號噴在貝爾格特各處，並把那個符號秀給我看：五芒星裡有一顆拳頭。每個人都將因爲所發生的事情而感到害怕，這一切都會暗中進行，只有少數幾個人知道。他給了我幾張上面有那個符號的鏤空圖案和幾罐噴漆。

回到貝爾格特，天色已然昏暗，街燈在灰色天空中放射出蒼白黃光。我要梅第在老家旁讓我下車，我帶著沉重的尼龍包包跳下車時，他一臉訝異。

「你來這裡要幹嘛啊，兄弟？你不是還在躲嗎？」

「他們睡了。」我說，同時瞄了一眼黝暗的窗戶。

「背包裡裝了什麼？你他媽像拖隻驢一樣四處帶著跑。很重要的東西吧？」

我猶豫了片刻，但藏不住心事，忍不住想跟梅第分享。好讓他知道這件事情他媽的有多認眞。因此我把包包放在副駕駛座位上，輕輕拉開拉鍊。他彎下腰，眼睛不停變大，直到我以爲眼睛都快要從他臉上掉下來。

「什麼鬼啊，兄弟？」他說。「什麼鬼啊？」

「我不是在開玩笑，」我說，同時拿起那把槍。手中的槍枝冰冷而沉重。「這是以牙還牙，兄弟。欺騙我的人將付出代價。」

我把其中一把槍塞進自己長褲裡，拉上包包的拉鍊，他嚴肅地點了點頭。

「我要把這些東西藏在這裡，」我說。「沒有比這裡更安全的地方了。如果你想學的話，或許我可以教你怎麼開槍？」

公寓裡黝暗而安靜——沒工作的日子他們會早早上床睡覺。躡手躡腳穿過走廊時，那個沉重的亮藍色尼龍包包摩擦著我的肩膀。沉悶的空氣充斥肺部。我已經好幾個月沒回來了。那是屬於另一段人生的時光。

我大可以把這些武器藏在樹林裡，一如我們以前會把所有玩意兒都藏到那兒一樣。大可以挖個洞，用松針跟落葉把洞遮起來。武器放在那兒也很安全，或許甚至更安全。

是什麼力量將我拉回這裡？是因爲過往的事物會讓我比較放心嗎？還是我暗自期望一扇門會嘎吱一聲打開？一盞燈會亮起，臥室裡會傳出微弱的腳步聲？有人會輕聲問我在做什麼，包包裡放了什麼？我將被迫透過他們的眼睛來面對自己。

我一動也不動地站在走廊裡，聆聽身旁的動靜。或許只要有一絲光線，一些微弱的腳步聲，一個質問的聲音就夠了。或許只要出現其中一樣，就能阻止我去做自己必須做的事。

我們以前的房間跟我離開時一模一樣，只是變得更乾淨。我靜悄悄地拉出舊床墊，把袋子裡的東西撫平，塞進床底下的空間。我以前在這裡藏過很多東西，但這是最後一次了。

要離開的時候我停下腳步，僵立當場，脖子的寒毛直豎。我敢發誓客廳的另一頭傳來聲響，有東西發出嘎吱聲。

我慢慢地轉頭。客廳裡很暗，窗簾總是緊閉，裡頭近乎漆黑。通往他們臥室的門關著。我伸長身體，再次聆聽。那扇門原本是不是開了一道小縫？我一動不動地站著，不確定該怎麼做，心臟猛跳。但我什麼也沒再聽見。只聽見底下傳來電扇的嗡嗡聲，是從地下室那邊傳來的。我就那麼站著，直到胃部抽了一下，才慢慢轉身朝大門走去，回到外頭溫暖的灰色夜晚。

我在外面的腳踏車道上停步，心裡既放鬆又失望。沒人見到我。一切都按照我的計畫進行。這就是我現在的人生，現在的目標，這就是我現在的處境。

二〇一五年八月二十一日星期五

瑞典，貝爾格特

午後的太陽高掛。在一覽無遺的藍天底下，有十輛分散於停車場各處被燒毀的汽車。柏油路面上到處都是碎玻璃，敘利亞人的店玻璃窗都被人從外面砸毀。他人站在店外，手裡拿著掃把，一雙黑眼很生氣，嘴裡叨念著：「天殺的死孩子。他媽的蠢孩子。」

雅思敏在遇到的每個人眼神裡，都看見同樣的空洞與疲憊。停車場裡被摧毀的是他們的汽車。是他們的雜貨店被縱了火，他們的孩子入夜後無法再出門，就連白天都有風險。紅色的拳頭跟星星噴得到處都是。走到哪兒都感受得到一股威脅，一場圍攻，一場混亂的倒數。

雅思敏繼續朝購物中心的方向走。槍枝略微摩擦到下背，她很訝異自己現在已經很適應這種感覺。見過利德瑪酒店外頭的黑幫分子後，她也已經習慣隨時讓槍維持上膛的狀態。

她十二小時前才來過這裡，即便經過了昨晚的毀壞，此刻的她依然訝異於情況跟往年的差異與相同。雜貨店的破窗，砸毀在棋盤格狀、骯髒混凝土地面上的牛奶盒。然而這一切都比不上她昨晚看到的混亂情況。沒有尖叫，沒有火焰，沒有逃跑，沒有臉的男孩們追逐著沒有臉的警察。

兩輛警車停靠在雜貨店外面，一輛是警用廂型車，另一輛則是一般警車，四個條子手裡拿著咖啡，帽子推得高高的，身子都倚靠在警車上。他們盡可能表現出自己無害的一面，彷彿他們不是昨晚穿梭過貝爾格特的暗影。但不管多努力嘗試，他們看起來都像是休假的步兵。就像農夫的兒子不明究裡忽然成了占領軍。他們看起來一點也不嚇人，只是很天眞，幾乎可說是單純，彷彿沒有意識到周遭的憎惡。

她幾乎覺得他們很可憐，但她知道當夜幕低垂，他們就會再次戴上面具。當夜幕低垂，他們就會躲到警盾、格柵、警棍跟拳頭的後方。

而條子知道，大家都知道。所以他們擺出來的姿勢有點不安，有點緊張跟不自然。他們看見那個符號在貝爾格特隨處可見，看見車輛在燃燒。他們告訴自己，可以把火藥桶從燃燒的導火線旁移開。但心底深處，他們認爲已經太遲了。

她坐在一張長椅上，一道陽光從兩棟建築間照射而下。雨雲已遠去，午後的陽光再度變得炙熱，但被遭人遺忘的土鏟及龜裂、脫輪的玩具車遮住的沙坑沙子依然潮溼。接近三點的時候，她聽見背後響起了派瑞莎的聲音。

「阿雅？」她說。「對不起我遲到了。」

轉過身時，她看見派瑞莎站在遊樂場變了形的大門旁，踏過潮溼的沙地朝她走來。

「沒關係。」她說。

來到派瑞莎身旁時，她望向派瑞莎的雙眼，同時朝貝爾格特的中心地帶做了個手勢。

「很混亂，」她說。「我是指昨晚。」

派瑞莎謹愼地點了點頭，彷彿她從沒認眞想過這件事。

「嘿，」她最後才說。「事情就是這樣子啦，朋友。妳知道的。條子欺壓我們，我們就報仇。」

雅思敏猶豫了一下。派瑞莎不知道她的男人跟這件事有關嗎？不知道他算是某種領袖嗎？

「誰的寶寶啊？」她說。「妳姊姊生的？」

派瑞莎畏縮了一下，視線飄過遊樂場及廣場，然後是後頭那些陽光下的破舊商店。她搖了搖頭。

「妳媽又生了一個啊？」

雅思敏大笑，盡可能去緩解突然落在兩人身上的緊張氛圍。可是派瑞莎只是搖了搖頭，再次望向她，眼神帶著一種堅硬與反叛。

「是我生的，阿雅。她叫娜兒，是我的女兒。」

雅思敏驚訝地往後退了一步。

「什麼？開玩笑的吧？妳——」

她突然停頓，不知道該怎麼接下去。

「有這麼奇怪嗎，阿雅？」派瑞莎說。「我可能有孩子這件事，對妳來說就他媽的這麼奇怪嗎？」

「不是，不是啦。或者說，我不知道，派瑞莎。」

「不是每個人都有辦法逃走好嗎！不是每個人都有辦法說去他的，然後就搬到紐約去。」

「我不是那個意思，姐妹。」她說。「我的意思是——爲什麼妳什麼都沒說？」

「爲什麼我什麼都沒說？」派瑞莎說，此時她的嘴角漾起一抹淘氣的微笑。「爲什麼我什麼都沒說？妳當時人不在這裡啊，姐妹。又不是說妳每天都會打電話給我，對吧？又不是妳隨時都會用臉書發訊息給我，是吧，姐妹？」

她說姐妹的語氣，就跟雅思敏昨天在派瑞莎公寓外頭說出同一個詞的語氣一樣。雅思敏聳了聳肩，感覺貝爾格特又爬到了身上，把她壓在底下，把她拉近。感覺到它的觸手從背後在拉她，無論跑多遠都一樣。

「隨便啦，」她告訴派瑞莎。「她很可愛，朋友。」

此刻，雅思敏的眼睛望著地面。懷著滿腔理所當然的怒火來到這裡的人是她。但事情每次都會這麼演變。這裡沒有什麼事情不會變，只除了混亂以外。

「是梅第的嗎？我的意思是說，他是孩子的爸爸嗎？」

派瑞莎什麼也沒說，只是頭往後點了點。

「來吧，阿雅，」她說。「我有東西想讓妳看。」

雅思敏只是看著她。

「什麼東西？」

「妳不是想要知道跟費狄有關的事嗎？妳是這麼說的。其他什麼也不想管，只想找到他，對吧？」

「其他的我什麼也不管，管他天崩地裂。可是如果他還活著，我就得要找到他。妳明白我的意思，對吧？」

她覺得自己的怒火又開始燃燒。派瑞莎跟貝爾格特所有那些狗屁倒灶事。所有這些亂七八糟、停滯不前，以及神祕的聯繫跟罪惡感，罪惡感，罪惡感。

「那就來吧。」派瑞莎說，同時轉身，開始往前走。

二〇一五年八月十七日星期一到八月二十日星期四
瑞典，貝爾格特

接下來的日子很簡單。星期一，我們把自己裝進那輛毫無價值的爛馬自達裡，然後隨便亂開。只有梅第跟我。我們聽了海盜唱片往昔的經典曲子，梅第隨著和聲饒舌，用他那因氣喘而緊張的嗓子，總是慢半拍，總是說錯字。我因而大笑，有那麼一會兒時光，我幾乎忘了自己是誰，忘了自己成為了怎麼樣的人。

我們停好車，走小徑進入一座森林，就跟來採蘑菇的人一樣，我發誓，就跟他媽的瑞典人一樣。這裡很安靜，只聽得見梅第那個裝滿空瓶空罐的塑膠袋發出的喀啷聲。走到離砂礫小路夠遠的地方，覺得安全了以後，我們才把罐子擺在老舊木頭上，接著往後退大約十八公尺。我打開從敘利亞帶回來的包包，拿出一把磨損得很嚴重的俄國槍。

梅第以前當然見過槍。多年以前狐狸曾經秀過一把生鏽的老舊轉輪手槍給我們看，我還記得他當時的表情，自豪得不得了。但當時你就知道他快不行了，從那雙他媽的死魚眼睛就看得出他吸了多少海洛因，你看得出來他離死神很近了。所以我們沒有很興奮，只覺得有點沮喪，幾個月過後他就掛了，可憐的傢伙。

但這把槍不同。這把槍可是從戰地回來的，梅第初次拿到的時候手在顫抖，雙眼閃閃發亮。

「靠，兄弟，」他說。「你從哪兒弄來的啊？」

「回來的時候拿的，」我說。「在那邊，不會有人隨時監看所有武器。我花了一星期的時間搭卡車跟巴士回來。帶這些東西沒辦法上飛機，對吧？」

他拿起一把槍，對著松樹瞄準。

「你有帶這把槍作戰過嗎？」

他用一種敬佩的眼神看著我，我以前從沒見過他露出這樣的眼神，他願意相信我所說的任何事情。因此我跟他講了前線的故事；講了阿薩德手下的豬玀對我們投下的桶裝炸彈；講了我們自製的手榴彈；講了我的弟兄們是如何將來福槍高舉過頭，利用廢墟混凝土牆上的縫隙朝外射擊；講了沙漠的氣味聞起來跟硫磺有多麼相似；講了我的弟兄們殺死了多少豬玀。當他問道我是否殺過人時，我猶豫不決地點了點頭，視線隨即撇開。

因爲我唯一殺死的人，是自己的弟兄們。

我們在兩棵樹椿上坐下，梅第開始狼吞虎嚥吃一條特趣巧克力，也沒拿一條給我吃，就跟以前一樣，這個行爲激怒了我，縱使我知道他已經爲我做了很多事。可是看見他把巧克力塞進嘴巴後咂嘴唇的動作，我還是生氣了。我們到底幹嘛來樹林裡啊？他幹嘛要學射擊啊？我聽見他討人厭的嘶嘶呼吸聲從另一棵樹椿傳來。我背靠著一棵樹幹望向他。

「你到底要不要跟我說，你現在在搞什麼啊？」我說。「我們幹嘛跟他媽的瑞典人一樣，跑到樹林裡來啊？」

他抬起頭看著我，嘴裡發出咕嚕咕嚕的吞嚥聲，嚼不爛的太妃糖餡從他的嘴角流出。

「你是怎麼啦？」他說。「生氣啦？」

我搖搖頭。

「隨便啦。但你肯定知道貝爾格特現在發生什麼鳥事，兄弟。這些暴動啊？到底是想幹嘛啊？」

他安靜地點點頭。

「如今情勢開始變激烈了。這個週末將會爆炸的，兄弟。我們這邊可是有他媽的協調高人哪，懂嗎？」

我聳聳肩。

「那發生以後會怎麼樣呢，兄弟？」我說。「你們到底做了什麼約定？可別開槍射傷任何人啊，混蛋。」

不是說我在乎那些條子，只是覺得那麼做眞是他媽的很沒用。在貝爾格特對條子開槍。我想起自己回來那天晚上看到的孩子，在諾坎普跟遊樂場附近又叫又跳的。如果他們看見梅第這樣的人試圖對條子開槍會怎麼樣？

「不會啦，放心，」梅第說。「我不是傻瓜。難道我就不在乎這種事情嗎？付我錢的是塞爾維亞人耶，瞭嗎？一晚一千塊錢啊，兄弟。要製造混亂？以前啊，我們可是免費做這檔事的！」

他大笑，我朝苔蘚吐了口水後才抬起頭來看他。我懂了。很正常。我們就是這麼長大的。我們反覆接受過這樣的訓練。總是會有非法交易。總是會有多一層的因素，在一層層的狗屁倒灶跟混亂底下，總會有個蠢斃了、虛無縹緲的可能性。總是會多一件見鬼的事。永遠短視近利。永遠只看得到下一筆收入。

那天下午，梅第來到我的隱居地，我的巢穴門口。他看起來很緊張，兩眼跟小兔子一樣飄上飄下。

「嘿，兄弟。」他說，同時握住我的手來個半身擁抱。

「怎麼啦？」我說。「你看起來很緊張。」

他關上背後的金屬門，走進房間，嚴肅地看著我。

「有人在盯著你，」他說。「有人知道你回來了。你知道事情會怎麼發展，不久以後所有人都會知道你回來了。」

我在床墊上坐起身。如今只是時間問題而已，縱使我相當小心。這裡的事情總是進展得很快。

「你怎麼發現的？」

「有人來跟我通報。這個人問了關於那個符號的問題，我很擔心。你知道的，我們現可是在做大事。那些牽涉其中的人……你知道嗎？就那些付錢的人啊？如果事情還沒準備好，就有人揭開這一切的話，這些人會氣炸的，兄弟。相信我，你不會想去惹惱這些人。而如果有人看見你，你就會失去復仇的機會。我們現在得要小心點。」

「誰見到了我？」

梅第的眼睛飄向他處，然後才生氣地看著我。

「某個你不認識的人。如果你不想讓別人知道回來的事，現在開始最好都他媽的待在這裡面。媽的，你可是鬼啊，兄弟。說不定是他媽的國安局。我們現在可不想要那些國安局的人在這裡四處窺探，再過個幾天，一切就要開始了。」

我很混亂。

「到底是什麼鬼啊，兄弟，」我說。「是誰啊？是某個叛徒在四處問嗎？是送我去敘利亞的其中一人嗎？」

我覺得自己口乾舌燥。我一直都躲躲藏藏，行事小心翼翼，白天幾乎不出門。他們怎麼可能發現我的存在？

「那不重要，」梅第說。「你得低調一陣子，然後就可以按照心願去復仇了。」

因此，我們把一台舊的PS跟電視搬進地下室。插頭接到外面走廊上的插座。梅第很小氣，不借我新的，我只好坐著玩他那台舊的PS3，玩又老又爛的《國際足盟大賽》跟《最後一戰》。星期二，梅第來接我，我們開車進樹林，我教他如何用手槍射擊，他則不停碎念跟暴動及混亂有關的事。

我看著梅第，慢半拍、呼吸會發出咻咻聲，開槍時動作畏畏縮縮，扣動扳機時會閉上雙眼，準度差到我差點開始大笑。以一晚一千爲代價，燒毀貝爾格特。面罩、球棒以及對條子丟石頭。我們已經不是孩子了，這麼做讓我覺得悲哀又空虛。從沒有什麼好事發生在我們身上；我們從未得到喘息的機會。

星期四晚上，我站在叛徒們會面點的對街。看著他們逐一抵達達希勒的公寓。從購物中心另一邊，從貝爾格特另一邊，傳來孩子們爲了今晚的暴動所發出的激動嘈雜聲響。時候還太早。爆炸前都會有安靜的片刻，就像過去兩天的晚上一樣。但情勢一天比一天激烈。

我不知道自己今晚爲什麼會來到這裡，坐在公寓外頭的長椅上。通常只要見到他們離開，沒看到亞拉敏跟他們在一起，我就會回家。但今晚我就是走不了，即便梅笫警告過我。

今晚很溫暖。我疲倦又寂寞。我猜自己是無處可去，也許我感受到了體內的孤寂。但我決定留在這裡等候。

快要打起瞌睡的當下，我終於看到他人出現在停車場龜裂的柏油地面上。他鎖上了一輛小車的門，可能是Golf，發出了喀噠跟嗶嗶的聲響，然後開始疾步往公寓的方向走。

是亞拉敏弟兄。同樣的衣服，同樣的皮夾克，同樣的小庫菲帽。他將一支手機放在耳邊，輕聲說話。我僵在長椅上，就那樣卡住，動彈不得。我滿腦子都是那台手機，幾星期以前，他是否就是用同一台手機打電話給我。我的弟兄們是否就因這台手機而慘遭殲滅？

我還沒辦法鎮定下來、集中精神前，他已經進了門。

亞拉敏沒有消失。也許他現在都很晚才過來？這星期第一次過來？或是這星期最後一次過來？也許又在出一個他媽的任務。腎上腺素開始在我體內湧動。這是我的機會嗎？我唯一的機會嗎？所有的弟兄都聚集在這裡了。我渾身顫動，從未想過這之後的下一步。但我曾期待過這一天。如今眞的實現了。

我從長椅上起身，抬起頭試著望進窗戶，但窗簾沒有拉開。

我不知道自己在那裡站了多久，麻痺似地無法得出任何簡單想法。但就在冒出任何想法前，我看見門再次打開，弟兄們一擁而出。他們逐一消失在柏油地面另一頭，直到最後只留下達希勒伊瑪目跟亞拉敏。他們站得離我很遠，我聽不見他們說的話，但他們似乎已經聊完，握了握手，簡單地擁抱了一下。

然後達希勒伊瑪目再次轉身，往公寓的方向走，亞拉敏則走向停車場。在他們分開以前，我聽見了。

「明天見，在週五的禱告結束以後。」

我坐了下去，思緒開始集中，比往昔更銳利，更堅定。

明天見。

沒錯，我閉上雙眼心想，我們明天見。

二〇一五年八月二十一日星期五
瑞典，貝爾格特

她們在陽光下走離購物中心，朝她跟費狄長大的低矮公寓區走去，穿過後繼續往外，朝一塊長了薊草跟蒲公英的破敗小地走去。小地背後有一片小樹林，她跟費狄年輕時會在裡頭玩樂，她會告訴他隆妮雅的故事，而他則對灰侏儒跟強盜感到害怕而開始發抖。他們會在黃昏時，假裝自己是烤架上的熱狗，他們會情感麻木地溜回家，在黑暗無聲的家裡咯咯傻笑。

「我們要去哪裡啊，派瑞莎？」此時，雅思敏說。

「很快妳就知道了，」派瑞莎平靜地回答。「快到了。」

野草長得很高，雅思敏壓抑住草叢裡可能有蛇潛伏的念頭，快步跟上派瑞莎。

抵達小樹林以後，她停下了腳步。

「在那上面，」派瑞莎此時的語氣強制又魯莽。「妳先走。」

「什麼鬼啊，」雅思敏說。「帶我來這裡的人是妳。說有東西要讓我看的人是妳耶。」

派瑞莎嘆了口氣。

「隨妳怎麼說。」她說，同時輕而易舉就爬到被太陽曬暖的岩石上。

等待了一秒後，雅思敏跟了上去。

❖

一踏進小樹林，她就意識到自己被騙了。兩名身穿寬鬆牛仔褲、長袖深色T恤的男人站在她面前。他們什麼也沒說，雅思敏唯一看見的，就是他們從滑雪面罩小洞中露出來的眼睛。昨天晚上的孩子們，戴的也是這種滑雪面罩。

她感覺腎上腺素在體內流竄，周圍的世界移動得很快。她轉頭望向派瑞莎，而派瑞莎早已掉頭，頭也不回地往斜坡跑下去。

此時，兩個男人朝她走近，她往後退。他們什麼也沒說，只是安靜地走向她，手臂伸長，黑色的皮手套準備要抓住她。最後她轉身逃跑，把這不知道該怎麼形容的一切拋在腦後。但後來，看見第三名戴著黑色滑雪面罩的男人從斜坡底部靠近，她意識到自己無路可逃。

走上斜坡的那個男人穿了件閃亮亮的運動外套，綠色的刺青從背部蜿蜒爬上脖子鑽進面罩底下。蒼白的太陽照射著蒼白的小樹林。出於恐懼，她從第三者角度看著所有這一切，看著三名戴面罩的男人圍住她。她獨自一人，孤立無援地面對這些男人。

她對著派瑞莎的背後大喊：「搞什麼鬼啊，賤貨？妳幹了什麼好事？」

可是派瑞莎沒有回答她。她的背影已經消失在樹林之間。

二〇一五年八月二十一日星期五
英國，倫敦

雖然仍是下午，週五夜的人潮已經開始湧進圖書館酒吧，打開門時，興奮的電子音樂籠罩了她。要前往吧檯的克拉拉硬往前擠，擠過身穿輕薄洋裝的纖細軀體，擠過橫條紋T恤及沾滿汗水的鬍子。吧檯附近擠了大量的人，但她很熟悉這裡，沒花多久時間就讓皮特看到了她。

「妳看起來很累。」他在音樂聲中說，同時倒了滿滿一杯夏多內葡萄酒，推過黏答答的吧檯給她。

「謝啦。」她喃喃地說，同時喝了一大口。

這讓一切都變得好多了。暖意在她體內擴散，她閉上雙眼。很期待明天就能回去斯德哥爾摩，雖然還沒跟蓋柏拉聯繫而心有愧疚。過去幾星期以來，她不停想到這件事。她將會在斯德哥爾摩與蓋柏拉再次碰面。可是後來卻發生了那麼多跟派屈克有關的事，她的人生也隨之被搞得天翻地覆。

我晚點就打給她，她邊想邊喝下一大口，喝下了半杯，睜開雙眼時，看見皮特擔心地看著她。她知道，他認爲她喝得太快了。他八成想起了上星期天發生的事。她沒有迴避他的目光，就把剩下的酒都喝光了。*管他跟他那該死的擔憂。管他們的。*

她在吧檯上傾身，示意皮特靠近，好讓他聽見她說：「你有再見過那個把我的電腦留下來的人嗎？」

皮特搖了搖頭。

「我告訴過妳，他不是常客吧？以前沒見過他。妳還好嗎，克拉拉？我是說，妳看起來很——」

「不，」她打斷了他的話。「我不好。一點也不好。」

她隨即轉身，推開人群，走出酒吧。

一如往常，她在無意識的狀況下於特易購止步，花了七·九九英鎊，買下一瓶同樣冰涼的澳洲夏多內葡萄酒，同時還買了一盒微波咖哩。結完帳，她又回到了大街上。忽然間，她覺得身旁的事物都變得有點太快，過快，彷彿她抓不住自己的思緒，彷彿每當她試著要集中精神，它們就會一閃而過。

等到身旁沒有其他人以後，情況就變得彷彿她無法控制自己的大腦，思緒會跳回過去然後又往前衝，不管她怎麼做都一樣。她想起了躺在鐵軌上的派屈克，軀體出奇的完好無缺也無流血，但顯然失了性命。她很高興自己只有匆匆一瞥。然後是那些皮夾克、一瓶瓶白酒、斯德哥爾摩、她得要洗的衣物、蓋柏拉、她祖父，又是派屈克。我的天啊，再兩天就要發表那份報告了。怎麼會發生這種事？然後又是躺在鐵軌上的派屈克。又是皮夾克，還有辦公室。

這些思緒吸走了她的精力，她覺得自己累到沒辦法再多走一步，即便已離家不遠。到最後，她整個人坐到了路邊。但她忘記了自己手上拿著什麼，於是裝在薄塑膠袋裡的酒瓶就大力撞到柏油路面，隨之碎裂，酒從袋子裡流出來，流到了大街上。

「幹幹幹！」她生氣地低聲說，同時往一旁跳，免得被酒弄溼。

她覺得很無力。以爲自己可能會落淚，就把臉埋進雙手裡，身子往前傾。但眼淚沒有湧現，穿過自己的手指，她看見了龜裂的柏油路面、菸屁股、糖果包裝紙、砂礫。

終於睜開眼睛後，恐慌隨即將她包圍，如同波浪般沉重而令人窒息。就在對街，離她不到九公尺遠的地方，一名站立的男人直直盯著她看。那人有點熟悉，令她後頸的寒毛直豎。一秒以後，她就意識到了這人是誰。所有一切也隨之成形：在暗巷的那夜，失去意識，電腦。她十分確定，派屈克沒有拿走她的電腦。

下手的是對街的男人。

二〇一五年八月二十一日星期五
瑞典，貝爾格特

男人們更靠近了。他們停下腳步，距離她約莫四到五公尺，兩手放在側邊，黑色皮手套，黑色面罩。遠處傳來發出刺眼光芒的列車駛出隧道的聲音。她往後退，轉身，確保自己隨時都能看見他們每一個人。

「求求你們，」她把手舉高說，她聽見自己的語氣很空洞，既無助又可悲。「不管你們是什麼人……我只是在找我的弟弟而已。」

他們站定，眼睛凝望著她，戴著面罩的臉看起來毫無表情。她的眼睛不停在他們臉上游移，試圖看清楚他們或找出些蛛絲馬跡，跟他們四目交會。身穿運動長褲的刺青男平靜地打量她，從面罩小洞露出來的眼睛，就跟小石頭一樣又灰又滑。站在中間的那個人有一雙褐色眼睛，眼神一樣極度平靜又冷淡。但站在最旁邊的那個人眼睛裡有種情緒，彷彿無法專注，他的視線不停在其他同伴與她身上之間游移。他身上有種特質，某種熟悉的特質。

她試著吞嚥，但口腔又乾又黏。她轉頭面向那對熟悉的眼神，試著要抓住那雙眼睛的目光，試著去懇求。

「我只是在找我的弟弟而已。」她又說了一遍。

運動外套男往前走了一步，伸出手，手心向上，彷彿表示不打算傷害她。但她認得那種姿勢，看過幾千次了。它所代表的意義是相反的，不是被動，而是好鬥，於是她往後退了一步。看見有著緊張眼神的男人的腳在發抖，便轉頭面向他。

「媽的，我也是這裡的人，」她說。「我發誓，我跟你們是一夥的。」

「我們警告過妳。」運動外套男忽然說。聲音低沉又模糊，就像在監牢裡發出的聲音。「清清楚楚地讓妳知道，得停止這種四處打探的舉動。但妳完全不尊重我們，朋友。妳讓我們毫無選擇。」

她不知道事情是怎麼發生的，但他手裡現在拿著一把刀。刀鋒閃爍，亮光反射到樹幹上，令她目眩。

「求求你們，」她又說了一遍。「我只是在找我的弟弟而已……」

「說真的，」那個有著一雙緊張而熟悉眼神的人說道。「我們說過……」

「夠了！」運動外套男生氣地說，同時轉頭去面對那個質疑他做法的人。「閉上你的狗嘴，你這個小賤人。」

他再次面向雅思敏，背部有點往後，帶著自信，彷彿這對他來說稀鬆平常。刀子在他手中閃爍。雅思敏退了一步，她感覺到腳底下的松針及砂礫，感覺到自己踩在斜坡的頂端，感覺到身旁的樹木。

「妳似乎沒有搞懂，」他說，彷彿在跟個小孩解釋事情。「妳得要忘記這一切。這裡沒有妳的事，沒有什麼妳需要去弄懂的。妳的弟弟，那個鬼魂，已經死了。我們什麼也不是，妳懂嗎？我們只是鬼魂。」

此時，那雙緊張的眼睛緊盯著那把刀。

「他沒死。」她輕聲說。

「妳剛剛說什麼啊，婊子？」運動外套男說。

他幾乎已經走到她身旁，可能距離她只有一隻手臂的距離，隨時可以刺到她。然而出於什麼，雅思敏醒了過來。由於他說費狄已死的方式，叫她婊子的方式。

他就那麼站著，身上有醜刺青，手裡有該死的刀，穿了條亮閃閃、醜斃了的愛迪達長褲。彷彿她從一座山上快速跌落一口深井中，快速跌回她原本所在的地方。小刀、指虎、平頭、斷掉的鼻子、他媽的虛度掉的人生，這種男人她見過多少次了？就跟大衛一樣，就跟這裡的每個人一樣。你的規則跟期望，你的暴力跟威脅。她想起費狄，想起那些武器，想起大衛揮向她太陽穴的拳頭。她心想：夠了，她一秒也不能再忍受了。在這裡就要做個了斷。

還沒意識到自己做了什麼，槍已經在她手裡。還沒反應過來前，她已經將手槍上了膛，一如她從射擊練習場學到的一樣。腎上腺素還來不及流往全身，她已經兩手持槍，直直瞄準運動長褲男人的額頭。

她承受了童年時期所有在客廳、廚房、臥室所挨的揍。她承受了所有的瘀青及恥辱。但那是爲了費狄。她承受了大衛的虐待及毆打，任他動手，請他動手，迫他動手。但那是爲了她自己。夠了。因爲那些事情，因爲費狄、大衛、母親、父親、派瑞莎跟貝爾格特這整個哀傷的地方所賦予她的憎恨，忽然都集中在她的手中。彷彿她擁抱這樣的憎恨，彷彿憎恨的構成元素是鋼鐵與死亡。

她看見面罩後頭的眼神有了怎麼樣的改變，有種情緒一閃而過。她看見另外兩個人如何後退，看見那個帶有一雙緊張眼神的男人如何在舉起雙手的同時退開。

「不要叫我婊子，」她說。「我弟沒死。」

曾經閃現的恐懼或混亂消失了。

「妳打算用那玩意兒幹嘛？」運動外套男說。「妳打算對我開槍嗎，婊子？」

最後兩個字他說得平靜又緩慢。扣下扳機的同時，最後一個音節的聲音被忽然出現、震耳欲聾的槍響給遮蔽了。

二〇一五年八月二十一日星期五
瑞典，貝爾格特

六點以前我就醒了。我讀著手機上的數字，因爲終於變成了明天而放心，即便地下室黑暗中的時間更爲複雜難解。昨晚我睡不著。當體內的人生有了一百八十度的轉向，你怎麼睡得著呢？當你每次閉上眼就會看見姊姊的臉龐，聽見她的聲音，看見成排死去的弟兄，一連串錯誤的選擇——一段倉促而浪費的生命，你怎麼能睡得著呢？

午夜時分，我推開通往走廊那道沉重的門，在黑暗中走往階梯，因著門未上鎖就能打開而放心。我記得有一次，大概是一百年前吧，我們爬上一棟房子的樓頂，而我當時認爲人生最重要莫過於此。爬到頂層，一直往上爬，盡可能地靠近天空。於是我躡手躡腳爬上樓梯，一路爬到最上層，一路爬到閣樓，爬上最後一段通往樓頂的階梯。

閣樓的空氣沉重又潮溼，滿是混凝土跟廢棄物的味道，好像我在把整個貝爾格特都呼吸進去一樣，讓我覺得自己很可悲，因此我趕忙爬上最後一段樓梯。一次兩階，推開門，走上屋頂，離地面十層樓高，迎面而來的微風很溫暖，星星在灰色的夏夜天空中消逝。我四肢並用爬到了邊緣處。

感覺學校就在我腳邊，小到我可以放進自己的口袋。身旁是一間又一間的高樓大廈，就像城堡的塔樓，像一座碉堡，或一座監獄。我看見諾坎普，看起來跟郵票差不多大小，以及遊樂場跟那些低矮的房子。我轉過頭，看見一座大停車場裡有好幾輛車在燃燒，看起來就跟生日蛋糕上的蠟燭一樣無足輕重。即便身在高處，我還是聽得見說話聲，看得見孩子跟條子在跳著一場毫無意義的舞蹈。

爬到另一側後，就能看見我們家，很小，跟其他人的家一模一樣，我心想，事情就是從那裡開始的，姊姊。我們就是從那裡開始的。人生有可能不同，姊姊，但已經發生的就是發生了。

事情就是變成了現在的模樣。

我把視線往上移動了幾度，穿過我們以前常在裡頭遊玩、我也在裡面見那些弟兄的小樹林，再遠一些，就來到了達希勒伊瑪目的公寓。事情將會在這裡了結，姊姊，我心想。離一切的開始之處不過幾公分罷了。我爬到屋頂中央，翻過身來躺在屋頂上。望向上方的天空、星星跟其他所有東西。然後我做了最後一次的嘗試。也許是我唯一誠摯的一次。有那麼一會兒時間，我心想事情即將發生，事情會在我們需要的時候發生。

我爬起來，轉身面向正確的方向，做出正確的動作，低聲念出正確的字句，跪下。慢慢地，我讓自己往前拜，頭靠在粗糙、乾燥的屋頂上。環繞身旁的是破曉的陽光及燃燒的車輛，木頭及混凝土，還有我的一生。如果眞主存在的話，我心想，祂就在這裡。我用自己先前從未有辦法擁有的眞摯念誦出了經文。此時，此刻，我以此生最誠摯的心情祈求眞主賜我寬容、原諒、謙遜。

我不知道自己在那裡趴了多久，不知道自己等待及祈禱了多久。但久到我筋疲力盡，側躺在地，側躺在灰色的顆粒狀天光中。久到讓我知道自己沒有獲得應允。久到讓我知道自己徹徹底底孤單。

此刻我心想，或許孤單也是一種解脫吧，同時我就在地下室溫暖的混凝土地面上站了起來。我滿心只想跟過去和解。我老早就該知道我倆之外的世界什麼也沒有，老早就該知道沒有任何東西能塡補妳留下的空虛。

但這不是眞的，這並不是我想要的。最最重要的，是我希望自己從未讓妳消失。我希望自己從未給過妳任何理由，從未強迫妳離開。但我不敢去想這些。於是，我強迫自己把注意力放在我唯一留下的任務上。那些叛徒將必須要爲自己的背叛行爲付出代價。除此之外，所有的一切都是黑暗。

我把手伸進去睡袋裡，伸到放腳的地方，用力拉出那把老舊的俄國槍，檢查彈匣。我從敘利亞就只帶了這些東西回來。兩把手槍，一把來福槍。是我用來執行復仇的工具。再次檢查保險後，我把槍塞進牛仔褲的腰帶裡。我吸了一口氣，在床墊上坐下。

要做的事情只剩下一件了。我從筆記本上撕下一頁，拿了枝藍色原子筆，開始書寫。

我先寫給梅第。感謝他爲我所做的一切。然後我請他把其他信件都留下來。藏起來，等妳出現。免得妳有天或許會回來。

接著，我從頭開始把所有的事情寫下來。我寫到在學校外面的樹叢裡等妳，寫到我們如何睡在那間冰冷公寓的地板上。寫到我的兄弟、敘利亞的車、火焰及所有那些狗屁倒灶的事。寫到我如何又跑又叫地在貝爾格特追逐妳的影子。但最重要的是，我寫到這不是妳的錯，發生的一切都不是妳的錯。是我的錯，是混凝土建築、我的兄弟、那些自稱我們父母的人、學校，以及又拉又扯的黑暗……但主要是我的錯。

我寫到達希勒跟亞拉敏，寫到他的背叛跟炸彈，寫到被炸斷的腿及成排的屍體。寫滿一張後，我就撕下一張，然後又一張。我寫到筆裡的墨水空了，寫到文字變得蒼白細瘦，最後成了紙上的痕跡。

全部都寫完以後，我癱倒在床墊上，清光了自己的過去，清光了自己如何走到這一步的過往。清光了一切，只留下我該去做的那件事。

二〇一五年八月二十一日星期五
瑞典，貝爾格特

此刻一切都發生得很快。一切都原地不動。槍響停止，現場一度鴉雀無聲。其中一名戴著連身帽的男人轉身，兔子般地衝過或高或矮的樹叢，跑下通往下方雜草叢生野地的斜坡。雅思敏任他離開，幾乎看都沒看一眼，心裡疑惑剛剛自己做了什麼，疑惑周圍怎麼如此安靜，全無動靜。

身穿運動長褲的刺青男躺在她面前的長草地上，縮成了一顆小球，發出小貓般的嗚咽聲，兩隻手則壓在她剛剛開槍射傷的大腿上。

另一個人，那個眼神緊張又飄來飄去的男人此刻跪了下去，兩手高舉在前方。

「阿雅！」他說。「求求妳，阿雅，不要傷害我！我什麼都不知道，我不是故意要……」

她只是看著他們。一切都很超現實。天上射下的陽光。嗚咽的男人。求饒的另一個男人。她意識到自己手裡還拿著槍。她依然指著另一個男人，瞄準他的頭顱。她意識到自己知道對方是誰。從頭到尾都知道。

「把面罩給我拿下來，梅第，你他媽的小賤貨，」她說。

他聽令行事，一拉開，她就看見眼淚滾下他寬大的臉龐。

「阿雅，」他說。「我現在是個爸爸了，阿雅！不要殺我。」

她慢慢把槍放下。

「你眞是個他媽的屁蛋，梅第，」她說。「我不會開槍射你。要不是他對我亮出那把他媽的刀，我也不會開槍射他。」

梅第可憐兮兮地立刻點頭。

「我發誓，阿雅，關於這件事我什麼都不知道。」

但她沒在聽。她彎下腰，把自己射傷的那個男人臉上的滑雪面罩摘掉。

「我們最好處理一下那個傷口。」她說。但他只用一種冷冷的憎惡眼神凝望著她，同時一隻手從傷口處舉起來，意圖攻擊她。她跳了開來。

「那就算了，」她說。「你身上有槍傷啊，老兄。雖然我很恨你，但沒想要你的命。」

她轉頭向梅第。

「把你的襯衫脫掉，綁在傷口上。你有帶手機嗎？」

梅第點點頭，脫下夾克，把T恤從頭上拉起來。

「那就打電話叫救護車吧，朋友。你的朋友需要協助。」

「但我要怎麼說？我是說，他中了彈耶？」

「別叫他媽的救護車！」中彈的男人說，同時試圖盡可能側身站起來。

但他背朝下癱倒在地，雙手緊壓傷口。

「告訴他們他中槍了。說眞的，隨你怎麼講。但不要再把我扯進這團亂七八糟的事情裡，我他媽的要跟你把話說清楚。」

梅第彎下腰，把T恤緊緊綁在另一個男人的大腿上。那個男人一刻也不停地盯著雅思敏。

「妳會因此丟掉性命，婊子，」他氣惱地說。「妳不知道自己惹到了誰。」

他試著要笑，結果只發出了嘶嘶聲。

「這件事情不單只跟貝爾格特有關，妳這個小賤貨。這件事情他媽的可不是兒戲。」

雅思敏對著他彎下腰。

「那這件事情到底是怎麼樣？」她說。「是想幹嘛？我弟跟這件事情又有什麼關係？」

「我只知道妳他媽死定了，婊子。」他咬牙切齒地說。

梅第聳了聳肩。

「我們得離開這裡，」他說。「趕在條子出現以前。」

「我哪裡也不去。」雅思敏說。

她忽然再次感受到槍枝的重量，於是用槍瞄準躺在草地上的那個男人，瞄準他的另一隻腳。

「我哪裡也不去，除非這個混帳先告訴我費狄在哪裡，以及他跟這件事情有什麼關係。該說話了，老兄，不然我就把你另一條腿也打爛。」

做這些事情會讓人上癮。幾乎讓她興奮。在承受了這麼多事情，承受了這麼多拳腳及狗屁倒灶的事情以後。此刻掌權的人是她。她的雙手握有施暴權。她幾乎希望他繼續閉嘴。一心只想在他的右腳上再開一個彈孔。可是梅第拉了拉她的肩膀，開始啜泣。

「不要，阿雅，」他說。「我發誓，費狄的事他什麼也不知道。我發誓！沒有人知道。除了我。」

他們一路走到梅第、派瑞莎及其母親住的高層公寓。此時，他們聽見了從高速公路上傳來的警笛聲，然後那個聲音漸漸變慢，在貝爾格特的另一邊停止。

「靠，他們還眞快。」梅第咕噥說。

雅思敏沒有回答，只是馬上打開通往樓梯間的門。她沒那時間去管剛剛發生了什麼事。她唯一想的就是——費狄人在這裡，梅第一直都跟他待在一起。

她在潮溼又有回聲的樓梯間裡停下腳步，轉頭面向梅第。

「現在呢？」她說。「我們要去哪裡？」

他從她身旁走過，把通往地下室的樓梯門鎖打開，然後走在她前頭。他們沉悶的腳步聲在身後響起。他引導她走進一團潮溼中，走過生鏽又滴水的管線，走過一間嗡嗡作響的洗衣間。最後，他停在一扇白色鐵門前，這扇門跟下邊這裡的其他門長得一模一樣。

雅思敏的腦袋在抽動，她難以呼吸。梅第走到門邊，傾身插入鑰匙。

「等等。」她說。

她蹲下，喉嚨因壓抑的淚水又粗又乾。她離開他已經四年了。四年的背叛及空虛，沒有他跟貝爾格特的生命。幾星期以前，她才知道他死了。她閉上雙眼，看見吊掛在路燈上的貓，看見牆上的符號，看見燃燒的車輛。看見費狄小的時候睡在她的臂彎裡。看見自己拋下他的那夜，他所流露出來的眼神。她看見了幾分鐘前殘留在小樹林草地上的血。現在呢？她心想。我們現在要去哪裡呢？

她吞了吞口水，望向梅第，示意他開門。他輕輕敲門。

「是我啊，兄弟。」他說。

接著，他就把通往地下儲藏室的門推開，而雅思敏閉上雙眼，不確定自己能不能辦得到。睜開雙眼時，梅第打開了電燈，裡面空空盪盪，空無一人。

「他走了。」他說。

可是他手裡拿著一樣東西，一小疊上面有手寫字跡的紙。

「但我想他留了一些東西給妳。」

二〇一五年八月二十一日星期五
英國，倫敦

看見對街的男人讓克拉拉動彈不得。她只看見了他那件黑色T恤、黑色牛仔褲，以及一頭亂糟糟的長髮。她忽然想起他用那雙有力的手拿走她的背包，想起他輕聲對她說了什麼。

再次取得身體的控制權以後，她想辦法站了起來。她往身後的建築牆面退，眼睛一刻也不停地看著他。她看見他舉起雙手，彷彿在說自己沒有帶武器。

一輛車緩慢駛過街道，在兩人之間暫時製造出距離。但車子一離開，她就又陷入了催眠狀態，眼睛只能望著他，無法逃離，只能緩慢地往牆面退。

記住，記住，十一月五號。

這就是他輕聲告訴她的話，這就是他刺在手腕上的字，而現在他正慢慢過街，手依舊高舉，掌心朝外，試著表示自己不會對她產生威脅。但他已經證明過自己是個威脅，證明過他可以傷害她。

記住，記住，十一月五號。

她不停後退，直到背部靠在一間精品店的櫥窗上。他緩慢地朝她走去，腳步現在踩上人行道了，離她只剩幾公尺遠。一群西班牙年輕人在精品店外頭發出笑聲，然後消失在街道另一邊。

他等到他們走遠才靠近。

「克拉拉。」他語氣平靜地說。

英文腔聽起來是美式的，他的語氣出乎意料的友善，幾乎像個孩子，無害到讓人起疑。

「克拉拉，請妳原諒我，我們得聊聊。」

他現在站得很近，伸長手幾乎就能碰到她。臉色蒼白又光滑，一如冬日的月亮，手指又長又細。他看起來似乎不常待在戶外。

她舉起雙手，表示自己不希望他更靠近——他已經靠得太近了。

「我不知道妳知道些什麼，」他說。「拿走妳電腦的人是我。」

她點點頭，做好準備，緊握拳頭。只要他媽的一個動作，她就可以踢中他的胯下，就好像讀六年級時，凱爾想碰她的胸部，最後卻吃了她一腳一樣。在那之後，沒有一個男孩敢動她一根寒毛。而此刻的她已經接近那種情緒，準備好要爆發。

「眞的很抱歉，」他說。「是我的錯，好不好？蠢斃了我。」

她沒有鬆懈，即便他看起來如此眞誠、眞摯。她什麼也沒說。只是等著他繼續說。

「派屈克死了，」他說。「他們把他推到一輛列車前面。」

她吞了吞口水。

「你是怎麼認識派屈克的？」最後，她輕聲地說。「你到底是誰？」

「妳可以叫我克羅斯。」他說，同時眼睛焦慮地朝街道兩側望了望。「我的時間不多，但妳介意陪我走一下嗎？」

❖

「是我的主意，」克羅斯說。他們緩慢地走在維吉尼亞路上，朝雷文史考特公園的長長樹影走去。

「一個蠢斃了的主意。派屈克當然很生氣。但我當時眞的太多天沒睡覺了，如果妳明白我的意思？好幾個晚上都在做些解碼跟測速的事。而派屈克就快要找出這一切的眞相了。我知道他需要想辦法登入妳其中一台電腦，他試過。我也試過。」

克拉拉搖了搖頭，停下腳步。

「你到底想要說什麼？」她說。「你到底在講些什麼啊？」

但是克羅斯似乎不在意。他只是揮手，要她繼續往前走。她不停望著他，斜眼看著他，準備視情況需要就出手或逃走。也許她甚至連跟他走在一起都不應該吧？

「派屈克說妳上禮拜人在瑞典，因此我確認了一下班機，在機場等妳，想說妳說不定會不小心分神，注意力暫時沒放在包包上之類的。但妳一次也沒有。直到妳進入那間時髦的酒吧爲止。我身上帶了一些鎭定劑，自己用的，我個性靜不太下來。但進入酒吧以後，我有了別的主意。因此我等了一會兒，把幾粒藥丸弄碎加到妳的飲料裡。妳喝的速度很快，藥效不久就發作了。」

她只是盯著他看。他媽的他到底在講什麼啊？

「等等，」她說，同時搖了搖頭。「你到底在說什麼啊？你把東西加到了我的飲料裡嗎？這也他媽的太瘋狂了吧。」

克羅斯點點頭，迴避她的視線。

「我得承認，這不是什麼光明正大的舉動。要是我讓派屈克用他自己的方法做就好了，也許他就不會……」

他們現在走到了公園，繼續走往一條通往公園長椅的砂礫小徑。她拿出一根菸來點火，沒問他需不需要。

「你到底要不要跟我說，這一切到底是爲了什麼？」她說。克羅斯的眼睛繼續左右掃視公園。最後，他再次冷靜下來，轉頭面向她。

「是關於妳的工作，」他說。「以及出研究經費的人是誰有關。」

她試著要望向他的眼睛，但那雙眼睛又開始左看右看，克羅斯僵硬又焦慮地站著，像個過動兒。

「是史特靈保全嗎？」她說。

「他拿到了一些東西。」克羅斯繼續說，彷彿沒聽見她說的話。

他抖了抖身子，拿下背包，拿出一個大大的、紅色的、厚紙板做成的資料夾。

「這個東西，」他邊說邊將資料夾放在克拉拉的大腿上。「我不知道這是什麼。派屈克把它藏在妳工作的研究中心後面的庭院裡。一發現他走了，我就立刻過去拿。回到家的時候，有人已經搜過那間公寓了。」

克拉拉感受到大腿上資料夾的重量。她把手放在上面，把它拉近，抬頭望向克羅斯。此時，他眼裡有淚水。

「這是我們的文化，妳懂嗎？」他說。「匿名者。數位反抗。但誰知道會變成這樣？誰知道他會死呢？」

「你們是情侶嗎？」她輕聲說。「他是你男友嗎？」

克羅斯猶豫地點點頭。

「他是我來到倫敦的原因。妳知道他是哈佛畢業以後得到這份工作的嗎？符合理想，人權一類的。但他很快就意識到妳的老闆有問題，整個中心都有問題。」

克拉拉也站了起來。她輕輕握住他的手。

「哪裡有問題？」她說。「還有，為什麼你要拿走我的電腦？」

他似乎因為手被她握住而冷靜了片刻。

「妳在撰寫的那份報告不大對勁，」他說。「斯德哥爾摩的會議也是。派屈克很確定有人收買了妳的老闆，懂嗎？她在幫一個人寫那份報告，某家企業或某個政治掮客。他認為那份報告最後會產生很大的影響。但我們沒辦法得知她寫了什麼，也不知道她的結論是什麼。因此派屈克說，妳也在撰寫那份報告，然後我就想，或許妳的電腦裡會有那份報告的資料？不過當然連妳也沒有。」

克拉拉搖了搖頭。

「我們老闆不讓我看她的意見。」她說。「可是你為什麼相信我？說不定他們也有收買我啊？」

克羅斯看著她的眼睛，聳了聳肩。

「我還有什麼人可以相信呢？」他說。「我甚至連這件事情跟什麼有關都不知道。我只知道自己現在得離開了，繼續待在這裡不安全。而如果他們知道妳手邊有什麼的話，妳也會有危險。」

他指著克拉拉放在公園長椅上的資料夾。

「我得走了，」他說。「我得離開倫敦。那個東西隨妳處置。對我來說一切都結束了。但關於妳電腦的事，我很抱歉。」

說完這句話，他就背向克拉拉，消失在遠方的樹影之中。

❖

在那之後，她直挺挺地坐在一輛計程車的後座。那個紅色資料夾就放在大腿上，她還不敢打開。她該拿這個資料夾怎麼辦？她敢做些什麼？派屈克死了，八成是遭人謀殺。明天就要出發前往斯德哥爾摩了，她還沒打包。世界又一次天翻地覆。她得喝一杯。

計程車停在圖書館酒吧外頭，但看見溫暖的燈光跟在裡頭歡笑享樂的人們時，她又覺得不舒服了。她傾身向前，要司機繼續往前開，他嘆了口氣就照做了。她得去別的地方。任何地方都好，只要沒人知道她在那裡就好。

二〇一五年八月二十一日星期五
瑞典，貝爾格特

回到我在裡面長大的那間房子時，已近傍晚。有種彷彿時間停止了的感覺。如今一秒等於一小時，一分鐘等於整個早上。再過四或五小時以後，時間就到了。我試著不去想這件事，把它推開，將它放下，但腎上腺素依然讓我頭暈目眩。不是因爲我害怕，而是相反。我很期待。想到亞拉敏跪在我面前時的眼神。他會求我饒他一命嗎？那個曾經準備摧毀我的人，輪到我來摧毀他的時候，他會露出怎麼樣的表情呢？

我們的父母不在家，公寓裡黝暗、安靜、乾淨。我在客廳停步。蹲下。我們以前總趴在這裡，姊姊。下午都趴在地板上。妳會在這裡念出字幕來考我，要我用字典去查意思。我們會在這裡想辦法取暖，我會把頭枕在妳的膝蓋上，感受一種自那之後就不再有過的安全感。

一度我以爲自己會哭，但我知道哭也沒用，回不去了。如今一切都結束了，好久以前就結束了。

可是當我打開我們房間的門，世界彷彿開始顫動，整個宇宙彷彿在猶豫片刻後重新啓動。我站在門檻處，太陽穴在搏動——一種說不上來的感覺淹沒了我。有種根基有了改變的感覺，如今一切都不一樣了。妳的床弄得整整齊齊，床單鋪得沒有一絲皺紋，自妳離去以後就是這樣。一切都相同，然而卻也不同。我轉頭望向自己的床跟亮藍色的床罩。床罩上有皺紋，不像上星期那麼平整。

我緩慢地走到床墊旁，慢慢抬起床墊，拉開，閉上雙眼。時間再次變得參差不齊。兩秒感覺像一小時，但到了最後，我感覺手中的床墊開始變重，往一旁掉下，掉到地板上。

張開眼時，我知道那個包包已經不見了。心臟猛烈跳動的我走到床邊，把它翻過來。裡面有張紙。一張信件大小、對摺起來的紙。我撿起紙張，看見妳方塊般的手寫字跡。只有一行字。「我永遠都會保護你。」以及妳的電話號碼。就這樣。

彷彿她忽然沒辦法移動，接著就緩緩倒到了薄床墊上面，那封信則壓在她的胸口。費狄不穩定的字跡。信件內容有種拚死一搏的決心，混亂的情緒隨著一字一句不斷增強，直到最後徹底消褪。寫到最後一頁時，筆的墨水用完了，於是他用乾燥的筆尖將字句刻到了紙上。

她聽見梅第在遠處抬起東西搬來搬去的聲音，彷彿在找什麼。

她原本以爲費狄死了，後來又發現他還活著，如今他正準備赴死，選擇一條死路。要是四年前她有牽著他的手，要是她當時有環抱住他，將他拉近；要是她有把他一起帶走。他在信裡指示梅第留在這裡等他，要是他自己也這麼做就好了。

也許他本來就想這麼做？可是貝爾格特不會放過他。這種如橡皮筋般伸縮的連結把他拉了回來。就如同它們此刻將她拉了回來一樣。她感覺到梅第把手放在她的肩膀上，於是她張開了雙眼。

「阿雅，」他說。「他把槍帶走了。而且他還將另一把槍跟一把AK47藏在妳父母家。」

她搖了搖頭。

「已經沒有了。我找到了那些槍，都拿走了。」

她把槍從腰際拿出來。

二〇一五年八月二十一日星期五
瑞典，貝爾格特

「你以爲我這把槍是怎麼到手的？」

梅第點點頭，蹲了下去，用手把臉遮住。

「好，好。」他說。

她看他低垂著頭，兩隻眼睛東張西望，一條鬆垮的牛仔褲，一雙運動鞋。他看起來跟小時候一個樣。費狄還小的時候，梅第就已經是這樣。她還小的時候，他就已經是這樣。所有的姿態此刻都不見了，顯露出其下的眞相：虛張聲勢。用一張面具來隱藏一貫的錯誤選擇及混亂。她這一輩子，費狄這一輩子，都是錯誤的選擇，都是混亂。

她甩掉床墊，抓住梅第的手臂，把手從他臉上拿開。他張開雙眼，驚訝地望著她。

「嘿，」她說。「梅第，兄弟，我們得解決這件事情。你明白我的意思吧？對嗎？」

他繼續無聲地看著她，輕輕點點頭。

「怎麼做？」他說。

「你得要把知道的事情全都跟我說。包括剛剛小樹林那邊發生的事，那些該死的符號。包括費狄跟他打算去做的事。你懂我的意思嗎，朋友？是時候跟我說清楚了，好嗎？」

梅第把費狄跟他說過的事轉述給她聽。關於達希勒跟那些吸收了他的人，還有神祕的亞拉敏弟兄及那支衛星電話，所有他知道的事情及拼湊起來的一切。聽起來就像一場電影。那些無人機，那些在敘利亞紅沙上死去的弟兄。費狄的眼神及他的武器。

「我發誓，」他說。「要不是看到了他的眼神，朋友。要不是看到他的槍及射擊技術。要不是我看到了他的眼神，阿雅。我發誓，我一定會以爲他瘋了，我一定會以爲他瘋了。」

接著，他跟她說了貝爾格特的事。說了那個黑幫分子拉多，也就是被她槍擊了腿部的人的事。說他幾星期前忽然出現，身旁還有幾個跟他一樣的人。梅第跟她說了他們身上的刺青跟死神般的眼神。他們是塞爾維亞人，就跟死亡本身一樣危險。

「我發誓，阿雅，他們就跟那些關在牢裡的重刑犯一樣。是徹頭徹尾的瘋子。他帶了一條死貓來，朋友。他把那條死貓掛在路燈上！眞是瘋了。」

「可是爲什麼呢，梅第？」她說。「你爲什麼要留下來？你到底是哪根筋不對勁？你有孩子了耶，兄弟！」

他聳聳肩，眼睛飄啊飄的，用手去磨蹭自己的臉。

「幹，這不在我的計畫裡面啊，也不在派瑞莎的計畫裡面。我們還沒準備好，妳懂嗎？我還沒準備好。我們跟她媽一起住，住在同一個房間，還有那個嬰兒。過得跟他媽的乞丐一樣。這個傢伙，這個拉多，也就是被妳開槍的人，他讓我負責這件事，妳知道的。那些孩子看我的眼神就像在看國王似的！而且他還付我錢。幹，阿雅，派瑞莎跟我才不管。一天一千克朗，持續兩個星期，對我來說可是一大筆現金啊。」

他陷入沉默，清了清喉嚨，看起來很尷尬。但雅思敏對他那他媽的焦慮不屑一顧。

「你是個他媽的垃圾，梅第。我發誓，要不是事情鬧這麼大，我會笑笑就算了，兄弟。你以爲別人會免費給你錢嗎？他媽的蠢斃了，眞的。」

「對不起，」他咕噥著說。「當然這麼做是不對的，阿雅。我不應該出賣妳，把妳在找費狄的事情說出去。但我們已經在準備那些暴動了，我想說如果妳可以冷靜個一星期，事情就能夠進展順利。我能拿到錢，費狄也有時間去報仇。只要妳不插手，大家都能成爲贏家。但我沒想到他們會傷害妳。我只是跟他們說，有人在問符號及暴動的事，我們應該想辦法讓她閉嘴。今天會發生這種事……都要怪派瑞莎。」

雅思敏被這句話嚇了一跳，於是朝他湊近。

「要怪派瑞莎？」她緩慢地說。「你說這話是什麼意思？」

「我想要告訴費狄，我發誓。我的意思是說，理當讓他知道妳在找他，對不對？可是派瑞莎覺得這樣太危險了。任何人都不應該知道他回來的事，連妳也一樣。我們需要錢，阿雅。而我不知道……」

「不知道什麼？」

「妳就那樣走了，」梅第看著她的眼睛說。「從不回她的信，爽爽地過自己的日子。或許她也想報一箭之仇吧？」

他看起來很羞愧。

「於是我照她的想法去做，什麼也沒跟費狄說。要他們去嚇嚇妳。但他們有答應我說不會傷害妳，阿雅。」

「靠，梅第，你以爲咧？剛剛說他們是徹頭徹尾瘋子的人可是你啊，兄弟。」

他們不發一語地坐了一會兒。梅第不敢看她的眼睛。時間寶貴，但有太多事情要消化。有太多跟貝爾格特有關的事情要立刻消化。

「那麼，你跟拉多的約定，就是關於暴動還有全部那些什麼鬼的，到底是什麼？」她說。「他是誰？這件事情他媽的重點是什麼，兄弟？製造混亂只是爲了自爽嗎？這根本就他媽的沒意義嘛。」

梅第聳聳肩，眼神鬼鬼祟祟地看著她。

「我有聽到傳言。」他說。

「然後呢？」

「人們說，後面有人在操弄這一切。有人想要讓貝爾格特陷入混亂的局面。」

她點點頭。

「可是是誰？又爲什麼要這麼做？」

他聳聳肩。

「傳言說，有瑞典人在學校外面的停車場分發現金。他們說，這件事情背後有大財團的力量。我不知道，阿雅。我沒有多問，我需要現金，懂嗎？」

「這件事情我也略有耳聞。」她說。「可是關於這個拉多呢？他是誰？」

梅第聳聳肩。

「他八成跟我一樣，只是想藉此賺幾個錢幣的傢伙罷了。他對暴動的事情根本沒興趣，一切都是爲了錢。但他們現在應該氣炸了吧。」

他在發抖，而他現在的聲音聽起來就像在發出無助的啜泣。

「我認爲拉多是個會記仇的傢伙，」他繼續說。「他是個貨眞價實的黑幫，阿雅。不像我只是有黑幫夢而已。今天過後，他們就會來殺我們了。」

她知道他沒說錯。你不能隨隨便便就對黑幫開槍，不能對他們的計畫產生威脅。她知道這麼做要付出怎麼樣的代價。

「那都沒差了。」她說。

她彎身，把雙手放在他的兩臂上。

「現在最要緊的，是找到費狄，」她說。「其他事情我們之後再來搞定。」

「老天啊，我眞是個他媽的大傻瓜，」他說。「搞得一團亂，哪有什麼好的啊？」

「現在不要去管那些了。我們得先找出費狄人在哪兒，以及他想去哪裡。還有那些聖戰士人在哪兒。我們此刻只需要擔心這些。」

梅第終於抬起頭，凝視她的雙眼。

「我知道他要去哪裡。」他說。

二〇一五年八月二十一日星期五

英國，倫敦

她不知道自己爲什麼會要計程車司機載她到奧德維奇一號酒店。她曾在某個地方讀過，說這家酒店奢華又低調，離她經常去的那些地方也很遠。結完帳後，她走出飯店，來到大街上，透過高大的窗戶，她看見酒吧裡，那些身穿合身西裝的男人正在幫那些濃妝豔抹、盤起頭髮的女人點一杯杯複雜的雞尾酒。這畫面眞是太完美了。她在玻璃上看到自己的倒影，很訝異自己在經過一個禮拜的磨練後，看起來竟然沒有多堅毅個幾分。

直到喝下半杯酒，她才鼓起精神，或鼓起勇氣什麼的，把資料夾打開，放在低矮的紅木桌上。她又喝了一口酒，然後再一口。覺得自己放鬆了，壓力緩緩從身上流瀉掉了。她將資料夾拿在手中，走到吧檯旁，再點了一杯酒。坐下。深呼吸，從中拿出第一頁。

資料夾比她最初預想的還要大，裡面似乎容納了約三十頁紙張。她伸手去拿酒杯——小口啜飲，她現在覺得自己平靜許多，不那麼渴求酒精了，然後在那疊紙張的上方彎身。起先那些頁面似乎是從史特靈保全的網站上印下來的，她幾天前在網路上看過同樣的頁面。上頭對自己業務範圍的形容同樣模稜兩可，充滿了空泛的吹噓。

她感覺自己脈搏加速。又是史特靈保全，但都是些她已經知道的事情。

下一份文件是從一家位於列支敦斯登的銀行，也就是利本史坦銀行的網站上抄下來的資料。「領先業界的保密私人銀行。」好。但她也早就知道這兩者間有關聯了。

她快速翻閱一篇看起來是幾個月前，於一本英國大型商業雜誌上刊登的文章。標題是「克里姆林集團踏進了歐盟的遊說競技場」。

她把那篇文章從一疊紙張裡抽出來，然後背靠著椅子，手裡拿著酒杯。那篇文章旨在評論跟俄國政府有關的公司，是如何透過各種方式在布魯塞爾占有一席之地。根據作者所言，最明顯的例子，就是俄羅斯天然氣公司跟其他俄國能源公司，如何透過聘用美國的主要遊說公司及律師事務所，來推動歐盟的立法。

克拉拉嘆了口氣，又喝了一口酒。這些對她來說都不是新聞。她還記得幾年前在布魯塞爾有過針對這些事情的討論。她心不在焉地將文章翻面，簡單地看了一下讀者留言。留言約有三十則，看了一半以後，她忽然注意到一個熟悉的名稱：史特靈保全。她停下動作，回頭看其他留言，直到再次於其中某篇留言看見這個名稱，發文人的假名是「紅色威脅99」。

她快速瀏覽那些留言，紅色威脅99提出警告，在布魯塞爾及其他地方很活躍的，不單只有那些公司所有權人身分不明的能源公司而已。他在回應中明確指出，持續壯大的保全業界也有相同情況，他說自己就是這個產業裡的人。

在各國越來越能接受將一些警察工作外包出去的這個時期，政策制定者必須清楚地意識到，誰是實際掌管這些大型保全公司的人，諸如 MRM、維也納大陸，以及雄心勃勃又資源豐沛的史特靈保全，後者最近幾個月在數個歐洲國家建立起自己的版圖。我本身出席過幾場史特靈保全開的會議，該公司代表人員身旁都伴有俄國外交官。我們絕對不能只爲了省錢，就把城市的鑰匙交出去！

克拉拉翻頁，但沒有人回應紅色威脅99的簡短留言。她把紙張放在眼前的桌上。俄國人掌管的保全公司想打進歐洲市場？但裡頭的證據並不明確。目前爲止她所讀到的東西，都能夠在網路上找到。

酒杯幾乎空了，她起身打算再點一杯。但資料夾裡還有幾張資料，於是她改變心意，再次坐下，把最後七、八張資料拿出來，它們看起來像是付款收據的影本。

她在桌燈照射下移動這些紙張，眼睛被第一頁的總額吸引。上頭的金額是五十萬克朗，日期是兩個月前。她繼續翻頁，看到類似的金額，日期是這個月的同一天，兩個星期前的事情而已。她往回翻，看見這筆款項匯入利本史坦銀行的一個帳戶，這家銀行的所在地是列支敦斯登的首都瓦都茲。付款人是史特靈保全。

她感覺到自己脈搏加快，同時開始去看資料夾裡最後幾頁紙張。這些資料看起來是列印出來的電子郵件。第一封電子郵件的寄件人姓名縮寫是GL，電子信箱地址是@stirlingsecurity.com。但看到收件人的時候她愣住了，彷彿房裡的所有低語聲瞬間消逝無蹤。夏洛特．安德菲爾。

邊閱讀著GL與夏洛特之間的訊息，這一切似乎變得越來越超現實。他們是用瑞典文通信的，而這個叫GL的人制定計畫的方式讓她覺得很熟悉，但又沒辦法明確說出爲什麼。她似乎也沒辦法把心思集中在這件事情上。第一封電子信件是GL在將近兩個月前發過來的：

這次在倫敦的會面一樣獲益匪淺，感謝！針對這次的事情，我跟史特靈保全裡的每一個人，都因爲雙方將攜手合作而感到開心，我方也期望能繼續贊助妳重要的研究。我附上了付款證明，妳可以看見第一筆款項已經存入了我們在利本史坦安排好的帳户。相信妳應該很清楚，如同先前所提過的，我必須再三強調，維持這段合作關係的隱密性有多重要。請依約刪除掉我們來往的信件。期待這次合作的豐碩成果！

接下來的幾封信，則提及了一個月前在斯德哥爾摩的一場會面。她依稀記得夏洛特當時人在斯德哥爾摩，但她經常四處跑，所以記不得明確日期。然後是最後一封GL寄的信件，日期是幾個星期前：

夏洛特！

在此附上第二張付款證明，我相信妳已經在帳户裡看到這筆錢了吧？如同我們在電話上所說，如果能在會議前一天，在我們的辦公室，也就是國王街三十號碰個面，那就再好不過了。我建議就約上午十一點。我已經把妳的草稿拿給奧洛夫看了，他會再跟國際管理部門那邊確認，但他對多數內容都非常滿意。只有一些細節需要調整，而我相信妳會同意的。做得好！

祝好

GL

她耳裡有嗡嗡聲。她抬起雙眼，忽然覺得所有穿著得宜的賓客似乎都在鬼鬼祟祟偷看她。她趕忙把資料全都拿在手上，出了酒吧來到外頭大街上。

傍晚時分溫暖悶熱。她身體靠在酒吧玻璃窗上，拿出一根香菸，點燃時，覺得一股平靜在體內擴散開來。

一家俄國人掌控的保全公司。一間位於列支敦斯登的銀行，夏洛特在裡頭存了一百萬克朗。斯德哥爾摩會議，夏洛特將在會議上，針對部分警政功能民營化的可能性，以專家身分對歐盟國的司法部長們提出她的意見。而克拉拉還沒讀過這份意見書。

還有派屈克躺在小威尼斯那兒鐵軌上的軀體。她手中這份資料夾內容，八成就是他遭到謀害的原因。那些身穿黑色皮夾克的男人的確是在跟蹤他。她沒有瘋。

「夏洛特，」她低聲地自言自語。「妳把自己捲進了什麼樣的事件裡啊？」

二〇一五年八月二十一日星期五
瑞典，貝爾格特

他們坐在通往地下鐵軌道的斜坡上，那些軌道在人行道的另一側。梅第指著一棟低矮的公寓建築，午後的陽光在滿布灰塵的建物窗戶上映射出光芒。雅思敏看見，她今天稍早前才走過的、疏於整理的一塊草皮，就在該建物的右手邊。真難想像那竟只是幾個小時前的事。你依然能看見救護車及警車駛過那塊草皮留下的軌跡。

她抬頭望向梅第，同時把手放在眼睛上面遮擋陽光。

「媽的，梅第，」她說。「你確定嗎？」

他們已經在這裡待了大約一小時，而越久沒有任何事情發生，她的心情就越絕望。費狄將要去做一件可怕的事，一件不可原諒的事。這件事將使他必須永遠消失——而他甚至連回來都還算不上。但同時，她又能夠理解。他們背叛了他，把他變成了一個殺人凶手。每個人都背叛了費狄。終究你會反擊，不計任何代價。她太了解那種感受了；到最後，其他一切都不重要了。

梅第點點頭，但實在很沒說服力。

「總之，那些蓄鬍的人都會在這裡碰面，」他說。「在靠近頂樓的地方。」

「費狄跟你說的嗎？」

梅第聳聳肩。

「每個人都知道啊。如果他打算在貝爾格特對一群鬍鬚男發動攻擊，那麼他要下手的對象一定是他們。」

雅思敏背往後靠。此刻她最大的心願，就是蜷成一團，沉進一團深深的黑暗裡，直到這所有的一切結束。但她連眼睛都還來不及閉上，梅第就搖了搖她的腳。

「我剛剛怎麼說的來著？」他說，同時指向人行道遠方。

雅思敏身子挺起一半，視線沿著他指的地方望去。兩個男人正準備走過柏油地面。其中一個是北非人，另一個人穿著長袖襯衫、寬鬆長褲，頭上戴了頂庫菲帽，留著一把亂蓬蓬的鬍子。另一個人比較年輕，身穿比較西式的衣物，但也蓄了鬍。他們談話的聲音很低，只聽得見低語聲。打開門，進入樓梯間以後，他們的身影就完全消失了。

「他們似乎要在上頭碰面。」雅思敏小聲地說。

她彎下身，底下是他們從學校後面灌木叢那邊拿來的包包，她輕輕將那把磨損得很嚴重的AK47拿出來。

她看見梅第轉頭。看見那把槍時，他眼神充滿恐懼，開始發抖。

「我們到底打算幹什麼啊，阿雅？」他說。「我不懂。」

「我不在乎你打算怎麼做，沒用的東西。」她說。「我打算去做應該要做的事，朋友。就這樣。」

她的視線專注在人行道上，但只看見一名高大男人朝那棟建築物小跑步而去。他沒有蓄鬍，但頭上戴了頂庫菲帽。

「那邊還有一個。」她說，同時對著那個方向點點頭。

那個男人的身影消失在門後，門砰的一聲關上。

她爬出草叢想看得更清楚。她看不見他。但她感受得到費狄的存在，就像無線電頻率一樣，只有她能感受到這種空氣中的振波。她轉身跪下，拿起那把槍，上膛。

她幾乎還沒握好，就聽見上頭某處傳來碰撞聲，隨即聽見從一扇打開的窗戶或陽台門那邊傳來的尖叫聲。有東西掉在地板上砸碎了。更多人在尖叫及求饒的聲音。她起身，雙腳顫抖，手裡拿著來福槍。

「幹，」她說。「他人已經在現場了。他在裡面！」

二〇一五年八月二十一日星期五
瑞典，貝爾格特

妳的字條在我其中一隻手上。我人在樓梯最上層，閣樓的外面。我的槍在另外一隻手上。我忽然離妳好近好近。一通電話的距離。同時間，我也離自己回家的理由好近好近，過去幾個月，它就是我活著的唯一目標。只差幾分鐘了。陽光開始低垂，從距離我半層樓下方的骯髒窗戶處斜斜射入。

那些弟兄很快就會來到這裡了。我放開握住字條的手，將它再次攤開。妳的字跡，妳的文字。妳爲什麼要回來？爲什麼是現在？四年了，姊姊。爲什麼選擇現在？

有時候，沙希德弟兄會在晚上告訴我們跟殉教有關的事。聆聽時，我們的心情半是恐懼半是敬佩。他們如何準備自己的自殺任務，如何將任務埋藏心中，摒斥任何外在的影響。他人如何在前一週幫他們打點食物及一切，好讓他們能花時間去禱告，思考自己的任務和等著迎接他們的天堂。還有最後，在炸彈綁在胸口後，其他人如何一路引導他們去到靠近目標的地方。如此一來，他們只要心無旁騖地專心向前進，腦海裡除了天堂什麼也不想，讓他們的任務得以簡單又純粹。

從回來以後，我就一直在想這個過程。我待在地下室的日子裡，都在想著這一切。就像在準備，在磨刀。縱使我已不再禱告，不再渴求天堂。最後一次的英勇之舉。最後一次的混亂與正義。就這樣了。

但妳來了。我手裡拿著妳的字條。

由於字條，我開始有了不該有的想法。想到我的人生，我自己。想到那些我一直把它們推開的想法，因爲我再也沒有思考的權利。因爲我的弟兄們被殲滅了，我摧毀了他們。自此我就沒有了人生。我把手裡的槍握得更緊了。我第一千次望向那個彈匣。自此，我就允許自己只能有一種想法，那就是復仇。

我再次拿出妳的字條，再讀一次妳的字句，然後就將它撕成千百個碎片，放手。紙片落在樓梯上，一如五彩碎紙，一如白雪，一如遺忘。

它們無聲地落在磨損的石梯上。就在此時，我聽見遠遠的樓下傳來正門打開的聲音。我聽見弟兄們的聲音迴盪在混凝土牆面之間。我手中的槍枝又冷又重。

我閉上雙眼聆聽。首先，聽見了泰穆爾弟兄的聲音，迴盪在混凝土牆之間的聲音幾乎就像耳語。

「我並不是說，不能把雙手當作羞體[19]來對待，弟兄，可是如果這麼嚴格，很可能會導致信眾減少，你明白我的意思嗎？」

跟往常一樣在聊哈里發國的生活。另一個弟兄只是低聲回應，我猜應該是塔西姆弟兄。他總是保持沉默，聽其他人的發言跟抱怨。那畫面閃過我的眼前。在我的腦海中，在過去一個月醒著的每一個時刻，我都在處決他們。一個接著一個，要他們在我面前跪下，雙手放在頭上，然後用子彈掃射他們。可是現在，當我距離這個想像如此近的時刻呢？我強迫自己憶起紅沙裡的屍塊，強迫自己憶起成排的死者。他們罪有應得，咎由自取。

19 即需要遮掩的部位，依據派別不同，對於身體哪些部位能露、哪些部位不能露的規定都會有所不同。

心臟猛跳，我把第二個彈匣從口袋裡拿出來。翻面，看著它。總計十四發子彈。沒有照我原定的計畫。我本來應該要帶著那把來福槍，但我不能等了。特別是現在，在我發現那張字條以後。我不知道自己的決心能維持多久，我已經感覺到它在起伏了。

那些曾經是我弟兄的男人，現在在門口了。同一扇門我也穿過許許多多次。門鈴依舊是壞的，我聽見他們在敲門，聽見門打開。然後是達希勒的聲音。

「祝你們平安，弟兄們。請進。」

門在他們身後闔上。他們有三個人，只有一個人留了下來。是他們之中最大的叛徒。我感覺汗水流下脖頸，縱使這些混凝土牆之間的溫度很涼爽。我感覺血液在體內奔竄，奔竄得太快了，我希望自己能讓它流得緩慢一些，我希望能強迫自己冷靜下來。

然後，我聽見樓下的門打開。匆忙的腳步聲爬上階梯，有人一次踏兩階。我在往下兩階的地方蹲下，從黑色金屬扶手間的細縫往外窺看。聽見他逐漸沉重的吐息聲越來越靠近。我發誓自己能夠聞到他的氣味。

忽然間，他站在我的面前，背向我，拳頭放在達希勒的門上。他看起來跟平時一樣。寬闊的肩膀，頭上戴頂小帽。牛仔褲跟靴子。他幾乎還來不及敲，門就打開了。

「你遲到了，弟兄。」達希勒說。

但他來不及說其他的話，因爲我衝下了樓梯——一次踏二、三階，雙手向前舉著槍。他還來不及說其他的話，我就用槍抵住亞拉敏的後腦，推著他往達希勒的方向走。他還來不及說其他的話，我身旁的世界就開始旋轉，他驚駭地大叫，開始在走廊上倒退走，我當著他的面推著亞拉敏，也大叫出聲音。

我揮舞著槍，一發子彈射出，聲音震耳欲聾。我聽見他們都在大叫跟哭泣，有東西砸毀在地板上。我再次大叫，這次的聲音更大：「照我說的去做！照我說的去做！」。

一次又一次，彷彿我從外面聽到自己的聲音，那聲音聽起來高亢又刺耳。亞拉敏意圖把頭往後轉，但我用槍管攻擊他的頭，直到他一邊的眉毛裂開，鮮紅色的血流下他的臉跟脖子，流到他的 T 恤跟夾克上。但我不在乎，我只是又吼又推又拉地把他們都弄進客廳。我強迫他們照我說的去做，就在這個我們，我，曾經坐在裡邊的地方。而現在的我吼叫著揮舞著槍。現場一片混亂，我彷彿身在浪潮之中，視線不明，不知道時間與空間的差別。我只是強迫他們都到厚毯子上，強迫他們跪下。強迫他們雙手抱頭，而他們都乖乖聽話。他們看見了我的瘋狂，會照我說的去做。我看著他們，隱約聽見被自己聲音所覆蓋的達希勒的聲音響起。

「費狄弟兄，這是我家，我們的家，求求你，弟兄……」

我也用槍管去打他，導致他的頭往側邊彈開。他倒在地板上。

「閉嘴！」我大叫。「給我閉上你的嘴！」

一片沉默，一度毫無任何聲響。我看著他們，看到他們眼中徹底的驚訝，徹底的恐懼，有那麼一瞬間，這種場面讓我心底充滿了自我質疑。但我現在不能收手了，不能讓這種感覺消失。我再次在他們面前把槍舉高。但與此同時，有事情不大對勁。

現場的人比我預期的還要多。我發現不止四人。最邊邊有一個跪著的小男孩，或者應該說，看起來像個小男孩，比我年輕。他眼睛凝望前方，一顆眼淚滾下臉頰。我再次失去集中力，於是拚命掙扎，同時朝他走去。

「你是誰？」我大叫。「你他媽來這裡幹什麼的？」

我揮舞著槍枝，看見他的嘴唇在動。他在禱告。

「我是費拉斯弟兄，」他說。「這些弟兄們讓我看見了阿拉的道路，願祂得到頌揚與彰顯。」

他再次閉上雙眼禱告，雙唇顫抖，鼻孔發顫。我感覺到自己的空虛與焦慮在增強。費拉斯弟兄就是我。又一個像我一樣，他們要將之轉變爲叛徒的人。

但憤怒與絕望讓我盲目，意識到的時候已經太晚。我轉頭，發現自己直直盯著一把槍的槍口。那把槍比我的大很多，也比我的更先進。我感覺自己的槍從手裡被扭掉。什麼也做不了。

「把槍給我，」亞拉敏說，同時用他空洞的眼神看著我。「現在一切都結束了。」

二〇一五年八月二十一日星期五
瑞典，貝爾格特

跑下斜坡。彷彿她在飛翔，彷彿她飄過了人行道，穿過那扇沉重的門，進入那個寒冷而潮濕的樓梯間。上頭的聲音或許來自一扇半開的門。手裡的來福槍又沉又冰。一次踏兩階，她聽見梅第在自己後頭某處，聽見他那該死的咻咻聲。二樓，三樓。現在上頭很安靜，不再有碰撞聲，不再有吼叫聲。這樣的沉默同樣教她害怕。

四樓。只差一層樓了，她停下腳步聆聽，調整呼吸，依然聽見下頭很遠的地方傳來梅第的腳步聲，以及他肺部發出的咻咻聲。

她集中精神，兩手拿槍，拉開保險，就像射擊練習場當時教的一樣，那段時光彷彿是另一段人生。槍被設定成一次射擊一發，而非自動連發。她往上看。在上面等待她的會是什麼？等到了那裡以後，她要怎麼做？慢慢地，小心翼翼地，她踏上前往五樓的第一格階梯。然後又一格。再一格。

來到轉角處，她看見那扇門微微開啓。沒有鄰居出來。他們八成知道最好不要被牽扯進來。或者他們去上班了，或是待在購物中心那邊的清眞寺。隨著逐漸靠近門，她聽見了裡面的說話聲。忽然間聲音變大了。有人在大聲說話，不是費狄，是另一個人。

「現在一切都結束了！」她聽見了這句話。

接著是一聲撞擊，彷彿誰倒在地板上。然後是困惑又焦慮的說話聲。

她現在來到門邊了。背靠冰冷的混凝土牆站著，來福槍靠在上臂，槍口朝下。她用眼角瞥見梅第來到了同一層樓。她瞄了他一眼，示意要他留下來，不想把心思又放在他可能會搞砸這件事情的擔憂上。

此時，公寓裡又傳出了聲音。

「你在這裡做什麼？」那聲音低沉的人說道。「你已經死了，畜生。你在這裡做什麼？」

接下來的聲音像踢擊聲，隨之而來的則是模糊的呻吟聲。

費狄，她心想。費狄，費狄，費狄。

「他是個他媽的畜生，」那聲音低沉的人說。「這是唯一的解釋。他是 takfir——比這還糟糕，比叛教者還糟糕。他是殺人凶手！」

現在是另一個人的聲音。焦慮、壓抑、緊張：「費狄弟兄？怎麼了？你在這裡做什麼？」

她聽見啜泣聲，淺淺的呼吸聲，呻吟聲。然後是其他人的聲音。一開始不可置信，接著是憤怒跟指責。她持續把槍抵在肩膀上，感覺心臟在體內猛烈跳動。她已經半跨過門檻，半走進室內，但還沒辦法讓他們知道自身的存在。恐懼與困惑。裡面發生了什麼事？

接著現場的氣氛又變得一團混亂。聲響劃破說話聲。就像有人在地板上滾動，把什麼東西撕毀，身體撞到身體，然後又是說話聲。焦慮而困惑的說話聲。

「他在幹什麼？」

「抓住他！」

然後她聽見了費狄的聲音。在其他聲響的覆蓋下，他的聲音微弱又孤寂，幾乎無法讓人聽見。但的確是他，她感覺自己握住來福槍的手鬆了幾分。

「安靜！」有人在裡面大喊。「讓他說話！」

他們陷入沉默，她聽見他聲音中的情緒，她認得這種情緒，以往他遭到孤立與指責時就曾出現。當一切都與他對立，沒有一個人支持他時。她聽見他如何厲聲說出他的字句及指控。

「是你！」他啜泣著說。「是你幹的。你殺了他們。」

「你在說什麼啊？」現場最平靜的人說。

但聲音低沉的人打斷了他。

「我們已經聽夠了，takfir。你竟敢拿著武器進來威脅我們？你以爲自己是誰啊？你應該知道背叛信仰的懲罰吧。」

「懲罰？」費狄厲聲說道。「懲罰？殺死我們弟兄的人是你！是你的電話！派那些無人機去的人是你。打電話過來的人是你！」

聲音比較高的人再度開口，他的語氣現在變得緩慢而懷疑。

「什麼電話？你在講什麼？」

「亞拉敏弟兄的衛星電話。」費狄說。

沒有得到立即的反應後，他繼續說：「什麼？連你們什麼也不知道嗎？不知道亞拉敏弟兄有給我一台電話嗎？」

沉悶的撞擊聲打斷了他，雅思敏躲在門後的身子縮了一下。

「閉嘴！」聲音低沉的人說。「他在撒謊！他是個殺人凶手跟間諜，我發誓！」

「他說的那台電話是怎麼回事，亞拉敏弟兄？」聲音平靜的人說。

此時，她聽見那聲音的背後傳來其他人的聲音，既困惑又迷惘。

「沒有什麼電話，那都是他編出來的。他怕死。怕真主會給予他應有的懲罰，只是這樣而已，達希勒弟兄。」

但那人的聲音變得不一樣了，現在帶有壓力，其中蘊含絕望。那恐懼的語氣讓她害怕。慢慢地，雖然雙腳仍在顫抖，她推開了進入公寓的門。慢慢地，她在門邊轉過頭，望向陰暗的走廊。她的太陽穴因汗水而溼潤，握住來福槍的指關節發白。走廊另一側的門半開著，她看得見一些背部及肩膀在一個貌似客廳的地方裡移動。背部最寬闊的那個人對著地板的某個人彎下身。她其實看不清楚，只看得到一條腿，而那可能是費狄的腿。肺部起伏，心臟猛跳，她催促自己走進那條狹窄又黑暗的走廊。

「別撒謊了！」聲音低沉的人在裡面大吼。「每個人都知道你在撒謊！」

另一個人似乎掙扎著在呼吸。裡面的人發出大叫與心煩意亂的聲音。她只聽見那個聲音高亢的人說：「放下你的武器，亞拉敏弟兄，我們來釐清這件事。」

但背部寬闊的人似乎沒在聽。他彷彿站著，雙腳打開，彎身向前，手臂在身前高舉。彷彿正準備要開槍。

現場安靜了一會兒。然後她聽見費狄的聲音，低沉，快要窒息。

「是你，」他咕噥著說。「你殺死了他們。」

「閉嘴！」聲音低沉的人大叫。「我現在就要結束你的謊言。」

然後是槍聲。

❖

從那間小公寓裡發出的聲響震耳欲聾，令人驚駭，讓人窒息。她體內的世界在緊縮，她以爲自己會在隨後的悄無聲息中嘔吐，但她卻將槍枝舉到肩膀處，感受到兩邊的太陽穴在抽搐，胸口痙攣的同時又怦怦跳動。她踏出簡短又快速的三步，穿過走廊，呼吸，把通往客廳的薄門板踹開。客廳搖晃、旋轉，臉孔及身軀如馬賽克般移動，那是鮮血與混亂的萬花筒。她摒除一切雜念，瞄準那名持槍的男子。摒除其他人。摒除一切雜念，把思緒都集中在槍上。

直到她看見費狄。他趴在地面的毯子上，頭朝下。當她終於看見這幅景象時，彷彿一切都結束了。彷彿整個用磚牆砌成的世界在她身旁崩塌。什麼都沒有了，這個世界失去了所有意義。她感覺到自己握著槍的手，放在扳機上的手。她張開嘴尖叫。

二〇一五年八月二十一日星期五
瑞典，貝爾格特

直到聽見妳的聲音，我才意識到自己沒死。直到聽見妳的聲音，聽見妳尖叫，就像那個敘利亞女人看見自己死去的兒子，被弟兄們從前線扛回來時所發出的聲音一樣。徹底的原始、永無止境，就像一頭動物或怪獸。驚駭，忽然的哀痛，沒有其他的情緒。

但我沒死，我試著移動，試著說點什麼。

「雅思敏。」我斷聲說。我的嘴依然有一半抵在毛毯上，嘴裡滿是鮮血與焦慮。

我抬頭，看見達希勒站在那裡。他手裡握著我的槍。但此刻的他彎身，把槍緩緩地放到地板上，雙眼望著門，而妳的聲音就是從門那邊傳過來的。我想開槍的人一定是他，對空鳴槍，或許只是想嚇嚇亞拉敏？此刻的亞拉敏已經放棄了。

意識到亞拉敏不再拿槍指著我，我轉頭面向妳，用手肘把自己撐起來。我第一次看見，妳的眼神跟以往見過的都不同，毫無情緒，無人性，是準備要殺戮的眼神，是完全不考慮任何結果的眼神。我看見妳變得好瘦，一邊太陽穴腫了起來，妳嘴巴半張，雙唇在無聲噏動。我看見妳手裡拿著我帶回來的槍，相較於妳的手臂，那槍又大又醜陋，妳用那把槍瞄準一個我一度差點忘記的男人。

我看見妳就快要動手。就快要開槍，跨過一道門檻變成另一種東西。就快要踏進一個妳，我的姊姊，永遠都不該踏進的世界。踏進一個任何人都不該踏進的世界。我大叫：「雅思敏！我還活著，雅思敏！我在這裡！」

妳的眼睛從那個男人身上移開，向我望了一會兒，驚訝，幾乎可說是害怕。彷彿我是個鬼魂，或許我的確是。妳眨了眨眼，眼神一變，從空虛冷淡變成某種不同的情緒，變成了某種我記得的眼神。某種我失去了因而無法繼續存活的眼神。妳放下槍，困惑而不確定地往側邊跨了一步。

他們需要的就是這個，亞拉敏需要的就是這個。他兩手空空——一定是在妳進門時，把槍枝放到地上了，但現在他卻快速彎腰，兩眼盯著妳看。妳十分訝異或困惑，因此幾乎沒有任何反應，妳的嘴半張，來福槍在妳手裡顫動。

我翻身，在地上摸索著達希勒放開的槍，那把我帶來的槍。槍身很滑，但我抓住了，雙手緊握，鮮血黏在我的臉上。我想都沒想就轉身，兩手往外伸，槍口距離亞拉敏只有幾公尺。我閉上雙眼，按下扳機。

二〇一五年八月二十一日星期五
瑞典，貝爾格特

她癱倒在自己的膝蓋上，槍枝再一次抵在肩膀上。她轉頭望向費狄，看見他一手持槍，試著要用另一隻手起身，臉上滿是鮮血。

「都給我起來！」她大吼，槍管朝向所有的男人。「去角落！全部都一樣！現在！」

他們無聲地立刻服從，都擠到了公寓的一角，同時雙手高舉，眼睛大張，眼神恐懼。

「梅第！」她朝著外頭樓梯間大喊。「去把那輛他媽的車開過來！」

他什麼也沒說，但她聽見他沉重的腳步聲消失在樓梯底層，在忽然出現的靜默中迴盪。費狄已經站起來了，他轉頭面向她。

「雅思敏。」

他眼神裡充滿某種情緒，也許是愛，但還有別種情緒。

「妳回來了。」他說。

但他沒有朝她走過去。他朝那個躺在地板上的高大男人走過去，他的臉被百葉窗射進的陽光切成一塊又一塊。呼吸的同時發出輕微呻吟聲，他兩手抱住自己。費狄朝他彎腰。

「你是誰？」他說。「幫誰做事？」

那個男人把視線轉向費狄，雅思敏看見他抓住自己的肩膀。

「我不知道你在說什麼。」他斷聲說。

費狄看著那個男人，嘴角閃過一絲笑意。他緩緩把槍舉起，對準那個男人的額頭。

「我其實根本不想管，」費狄說。「我不在乎。你殺死了我的弟兄，這才是現在最重要的。而做出這種事情只會受到一種懲罰，弟兄。」

他厲聲說，同時口中的血在他的臉上噴了薄薄一層。雅思敏的視線在費狄跟仍然站在角落的那群男人身上游移。事情不能這麼結束。

「費狄！」她說。「都結束了，弟弟！讓他走吧！」

「是誰？」他重複說。「我發誓，我現在最想做的就是取你的狗命！」

「費狄！」她尖叫。「媽的，費狄，都結束了！」

那個男人移開視線，望向地板，咕噥了些什麼，聲音極其細微，幾乎聽不見。

「你剛剛說什麼？」費狄說，同時彎下腰。

那個男人閉上雙眼，清了清喉嚨，咳嗽了幾聲。

「我是警察那邊的人。」他咕噥道。

「什麼？竟然是他媽的警察？」費狄大叫。

「瑞典情報單位，國安局。弟兄，我發誓自己沒說謊。」他說。

費狄一臉困惑，忽然變得很不確定。

「國安局？你他媽一直都在幫他們做事嗎？」

那個男人抬眼，直勾勾地望向他。

「費狄，」雅思敏盡可能平靜地說。「我們現在得離開了，不能留在這裡。尤其他還是個條子。」

她朝門的方向點了點頭，朝門走了半步。費狄似乎沒有聽見她說的話，繼續用槍指著躺在地板上的男人。

「但無人機是誰派來的？」他說。

「別他媽的那麼天真了。難道你沒發現我們有跟西方合作嗎？」

「所以對你來說，我只是一個目標而已嗎？一個爲了接近其他人，可以犧牲掉的傻瓜嗎？」

費狄把槍管狠狠抵在那個男人的額頭上，同時猛烈呼吸。雅思敏看見他眼睛張大，散發出一種巨大又深沉的黑暗，整個房間都忽然陰暗了幾分。

「費狄，」她說。「那種事情並沒有發生。你活了下來啊。」

她朝他走了一步，伸出一隻手。

「你又得到了一次機會。別這樣放棄這個機會，求求你。」

他的臉抽搐了一下，再次往前傾身，用槍把那個條子推倒到地板上。

「我相信過你。」他輕聲地說，雅思敏看見淚水流過他的臉頰。

她安靜地把手放在費狄的手上，慢慢地把槍枝從那個男人的額頭移開，改指向地板。

「快點，費狄，」她輕聲說。「現在就跟我走吧。」

二〇一五年八月二十一日星期五

瑞典，斯德哥爾摩

我們現在離開貝爾格特了。離開的時候，我聽見了警察的聲音，看見了那些藍色燈光及警用廂型車，但梅第終於做了件正確的事。他遵照速限行駛，就像個負責任的爸爸。

現在我們人已經到了公路上，也平靜下來了。車上充滿槍枝，但這沒關係，弟兄們既困惑又生氣，但在確定我們離開以前，他們會確保亞拉敏沒有機會出賣我們的行蹤。

離開公寓時，我看見了達希勒眼中的羞愧。縱使他們萬般小心，依舊讓人給滲透了進來。如果還有點膽量的話，他們會奪走他的命。但他們只會空口說白話跟幫人安排機票。到頭來，他們就跟其他人沒兩樣。他們對戰爭一無所知。

陽光照射在混凝土跟工業建築上，梅第在後座的一個尿布包裡找到了幾張溼紙巾，我試著用那些溼紙巾擦掉臉上的血。

我知道妳現在正看著我。但我沒辦法轉過頭，沒辦法看著妳。我們兩人之間橫亙了太多東西，橫亙了太長的時間，對我來說太困難了。

「眞的是你嗎，費狄？」妳說。

我點點頭，眼睛繼續看著那些煙囪跟倉庫，看著那些被大型廣告牌遮蓋住的褐色磚塊，看著那些用薄薄鐵片跟反光玻璃新蓋成的、如白紙一般薄薄的辦公大樓。接著我們上了橋，周圍都是亮閃閃的水面跟發光的建築正面。這個世界花了十分鐘來改變自身的形貌，而此刻的我們再次飛翔，我忍不住斜眼偷看妳。

陽光落在妳的頭髮上。妳坐著，臉面向骯髒的窗戶，面向城市，面向眼前無法忽視的景色。我無法理解妳爲什麼會回來。我輕聲地說了句話，好讓妳可能沒辦法聽見。

「妳是怎麼找到我的？」我說，聲音聽起來不再低沉，而是高亢又微弱。

妳轉頭面向我，我第一次沒有迴避地望著妳的目光。妳的眼神除了疲累以外，還充滿了某種我認不得的情緒，我不知道該如何面對，還不知道該怎麼去面對的情緒。那種情緒似乎是愛。

「費狄，」妳說。「是你想要被我發現的，*弟弟*。」

梅第沿著濱水地區開，經過歌劇院，經過停放在島嶼之間的白色小船，經過了Kungsträdgården，也就是國王花園，然後沿著水邊開過一棟棟漂亮建築跟博物館。最後，他將車速減緩，停在一棟大型建築外面，這裡看起來也像座博物館。在水面另一邊，那些小船及碼頭的背後，坐落著那間陰沉灰暗的王宮。他向前傾，查看了街道前方稍遠處，一棟正面種了些大樹的建築。

「妳住在這裡？住在利德瑪酒店？」梅第轉過頭說。「也他媽太奢華了，姐妹！」

「是眞的嗎？」我說。「妳究竟是怎麼住進這裡來的，阿雅？」

「說來話長。」她說。

「你們看。」前座的梅第說。

他指著坐在前方街道上的兩個男人。那是兩個身穿牛仔褲跟帽T，頭上鴨舌帽壓得低低的傢伙。

「他們是誰啊？」雅思敏說。

梅第聳聳肩。「不知道，但他們看起來一點都不像酒店的客人，對吧？」

他的手機再次響起，進城的路上它一直響個不停，但梅第沒理會。此刻他拿起手機，神情緊張。

「幹，」他說。「是派瑞莎。」

他把電話拿到耳邊，臉上神情爲之一變。他不再是那個街頭混混，而是個準備服侍女方的甜蜜男友。

「嘿，寶貝。」他說，雅思敏跟我驚訝地互視微笑。

但他接著就什麼也沒說，後視鏡中的他臉色似乎變得很蒼白。

「我不知道他們人在哪裡。」他堅決地說。

幾秒鐘過後，他才把電話掛斷，在那之前什麼也沒再說。只是安安靜靜坐著，手裡拿著手機。

「梅第？」雅思敏說。「怎麼了？發生了什麼事？」

「嘿，兄弟！」我說。

「說話啊。怎麼了？」

「他們要抓阿雅。」他平靜地說。

「什麼？」

我什麼都不明白。我們已經離開了。妳回來救了我。這裡肯定沒有東西會再把我們拆散了吧。我們現在自由了嗎？他們抓不到我們了。

「發生了什麼事？」我說。「這是什麼情況？阿雅？」

妳再次轉過頭來看著我，眼神變得疲憊又沉重。

「梅第的黑幫朋友，」妳說。「所有在貝爾格特發生的那些狗屁倒灶事，暴動還有那些什麼鬼的，你懂嗎？說來話長，但梅第試著找他們來嚇唬我，好讓我不會繼續找你。他很忠誠。是個傻瓜，但很忠誠。總之，我最後射傷了其中一個人的腳。」

妳聳聳肩，彷彿那沒什麼大不了。

「現在，他們想要找到我們，好讓我們閉嘴，或是要報仇，或是因爲鬼才知道的什麼原因。」妳繼續說。

我背往後靠，閉上雙眼。

「妳開槍射傷了某人的腿啊？」我說。

妳沒有回答，只是彎身去查看那兩個守在酒店入口處的男人。我搖搖頭，心底期望他們會離開。

「派瑞莎怎麼了？」我說。

梅第吸了一大口氣，再緩緩吐出來。

「他們現在跟她待在一塊兒，」他說。「我從她聲音裡聽出來的。他們逼她打電話。這是他們傳遞訊息的方式，對吧？」

我點點頭。這一切我們都清清楚楚。關於訊息、聯盟、威脅，以及隨之而來沒有盡頭、他媽的無意義。

「明天以前我得找到妳。」梅第說。

「我們要怎麼辦？」

我們沉默地坐了一會兒。

「我或許知道該從哪邊開始下手。」妳最後說。

二〇一五年八月二十一日星期五到八月二十二日星期六
瑞典，斯德哥爾摩

抵達鐵尼爾街十號的時候，已經是晚上了。他們都非常疲累，幾乎快累倒下去。她看著費狄，後座的他幾乎沒辦法坐直，臉色看起來有些透明，比之前更像鬼魂。

他們緩慢地轉過那個地址，然後轉進都柏街。快要七點了。整個下午都跑哪裡去了？

「停在那裡。」她說，同時指著對向車道，在兩台車之間有一個缺口。

梅第在下一個十字路口迴轉，往回開，把他那輛馬自達停在那個位置。然後他就把背往座椅一靠，閉上雙眼。當然，壓力正在吞噬他。他沒有料到這點，沒有料到那些傢伙會威脅到他跟他的家人。

梅第向來都不是那個最聰明的人，他遇上的麻煩事多數都是自身的愚蠢所導致，但她依然覺得他很可憐。雖然遭到了背叛，但她也覺得派瑞莎很可憐。她憶起這些緊密相連的聯盟現在，或說過去，曾導致多少麻煩產生。而此刻他們已深陷其中，雅思敏可能是唯一有辦法拯救他們的人。

她身體向前傾，從前排兩個座位中間鑽出頭往窗戶外面看，望向鐵尼爾街的另一頭。她可以輕而易舉地看見十號的大門。

「天文台公園那邊有間旅社。」她此刻說，同時轉過頭去面向費狄。

「你得睡一下，弟弟。我會留在這裡。」

「妳說妳會留在這裡是什麼意思？」說這話的同時，梅第揉了揉眼睛。

「他住在這裡，」她說。「里歐，那個晚上付錢給那些傢伙的人。某個角度來說他是你的老闆，梅第。我明天會跟他碰面，但我想要監視一下這個人。你跟費狄待一塊兒，手機保持暢通，沒問題吧？明天見。」

再次睜開雙眼時，街道上依舊空無一人，街道另一頭，靠近公園的地方，是染了金色跟綠色的淡灰色，她因晨光帶來的寒冷而發抖。在座位上伸展身子時，她覺得肩膀跟背部很僵硬，而且牙齒在打顫。她睡了多久？手機螢幕顯示再幾分鐘就要七點了。

里歐昨天晚上很晚才回到位於公寓的住家，當時都過十一點了，她本來打算嚇他一跳。但最後她決定稍事等待，屆時再尾隨他去他們約定碰面的地點，也就是公共圖書館。

她並不相信他。誰知道他有什麼打算？

她凍死了，車裡又找不到方法取暖。她身上只穿了件黑色背心跟一件很薄的飛行員夾克。頭部因爲連日缺乏睡眠而不大舒服，她推開車門，爬到外頭的大街上。外頭很安靜，幾乎很難想像一座城市竟能變得這麼空曠又毫無人煙。

副駕駛座的地板上扔了一頂老舊的紅色帽子。做了個鬼臉後，她試著把一頭長髮紮成馬尾，然後把帽子戴上。雖然不是什麼一流的喬裝，但這是此刻的她僅有的了。

她緩慢地朝鐵尼爾公園的方向慢跑，只是要熱熱身子，讓身體運動一下。

將近兩小時過後，她設法從一間大概再不到一小時就要休息的咖啡店，買來了一杯咖啡跟一份走味的起司三明治。此刻的她回到了車上，早晨已經從刺骨的寒冷變成溫熱的夏末時分，她覺得生命力緩緩回到了身體及四肢裡。

她發了一則簡訊給費狄。

一切都還好嗎？我跟里歐碰面以後會再跟你聯絡，好嗎？

她檢查了一下手機上的時間。八點三十五。他很快就要出發前往他們約定碰面的地點了，她心想。她幾乎還有些時間再打個盹，於是就把背靠在駕駛座上。此時，她用半睜的眼睛看到有人從十號的大門走出來，朝斯維亞大道的方向前進。她只花了幾秒就醒過來並起身。喬治·里歐穿了件細瘦又僵硬的斜紋棉布褲跟一雙褐色鞋子，一件窄小的深色休閒西裝夾克。頭髮就跟昨天一樣，抹了油往後梳。

盯著他看的同時，她跳下車，站在大街上，鎖上車門，跟著他往街道的另一頭走。

她意識到自己得更謹慎點，縱使他應該不大可能會料到，在前往碰面的過程中會被跟蹤，因爲他已經知道她的長相了。

但他拿出手機貼近耳邊時，她立刻快步前進，把距離縮短到區區幾公尺以內。街道上幾乎沒人；如果他現在轉頭，應該就會看見她。但有差嗎？她心想。更重要的是，她想知道在前往會面的過程中，他跟電話另一頭的人說些什麼。

過了一會兒，才有人接起電話。然後是：「我現在已經在路上了。」他用英語說。

幾輛車開過街道，模糊了里歐接下來說的話。她只聽到他再三地說：讓我覺得很不舒服。與此同時，他緊張地用另一隻手去梳理自己的頭髮，彷彿他生理上真的很不舒服。

他終於放下手機，收進斜紋棉布褲口袋時，她彎身躲在一個門框裡，再次讓他走在前面帶路。

走到斯德哥爾摩經濟學院後，他橫跨過斯維亞大道，她卻持續留在街道右側。他們現在幾乎隔著一條街並肩同行，里歐眼睛望向正前方，雅思敏則沒讓他離開自己視線一秒。他看起來很有壓力，似乎沿著人行道在尋找某樣東西或某個人，同時繼續焦躁不安地用手梳頭髮，彷彿不管怎麼做，他都對自己這顆油頭很不滿意。

走到麥當勞以後，他慢下腳步，再次拿出手機。時間是八點五十，距離他們見面的時間還有十分鐘。對街靠近圖書館入口的小道旁，停了輛白色廂型車，她輕手輕腳躲到那輛車後面。透過那輛車的側邊窗戶，看見他爬上通往圖書館的長長階梯上，孤單一人，而且從哪個方位都看得見他。就他一個人。

時間緩慢流逝。二十分鐘就像一整個早晨。顯然，喬治．里歐也有相同的感覺，因爲他發現自己很難一直固定站在街道的一頭，同時視線不停在自己的手機及圖書館入口之間游移。

先是每隔十分鐘。然後五分鐘。時間將近九點三十，里歐的焦躁不安似乎開始變爲無動於衷。他還要等上多久才會放棄，並意識到她沒有現身的打算呢？

他再次拿起手機，眼睛飄向圖書館側邊的陰影。不管這群人是誰，那裡就是他們躲藏的地點嗎？他無可奈何地將手舉高，轉動手腕，用自己那只暗灰色大錶確定時間。最後，他結束了那通電話，聳聳肩，再次往斯維亞大道的另一頭走。早上的車潮開始出現，她一度看不見他。整晚待在車上並在那輛白色廂型車後面站了將近一小時，她覺得身體到處都硬邦邦。再次看到他時，他已經橫跨了斯維亞大道的一半，正朝她所在的這一面走來。他現在平靜多了，然後右轉，踏上他們之前走過來的方向。

她等了一會兒，同時繼續抬頭望向圖書館。果然不出所料，他們出現在階梯下方。兩個人，一人在前一人在後，沒有一起走，但顯然是一組的。她瞇眼好看得清楚些。他們不是典型的黑幫，但背脊直挺，兩腿大張，冷淡的雙眼掃視整條街道。其中一人戴了頂帽子，看起來很像瑞典人。但他是哪國人不重要。顯然他們就是喬治的幫手。一輛 Volvo 停在路邊，兩個男人跳進後座。

她吐出一口氣。里歐現在是孤單一人了。貼在背部的槍枝重量讓她感到放心。她安安靜靜又開始慢跑，跟在他背部以及那頭獅子般蓬鬆的濃密長髮後頭。現在她準備好要來場會面了。

二〇一五年八月二十二日星期六
瑞典，斯德哥爾摩

她在九公尺外的斯維亞大道另一頭的一扇門旁等候，同時里歐則走進濃縮咖啡專賣店「留步」。不出幾分鐘，他就又回到了大街上，手裡拿著一小杯咖啡。他找到一處有一絲陽光的地方，背靠著一面牆站立。一手拿杯子，另一手瀏覽手機畫面，臉上的神情很嚴肅。

她左看右看，在大街上尋找曾在圖書館那邊見過的傢伙，或他們搭上的那輛 Volvo 蹤影。什麼都沒有。管他的。現在是不成功就成仁了。

她悄悄地朝那間咖啡店走去，很快就來到里歐身旁，而他完全沒從手機上抬起眼過。

「我夾克裡面有一把槍。」她平靜地說，眼睛凝視著他，同時輕輕把飛行員夾克拉開，好證明自己所言不虛。

他跳了起來，把那一小杯咖啡灑在身上藍色休閒西裝夾克的袖子上。

「什麼?什麼鬼啦!」他說，同時往後退了一步。

「別動，」她斷聲說。「把那杯該死的咖啡放到桌上，跟我走。」

他看起來很緊張，但照著她的話去做，他們並肩走離那個小小的露台。

「妳用不著這麼做，」他試著安撫她。「我們本來約好一個小時前要見面的。但妳沒來。」

她轉過頭來面向他時，他的視線從車流轉往斯德哥爾摩經濟學院，然後往上望向天空。他不停眨眼，頻繁到她認為他或許要癲癇發作了。

「我看見你那些猩猩朋友了，混球，」她說。「所以我們才要這麼做。」

她帶著他跨過街道，回頭往公共圖書館的方向走。

天文台山的底部有一座無人的小型遊樂場，她示意要里歐坐在其中一張長椅上。然後站在他面前，強迫他注視自己的眼睛。

「你以為我他媽會蠢到直接踏進你的白痴陷阱嗎？」她說。「你也把我看太扁了，蠢貨。」

他背往後靠，眼睛不停游移。

「那不是我的主意，」他咕噥著說。「總之，妳想要幹什麼？妳又是誰？」

他看了她的眼神一會兒，視線再次往外飄向鞦韆跟攀登架。

「我才不想理你，」她小聲地說。「我才不管你對貝爾格特打什麼主意，也不在乎史特靈保全是幹嘛的。你懂嗎？但我弟跟我卻被捲了進來。你要讓我跟我弟弟脫離這一切。我不知道你現在在做什麼，但那些猩猩要離我們遠一點。明白我的意思嗎？」

他緩慢地搖了搖頭。

「我……」他開始說，但話語又中斷，並再次緊張地用手梳起頭髮。

「我沒有掌控權，」他說。「裡面牽涉到一些非常有力的團體。他們的力量大到妳無法想像。」

「是昨天跟你在史特靈保全碰面的那個俄國人嗎？」她說。「史特靈保全是做什麼的？他們是誰？」

里歐轉過頭來面向她，再次望著她的雙眼，眼神現在平靜了些。

「我不能談論這件事。他們希望貝爾格特的暴動能繼續下去，我只能告訴妳這麼多。他們是幕後的主使者之一。舉例來說，那個符號，那個拳頭跟星星的符號，妳看過嗎？」

雅思敏點點頭。

「每個人都看過。」

「是他們創造出來的。史特靈保全。他們創造出這個符號，我再把這個符號交給那些負責協調暴動的人。但相信我，現在我只能夠跟妳說這麼多。」

「那個俄國人呢？爲什麼他可以開著一輛他媽的外交車四處跑？」

里歐搖搖頭。

「他基本上算是史特靈保全的頭頭，」他說。「但我求妳現在別再四處刺探了。很多事情都還有風險。」

「你所扮演的角色又是什麼？」

「我服從他們的所有命令。史特靈保全是我的客戶。」

他用哀求的眼神看著她。

「但不是所有事情看起來都像表面那樣，」他說。「我同意，這一切都很瘋狂。但妳必須明白，我已經說了太多了。這件事情他媽的非常複雜啊。」

他停了一下，整理了一下自己的思緒。

「我半個小時以後要開會，」他哀求道。「要跟史特靈保全開一場不能不開的會。如果我沒有出現的話……」

「會怎麼樣？」雅思敏說。

他只是搖了搖頭。

「妳得讓我走，」他說。「妳不懂，我不能錯過這場會議。就是不行。」

「我才不在乎你那他媽的會議。你想走，除非先讓我們置身事外。我們他媽的跟這件事情一點關係都沒有。」

「我懂。我真的懂。相信我，我會盡我所能，好不好？」

從斯維亞大道走到史特靈保全的辦公室，不用十分鐘。

「但妳應該知道自己不可以跟蹤我，對吧？」他腳步停在一間咖啡店外頭，緊張地說。

「我會在這裡等，」她說。「倘若你打算欺騙我、突襲我或玩弄我的話……」

她話講到一半，看見里歐謹慎地舉起雙手，然後轉身，朝著一名在正門口等他、五十多歲的女性走去。兩人一走進門，雅思敏就感覺到手機在口袋裡發出嗡嗡聲。她走到建築的陰影處，把手機拿出來。

那是一則包含影像的訊息。她拿出耳機，塞進耳朵裡。點擊播放後，她覺得自己在墜落，她的世界分崩離析，在她的身旁垮了下來。

二〇一五年八月二十二日星期六
瑞典，斯德哥爾摩

我起床時，梅第站在門口。他看起來非常疲累，彷彿完全沒睡。他咻咻嘶嘶呼吸著，把兩百公斤的身軀靠在我們住的旅社小房間門框上。太陽從窗簾之間的縫隙照進來。

「嘿，梅第，」我說的同時坐起身。「你是去了哪裡啊，兄弟？」

他閉上雙眼，猛力呼吸——兩場逃亡顯然讓他筋疲力竭。

「睡不著，」他咕噥著說。「去散步了一下。」

他看起來壓力很大，同時把玩著自己的手機。

「瞭。」我說，同時把 T 恤從頭頂套上，站起來，抓了自己的牛仔褲。

「這件事眞他媽難搞。」

我拿起床邊的手機，看見雅思敏發來一則訊息。她跟里歐碰面以後會再打來。我快速回覆：都很好。晚點聊。然後站起來。

「阿雅眞聰明，兄弟，」我說。「你知道她會解決這件事情吧？她可以解決所有事情。」

梅第聳聳肩，走到窗邊拉開窗簾，望向窗外。轉過身來面對我時，他雙手顫抖，眼睛游移不定，肺部發出咻咻聲——壓力似乎從內部開始吞噬他。

「走吧，」他說。「我沒辦法繼續在這裡待下去了。我們去找點東西吃吧。」

瓦薩斯坦區很溫暖，陽光很炙熱，明明還不到九點半，夏天顯然已在發揮它最後的威能，而我們雖然遇到許多問題，我也不完全懂，但我已經不記得自己什麼時候心情有這麼平靜過了。

阿雅回來了。

弟兄們會喪命不是我的錯。或者說，不是我一個人的錯。

犯錯的人不是我，不全然是我。有那麼一會兒，我幾乎覺得自由自在。幾乎已經忘記那些夢裡被炸斷的腿及夜晚的白光了。

「你跟派瑞莎談過了嗎？」我們各自買了一杯咖啡，朝昨天停車的地方走去時，我對他說。

梅第眼睛盯著手機，似乎分了心神，同時在發抖。他這麼心不在焉的態度讓我很生氣，我停下腳步，張開雙手。

「嘿，兄弟！」我說。「我們會搞定這件事情，懂了沒？你在發訊息給派瑞莎嗎？她怎麼樣？」

他看著我，同時把他那杯喝了一半的咖啡丟進垃圾桶。

「好啦，好啦，」他說。「抱歉，沒事啦。她有點擔心，只是這樣。」

「你是怎麼跟他們說的？」

「說什麼？關於這件事情嗎？」

他的眼神四處飄，就是不看我。

「呃，是啊？不然咧？」

我從沒見過他這樣。就連小時候他都沒這樣過。感覺上星期他極富男子氣概地講著那些跟暴動、混亂有關的事情，距離現在似乎有一千年那麼久了。

「總之，他們似乎已經準備好今晚的行動了，在缺乏你領導的情況下。」我說，同時指著一份用黑色大字印在報紙上的標題：

燃燒的貝爾格特

梅第只是點點頭。

「走吧，」他說。「等阿雅的這段期間，我們開車去兜兜風吧。」

那輛紅色的老舊馬自達就停在我們昨天離開它的地方。跟同一個街區裡所有那些運動休旅車還有BMW相比，它簡直就像一台廉價的玩具。

「你打算去哪裡？」我說。「阿雅說，在她搞定這件事情以前，我們要離貝爾格特遠一點。」

梅第似乎沒在聽我說話，只是逕直往車子走過去，手裡拿著鑰匙，全神貫注。我加快腳步，在車子旁趕上他。他已經把鑰匙插進鎖孔了。

「兄弟，」我說。「跟我說。到底發生什麼事了？」

他打開車門，把座椅向前拉，好讓我能爬進後座。我還在想自己爲什麼要坐後座時，他轉過身來，臉上帶著一種令我困惑、非常哀傷的表情。

「對不起，兄弟。」他嘶聲說，肺部發出了咻咻聲。「對不起，費狄。」

　這是我最後聽到的話。然後就有人把我推向車子側邊，把我的手拉到背後綁住，頭向前地把我扔進車子後座。我試著大叫轉身，但有人用東西攻擊我的後腦勺，感覺像一把槌子或槍枝。我的眼角看到一個人影，一個晃動的輪廓。那個人影的手裡拿著一個頭套，在我完全無法抵抗的情況下，他把頭套罩到我的頭上，整輛車，整座城市，整個夏天，都消失在黑暗中。

　他們把我推到地板上，用一隻手臂抵住我的頭，同時汽車則平穩地在城市中穿梭。身旁的黑暗讓我困惑，我掙扎著想呼吸，並努力讓自己的呼吸平靜下來。我聽見了慌亂的說話聲，但聽不清楚在說什麼。梅第在跟我說話，用他破破爛爛、愚蠢的、發音很爛的阿拉伯語跟我說話，好讓同車的其他人聽不懂：「對不起，費狄。非常對不起。他們想要阿雅。他們答應我，之後會放你走。」

　我根本不在乎他的理由，只是靜靜地躺在後座，感覺頭套被自己的眼淚浸溼。

二〇一五年八月二十二日星期六

瑞典，斯德哥爾摩

經歷了過去幾天，她的感覺應該要比現在差上很多才對。此時的她，正待在一輛從機場前往斯德哥爾摩的快速列車上，她整個人都沉進座椅中。頭痛並不嚴重，幾乎感覺不到。昨天晚上終於從奧德維奇一號酒店回家時，為了預防自己宿醉，她吃了幾個從角落商店買來的印度咖哩餃，同時喝下近一公升的開水。但她睡不著，縱使覺得自己的頭很沉重，且因為酒精和疲勞而舒服地嗡嗡作響。她躺著卻睡不著，翻來覆去直到至少三點才終於睡去。房間裡太熱，大街上的聲音太吵，她的腦海裡裝滿了各種會帶來壓力的念頭：派屈克躺在鐵軌上的畫面、史特靈保全、夏洛特神祕的電子郵件。她一定起床了好幾十次，去檢查門有沒有上鎖、爐火有沒有關、護照有沒有放在包包裡……。

發表會在星期天早上，她其實不用提早到，搭下午的飛機過去就好了，但花了一筆五十英鎊的費用後，她成功地重新訂了一張機票，好趕上夏洛特要去國王街史特靈保全辦公室開的會議。如果沒有意外的話，她想知道GL背後的人是誰。

她轉動眼睛，望向快速列車裡的小型平板螢幕，螢幕上重複播放針對商務型旅客推出的廣告及新聞片段。螢幕上出現燃燒的車輛跟蒙面的年輕人對正在撤退的警察投擲石頭。這禮拜頭幾天在貝爾格特開始發生的暴動，顯然已經在入夜之後擴散到斯德哥爾摩的其他城郊區。就跟倫敦一樣，整個夏天都充滿暴動及遊行。今年的夏天是動亂之夏。

但她還來不及充分理解斯德哥爾摩的城郊區發生了什麼事，新聞片段已經被一則看起來很嚴肅的廣告所取代，這間公司能夠提供「最高級的全面性保全服務」。螢幕一黑，一間熟悉的公司名稱以紅字緩慢出現在畫面上：史特靈保全。

不到十點鐘，她已經抵達國王街三十號，而這裡正巧是其中一棟國王大樓的地址。如果想要確立自己的地位，這裡是個不錯的選擇。

離入口處僅十二公尺的地方有家咖啡館，她找到一張窗戶旁的桌子，從這個位置可以留意任何進出那扇大門的人。

她在櫃檯隨興地點了一個可頌、一杯卡布奇諾跟一瓶礦泉水。在桌旁坐下來後，她發現過去幾天雖然沒怎麼吃東西，但自己還不餓，而她又再次想起自己度過了可怕的一星期。

她現在眞正想要的，是一杯冰涼的白酒。而這樣的想法她應該要擔憂，因爲正常人不應該天天都喝酒。免得你最後會喝到暫時失去意識，而且睡前沒喝個半瓶酒就睡不著。而且她確確實實不應該早上十點就想喝一杯，縱使她其實從五點就醒來到現在。

❖

她拿出手機確認時間。十點十五。會議四十五分鐘以後才開始。

十點四十分的時候，她看見一輛計程車駛來，停靠在大門外。發現從車上跳下來的人是夏洛特，她立刻將背部往後靠。夏洛特朝著入口走去。她拿出手機，似乎在打一通簡短的電話。講完以後她停下腳步，在人行道上等待。

幾分鐘過去後，克拉拉在椅子上坐起身。一開始她以爲自己一定是認錯了，於是身體往窗戶的地方彎，好找到更佳的觀察角度。但的確沒錯。在咖啡店外頭的入口處，她看見了喬治．里歐。精神似乎不錯，穿了條合身的斜紋棉布褲跟深藍色的休閒西裝夾克，胸前口袋露出一條小小的手帕，閃亮的褐色鞋子。頭髮比她記憶中長了一些，往後梳，顏色被陽光曬淡了，她很確定一定是因爲在桑德罕島吃晚餐，以及在馬斯特蘭德外海開遊艇的緣故。但他那提心吊膽、飽受折磨、焦慮不安的眼神則跟她記憶中一模一樣。

喬治，她心想。此時此地看到他出現也太巧了。

看見他，讓她回想起去年聖誕節發生在聖安娜群島的事。喬治．里歐是布魯塞爾那邊的政治掮客，他在不知情的情況下，差點害她在祖父母位於聖安娜群島上的家喪命。喬治．里歐在最後一刻忽然良心發現，救了她跟蓋柏拉一命。

她雙眼閉上了一會兒，然後搖了搖頭。那一切如今就像一場夢。那場大雪跟暴風雨。她的父親，她那幾乎算不上見過面的父親，就這樣死在她的懷裡。而最後救了她一命的人是喬治。

在那之後，他們只斷斷續續聯絡過幾次。他寄了幾封電子郵件給她，問她倫敦那邊的情況怎麼樣，但近期她沒有回信的心情。

喬治的腳步停在咖啡店外頭，她看見他身旁還有另外一個人。一個年輕的阿拉伯女人，身上穿著牛仔褲跟飛行員夾克，一頭又長又鬈的頭髮紮成馬尾，從一頂紅色帽子底下露出來。她看起來很冷靜，散發出一種讓人目不轉睛的自信。她的青春與姿態，剛好跟喬治那保守的自信外表相反——兩人站在一起眞是非常奇怪。

他們站在咖啡店門口外頭，喬治顯然在想辦法說服那個女孩。克拉拉看見他的手不停飛舞，看見他緊張地用手梳理自己頭髮。最後，他離開了那個女孩，繼續往街道另一個方向走去。離開時，他剛好走過她身旁的窗外。要不是手裡還拿著酒杯，她就可以伸出手去碰觸他。

她正準備起身追趕他時，這才想起夏洛特就站在街道前方不遠處。也是在此時，她才終於意識到他要去哪裡。

毫不猶豫地，喬治直接朝夏洛特走去，握了握她的手，然後一起走上階梯，打開門走了進去。

她想起派屈克資料夾裡的電子郵件位址：gl@stirlingsecurity.com。ＧＬ。喬治．里歐。縱使經歷了一大堆稀奇古怪的事，她還是沒料到竟會發生這種事。她沒想到喬治．里歐會是史特靈保全的代理人。與此同時，她卻一點也不意外。就她所知，他一直在不可告人的遊說世界的黑暗角落裡打滾。

她的視線回到大街另一頭，那個年輕女人仍站在咖啡店外面，一手拿著手機，耳機塞進一邊耳中，顯然在看螢幕上的某種東西。

接著，那名年輕女人往咖啡店的正門退了一步，同時癱了下去，彷彿被人一拳擊中胃部。

二〇一五年八月二十二日星期六
瑞典，斯德哥爾摩

那個影片只有十五秒長，而且並不怎麼暴力。有人戴著一個黑色頭套，手上綁了白色領帶，兩腳被上了腳鐐，躺在一張鋪好的床上。兩隻手把頭套拉開，揭露裡面的人正是費狄。他嘴唇龜裂，兩頰瘦削。由於在頭套裡的黑暗世界待了一段時間，他對著眼前的刺眼光線瞇起了眼。他吐了口唾沫，猛力往床上一躺，同時大叫：「幹他媽的！別照他們說的去做！」

一隻張開的手朝他的臉頰狠狠打了一巴掌。接著那個鏡頭轉向另一張戴了面罩的臉，跟她前幾天晚上在貝爾格特看到的面罩一樣。跟昨天晚上梅第，還有其他黑幫分子戴的面罩一樣。

「五點以前過來這邊，賤人，」那個男人說。「還有六個小時。也許我們在那之前就會找到妳了。但屆時妳如果沒有出現在學校前面，妳弟弟就完了。明白了沒？」

她關掉螢幕，背靠著牆面。視線不再專注，同時蹲了下去，怕自己可能會嘔吐。這太沉重了。有太多連結了。有太多力量在背後拉扯著她跟費狄。有太多事情讓她逃離不了貝爾格特。

他們是怎麼找到費狄的？

是梅第嗎？

那些背叛的行徑不停堆疊。除了梅第以外沒有人可以出賣他們。又一次。這是唯一的解釋。

❖

眼淚流下她的雙頰，她怎麼做也阻止不了他們。除了自己她沒有人可以依靠。一如既往，她只能靠自己。

一開始，她沒有注意到自己其實並非一個人，直到聽見右側傳來細微的說話聲。她緩緩地朝說話的人轉過頭去。那是一個苗條的女人，有著一雙褐色大眼，深色頭髮剪成往內捲的鮑伯頭，她就蹲在一旁，手裡拿著一張餐巾紙。雅思敏下意識接了過來，但接著她只拿著餐巾紙坐在那兒，彷彿不知道該怎麼使用。然後，她感覺那個深色頭髮的女人把一隻手放在她的肩膀上。「需要幫忙嗎？」她說。「妳叫什麼名字？」

二〇一五年八月二十二日星期六
瑞典，斯德哥爾摩

她看著那個坐在人行道上，手裡拿著餐巾紙正在哭泣的女孩。那個女孩一臉困惑，彷彿不知道自己是誰，彷彿一條本來拉住她的鋼索忽然因爲巨大的重擔而斷裂，使得她直接落到了水泥地上。此刻，在整個世界裡，她最熟悉的情感就是悲傷。克拉拉輕輕把手放在那個女孩纖細的肩膀上。

「我可以幫妳。」

那個女孩沒有反應，可是克拉拉攙扶起她，讓她靠在牆上。

「我不能夠留在這裡，」她咕噥著說。「我不能……」

那女孩從克拉拉輕輕的擁抱中掙脫。與此同時，她眼裡閃過一種光芒。她看著克拉拉，彷彿直到此刻，她才眞正注意到對方的存在。

「我沒事，」她說。「妳可以放開我了。」

說這話時，她帶有一種壓抑的、自發的侵略性。彷彿她是那種不會接受任何人幫助的人，不是仰賴別人好意生存的人。彷彿她已經習於失望。她轉過身，快速地朝斯特里普蘭廣場走去。

「等等……」克拉拉說。她站在原地，花了一秒考慮自己有什麼選擇。她可以再去找喬治・里歐。但這個女孩身上有種特質，讓她覺得需要再去多了解對方。

「嘿，」她大叫。「等等！」

那個女孩回頭瞄了一眼，腳步卻沒有減緩。

快速走了幾步後，克拉拉跟上了她，同時將一隻手放在她的肩膀上。但那女孩揮掉了她的手。

「我告訴過妳不要碰我，賤人，」她說。「抱歉。謝謝妳的餐巾紙，但我現在很好，懂了嗎？」

「我也認識喬治．里歐，」克拉拉開始說。「我看見妳跟他說話。」

那個女孩只是盯著她，接著輕輕搖了搖頭。

「我沒時間跟妳演八點檔，」她說。「相信我，他徹頭徹尾是妳的人，女士。他八成有跟別人亂搞，但沒有跟我。」

克拉拉忍不住笑了出來。

「八成是吧，」她說。「但妳是怎麼認識他的？」

「說真的，」那個女孩說。「我根本不在乎那種事情。掰。」

她轉頭，繼續沿著街道走。

「妳知道任何跟史特靈保全有關的事情嗎？」克拉拉絕望地做出最後的嘗試。

然後那個女孩停下腳步，轉過身。她盯著克拉拉看了一會兒，接著緩慢朝克拉拉走近。

「妳剛剛說什麼？」

「史特靈保全嗎？妳知道任何跟他們有關係的事情嗎？我保證，這件事情很重要。」

「妳說很重要是什麼意思？」那個女孩說。「妳又知道什麼重要了？」

克拉拉吞了口口水，目光沒有移開，那個女孩的反應裡有種東西讓她想繼續這場對話，她眼神裡有種東西讓克拉拉相信自己的選擇沒有錯。

「我知道有些人喪命了，」她小聲地說。「那一定跟他們有關。而那件事不知怎的也跟喬治有關。」

情況改變了，那女孩的眼神改變了。絕望穿破了堅強的表面。

「妳知道些什麼？」她說。「我時間不多。」

「我的名字叫克拉拉。我想，妳可以說我是因爲過往的一段經歷認識了喬治，而我知道他在做一些見不得人的勾當。我知道史特靈保全打算做某種壞事。某種跟俄國有關係的事，或至少跟一間俄國公司有關係的事。」

她知道自己講的這些話都很空泛，她把手伸進口袋拿出一根香菸和打火機。因爲緊張而口乾舌燥，吸入口中的第一口菸嘗起來很苦。

「我猜這件事跟歐盟國那些司法部長明天要在這邊開的會有關，」她繼續說。「跟我老闆寫的一份報告有關。」

她又吸了一口菸。街道上的車輛從她們身旁駛過，稀稀落落的週六購物客及遊客從她們身旁的人行道上散步而過。世界跟平常一樣在運轉，但她們身處在一個與之有所區隔的超現實泡泡中。

「我的一個同事被謀殺了，」她繼續說。「因爲他開始調查這件事情。」

此時，她的音量降到很低，那個女孩走近了些。她用認眞而探詢的眼神望著克拉拉，同時不停把玩著拿在手中的手機。似乎正嘗試著要做出某種決定。然後她開了口：「我的弟弟被綁架了。」聲音十分空洞。

「噢，我的天啊。」克拉拉輕聲說。「而妳覺得這件事跟喬治有關？」

那個女孩緩慢地點點頭。

「有某種關聯，」她說。「有某種他媽的關聯。」

「妳報警了嗎？我的意思是說，這件事可以報警嗎？」

那個女孩只是看著她。

「妳在開玩笑嗎？」

克拉拉平靜地點點頭。「發生了什麼事？」她說。「爲什麼他會被綁架？」

「說來話長，」那個女孩回答。「費狄，也就是我的弟弟，本來消失了。跑到敘利亞去。我們以爲他死了，可是後來他回來了，然後不知怎的捲進了那些暴動中。」

「城郊區的暴動嗎？」

「在貝爾格特。他的朋友被捲了進去，而費狄也是。現在他則被綁架了。」

「誰幹的？」

「跟這件事有關的人。背後的主使者，或者是被他們雇用的混混。」

她指著街道另一頭。

「史特靈保全，或管他們叫什麼名字去的，」她繼續說。「里歐幫他們做事，付錢叫那些孩子一晚接一晚不停製造混亂的人就是他。而史特靈保全的背後又有一個他媽的俄國人，有專屬司機開著一輛掛藍色外交車牌的車載著他四處去。」

克拉拉看見派屈克辦公室裡的白板出現在眼前。俄國大使館。她看見付給夏洛特的款項出現在眼前。位於瓦都茲的銀行。除此之外還有，喬治．里歐。

「但他們想要的是什麼？」克拉拉。「我是說，那些綁匪想要什麼？」

「我，」那個女孩小聲地說。「他們想要的是我。我只有幾個小時了。」

跟另一個比自己更需要幫助的女孩一起站在大街上，克拉拉意識到這樣不行。她自己一個人沒辦法。

「我們需要找人幫忙，」她說。「妳需要找人幫忙。如果妳同意的話，我想我認識某個或許可以幫助我們的人。我什麼都沒辦法保證，但至少比沒人幫忙更好。」

那個女孩臉上的偽裝崩解了，眼淚流下她的雙頰。她慢慢地點頭。

「我不知道自己該怎麼做，」她說。「我什麼想法都沒有。」

「來吧。」克拉拉說，同時拉著她往斯特里普蘭廣場的方向走。她得打電話給一個她老早就該聯絡的人。

二〇一五年八月二十二日星期六

瑞典，斯德哥爾摩

海灣閃亮亮的灰色外表就像一顆拋光過的石頭，彷彿她可以走過這顆大石頭，從艦橋街直接走到位於另一側、她在利德瑪酒店的房間。但如今，那個房間是過去式了，她將再也不會踏入。

她把某一段過去的自己留在那裡。那段過去始自大衛一星期前出拳擊打她的太陽穴，是一段已然龜裂又泛黃的記憶，而且感覺就像發生在別人身上的事。過去一星期以來，她脫掉一層又一層的外皮，直到僅留下核心。那原始的她，能夠存活下來的她，能夠保護弟弟的她。

她瞄了走在身旁的女人一眼，她叫克拉拉，仍在講電話。她是誰？自己為什麼會相信她？或許是因為那雙眼角泛起小小哀傷皺紋的褐色眼睛？或許是她那奇怪的鄉下口音及溫柔的觸碰？或許是因為她在乎？也或許只是因為她再也沒辦法只靠自己走下去了。

十一點半過去了。她們還有五小時的時間來想辦法。五小時以後，她就得搭上地鐵，最後一次前往貝爾格特。

克拉拉終於離開了電話。從國王街穿過國王花園，一路來到舊城這兒的另一端時，她都不停地跟某人通話。

雅思敏試著不要去偷聽，但這通電話一開始顯然說得猶豫不決又焦慮。克拉拉聽起來似乎在為某件事道歉。但隨後，她的聲音就變得更活潑也更開心，縱使她說的是某人被推到一輛列車前面、神祕的銀行、研究中心，以及最後的雅思敏。

此時，克拉拉轉頭面對她。

「我最要好的朋友蓋柏拉是個律師，」她說。「不單這樣，她還很聰明，到處都有朋友。」

雅思敏謹慎地點了點頭。幹，她想大叫。一個律師是要怎樣幫我啦？

「還有，」克拉拉繼續說。「她很會解決事情。如果天底下有誰能幫上妳的忙，那肯定是她。」

雅思敏停下腳步，轉頭面向水面。望向外頭那些有著高高桅杆，沿著海灣另一側船島邊緣停靠的、該死的白色船隻。她覺得自己在漏水，覺得能量從體內流了出去。她緩緩地蹲下。

「靠，」她咕噥著說。「沒有用的，妳不可能……這怎麼可能有用呢？」

克拉拉在她身旁蹲下，用一隻手環抱住她。

「也許沒有用，」她小聲地說。「也許一切都將墜入深淵。」

雅思敏慢慢地轉頭，看著克拉拉嚴肅的顴骨，她斜著眼望向南島的懸崖，然後再次內省自心。

「我什麼都沒有辦法保證，」克拉拉說。「我怎麼有辦法呢？但有時候妳就只能放手，閉上雙眼，懷抱希望。有時妳也只能這麼做。」

二〇一五年八月二十二日星期六
瑞典，斯德哥爾摩

她們坐在艦橋街二十八號的入口階梯上，這裡是林布拉德與威曼律師事務所辦公室的所在地。此時，一輛計程車在眼前的街道上減慢速度。雅思敏的雙腳在顫抖。從她們抵達這裡後，克拉拉看到她每隔十五秒就會檢查手機上的時間。

蓋柏拉從後座跳出來時，雅思敏已經起身，依然拿著手機。

「是她嗎？」她回頭說。

克拉拉點點頭，緩慢地起身走進陽光下，朝那輛計程車走過去。蓋柏拉穿了條緊身的深色牛仔褲，還有一件藍色條紋亞麻布襯衫，長度幾乎及膝。一頭紅鬈髮隨興地綁成兩條鬆散的辮子。雖然她是一名刑事律師，而且還是瑞典聲望最卓著的律師事務所之一的合夥人，但她看起來更像是個把自己打理得乾乾淨淨的嬉皮。

克拉拉瞄了瞄雅思敏，看見她一臉狐疑時，忍不住笑了出來。

這時，蓋柏拉已經站在她們面前。她抱住克拉拉把她拉近，克拉拉被熟悉的香水味環繞。檀香跟木蘭，她心想。這是友誼的氣味。

「眞的很對不起，」她在蓋柏拉的耳邊咕噥著說。「我想過很多很多次……」

「噓，噓，」蓋柏拉輕聲說。「我也是，克拉拉。我也是。」

她溫柔地將克拉拉推到一邊，對雅思敏伸出手。

「妳一定就是雅思敏囉？」她說。「我的名字叫蓋柏拉。我知道自己現在看起來不像，但我其實是一名律師。」

她從口袋裡掏出一串鑰匙，以及一張看起來很先進的門禁卡。

「妳看，」她說。「他們有把這個地方的鑰匙給我。」

蓋柏拉打開門鎖，用門禁卡解除警報系統，然後領著她們爬上黝暗、氣派的樓梯間，來到三樓，這裡正是她辦公室所在地。她望向一個小小的鏡頭，隨後響起一個舒服的小小聲響，那表示她的視網膜跟內建資料相符。她用一把鑰匙打開門，引導她們穿過一扇美麗卻出乎意料沉重、鑲嵌了玻璃的門板。門靜靜地打開了。蓋柏拉敲了敲門板，門板幾乎沒發出任何聲音。

「外面鑲了橡木板，裡面是鐵板，」她滿意地說。「這就好像在一間舊城區的王宮裡頭，加裝了超現代的設施一樣。我愛死它了！」

「哇，」克拉拉驚訝地說。「跟上次來時不一樣了。」

蓋柏拉大笑出聲，然後看著她。

「上次妳來的時候，我在二樓一間小得跟衣櫃一樣的辦公室裡當夏季研習生。在那之後發生了很多事情。」

她們走過一條光線不怎麼明亮的走廊。走廊裡的光源不知來自何方，是蓋柏拉打開門時自動開啓的。牆上懸掛了一系列具藝術氣息的黑白照片，相片裡都是些隸屬於某種團體、嚴肅而有刺青的男人。溫暖細膩的燈光讓這間辦公室與其說是律師事務所，更像一家時髦的唱片公司。蓋柏拉在走廊盡頭處一扇巨大的白色門前停下腳步，並將之開啓。那個房間不算非常大，但很寬敞。大到足以在門邊擺了套輕盈的時尚沙發及一張巨大的骨董深色木桌。桌子後面的窗戶，可以將灣岸美景盡收眼底。

「哇，」克拉拉又說了一次，同時走到窗邊。「沒想到妳現在已經是合夥人了。」

克拉拉轉身，望向她的眼睛。蓋柏拉的神情忽然看起來有點哀傷。

「在聖安娜群島的事情發生後，他們沒有太多選擇，」她說。「再加上我在那之前做的所有工作。因此輪到我當合夥人了。」

克拉拉只是點點頭。蓋柏拉是那種可以找出解決任何事情的方法的人。她曾經跟美國中情局的高官談判。她順利讓一切事情都平靜下來，確保沒有人會丟了面子。她說服了美國中情局相信自己跟克拉拉不會將手頭的資訊洩漏出去，反而會擔任起這些資訊的守護者。在她的談判之下，恐懼得以維持在一個平衡點。

除了蓋柏拉以外，克拉拉想不出誰有資格擁有這樣的一幅美景了。她知道蓋柏拉也是每天都會想起馬哈穆德，沒辦法完全避開他的死亡造就了她的事業這個想法。

將視線從窗戶移開時，蓋柏拉已經坐在雅思敏身旁的沙發上，腿上還放了台電腦。

「所以，」她用平靜而客觀的語氣說。「妳的弟弟被綁架了對嗎？告訴我，妳是怎麼發現的，我們就從那裡開始談起。」

二〇一五年八月二十二日星期六
瑞典，斯德哥爾摩

這間辦公室眞是瘋了，簡直跟電影裡的場景一樣，但更漂亮，甚至比利德瑪酒店都漂亮。因爲它是眞的，不是你刷卡買來的一個背景而已。

這個地方讓雅思敏想起了《艾莉的異想世界》，以前她跟費狄都會趴在貝爾格特家的客廳地板上，看這齣影集的重播。誰知道如此美輪美奐的場景一直都眞的存在，而且只要搭上地鐵就能抵達呢？

她很難平靜地站著，很難不去一直注意時間，因此她在灰色的沙發上坐下。

她忍不住不停抖腳。時間飛逝。她很想對她們大喊，是時候去做點他媽的事情啦，什麼事情都好，但她還沒回過神，那個叫蓋柏拉的女人就在她身旁坐下。蓋柏拉看起來依然像個住在內城區的嬉皮，好似應該去捏陶、畫畫什麼的。但她的眼神坦率而冷靜，同時經驗豐富，這讓雅思敏暫時放鬆下來。

「所以妳弟弟被綁架了，」蓋柏拉說。「跟我說說情況吧。」

於是她開始說，說得很快，聲音顫抖，結結巴巴，因爲時間不停流逝，而她們已經浪費了太多時間。她提到了他們傳給她的那段影片，然後提到她母親傳給她的那些照片。提到貝爾格特牆上的那些符號，提到包包裡的武器。提到暴動、喬治．里歐，以及他在學校停車場拿著的那疊錢。

提到喬治的時候，她看見克拉拉跟蓋柏拉快速地交換了一下眼神，彷彿她們實際上對於這件事，對於他，知道的比她還多。但她繼續講到那場背叛，以及她在蒲公英草地後方的小樹林裡射傷了黑幫分子，那個顯然叫做拉多的人的腳。

然後她提到了跟費狄有關的一切，關於他去敘利亞的事，以及他是怎麼回來報仇的。還有費狄是怎麼射中一個弟兄的肩膀，而那個弟兄則宣稱自己在幫瑞典的情報單位國安局做事。他們如何逃出城，以及費狄一定是遭到了梅第的背叛。然後她提到自己所知道關於喬治的事。他提到了裝在盒子裡的鏤空圖案、金錢以及史特靈保全。

然後她又一次提到他們傳給她的影片。她已經忘記自己是從哪裡開始講起的了。

在這同時，蓋柏拉什麼也沒說，只是眼睛盯著螢幕，用超乎想像的速度不停打字，速度快到聽起來像是有人在做爆米花。

可是當雅思敏再次提起那段影片時，蓋柏拉輕輕將一隻手放在她的手臂上。

「我們可以停了。」她說。

接著她沉默了一會兒，瀏覽剛剛自己寫下的東西，而雅思敏則看著克拉拉，此時克拉拉也彎身在看那些文字。

「再跟我說一次那個宣稱在國安局工作的人，」蓋柏拉說。「把知道的一切都說出來。」

雅思敏搖了搖頭，覺得自己的腳又開始顫抖。她們在浪費時間，把注意力放在錯的東西上面。這樣怎麼有辦法幫助到任何人呢？

同意來這裡是個錯誤的選擇。她起身，兩手按住太陽穴。

「妳是認真的嗎？」她說。「我跟妳保證，抓他的人不是瑞典情報單位，也不是聖戰士。他們是想要讓我閉嘴，以及爲拉多的槍傷報仇。史特靈保全就是雇用這些黑幫來激起暴動。他們抓走了費狄。史特靈保全知不知道這件事另當別論。妳不懂，在貝爾格特，如果你開槍射傷了誰，是逃不了的。」

她陷入沉默，眼神因壓力和沮喪而泛黑。

「我們現在可以先專心救我弟弟，而不是來聊這個該死的祕密探員嗎？」

蓋柏拉傾身向前，握住雅思敏的手，把她再拉回沙發上坐下。

「相信我，」她說。「我就是在做這件事。」

那雙眼睛和這個房間裡有種東西，讓她沒辦法再繼續抗議。因此雅思敏又跟她說了一遍。但她知道的事情都是梅第跟她說的，都是費狄在信裡告訴她的。在那封信上，字跡越來越淡，越來越淡，最後成了一枚留在紙上的指紋。她甚至都還沒有時間去跟他提到這件事。

「後來呢？」蓋柏拉說。「妳昨天人在那間公寓，跟那些妳稱之爲聖戰士的人待在一起的時候，妳意識到背叛的人只有這個叫亞拉敏的人而已嗎？」

「對，」她說。「他承認自己是幫國安局做事的。其他人似乎都十分震驚。」

「所以妳的印象是亞拉敏混進了那個團體，他引導費狄去跟那群敘利亞的士兵接觸，然後他消滅了他們嗎？而他同時也希望害死費狄嗎？」

雅思敏不耐煩地點點頭。

「妳願意跟媒體說這件事嗎？」蓋柏拉說。

雅思敏搖搖頭。「說眞的，」她說。「我知道妳試著幫忙，可是我只想要救費狄而已，懂嗎？」

「但是如果這麼做可以幫到費狄，妳願意公開在報紙發言嗎？我不認爲這件事情必要，但得先知道妳的意願。」

「如果可以幫到費狄的話。沒問題。當然，我什麼都願意做。」

蓋柏拉對她笑了笑，摸了摸她的手。

「很好，」她說。「那我們眞的有事情要做了。在我們繼續行動前，先讓我打幾通電話好嗎？」

二〇一五年八月二十二日星期六
瑞典，斯德哥爾摩

蓋柏拉離開了十五分鐘，隨著時間一分又一分地流逝，克拉拉看到雅思敏越來越恍神。她甚至不太去看手機了，只是凝望著前方。每當克拉拉試圖跟她談話時，她都只以簡單的一兩個字來回應。

雅思敏告訴她們的一切令人難以置信——縱使克拉拉拿著蓋柏拉的電腦，不停瀏覽她留下的紀錄也一樣。她的弟弟變得激進以後，遭到他人殘忍地利用。看著雅思敏時，她覺得自己的胸口彷彿打了一個結。如果她在報紙上讀到，瑞典的情報單位跟美國人合作，滲透進一個聖戰士組織，好殺死一個伊斯蘭國的領袖，她會作何反應？也許她會抬起一邊眉毛，或許也會覺得聽起來像是一場成功的行動。現在，當雅思敏告訴她自己弟弟的悲慘故事時，她對國安局的做法只覺得噁心。如果他們徵召並犧牲的是一個瑞典市民，他們還會這麼冷酷無情嗎？

除了這些事情之外，還有喬治．里歐跟史特靈保全。

她往椅背一靠。試著去理解這一切與什麼有關。一間公司的行徑有可能這麼過火嗎？收買研究員不是什麼新聞，縱使這件事似乎極其嚴重，還牽涉到一家列支敦斯登銀行帳戶裡的一大筆金額。但僅僅爲了這樣，就派人去殺害一個試圖拼湊出眞相的人？這件事情牽涉到的利害關係眞有這麼大嗎？

她再度想起雅思敏的故事。城郊區的暴動似乎受到了史特靈保全的指使。就連噴在牆上的符號都是這家公司創造出來的。甚至那些孩子入夜以後戴上的滑雪面罩，也是他們供給的。

她慢慢想通了派屈克所發現的陰謀。

史特靈保全一定是意圖要爲私人保全公司創造出新的市場——一個他們當然希望能夠掌控的市場。如果他們在部分警察職責民營化的議題上，可以獲得政治上的支持，就能夠藉由販售自己的服務來賺取一大筆錢。而這也是夏洛特那份由「獨立學術單位」提供的報告，如此重要的原因。

倘若警察看似無法解決這個問題，人們受夠了燒毀的車輛及一群又一群看不見臉的暴動分子……他們希望民眾會覺得受夠了，開始相信只能將部分警察職責外包給民營單位負責，沒有其他解決辦法。

眼下發生的所有事情，就是這樣串起來的嗎？

她眼前出現了在阿蘭達特快列車上看到的螢幕。跟城郊區發生的混亂局勢有關的新聞報導，是如何被一則提供解套方法的廣告打斷：史特靈保全。而彷彿這樣還不夠，史特靈保全似乎還跟克里姆林集團有關係？

她得聯絡上夏洛特。得告訴夏洛特自己已經拼湊出了全貌，好阻止她明天發表那份報告。

然而，派屈克爲此遭到了謀殺。雅思敏也發現自己身陷危機。這些事情對她個人來說，又意味著什麼？她是捲進了怎麼樣的危險呢？

除了跟夏洛特，跟喬治·里歐對話之外，沒有其他選擇了。

她才剛拿出手機，還沒有時間撥打電話，就看到蓋柏拉再次站在門口。

「雅思敏，」她輕聲地說，同時在她身旁坐下。「從現在起，事情將會以非常快速而且非常混亂的方式進展。但我們會救出妳的弟弟，好嗎？」

二〇一五年八月二十二日星期六
瑞典，斯德哥爾摩

蓋柏拉幾乎還來不及解釋自己制定了怎麼樣的計畫，人在窗邊的克拉拉就說：「我想他們到了。」

然後蓋柏拉就輕輕拍了拍雅思敏的臉頰，起身，下樓打開前門，讓那些要來接雅思敏的人進來。

可是雅思敏十分不安。這件事情他媽的錯得離譜。現在負責掌控局面的人是她們，是蓋柏拉跟克拉拉，而她們又他媽的是出於好意。她們相信秩序，而雅思敏知道這一切都是混亂，她想要出聲抗議：聽我說！妳們根本不知道這件事應該要怎麼做！

但這些話卡在她的喉嚨裡。因爲她知道唯一有效的辦法，就是把自己交給那些綁匪跟貝爾格特。這就是以牙還牙，以眼還眼。沒有其他捷徑。除了鮮血以外，貝爾格特什麼都不要。她知道自己很痛恨那個允許這些中產階級女士掌控局面的自己。關於這件事情，她們什麼都不知道。而她也痛恨克拉拉跟蓋柏拉在遠方燃起那麼一線希望，提供了另一種解決辦法。她痛恨她們，因爲她們讓她湧起了希望，逼使她跌跌撞撞地走上另一條路，而不是踏上那條彎曲又漆黑，通往家鄉的小徑。

但如今一切都太遲了，那些條子此刻就站在跟《艾莉的異想世界》如出一轍的高級辦公室裡，身上穿著熨過的牛仔褲跟皮夾克，剪了一頭極短的灰髮，皮帶上還有專門用來裝手機的皮套。現在，他們張開嘴，用鄉巴佬的腔調自我介紹他們是國安局的布朗傑利爾斯跟蘭德斯格。他們的語氣很平靜，在她身旁的沙發上坐下，假裝他們是朋友，假裝他們並不痛恨她這類的人。

「所以就我所知，」那個叫做布朗傑利爾斯的人說。「最後期限只剩下幾個小時了？」

她什麼也沒說，只是凝望著前方。蓋柏拉在她身旁坐下。

「雅思敏，」她說。「我知道妳不相信我或是這兩個人。但我保證他們不會對妳做任何事。我已經跟布朗傑利爾斯解釋過費狄有過怎麼樣的經歷，如果這段經歷屬實，這將是一個極大的醜聞。我已經跟他說過，如果妳或是他出了什麼差錯，任何差錯，我們就會立刻跟媒體公開。而我敢跟妳打包票，這是他們最不希望發生的事。所以，妳不需要因爲他們人很好而相信他們，但妳要相信，他們不會希望自己犯的錯誤被公諸於世。我們手中握有的把柄比他們手中握有的還多。妳明白嗎？費狄所經歷的事情對他們來說是一樁醜聞。」

「但是這麼做沒有用，妳不懂。」雅思敏咕噥著說。

她轉頭看著蓋柏拉。她想要相信蓋柏拉。但同時也想叫蓋柏拉去死，叫他們全部都去死。但那一線火光就在遙遠的地平線上舞動。那是她第一次看見的微小希望：他們可以在不失去任何人的情況下獲勝。是雙贏的局面。她知道這種希望有多虛無縹緲，但另外一個選擇呢？走出去把自己交到那群鐵石心腸的黑幫分子手中？這麼做的話，她跟費狄有可能同時遭到殺害。

「媽的，」她小聲地說。「我們要怎麼做？」

「首先，我們需要妳的手機，」布朗傑利爾斯說。「然後我們會帶妳去警局，讓妳把知道的一切都詳細地跟我們說。」

聽到「去警局」時，她嘆了一口氣，但她依然拿出手機交給他。

「妳可以把它解鎖嗎？」他說。「然後讓我看看蓋柏拉跟我們提到的那段影片？」

她照他說的去做，然後他把發送那則夾帶影片檔的簡訊號碼，輸入自己手機裡，接著傳送了出去。

「希望我們的工程師能夠追蹤到那組號碼。」他說。

然後他身體前傾，從背後的口袋裡拿出一副手銬。他把手銬放在她面前的桌上。她的身體縮了一下。

「妳身上有帶武器嗎？」他說。

她猶豫了一下，然後才把費狄的槍放在那副手銬旁邊。她看見人在房間另一頭的克拉拉，雙眼因爲驚訝而張大。

「爲了要讓這個計畫生效，」布朗傑利爾斯說。「我得幫妳戴上這副手銬。這只是作戲而已。如果有人在監視妳，最後讓他們看見妳是遭到了逮捕，而非自願進警局的。妳明白我的意思嗎？」

她轉頭跟蓋柏拉四目交接。

「這是什麼鬼啊？」她說。「我們可沒說好要戴上他媽的手銬！」

蓋柏拉自信滿滿地看著她。

「這是爲了妳的安全著想，」她說。「如果有人跟蹤妳來到這邊，他們會以爲妳被逮捕了。這就有辦法解釋爲什麼妳沒辦法在五點鐘的時候，去到貝爾格特的那所學校。妳懂嗎？」

不懂！雅思敏想大叫。我什麼都不懂！我不相信你們任何一個人！而且這件事情不能出錯！不能出錯啊！

但是她沒有大叫。她低下頭，把雙手伸出去，好讓布朗傑利爾斯得以銬動物似地把她銬起來。然後帶著她走進那條光線昏暗的走廊，走下響起回音的樓梯間，讓她坐上一台停靠在人行道旁深色 Volvo 的後座。

賁狄，她心想。弟弟，現在到底發生了什麼事？

二〇一五年八月二十二日星期六
瑞典，斯德哥爾摩

克拉拉跟蓋柏拉站在艦橋街正門外的午後陽光中，克拉拉點燃了一根菸。圍繞她們身旁的煙霧幾乎在空氣中凝滯不動。

「剛剛發生了什麼事？」她說。「他們真的會解決這件事情嗎？」

那輛深色 Volvo 往斯魯森的方向開去，不過是幾分鐘前才發生的事。

蓋柏拉聳聳肩。「我想會吧。」她說。

「那如果他們順利解決了呢？如果他們成功救出她的弟弟呢？他們接下來會遇到什麼事？他本質上是一個聖戰士，姊弟倆過去幾天都犯過一些罪。我是說，他們的的確確有躲開警察的理由，不是嗎？」

「是沒錯，」蓋柏拉說。「但這就是整件事的重點。那兩個孩子對瑞典情報單位做了很多亂七八糟的事，因此在這件事結束後，最好能夠讓國安局放他們一馬。在我提到『報紙』跟『證人』以後，這似乎已經足夠讓他們不想要警方介入。」

「但妳真的相信那孩子說的故事嗎？聽起來也太瘋狂了吧。」克拉拉說。

「很多狗屁倒灶的事都發生在那些關起來的門後面，」她低聲地說。「多得跟山一樣。」

她朝克拉拉伸出手，跟她要一根菸。

「這是最後一根了。」克拉拉說，同時把菸遞給蓋柏拉，蓋柏拉抽了幾口又還了回去。

有那麼一會兒時間，她們彷彿回到了過往。以前還在烏普薩拉大學念書的時候，她們都習慣在圖書館的樓梯上抽菸。當時她們總是窮得要死，總是共享幾根菸。那是好久以前。在那以後發生了很多事情。

「我想是眞的，」蓋柏拉繼續說。「因爲布朗傑利爾斯很快就做出了反應。但我同意妳說的，很令人難以置信。跟美國人合作，滲透進小型的聖戰士組織，抹煞掉一個恐怖分子的領袖。我的意思是說，他們本質上漠視了自己理當堅守的、跟人權有關的所有規章跟準則。」

「這該不會是他們任務的一部分吧？」克拉拉說。「他們的工作不是應該保護瑞典，不要涉入中東事務嗎？妳認爲司法部長知道這件事嗎？」

蓋柏拉慢慢將煙吐出來。「也許知道，也許不知道。但我聯繫了布朗傑利爾斯後，他們的反應有點太快了。很不幸的是，這就表示，組織裡的其他人並非都不知道這些行動的存在。如果這是一個更大計畫的一部分怎麼辦？我的意思是說，要是還有更多跟費狄一樣的人存在呢？」

蓋柏拉又抽了一口克拉拉的菸，同時背靠著牆。

「妳能想像報紙上的標題嗎？」

克拉拉點點頭。這太瘋狂了。她想起布朗傑利爾斯，他們在聖安娜群島事件結束後見了面。他是一個毫無特徵的男人，身上穿著皮夾克跟牛仔褲，一頭灰色短髮。像個爸爸似的。但事實證明他是瑞典情報網裡的一隻蜘蛛，身上充滿祕密跟資源。當時，幫忙聯繫上美國治安機構的人是他，好讓她們得以順利從那個導致了馬哈穆德以及她父親死亡的可怕局勢中脫身。

如今，能夠想到要聯絡布朗傑利爾斯，蓋柏拉的確是個天才，克拉拉不懂爲什麼自己居然沒有想到。但這也是三十歲出頭的蓋柏拉能夠成爲一家律師事務所合夥人的原因，而這也是爲什麼她，也就是克拉拉，永遠都是一坨爛糟糟的屎，隨時都給人帶來麻煩。

「對不起。」克拉拉說，同時在人行道上踩熄菸，眼神從蓋柏拉身上移開。

她沒辦法去看蓋柏拉的眼睛。沒什麼辦法接受她快速的思考能力及帶來的幫助。與此同時，顯而易見的是，她又不能沒有蓋柏拉。

「爲什麼？」蓋柏拉很好奇。

「爲了所有的一切，」她身體靠在牆上說。「爲了沒有回妳的電子郵件跟打電話給妳。而我從來都沒有爲了去年聖誕節的事情好好謝過妳。我也很抱歉過著基本上算是隱居的生活。老天，要不是妳的話，我根本不可能直挺挺地站在這裡。而現在，我又來把一切搞亂了。」

蓋柏拉靠在她身旁的牆上，她們的肩膀靠著彼此，兩人都瞇細眼望著太陽。

「事情還沒結束呢，」她說。「希望布朗傑利爾斯能夠解決雅思敏跟費狄遇到的麻煩。至於那份報告跟喬治那邊，就要靠妳了。」

克拉拉點點頭。雖然有些輕微頭痛，但能夠跟蓋柏拉一起待在這兒，她依然覺得安心許多。縱使發生了那麼多事情，縱使那些事情都還沒解決。

她把頭靠在蓋柏拉肩膀上，臉頰靠著蓋柏拉的頭髮。「小蓋，我做得還不夠好。」她說。

蓋柏拉輕撫著她的臉頰，她的頭髮。「我知道，克拉拉，」她小聲地說。「但我們可以解決的。我保證。」

二〇一五年八月二十二日星期六
瑞典，貝爾格特

他們不幫我把頭套拿掉，但反正我已經知道我們在哪裡了。不管我看不看得見，即便眼睛被他們挖掉，我依然熟悉貝爾格特一帶的道路。我認得每一個回音，認得每一種小茴香、哈里薩辣醬或香腸的氣味。我認得每一個樓梯井跟每一扇正門，認得家家戶戶不同的說話語氣，能夠感受到柏油路上的裂縫，我也知道從每一座停車場走到每一扇門要走多少步。我知道貝爾格特的一切。一切。

我們現在人在一棟高層公寓的頂樓，這裡聞起來有大麻跟燒焦爆米花的氣味。他們把我鎖在臥室裡，自己坐在外頭玩《國際足盟大賽》，他們說的是塞爾維亞語。有時候，他們會偷瞄看看我人是不是還在裡面，彷彿我有什麼地方可以逃似的。

拍完我的影片以後，他們就把我一個人留在這裡，一開始我會數著秒數。一秒鐘，兩秒鐘，三秒鐘。我不知道自己爲什麼要這麼做，只是想把注意力放在某件事情上吧，我猜。只是要讓眼皮外面的黑暗留在外面，讓它沒有辦法鑽進來。

但後來，我想起沙希德弟兄在敘利亞跟我說過的話。那天晚上，我們在冰冷的公寓裡，圍著野營爐坐著。當時在聊監禁與殉教——以及所有其他如今對我來說非常遙遠，猶如一場夢境，另一段人生的事情，他說，如果被阿薩德的爪牙抓住，日落以後就會殉教了。但如果是被叛軍抓到，就可能要關上好幾個星期、好幾個月、好幾年。你越早對這個世界放手，轉而迎向阿拉，發瘋的機率就越低。

但我現在已經沒有阿拉了，就連對正義跟聖戰的夢想都沒有了。如今我一無所有，只有忽然出現的、想要活下去的渴望。

我已經燒毀了自己身後的土地，而我現在最想做的卻是回去。但那些想法對深陷於頭套黑暗中的我來說，太龐大了。我需要亮光。如果我無法跟死亡妥協，那我就要跟生命妥協。

因此我想到了妳。我想到長久以來，妳對生命多麼熟悉啊，而且妳也試圖來教我。我想，這就是那些字典對妳的意義，那些塗鴉跟音樂也是。這就是城裡那些俱樂部對妳來說的意義。或許甚至是那個窩囊廢大衛對妳來說的意義。

生命！

我以爲妳逃走了。從貝爾格特逃走，從我身邊逃走。但妳所做的一切都是爲了生命。妳所做的一切，都是想要讓自己過得更好。妳所做的每一件事，都是爲了要創造出某種比我們被賦予的物質條件更寬闊或更美好的生活。而我所做的一切卻是適應。我所做的一切，都是將自己對生命的期望壓到最低。

下午的時光很長，我做了任何能做的事，好讓自己的注意力能放在簡單的事情上，而不是去想妳現在在做什麼，妳現在有什麼計畫。因此，我強迫自己去相信我們終將獲得自由。人生不能就這樣結束，一定還有其他東西，某種更龐大也更美麗的東西。會有一片更藍的天空任我們翱翔，直到我們變成一個小點，然後永遠消失。那裡一定會有一片海洋，有一艘船，能夠同時承載我們兩人的一艘船。

❖

一開始，我聽見有聲音靠近窗戶，或許是從外面陽台傳進來的。那是一種刮擦聲，我轉頭面向發出聲音的地方，倒不是說我看得見什麼，只是反射動作罷了。我在想，那可能是一隻鳥，一隻鴿子，或是一隻海鷗，停靠在扶手上。然後我又聽見了。一次。兩次。不知道爲什麼，但那聲音讓我很緊張。或許因爲我很脆弱，頭上戴著頭套，雙手也被綁了起來。那個聲音讓我很不舒服，我感覺自己的心跳開始加速。然後出現了幾秒的靜默，也許是幾分鐘。

接著事情就發生了。整個房間，整棟公寓就爆炸了，伴隨而來的是一種瘋狂的劇烈聲響，我的頭開始搖晃，於是我大叫。有好幾次的爆炸，來得很快，一次又一次，聲音大到我眞的失去了聽覺。一陣閃光強烈到就連戴著頭套的我都感受得到，彷彿我人在爆炸之中，人在炸彈之中似的。我不知道自己在幹嘛，我感覺不到自己，但我想自己跟個孩子一樣蜷縮在床上。

我只聽得見耳朵裡的嗡嗡聲，但我想像房裡充滿了人。我感覺有人抓住我的肩膀，把我拉到了地板上。我感覺有人在對我大叫。然後那嗡嗡的聲音停了，或者消褪了些，於是我聽見尖叫，聽見東西被打碎。有人對著我的耳朵大吼：「警察！站好！別動！警察！」。

他一次又一次吼著同樣的話，我不懂爲什麼，因爲我根本沒動。我一動不動地躺在地上。

接著有人把我頭上的頭套拉開，黑暗消失了。我大口呼吸，因忽然出現的明亮瞇起了眼。

現在很安靜，只偶爾會聽見靴子的聲音，以及從其他房間傳來的命令聲。

「站好！」

「看著我！」

張開雙眼時，我看見一個戴著面罩與頭盔的男人，他渾身穿著深藍色的防彈衣，蹲在我旁邊。我看見他把武器跟防毒面具放在身旁的地板上。一個深藍色標籤繡在他的左胸處：金牌警察。

他輕輕脫下自己的頭盔跟面罩，對我露出微笑。他的膚色很深，接近黑色，而這很不合乎常理。他跟一般的金髮條子不同。他長得跟我們很像，汗水流下他的雙頰。

「放輕鬆，兄弟，」他笑著說。「都結束了。我們找到你了。」

在他背後，穿過那扇通往客廳、打開的門，我看見其他臉上戴著同樣面罩、頭上戴著同樣頭盔的男人，將一些我猜想應該是綁架我的人在地板上拖行，要拖往外面的大廳。我閉上雙眼。再次睜開眼睛時，他們都消失了，只有客廳地板上還留著一具軀體——那具軀體僵硬不動。

此刻，世界變得緩慢，我感覺自己花了好幾秒鐘才用膝蓋撐起身子，花了好幾秒鐘才朝門口前進一步，眼前的警察花了好幾秒鐘才站起來，把雙手放在我的肩膀上，輕輕把我推回房裡，用靴子把背後的門關上。

「沒事的，」他說。「有一發子彈走火了。但你現在安全了。」

但我已經看見了他不想讓我看見的景象。我看見了梅第蒼白的臉龐。看見了他那雙已經死亡、再也看不見的眼睛。

二〇一五年八月二十二日星期六
瑞典，斯德哥爾摩

看來他們說謊了，果然，現在她躺在一間牢房的床上，眼睛直直盯著頭頂的灰色天花板。他們說謊了，他們總是在說謊，此刻，她發熱的腦子裡充滿了無望與焦慮。她心想，一切都完了。

她閉上雙眼，兩手握成拳頭去壓，出全力去壓，同時尖叫。

她相信了他們。她怎麼會這麼做呢？有多少次，她曾在一名老師或某些做田野調查的、他媽的學者臉上看到過同樣的天真？瑞典人總是心懷好意，但只會用他們空洞的承諾跟虛假的希望帶來毀滅。她花了整個童年來迴避他們的屁話跟空洞的字句，他們說的那句相信個人的力量，還有他媽的憐憫。彷彿他們悲慘的生活就比較快樂，成天忙著送小孩去上托兒所跟喝下禮盒裡的酒。他們帶著自己的理論跟方法來到貝爾格特，以為有方法，有辦法能改善自己的生活。而我們擁有的只有混亂。

但這一次，她多麼想要去相信。她強迫自己相信，縱使這個計畫漏洞百出，而且還需要將她和費狄的性命放到他們敵人的手裡。如今她躺在這裡，試著不要去想他們即將遭遇什麼。

她只知道他們審訊了她，要她說出跟梅第還有他那些黑幫朋友相關的事，而她把知道的統統都說出來了，只除了喬治．里歐。她已經跟蓋柏拉說過不會提到他。這件事情她們之後再來解決，這樣條子才不會失了方寸，能夠先專心去救費狄。把故事簡短地告訴布朗傑利爾斯後，他就消失了，把她留在一間審訊室裡，直到一個有著一般警察態度的警察去接她，把她帶到這裡來，完全不理會她所提出的任何問題或抗議。縱使她又叫又打，他只是把她推倒在床上。然後鎖上門，留下她一個人。

不知道在牢房裡待了多久，她才聽見門鎖轉動的聲音。門打開時，她已經在床上坐挺，腳放在地板上。跟先前同一個條子，制服上還殘留著麵包屑。

「審訊的時間到了，」他說。「站起來。」

「伸出妳的雙手。」他說。

「什麼？」

雅思敏已經下床起身了，她看見他一隻手上有一雙手銬。

「妳有聽見我說的話嗎？」他說。「要審訊了。伸出妳的雙手。」

她感受到一陣巨大的屈辱，伴隨著對費狄的擔心。但她沒有其他選擇，無論什麼都比待在這間牢房裡好，因此她伸長了雙手，而他就這麼再次將她上銬，彷彿她是一頭動物或奴隸，他們緩慢走過一條毫無生命力的綠灰色走廊，來到她稍早前造訪過的審訊室。

「現在幾點了？」她說。

可是那個胖條子假裝沒有聽見她說的話，把審訊室的房門打開，輕輕將她推了進去。

「坐下，」他說。「他們很快就會過來了。」

但卻花了一些時間，而那些手銬摩擦著她的手腕。這個房間會讓人覺得很絕望，因此吸走了她所有的精力，讓她連坐都坐不直，連思緒都想不遠。總算，她聽見門鎖打開的聲音，於是在椅子上坐直，做好防備，做好最壞的打算。但她拒絕回頭，拒絕示弱，因此她背對著門，身子坐得又直又挺。

「我弟弟在哪裡？」她面對牆壁平靜地說。

她聽見有個男人走進房間，繞過桌子。用眼角去看，她看見布朗傑利爾斯回來了。

「是誰把妳銬起來的啊？」他說。

但她沒有聽見他說的話。體內的恐慌在增強，有如噴射機的引擎讓她失控。

「我弟弟在哪裡？費狄在哪裡？」她尖叫。

她用手銬敲打桌子，同時起身。

布朗傑利爾斯朝她走了一步，舉起雙手安撫她。

「費狄很好，」他說。「保險起見，我們送他去了醫院。只是既定的流程而已，用不著擔心。」

他說話的聲音彷彿是從玻璃瓶或隧道裡傳出來的，既模糊又有回音，他所說的話令人難以置信。

她癱了下去，忽然間虛弱到站不起來。坐下時，她覺得底下的塑膠椅面又冷又滑。布朗傑利爾斯在她身旁蹲下。

「慢慢呼吸，」他說。「妳弟弟很安全。」

他再次起身，打開通往走廊的門。

「誰最好立刻進來把這些他媽的手銬給我解開。」他大叫。

半小時過後，她再一次坐到桌旁，這次沒有手銬，蓋柏拉還坐在一旁。數小時前，策畫這個計畫時，蓋柏拉的眼神十分溫暖，但此時，她的眼神變得非常嚴厲，視線彷彿刺穿了布朗傑利爾斯。

「我他媽發現自己完全沒辦法理解這個情況。」說這話時，蓋柏拉的語氣冷靜又專注，一旁的空氣爲之振動。「你們的無能是他媽的沒有極限嗎？把她關起來？拒絕讓我見她？上手銬？而且還是在我的客戶經歷了那麼可怕的遭遇以後。天底下怎麼會發生這種事情？」

她所說的每一個字，都說進了雅思敏的心坎裡。每一個字都讓她更難以忍住自己快要流下的眼淚。曾經有誰如此毫無保留地與她站在同一陣線嗎？曾經有任何人跟她站在同一陣線嗎？

「冷靜點，」布朗傑利爾斯盯著桌子對面低聲說。「或許可以先道個謝嘛。我們也算解決了妳的問題吧。」

「沒關係的，」雅思敏小心翼翼對著蓋柏拉輕聲說。「眞的，費狄很安全，這是最重要的。」

「要不是這些智障介入，費狄就不需要別人出手去拯救了。」蓋柏拉咕噥著說。

布朗傑利爾斯只是用冷冰冰的雙眼看著她們。

「費狄．亞傑是一個恐怖分子，」他乾巴巴地說。「如果我是妳的話，可不敢這麼輕而易舉地指控別人。」

「沒錯，是你們創造出來的恐怖分子。」蓋柏拉瞪著他說。

布朗傑利爾斯沒有迴避她的眼神，他們就這樣坐了幾秒鐘，然後他轉頭面向雅思敏。

「進行了一些偵查工作後，我們發現他們待在貝爾格特一間公寓裡。」他說。「在那當下，我們叫來了一支特種部隊，因爲我們評估那些下手的人不會接受談判，接著我們就在最小的風險下攻進了那間公寓。」

他停下，雅思敏往椅背靠。漸漸地，費狄還活著的事實慢慢滲進她的心裡。不管現在發生了什麼事，他沒死。那個訊息就像網一樣在她體內擴張開來，這張網讓她長久以來不停下墜的狀態停住了。一種全新的、巨大的疲累朝她席捲而來。他們都活著。其他事情都不急。

「不幸的是，我們後來才知道，這場攻擊行動沒有像我們穿防彈衣的朋友所預料的那麼簡單。」布朗傑利爾斯繼續說。

「什麼？」雅思敏抬頭望著他說。

她轉頭面向蓋柏拉。

「他說這話是什麼意思？」

可是蓋柏拉只是對著他點點頭，要他繼續說，同時輕輕握住雅思敏的手。

「梅第·法希姆，」布朗傑利爾斯說。「就我所知，他是妳弟的朋友吧？」

雅思敏吞了口口水，閉上雙眼。她滿腦子只看得見懷裡抱著嬰兒的派瑞莎影像。

「他當時人在那間公寓裡，我們正在查明怎麼會發生這種事。現場顯然只開了兩槍。但出於一些原因，他們射中了梅第·法希姆。很可能是誤射。他身上沒有武器，而且就我所知，他自己也是人質。我們還沒有辦法十分明確地知道怎麼會發生這種事。」

此刻，雅思敏再也忍不住自己的淚水了。淚水緩緩流下她的臉頰。這淚水同時代表了放鬆及哀傷，希望及永遠的絕望。梅第背叛了他們，但他也保護了費狄。派瑞莎背叛了他們，但過去她保護過雅思敏幾次呢？以牙還牙，以眼還眼。總是有人要付出代價。

她聽見背後傳來敲門聲，然後那人將門推開。

「雅思敏·亞傑？」她背後的人說道。

她轉身，看見一名女警正從門縫往裡面看。

「如果妳已經結束了，我現在就可以帶妳去見妳的弟弟。」

她只能點點頭，用詢問的目光望向蓋柏拉，淚水依然流下她的雙頰。蓋柏拉在皮包裡找到一副手銬，然後把手銬遞給了她。

「妳去吧，」她說。「我還有幾件事情要跟布朗傑利爾斯討論一下。」

二〇一五年八月二十三日星期天
瑞典，斯德哥爾摩

計程車拐進E4公路，準備朝著布魯斯維肯湖，以及將要舉行歐盟會議的麗笙大酒店前進時，天空下起了毛毛雨。克拉拉的心臟在胸口裡短促而乏力地微微跳動。那份報告以及應該如何說給夏洛特聽的說詞，讓她整夜睡不著覺。與此同時，她很高興自己終於有一次不是處於宿醉的狀態。她幾乎已經忘記這種沒有頭痛的感覺了。

昨天晚上，她跟蓋柏拉在蓋柏拉那間位於瑪麗亞高地的新公寓聊到很晚，試著要想出下一步。成為律師事務所合夥人的另一個好處，顯然就是能夠擁有一間能夠欣賞斯德哥爾摩絕景的公寓，而她們在蓋柏拉的小陽台上坐到入夜之後。她很少看見如此美麗的畫面。八月的天空慢慢轉變為越來越深的藍色，底下則是國王島區及舊城的萬家燈火。天空底下的水面平靜如鏡。她們用厚毯子裹住自己，同時用兩手托住自己的茶杯。沒有酒——好幾個星期以來，她第一次覺得沒有這個必要。

但這場對話並不怎麼令人愉快。她們鉅細靡遺地把那天下午發生的所有事情，以及克拉拉在倫敦的遭遇統統檢視了一遍。蓋柏拉也將在警局跟布朗傑利爾斯那場令人沮喪的會面告訴了她。他心不在焉地聽了她所知道關於史特靈保全、喬治．里歐、貝爾格特，以及歐盟會議的事，最後認定這一切都只是臆測，然後惱怒地問她，她認為他又能怎麼做。

「我猜他說得可能沒錯，」蓋柏拉說。「這裡頭沒有什麼是證據確鑿的。當然，我們有那些銀行的證明。但這些款項是從一家瑞士銀行的帳戶轉到一個位於列支敦斯登的銀行帳戶，而信件中也沒提到這筆錢是要做什麼的吧？當然，妳的同事看起來似乎是被人推到了列車前面，可是沒有任何人看到。妳老闆的人權研究中心在倫敦，超出布朗傑利爾斯的管轄權。至於喬治的部分……」

蓋柏拉無可奈何地搖了搖頭。

「連個能處理的事情都沒有。一個證人表示他把錢交給據說是暴動的領袖？裡邊沒有什麼東西是布朗傑利爾斯跟他那些同事眞的有辦法去著手的。」

「媽的，」克拉拉說。「國安局存在的目的不就是要早人一步，在情況還沒太遲之前快速行動嗎——」

「我有逼他，他不甘不願地同意查看一下史特靈保全的情況，明天給我答覆。但事實上，這事件當中最有趣的部分將會在明天發生。屆時，妳的老闆將會在歐盟所有外交使節面前陳述那份報告。當她建議某些特定的警察功能可以外包給民營企業時，這件事情當然就會產生不同角度了，對吧？包括那些電子郵件、款項跟其他的一切。好一樁醜聞啊！我想，我們現在該做的，就是等到明天，然後再將整件事呈報上去。」

此刻，計程車緩慢地朝酒店接近，克拉拉瞄了瞄窗外海格公園裡的綠色植物。今天的雲朵又沉又灰，氣溫比昨天低了近十度。夏天在一夜之間就結束了。

空氣中的秋天氣息讓人放鬆。計程車終於停靠在今天將舉辦預備會議的會議大廳入口處。

「妳覺得我們的警力夠嗎？」計程車司機說，同時朝會議大廳外頭那些用繩子區隔開的區域點了點頭。

克拉拉苦笑，同時付了錢。

「呃嗯，希望囉。」她說。

踩上碎石道路時，她意識到他說得沒錯。她數了一下，至少有十輛警車跟警用巴士四散地停在停車場裡，入口處也架起了路障。幾個警察從一輛巴士後面搬下警盾跟警盔。當然，一場由歐盟國司法部長所召開、主題是「自由化的衝擊」的會議，顯然會成爲反全球化運動的抗議目標。明天海格公園將充滿左翼的行動主義者。

今天只是預備會議。那些司法部長要明天才會過來。但如果說，克拉拉待在歐盟政治圈的那些年有讓她學會什麼，那就是預備會議其實很重要。就是在這些會議中，在這些沒有更重要的政府官員與政客顧問出席的會議中，制定好議程以及會議準則。那些最終決定會在這裡誕生，在這邊立下基礎。這就是夏洛特的報告如此重要的原因。

時間已過七點半，克拉拉站在隊列中，跟一身西裝、象徵著歐洲那令人無法信賴的共同民主代表人們站在一起。安檢很謹慎，就像在機場或歐洲議會裡一樣，包包要用X光掃描，每個人都要走過金屬探測器，才能踏進這座曾經是武器庫、如今用白色與金黃色木頭翻修成一座面積達一千五百公尺、北歐風格的會議大廳。

克拉拉簽到，拿到了自己的名牌。

「夏洛特·安德菲爾簽到了嗎？」她問了那個穿著緊身連身裙、在櫃檯後面工作的金髮年輕實習生。

那個女人敲擊了一下筆記型電腦。

「還沒有。安德菲爾教授似乎還沒有簽到。但根據流程表，她的發表會將在八點三十開始，緊接在會議簡介的後面，因此她人應該在不遠的地方才對。」

克拉拉點點頭，然後朝提供咖啡及歐陸早餐的桌子走去。她看著自己的手機。沒有未接來電，沒有訊息。現在是七點四十五分，還有十五分鐘會議才會開始。再隔半小時才是夏洛特的演說。克拉拉開始冒汗。夏洛特不像是那種最後一刻才到場的人，一點也不像。

接著某人輕輕抓住了她的手肘，她轉身的速度太快，導致黑咖啡灑在碟子裡。

「克拉拉，」喬治・里歐說。「我得跟妳說句話。」

他看起來就跟平常一樣——剛洗過澡，打扮得十分得體。西裝看起來是新的，白襯衫跟紅領帶也是。另一名出席者——一個四十多歲、圓滾滾的男人，經過時跟他握了握手說：「喬治！看來他們引狼入室啦！」那個男人有很重的德國腔，說話的同時精力充沛地大笑。

喬治勉強自己笑了一聲，友好地拍了拍他的肩膀。

「奧圖！眞高興見到你！」他做了個動作，表示自己很忙，但很樂意等會兒跟他聊。他拉著克拉拉穿過人群，朝安檢站走過去，同時微笑，揮手，並用空出來的手做了個「再電話聯絡！」的動作。他顯然習慣出席這種場合。

終於，他們來到了門廳，這裡的人比較少。

「喬治！」她說，強迫自己露出微笑。「眞的好久不見耶！」

「的確是，」喬治說，臉上的微笑跟她的一樣緊張。「我們可以等會兒再敘舊。手頭有個小問題要先處理。」

「好，」她說。「但沒想到會在這裡見到你！」

「是嗎？」他說，同時訝異地看著她。「夏洛特沒告訴妳我會來嗎？」

她皺了眉頭，試著注視他的眼睛，但他的眼睛掃視著她背後的人群。

「沒有耶，」她小心翼翼地說。「她從沒提過你。」

「她沒提過啊？」

他的語氣聽起來真的很訝異，同時直直望著她。

「最早是我把妳推薦給她的。不然妳以爲自己是怎麼得到這份工作的？」

她往後退了一步。

「抱歉？」她說。「你剛剛說什麼？」

「克拉拉，」他說，眼睛再次專注地望著她。「夏洛特人在哪裡？」

「等等，」她說。「你剛說這工作是你幫我介紹的，那句話是什麼意思？」

「現在先忘掉那件事，」他不耐煩地說。「她需要某個能講瑞典語的人，我就把妳的名字告訴了她。就這樣。但她現在人在哪裡，克拉拉？這件事眞他媽的很重要！妳無法想像這件事會牽涉到多大的風險。」

克拉拉差點就要說自己很明白這件事的風險，也知道這件事對他來說有多重要，但卻在最後一秒阻止了自己。

「我眞的不知道耶，」她說。「她應該隨時都會到。你是怎麼認識她的呢，喬治？」
但她話還沒說完，他就已經背過身去，消失在一群穿著同樣西裝的人群之海中。

二〇一五年八月二十三日星期天
瑞典，斯德哥爾摩

半小時過後，會議需遵守的準則已經介紹完畢，一名主要發言人——一位忽然對民主有興趣、聞名世界的創投業者的演說，顯然已經來到尾聲。夏洛特的演說頂多只剩十分鐘就要開始。如果她沒來的話，他們會怎麼做？那份報告已經寫好了，不管她到場與否，一到午餐時間就會正式發表。一名五十多歲、一頭金色短髮的女人在克拉拉身旁蹲下。

「妳是夏洛特·安德菲爾的同事嗎？」她用帶著些微法國腔的英文說。「我是這場會議的主辦人之一。這是一場大災難！」

她說話的聲音很輕，但法式的絕望卻非常明顯。

「安德菲爾教授人在哪裡？她有跟妳聯絡嗎？」

克拉拉搖搖頭。

「我一直試著要聯絡她，但聯絡不上。」克拉拉說。

「沒有其他選擇了，」那個女人說。「妳得要發表那份報告。我的意思是說，那是妳跟夏洛特一起撰寫的，對吧？」

克拉拉胸口一緊，堅決地搖了搖頭。

「我只寫了一小部分而已！」她說，同時努力不去提高自己的音量。「我只寫了跟法律限制有關的章節，甚至還沒見過完成後的版本。此外，我相信安德菲爾教授的結論跟我截然不同。」

那個女人只是看著她。

「大災難，」她斷聲說。「徹頭徹尾的大災難。」

講台上的主持人正在結束講者的簡單介紹，同時一臉困惑地望向聽眾。

「我們現在理應開始議程中的第一個討論項目，」他說，同時擔憂地四下張望。「理當發表一份報告，主題是從歐洲的角度來看警政功能民營化的展望。這份報告的編撰人是倫敦國王學院人權研究中心的夏洛特．安德菲爾教授。但我剛剛才得知，顯然安德菲爾教授的行程被耽擱了。因此，我建議將這個項目延後，改由……」

會議大廳後方的開門聲打斷了他。整個大廳的人都轉過頭。夏洛特從那扇門走了進來。

「我把最後那句話收回，」主持人對著現場竊竊私語的群眾說。「看來安德菲爾教授總算找到來這邊的路了！」

「請原諒我這場不該有的插曲。」夏洛特說著，在主持人及另一名與談人士間的座位上坐下。

克拉拉幾乎不敢相信自己的眼睛。夏洛特表面上看起來相當平靜，但她的眼神卻不停在電腦及群眾之間來回游移，克拉拉從沒看過這樣的她。

夏洛特深深嘆了一口氣，彷彿是在準備，同時間，她的報告也出現在大廳周圍的螢幕上。

「在這邊，我將於這個最終將決定某種立場的會議上，發表第一份案例研究。」她開始說。「這個案例關乎一個問題，且近期在幾個歐盟國家都有提出。那就是如果要將特定的警察職責民營化，我們需要做些什麼。尤其最近我們都見到了一些普遍出現的大型抗議活動，因此這個主題跟我們有切身的關聯。」

她往上看，同時眼睛環視大廳。

「斯德哥爾摩本身就是一個絕佳案例。才不過上星期，我們就看見了城郊區出現接二連三的暴動。在這些暴動中，警力的裝備嚴重不足，缺乏彈性，無法有效處理已經出現的問題。」

她停了一下，同時望向聽眾群。

「這場會議也不例外。今天現場有這麼大量的警力，就是預期民眾可能會發生暴動的明證。」

房裡所有與會的人都點點頭，同時身體往前彎，更專注地繼續聆聽。克拉拉覺得自己頸背的寒毛豎起。喬治跟他的客戶用了絕佳能力，爲夏洛特的演說創造出一個合適的氛圍。你怎麼可能有辦法抗拒這種演說呢？面對這間能夠激起並利用城郊居民的不滿來創造出屬於自己的現實，同時收買了一名「獨立專家」來發表一個最適合這種案例解決方式的公司，你還能怎麼辦呢？

這種利用他人情感且極端冷酷的做法令人震驚。克拉拉轉頭與喬治四目相對了一會兒。他現在看起來平靜多了。台上的夏洛特繼續演說。

「顯而易見的是，我們的社會在警政單位的資源分配與效率上，面臨了重大挑戰，也因此，自然有人會問是否有其他的解決方式。」

她讓自己的言論聽起來非常合理，非常技術官僚。

「在幾個成員國中，有人宣稱私行爲者更具彈性也更符合經濟效益。同時，近年來實施的醫療服務民營化，也對經濟成果帶來了正面影響，就連瑞典這邊也不例外。」

夏洛特轉頭直視克拉拉。她一度陷入沉默，然後慢慢將視線轉回聽眾身上。

「但我們的研究顯示，從純粹的民主觀點來看，警力民營化所帶來的問題幾乎難以克服。」

克拉拉喘了一口氣。她沒聽錯吧？夏洛特在說什麼？那一定跟史特靈保全付錢要她說的話完全相反。她換邊站了嗎？

「我們把自己關注的焦點，放在法律方面的問題，以及考慮將政府的主要功能，例如警力民營化時，可能會對民主產生的危害。關於報告的這個部分，我要感謝我的同事克拉拉·瓦爾迪恩。她的仔細研究強調了法律方面的問題，在這個領域的案例研究總結也讓我獲益良多。」

彷彿她人在萬花筒內，眼前的碎片旋轉後，形塑出了完全出乎她意料的圖形。克拉拉一動也不動地坐著，台上的夏洛特則小心翼翼引用克拉拉所寫的那部分報告。

她轉頭去看喬治的反應。但他的位子上沒人，她瞄到他正朝門廳方向走去，手機就貼在他的耳邊。在大廳周圍的螢幕上，她看見自己的結論逐一出現。毫無疑問地，這個部分的重心只在於是否違憲以及民主制度的限制。

她一度懷疑，過去一星期發生的每件事都只是她的想像：夏洛特與喬治之間的信件往來，進入列支敦斯登的銀行帳戶與貝爾格特人民手中的錢，雅思敏提及的符號。一切都是沒有意義的嗎？

「今天下午，整份報告將會張貼在這場會議的網站上。」夏洛特最後說。

接著她就做了結語。克拉拉幾乎沒有留意到螢幕就這樣關閉，沒有留意到主持人宣布休息喝杯咖啡，也沒有留意到與會人士在她身旁移動，往後頭的茶點桌走過去時發出了嗡嗡的嘈雜聲。夏洛特最後所說的話，在她的耳裡迴盪：「警察的職責不是單純的行政任務，從民主或法律的角度來看，民營化的做法非常難以獲得認同。」

夏洛特的報告跟克拉拉所寫的東西完全吻合。如果史特靈保全，不管他們是什麼人，目標是創造出警力民營化的正面形象，那麼他們嚴重地失敗了。

到底發生了什麼事？她見過付給夏洛特的款項，見過她與喬治的會面，而喬治就是在幫史特靈保全做事。所有的證據都顯示出他們將會得償所願，夏洛特已是他們的囊中物。有什麼事情是她不知道的？

克拉拉穿過許許多多的會議出席者，朝出口走去。夏洛特去哪裡了？演說結束後，克拉拉完全失去了她老闆的身影。但在門廳的地方，她看見夏洛特的背影正穿過金屬探測器離開。她似乎很急，克拉拉加快了腳步。

她要去哪裡？通常來說，演說者會在演講完後留下來回答問題。

她走出會場，迎向陽光冷冽的早晨，距離夏洛特只有不到一公尺的距離，正準備大叫出她的名字，此時卻見到她跳進一輛在路旁等候的計程車。那輛車緩緩駛過入口處時，夏洛特抬起頭，一度與她四目相會，卻沒有理會她就又低下了頭。先前眼神中那股顯而易見的自信蕩然無存。只留下失敗，以及某種接近恐懼的東西。克拉拉的思緒在腦中旋轉。這裡到底發生了什麼事？

轉身時，她看見喬治就站在自己後面，出於訝異，她往後退了一步。此刻的他看起來不同了。眼神不再有壓力或焦慮，反倒看起來年邁，幾近哀傷。

「跟我來吧，」他說，同時指著一輛停靠在車道上的奧迪。「我們眞的得聊聊。」

二〇一五年八月二十三日星期天
瑞典，斯德哥爾摩／貝爾格特

弟兄們喚醒了我。一股巨大的黑暗籠罩了我，但我忽然聽見他們發出了細語聲，並在我身旁走動。睜開雙眼，我人站在海盜廣場上。紅沙席捲而來，染紅了整個世界，也覆蓋了龜裂的混凝土石板。碎裂的身軀在我面前排放成一列列，耳後傳來在諾坎普跑了一下午的梅第肺部發出的咻咻聲。轉過身時，他對我微笑揮手，然後就緩慢後退，消失在紅色的風中。接著他們來了，一個接著一個。邦迪、狐狸跟達希勒。亞拉敏跟烏瑪。我站在死去的成排弟兄前面，像是一名守衛或代表。沒有人說出任何話。風颳得更強勁了，紅沙覆蓋了一切，直到我再也看不見他們。到最後留下的東西只有沙，我緊閉雙眼，把臉深深埋進自己的雙手中。

接著我聽見了妳的聲音，妳的聲音在我耳邊響起。

「弟弟，」妳輕聲地說。「起來，弟弟，你是在做夢。」

睜開眼時，紅沙消失了。廣場消失了。混凝土石板跟弟兄們消失了。我躺在一間白色房間的床上，周圍滿是電線、軟管、窗簾，室內到處都是冰涼的晨光、呼吸聲，以及輕輕的說話聲。我朝妳轉過頭，彷彿第一次見到妳。此刻，妳將長髮放下來了，又粗又亂，眼睛旁的腫脹只殘留淡淡的烏痕。妳從上方靠過來，把冰涼的手按在我的額頭上。當我還小，妳以為我得了感冒時，也對我做過這種動作。

我輕輕抓住妳的手腕，把妳的手穩穩壓在我的額頭上。記憶中，從我們還小的時候，妳的手就一直都是這樣涼涼的。以前每當我生病，妳就會蹺課，成天就這麼坐在我身旁。我怎麼會忘記呢？我怎麼會忘記妳會把學校老師讀給妳聽的故事，一遍又一遍地說給我聽，直到感覺那些故事就像是妳編出來的一樣呢？我現在想起那些故事了。我現在想起一切了，而我覺得自己沒辦法再將這些故事儲存在心底了，沒辦法再面對生命中一分一秒的孤單了。

「還記得在《強盜的女兒》裡，柏克跟隆妮雅說了什麼嗎？」我咕噥著說，同時瞇起雙眼，這樣妳就不會看到我哭得跟個孩子一樣。

妳把手從我的額頭拿開，同時身子往下壓，直到妳的臉頰貼著我的臉頰。然後妳安靜地點點頭。

「妳將會挽救我的性命幾次呢，我的姊姊？」我輕聲說。

妳把臉頰貼得更緊了，緊到我可以透過肌膚感受到妳的心跳。但妳沒有照隆妮雅說給柏克聽的答案來回答我。妳沒有回答說，我救過你幾次，你就會救我幾次。我再也忍不住自己的淚水。任由淚水緩緩流下臉頰，流到枕頭上。我不是爲了那些弟兄或過往而落淚。我是爲了放心而落淚。因爲妳是我的姊姊，妳從不求回報而落淚。我哭泣，是因爲只有在故事裡，愛才是互相抵銷的；只有在童話裡，犧牲才是相對的。

他們一早就讓我出了病房。我其實昨天晚上就可以走，但妳不讓他們叫醒我，說服那些醫生讓我們過夜。也許是因爲我們無處可去吧。

一名警察在門外等候，我覺得自己再次被吸進黑暗，當他朝我們走近時，妳牽住了我的手。

「都沒事了，」他說。「有人可以照顧你們嗎？有需要我們載你們去哪邊嗎？」

但妳搖了搖頭。

「我們不再需要警察了，」妳說。「謝謝你們的幫忙。」

「那個條子在這裡幹嘛啊？」我在往下移動的電梯裡說。

「他們想確認我們是不是沒事。你還記得自己被綁架了嗎？但我們現在有律師了，費狄。」

看見我一臉疑惑，妳笑了出來。

「晚點跟你說，」妳繼續說。「但她搞定了一切。過去那些事現在都結束了。」

在南區醫院外的大街上，妳的朋友伊格在一輛滿布灰塵的老舊 BMW 旁等我們。我之前甚至連我們住在哪間醫院都不知道，都沒去想過。他擁抱了妳，然後幫我打開後座的門。

「我發誓，你們倆都瘦得跟蘆葦一樣，」他邊說邊發動車。「要去哪兒？」

妳在他身旁的座位上坐好。

「阿蘭達機場，」妳說。「但首先，我們得先回家。」

我們站在外面等，伊格則上去派瑞莎的公寓。他五分鐘內就回來了，一手拿著一包梅第幫我保管的東西，另一手則拿著我的護照。把東西拿給我時，他的眼神既灰暗又哀傷，然後他轉頭面向妳。

「妳說得沒錯，」他小聲地說。「她不想見妳。喪禮是明天。妳知道的，根據可蘭經的指導，他們想要快點處理。他們似乎不歡迎妳到場致意。」

妳沉默地點點頭，你們倆緩慢沿著通往停車場的小徑走時，我幾乎無法呼吸。我抬起頭，沿著龜裂的建築正面望去，尋找著他們家的窗戶。

「快點，費狄！」妳大叫。「走吧！」

終於，我找到了。就在轉頭以前，我看見窗簾後方派瑞莎的臉，看見她懷裡抱著的那個小東西。我們的眼睛交會了一秒，然後她就再次消失在公寓的黑暗中。沒有原諒，什麼也沒有，但已經足夠讓我的腳能夠從地面抬起。我緩慢轉身，把那景象拋在腦後。

「再做一件事就好，伊格納西奧，」妳說。「然後我們就走。」

他點點頭，妳不用開口，他就知道妳想做什麼。他那台破爛的BMW再次駛上街道，駛過學校、樹林跟諾坎普，駛過一間間的低矮公寓，沿著狹窄的腳踏車道走，一路來到我們家的正門口，一路來到一切的起始點。

但到了以後，我們卻沒辦法讓自己下車，只是探出車窗外，試著要從窗戶望進去。但是辦不到。裡面暗濛濛的，窗戶只是映照出了外面的陽光及松樹。

「那些該死的窗簾。」妳小聲地說。

「她還在上班，」我說。「而他八成還沒醒來吧？」

妳點點頭，背往後靠，望向我。

「一切就這麼結束了嗎？」我說。

妳搖搖頭。然後身子往後彎，輕撫我的臉頰。

「不，弟弟，」妳說。「一切就從這裡開始。」

二〇一五年八月二十三日星期天
瑞典，斯德哥爾摩

喬治將車駛過那些路障並開上E4公路的斜坡時，他們什麼也沒說。廣播在播報新聞，城郊區的暴動逐漸平息下來了。昨晚比之前都還安靜。喬治把廣播關掉。

「老天啊，」他說。「這一趟累炸了。」

克拉拉轉頭看著他。他看起來很累，比她記憶中老很多。

「怎麼了，喬治？」她說。「你到底要不要跟我說？舉例來說，剛剛那裡頭發生了什麼事？夏洛特跟她那份報告是怎麼了？」

他看了她一眼，但視線很快就回到路面上。

「這件事說起來很複雜。」他說。

她疑惑地看著他。就這樣坐在他車裡的感覺很奇怪。忽然間，她覺得兩人乘著她祖父的小船穿過聖安娜群島那兒的暴風雪，彷彿才是昨天的事。

「你欠我一個解釋，喬治。」她小聲地說。

「沒錯，的確如此。妳知道多少？」

「史特靈保全付錢要夏洛特寫那份報告，他們也付錢給城郊區的那些孩子，要他們起來暴動。你跟這一切都有關聯。但我們可以先從會議這邊發生了什麼事開始講嗎？」

「有什麼東西說服了夏洛特，讓她決定不發表自己爲史特靈保全寫的那份報告。」喬治小聲地說。「意識到自己的行爲曝光後，她很快就決定做對自己最有利的事。這是夏洛特的強項。妳或許可以說，她有種直覺，能立刻知道怎麼做最符合自己的利益。」

他露出一個狡詐的微笑。她搖了搖頭。

「你說的『說服』是什麼意思？」她說。「你在幫史特靈保全做事。但你似乎沒有特別難過？」

他深呼吸後，嘆了一口氣。

「本質上來說，史特靈保全就等同於俄國政府。類似的公司有好幾間，現在比以前還多。差不多一年前，他們聯絡了我們，聯絡了我的東家泰勒企業，當時就聊到要做這份報告以及舉行這次的會議。他們想要找一間不會問太多問題的大型遊說公司。當然，我的老闆們都非常有興趣。俄國人付錢很阿莎力，如果妳明白我的意思。只要別問問題就好。而就在一年半前聖誕節的事情結束後，我幾乎是立刻就開始跟他們配合。那是我最早參加的幾場會議，就在……妳知道的，聖安娜群島那場事件以後。」

「你的確很容易吸引到一些特定的客戶。」她說。

他聳聳肩。

「這是工作的一部分……但在那次的事情過後，我變得有點——該怎麼說呢？希望客戶能夠更光明磊落。」

他笑了笑，同時又看了克拉拉一眼。他無需再多說。那年聖誕節，喬治的一個客戶差點就把他們都殺光了。

「而我們當時就跟國安局接觸過了，如果妳還記得的話？」

「布朗傑利爾斯。」克拉拉小聲地說。

「沒錯。我不想再捲進這種亂七八糟的事情裡面了，所以就決定把有關史特靈保全的事告訴國安局——我告訴他們，對方公司在瑞典還沒有正式開張，只是用另外一個名字租了一間辦公室，而公司總裁似乎是俄國大使館的專員。布朗傑利爾斯覺得事有蹊蹺。」

她點點頭，但她幾乎不敢相信自己的耳朵。不過是昨天，蓋柏拉才把這一切跟布朗傑利爾斯說，但他卻全盤否認。眞是個冷血混蛋。

「我本來希望他們能把誰抓起來，讓我不用再做這個邪惡任務。」喬治繼續說。

「可是？」

「他們反而希望，如果沒有發生其他事情，就繼續做下去。於是我就繼續跟夏洛特配合。這件事情不怎麼困難。我知道她的個性，有野心又愛錢，沒什麼顧忌。而就像我剛剛說的，俄國人付錢很大方。他們不希望那份報告做得太明顯，只要能讓聽眾對警政系統的能力起疑，幫他們起個頭就可以了。」

她點點頭，同時閉上雙眼。明明已經發生了這麼多事情，後面要知道的卻還很多，這對她來說，一時還沒有辦法招架。尤其她現在還跟喬治一起坐在這裡，坐在這輛開在 E4 公路的車輛上，他們要前往……前往哪裡啊？

「但過去幾星期，情況眞的失控了，」他繼續說。「史特靈保全開始資助貝爾格特的動亂——暴動已經發生了，但他們很快就注意到，可以藉機好好利用這些人。他們派我把那些鏤空圖案帶去城郊區，好讓他們可以噴在牆上，或許妳也見過那個拳頭？順便跟妳說，我覺得超變態的。然後某一天，一個貧民窟的小妞忽然冒出來，說在城郊區見過我。當然，布朗傑利爾斯超緊張，那個女孩決定跟我在公共圖書館碰面時，他派了幾個混混要去接她。但她最後居然拿出槍來威脅我！妳能相信嗎？媽的眞是瘋了！」

克拉拉點點頭，還不想打斷他的獨白，不想告訴他，她其實已經知道了。時機還沒成熟。

「但是國安局那邊怎麼說？」於是她說。

「他們冷冰冰地說：繼續下去，照他們說的去做。」

「什麼鬼啊？」克拉拉說，同時快速轉過頭來面向他。「明明就可以提前介入預防，他們竟然就這樣讓貝爾格特燃燒？眞是自私自利到讓人覺得噁心。」

喬治只是點點頭。

「他們說，蒐集證據很重要。他們對吵鬧的青少年沒興趣，只想要抓更上面的人。但似乎我們只逮到了奧洛夫，而他表面上只是大使館裡的低階外交官。他們很會保持低調。」

克拉拉覺得自己越來越憤怒，因所有的殘忍及冷淡而起的憤怒。瑞典的情報單位怎麼可以就這樣任由一切繼續下去？先是費狄，現在則是這些？

「但那些俄國人要的到底是什麼？」克拉拉說。「經濟嗎？他們要的眞的只是錢嗎？還是有其他目的？」

喬治聳聳肩。

「我想都有。那些俄國公司啊……他們幾乎都跟政治脫不了關係。如果歐盟成員國將警力外包，他們能賺進大把的銀子。同時間，如果這些俄國老闆忽然能夠掌控部分歐洲國家的警力，俄國的戰略地位將會提高不少。妳懂嗎？」

「聽起來超級古怪的。」

「沒錯，可是布朗傑利爾斯說，這就像是用潛艇入侵我們一樣。不是直接的侵略，更接近開槍示警：看看我們，我們可是有辦法製造出眞正的政治混亂。」

「我實在沒辦法相信，夏洛特居然允許自己被人收買。」克拉拉說。

「唉唷，報告被收買可不是什麼新聞。但在布朗傑利爾斯昨晚去接她，並跟她攤牌以後，她大概就沒那麼狂妄自大了吧。她當然否認。發誓說她在列支敦斯登那邊拿到的錢，跟自己的獨立學術地位毫無任何關係。」

他乾巴巴地笑了笑。

「昨天跟她開會的時候，她把報告的草稿拿給我。後來布朗傑利爾斯就把那份草稿拿出來，上面的結論跟她今天所宣稱的截然相反。顯然她馬上臉色發白，立刻回家，整晚熬夜改寫報告。就像我說的，她知道怎麼做對自己最有利。」

「計畫一直都沒變嗎？我是說，選在發表會之前的此刻揭穿她？還是說，他本來打算再讓局勢進展下去，直到情況眞的變得很緊急？」

「就我所知，計畫本來就打算在這裡停住，趕在俄國人得到任何眞正影響力以前。國安局八成想在沒有造成任何眞正影響的情況下，盡可能繼續進行，好看看他們能夠得到多少資訊。」

克拉拉若有所思地點了點頭。

「那夏洛特現在會有什麼遭遇？」

喬治聳聳肩。「我猜她會回到倫敦療傷，直到時機再次成熟。」他大笑。「不像我這個懦弱鬼，夏洛特這種人，八成要多花一些時間才有辦法重見天日吧。」

「搞什麼鬼，有人可是因此而喪命啊。」克拉拉小聲地說。

在倫敦地下鐵出現的景象閃過腦海。派屈克僵硬、蒼白的身軀躺在鐵軌上。

喬治輕輕點點頭。

「我昨天才知道那件事。史特靈保全沒料到匿名者會嗅出夏洛特的計畫，也不知道妳會開始打探消息。俄國人現在可是緊張得要死。」

「你爲什麼要讓我捲進這場事件裡？」克拉拉說。「如果你之前就知道事情會這麼發展？」

喬治小心翼翼看了她一眼。

「我猜自己是想幫妳吧。我知道妳想完成馬哈穆德的論文，而我預期夏洛特會讓妳做妳想做的事，因爲付錢給她的人是我。我沒意識到最後會把妳捲進來。我眞的不知道事情最後會搞到這麼大。進入夏天以後，布朗傑利爾斯說話的語氣就像事情快要結束了一樣。可是後來，他卻持續推動這件事，讓它不停演變下去。」

他陷入沉默。他們已經抵達賽格爾廣場了，然後他轉向斯維亞大道。

「我們要去哪裡啊？」克拉拉說。

「等下妳就知道了。有人想見妳。」

他把車停在國王大樓的人行道旁。

「十五樓，」他說。「他在那裡等妳。」

「你不上來嗎?」
喬治似乎抖了一下,然後換檔。
「想都別想。我已經受夠那間辦公室的景象了。」
她點點頭。
「之後還會見到你嗎?」她說。
喬治大笑出聲。「隨時都行。我想這件事結束後,我們倆應該會空閒好一陣子。」
「什麼意思?你覺得自己會被開除嗎?」
他聳聳肩。「誰知道?公司也沒明文規定說,不能積極跟自己的客戶對幹。不管他們是不是俄國人都一樣。等著看吧,我很確定自己會沒事的。」
他遞給她一張名片。
「隨時想到就打給我吧。」他說。

二〇一五年八月二十三日星期天
瑞典，斯德哥爾摩

十五樓的第一扇門隸屬一間律師事務所，另一扇門上沒有任何招牌，但微微敞開著。她猶豫地打開那扇門。

「有人在嗎？」她邊喊邊往那個黝暗的走廊走了一步。

「在這裡。」有人在裡面的某處說。

她小心翼翼地穿過走廊，進入一個巨大的房間，從這裡能夠看見斯德哥爾摩壯闊的景色。房裡空空盪盪，只有一個角落擺了張蒼白的桌子跟兩張椅子。布朗傑利爾斯從椅上起身，朝她走來。

「歡迎來到史特靈保全！」他說。

她疑惑地看了看四周。布朗傑利爾斯的穿著跟平常一樣：深藍色牛仔褲跟短袖格紋襯衫。閃亮亮的皮夾克扔在一個窗台上。

「這裡是……空的？」她說。

布朗傑利爾斯點點頭。

「這裡之前的東西本來就不多，」他說。「但他們似乎昨晚就忙著打包，把那一點點東西都帶走了。」

「你就這樣讓他們離開嗎？」

她覺得自己的憤怒再次湧現。這麼一大堆狗屁倒灶的事情，每個人都在承受它所帶來的後果，他卻只是站在那兒微笑聳肩。

「籌劃這間公司的人，差不多在二十四小時前，搭上了一班前往莫斯科的飛機，離開了這個國家，」他說。「反正他有外交豁免權。史特靈保全剩下的部分並不在瑞典，他們甚至沒在這裡登記爲公司。除了門上的招牌，他們在瑞典是不存在的。如今，連那個招牌也不見了。」

「可是……」她說。「事情不能就這樣結束吧？我的天啊，他們是貝爾格特暴動的幕後黑手。他們賄賂了一名教授，還謀殺了我的同事耶。」

「付錢給貧民區那些人的是喬治．里歐，」布朗傑利爾斯說。「付錢給妳老闆的人也是他。至於妳的同事，我們一直有跟英國那邊的同僚聯絡。他們完全清楚這個狀況，但不幸的是，目前還沒得到能夠進一步追查的線索。」

「那這件事的意義在哪裡？」她的聲音現在變大了，再也忍不住了。「如果沒有任何人需要負責，那這件事的意義在哪裡？」

直到她聲音的回聲在空曠的辦公室裡停歇，布朗傑利爾斯才開口。

「意義在哪裡？」他重複了她的話。「意義在於發送出一個訊號。讓他們知道我們知道他們想幹嘛。不只是這裡，當然，他們在許多地方都意圖干擾歐盟的作業，而我們一直都有跟歐洲的其他同事合作。讓俄國人清算掉這間辦公室，送該負責任的大使回家，這件事本身就是一場勝利。不會丟到他們的臉，但他們會知道我們在監視他們。就像海軍把進入聖安娜群島的潛艇驅逐出去一樣。如果讓其中一艘潛艇浮出水面，情況就會變得很嚴重。屆時麻煩就眞的開始了。我們想要做的，是在不引起任何人關注的情況下阻止他們。這才是眞正的勝利。」

她搖了搖頭。犧牲了這一切，卻什麼都換不到。

「那雅思敏呢？」她憂愁地說。「還有費狄呢？」

布朗傑利爾斯走到窗邊，望向窗外在初秋太陽照耀下閃閃發光的屋頂。

「不是我的任務，」他說。「直到雅思敏昨天帶著她的故事冒出來，我才知道有這件事。」

「但那是眞的嗎？」克拉拉說。「國安局眞的會滲透進偏激團體，鼓動人們變得更激進嗎？你們眞的有跟美國或是什麼能夠操作那些無人機的國家合作嗎？」

布朗傑利爾斯什麼也沒說，只是站在那兒背對著她。幾秒鐘過去了。然後他朝她轉過身來，用自己那雙藍眼冷漠地打量著她。

「不管做了什麼，那都是必要的。這些團體在招募恐怖分子，妳知道，對吧？妳有看新聞嗎，克拉拉？這是一場非常成功的行動。」

「一場成功的行動？你們讓費狄變得激進，然後送他去敘利亞赴死，這對你來說是一場成功的行動？」

「一個資深的伊斯蘭國領袖跟他手下二十個狂熱的信徒，一起被殲滅掉了。無論額外引發了什麼，這都是一場成功的行動。」

他的視線沒有移開。

「至於費狄．亞傑，我們並沒有讓他變得更激進。是他自己找到加入激進團體的管道。我們沒有想殺他，想這麼做的人是他自己。」

布朗傑利爾斯在聖安娜群島那邊幫過他們。當時，國安局也加入了獵殺她跟蓋柏拉的行動，但布朗傑利爾斯仍然找到辦法幫了她們一把。她原本以爲他會這麼做，是因爲他在乎，他心地好。現在她才意識到，他會伸出援手，是因爲他的利益剛好跟她的相符。他只不過是個自私自利又投機取巧的情報人員而已。

「我曾經沉默，」克拉拉小聲地說。「關於一年半前所發生的一切。我也會繼續沉默下去。但關於這件事，我不會默不作聲。費狄跟雅思敏要怎麼做是他們的事，是他們的選擇。但我不會對自己經歷過的事情保持沉默。這是我欠派屈克，還有欠我自己的。」

布朗傑利爾斯的臉抽搐了一下，他朝她走了一小步，用比剛剛更嚴厲的眼神望著她的眼睛。

「關於這件事，我強烈建議妳保持沉默。」他緩慢地說。「妳不會想跟我成爲敵人的，相信我。」

她站著，一動不動，眼神堅定不移。

「做你該做的事情吧，」她說。「我也會做我該做的事。」

二〇一五年八月二十四日星期一
瑞典，阿科松德

她們坐在碼頭的遠端，碼頭在刺骨的寒風中顫動。頭頂的天空跟海洋都顯露出石頭般的暗灰色。樹木跟樹叢會再綠上幾個星期，但毫無疑問地，此刻夏天已經結束了。她猛地把防水夾克拉到下巴的地方，然後瞇眼注視著毛毛細雨中的蓋柏拉。

「妳確定要這麼做嗎？」蓋柏拉說。

在回答之前，克拉拉把視線望向眼前的一片灰。一對海鷗流暢地在赫士托上方的天空盤旋。此時此刻，是她兩年以來第一次確定想要做一件事。她把頭轉回去面向蓋柏拉，接著點了點頭。

「對，」她說。「百分之百確定。」

「然後妳不想掛名，也不想被聯絡嗎？妳確定嗎？」

克拉拉平靜地點點頭。

「這不是爲了我自己，」她說。「而且現在的我不適合受到太多關注。我可不是處於什麼超級穩定的狀態。」

她苦笑，同時用手臂環住蓋柏拉。

「此外，妳總是比我會講。是不是啊，夥伴？」

她把頭靠在蓋柏拉的肩膀上。

「最重要的是要揭露出事實，」她說。「讓人們知道國安局的行動有多自私自利。明明可以阻止城郊區的暴動，他們卻眼睜睜看著滋事分子受到鼓舞跟組織。而他們也涉入了歐盟會議開始前，獨立專家受到賄賂的事件。但其他的什麼都別說，別提到雅思敏跟她弟弟。」

蓋柏拉搖了搖頭。

「靠，」她說。「這個醜聞甚至更大，根本過了頭。他們居然可以不用扛責任，媽的也太過分了。」

克拉拉挺起身子，點了點頭。

「但他們活了下來，」她說。「之前其實不確定他們能不能熬過去，尤其是那個弟弟。我們拿自己需要的事情出來講就好。而且那不是我們的故事，我們沒有資格將它分享給大眾。」

「那布朗傑利爾斯呢？」

克拉拉聳聳肩。

「他威脅了我，」她說。「但他又能怎麼做？我想他主要就是講講而已。有時候，你就是得做對的事情，剩下的不要想太多，妳不覺得嗎？」

她起身，望著外面的島嶼。一艘熟悉的小船穿過那一片灰，搖搖晃晃駛來。她感覺自己心跳的節奏開始改變，平靜的感覺在體內擴散開來。這一次說不定能夠順利。

「那就這樣吧，」說出這句話的同時，蓋柏拉也站了起來。「我會在車上聯絡喬治，看他願意幫多少忙。至少當個匿名的消息來源吧，我希望是這樣。然後，我會聯絡報社的朋友，看看要怎麼處理。」

小船此刻很接近碼頭了，克拉拉從舵輪室的窗戶，看到兒時朋友波西那圓圓的頭顱。她抬起一隻手打招呼，準備要跳上船。但她先轉了身，緊緊擁抱蓋柏拉。

「謝謝妳，」她說。「謝謝妳爲我所做的一切。謝謝妳照顧我。」

她感覺到蓋柏拉冰冷的嘴唇貼在自己臉頰上。

「好好照顧自己，」蓋柏拉說。「等知道了更多消息，我會再打給妳，所以電話保持暢通，發布之前都一樣。在那之後，最好就關機。」

克拉拉點點頭。她熟練地一跳，跳到波西那艘老舊小船的甲板上。船隻聞起來有很重的焦油、柴油跟海草的味道。

聞起來就像家的味道。

二〇一五年八月二十六日星期三

紐約，布魯克林

從東河飄進來的微風依舊溫暖，但除此之外又多了些什麼，聞起來就像枯葉的味道，那使得放在The Ides酒吧外邊露台座位上的菜單迎風顫動，使得雅思敏露出來的手臂覺得刺痛。她抬起眼，往外望向曼哈頓那在黃昏時分因金錢和焦慮而閃閃發光的天際線。她只離開了一個星期，但如今她回來了，一切看起來都像新的，只除了許氏父女的信用卡，她用這張卡幫兩人訂了機票，也在威廉斯堡的威思酒店訂了房間。不過等她告訴他們，貝爾格特那個符號沒有什麼能報告的，後頭沒有什麼值得一提後，這張信用卡也將面臨無法繼續使用的局面。

「我發誓，阿雅，」在桌子另一邊的費狄說。「我們真的在過不同的生活。」

他目不轉睛地看著海軍藍天空底下摩天大樓的輪廓，河流對面的燈光及生活令他深深著迷。她看了桌子另一頭的他一眼，心裡覺得就像看到初來乍到的自己。她想用手臂環抱住他，想要維持這個瘋狂的魔法，繼續讓他目眩神迷，讓他覺得一切都有可能。

「我跟你保證，我的生活不像這樣，費狄，」她說。「我跟大衛一起住在皇冠高地一間過度受吹捧的小房子裡。睡在混凝土地面上，他則在我身旁吸毒。完全就不是上等人的生活。」

他點點頭，但幾乎沒有把她的話給聽進去。如今，他們已經來這邊兩天了，從未思考過未來。這兩天以來，由於時差的緣故，他們會在破曉以前就清醒，然後沿著街道跟橋梁散步，同時小心翼翼地再次找回擁有彼此的感覺。有時候，他們完全沒說話，只是在破曉晨光中走在彼此身旁，讓城市在周圍慢慢甦醒，彷彿只要還活著，就已經足夠了。

「即使這樣，」費狄說。「還是跟貝爾格特的生活截然不同。」

夜幕低垂，曼哈頓的燈火在倉庫及藝廊後方的河流上閃爍。此時，雅思敏看見布萊特走出來外面露台這邊。她立刻覺得很焦慮，彷彿胸口有條帶子綁著。

「快點，費狄，」她說。「我要碰面的人來了。是我的上司布萊特。老天啊，一定會很慘。」

費狄在椅子上坐挺，轉身看著他。她把一切都跟費狄說了。包括他們母親如何把符號的照片傳給她，她如何利用那些照片讓許氏父女幫她支付前往斯德哥爾摩的旅費，以及布萊特如何讓這件事情成眞。而現在，她就要背叛他了。

此刻，布萊特已經來到他們桌子旁，一手拿著一個包包，另一手則拿了杯威士忌之類的飲料。他彎身，親了雅思敏的臉頰。

「見到妳眞開心。」他笑著說，一口整齊潔白的牙齒閃閃發亮。

「我也是，」她不怎麼熱情地說。「這是我弟弟，費狄。」

他們握了握手，布萊特在桌邊坐下，拿出電腦。

「第一次來紐約嗎？」他笑著對費狄說。

費狄點點頭。「你怎麼知道？」

布萊特往椅背一靠，喝了一口酒，往外望向曼哈頓的天際線。「你的眼睛，」他說。「依然大得跟餐盤一樣。」

「布萊特，」雅思敏說。「我還是立刻坦承吧。斯德哥爾摩那邊發生了很多怪事。」

她深呼吸了一口氣。該發生的就會發生。她不能告訴他說，那個符號是一間俄國公司創造出來的，目的是要在斯德哥爾摩的城郊區挑起暴動，而她至今仍沒辦法明確知道它的意涵。最好說她什麼也沒發現。是假情報。該發生的就會發生，她得想辦法把欠許氏父女的錢還回去，如果這是他們想要的。費狄還活著，其餘的事都不重要。可是布萊特似乎沒在聽她說話，他忙著在 YouTube 上面搜尋什麼。

「看看這個。」他說，同時將螢幕轉過去，好讓她跟費狄可以看見。

這支影片似乎是在一個類似地下室的地方拍的。一個低沉的低音曲子使得筆電的小小喇叭振動不已，螢幕上，一個男人背對聽眾站著。他穿了件破舊的牛仔褲跟黑色 T 恤，頭上戴著滑雪面罩。單調的低音轉變成低沉又深邃的拍子，一群人把自己在舞台上的身子推起來，然後尖叫，雙手在空中搖擺。節拍停止，一度只聽得見群眾的歡呼聲與尖叫聲。那個地方有種電子氣場，一種威脅著將要轉變成一場暴動的期盼。但就在聽眾情緒爆發並彼此攻擊之前，節奏開始變快，頭戴滑雪面罩的男人轉身，立刻開始用極快速的方式饒舌，但仔細聽的話，會發現他每個咬字都非常清楚。

「這是什麼啊？」雅思敏說。

她聽了幾個小節就瞄了瞄費狄，費狄正在搖頭晃腦。

「這是一種會讓人上癮的節奏。」他說。

那個饒舌歌手很靠近聽眾，有時候會碰觸他們的手，有時候會打他們。他又跳又踢，跳舞，在舞台地板上縮成一團，在聽眾面前拜倒在地。與其說是嘻哈，更像一場龐克音樂會。然後那旋律再次變慢，饒舌歌手暫時立定不動。布萊特把影片暫停，轉頭面向雅思敏。

「看看那件 T 恤。」他說。

雅思敏靠近螢幕。饒舌歌手的 T 恤上，印了一個外面框著五芒星、緊握的拳頭。

「怎麼會……」雅思敏說，同時望向布萊特微笑的臉。

「很巧妙的符號，對吧？」他說。「還有一個棒呆了的饒舌歌手。有點像更年輕、更生氣的阿姆。他叫自己星拳。」

「星拳？」雅思敏說。「就跟那個符號一樣嗎？我什麼都搞不懂了。」

布萊特大笑，同時合上電腦。

「許氏父女關注他很久了。他是巴爾的摩那邊的人，很熱中政治，用匿名的方式表演了幾個月。吉納維芙在 SoundCloud 跟 YouTube 上釋出了好幾首他的歌，但沒有賦予他一個名字。主要就是在搞『無品牌』那套。尤其在巴爾的摩今年春天的暴動以後，他就在某些圈子裡成爲象徵動亂的無名符號。這一切都是吉納維芙的點子，幫對的人用這種方式慢慢炒作。而現在，他已經成爲了一種概念，他們覺得是時候用更傳統的手段來推出他了。這樣的話，他就需要一個名字。還要一種能明確辨識出他的東西。當妳帶著那個符號出現的時候……太完美了，如今那個符號成了他的標誌，或說他成了那個符號的外觀。隨妳怎麼去看都可以。他現在爆紅，很快會變成巨星。他已經接受過 CNN 的採訪，電視節目《Vice》也幫他拍了一支紀錄片。當然，他現在成天穿戴著那件 T 恤跟滑雪面罩。看起來超屌的。」

布萊特對著雅思敏舉杯。

「再也沒有人在乎那個符號是從哪裡來的了，雅思敏。事實上，我們得到的指示是不要去談論這個符號。這個符號如今來自巴爾的摩了。人們開始四處噴出這個符號。星拳，唱片公司愛死他了。這將成爲音樂界衰頹後最大的一個案子。」

布萊特大笑，又喝了一口威士忌。

「我什麼都不懂，」雅思敏說。「這是什麼時候發生的？許氏父女是怎麼想到的？」

「就像我剛剛說的，他們從今年初春就開始跟他合作了，但到最後，一切都進展得很快。」布萊特說。「我發過電子郵件給妳，不是嗎？巴爾的摩跟其他城市的暴動來來回回出現了好一陣子。但聽完我們的推銷話術以後，吉納維芙決定他們終於有東西可以著手了，因此就幫他取名爲星拳，而她是他的官方經紀人。她承諾，如果公關部分交給她負責，就能讓他成爲巨星。當然，收入的四分之一歸她所有。這筆錢不算少，如果妳知道後面有三紙唱片合約，金額總計是一千萬美元的話。而且這還只是預付款而已。」

他停下，伸手去拿包包。

「說到錢，就讓我想起來，」他說。「這些錢是妳的。當然，扣除了我應得的四分之一。這一次，我眞的覺得自己不是白賺的。妳要知道，這筆錢不算多。第一發現人的費用。但我想妳應該會開心。」

他在包包裡找到自己要找的東西，遞給她一張支票，接著就把剩下的酒一飲而盡。

「好啦，孩子們，」他說。「我該走啦。在這兒待個幾晚吧。吉納維芙超級開心，所以她很樂意付帳。這禮拜再找個時間談嗎？我還有幾個工作要給妳。」

他彎下腰，親了雅思敏的臉頰，握了費狄的手，然後就沿桌子跟吧檯中間的路往前走，直到他們再也看不到他爲止。現在又只剩下他們了，只有雅思敏跟費狄，以及難以描述的曼哈頓風光。沒有計畫。

沒有地方可以回去。只有兩個新的生命。只有兩個新的生命，跟一張在初秋風中輕輕飄動，十五萬美元的支票。

致謝

感謝出版者海蓮娜．亞特林、編輯雅各．史維博、經紀人雅絲翠．馮．亞賓．阿蘭德，以及把書讀完後陪我討論，給了我諸多寶貴建議的克莉絲汀．艾德豪；把作品譯成流暢英文的一流譯者莉茲．克拉克．韋索；美國編輯珍妮佛．巴斯面面俱到的評論及所有的支持。

隆德大學中東研究中心的里福．史登堡教授，不僅用有趣的方式跟我聊到伊斯蘭國的激進化，也在相關術語跟阿拉伯文上提供了諸多協助。

感謝位於羅森加德的瓦爾納．雷登小學的八年級學生，讓我有機會在二〇一五的春天跟你們度過一段時光。

還有隆德南部濱海大道區的每一個人。

帶給我友誼的托比亞斯．埃爾伯，感謝他在我還搞不清楚自己的方向前，就讀了最初幾個章節。

感謝帶給我友誼及歡笑的約翰．亞維克；我的手足丹尼爾．桑德；麗莎、米拉跟盧卡斯。沒有你們，我什麼也做不到。

虛構050

背叛的幽靈
ORTEN

作者　約金・桑德 Joakim Zander
譯者　朱浩一

出版者　愛米粒出版有限公司
地址　台北市10445中山北路二段26巷2號2樓
編輯部專線　（02）25622159
傳真　（02）25818761
【如果您對本書或本出版公司有任何意見，歡迎來電】

總編輯　莊靜君
編輯　葉懿慧
企劃　葉怡姍
校對　黃薇霓
印刷　上好印刷股份有限公司
電話　（04）23150280
初版　二〇一七年（民106）五月一日
定價　520元
總經銷　知己圖書股份有限公司　郵政劃撥：15060393
（台北公司）台北市106辛亥路一段30號9樓
電話：（02）23672044／23672047　傳真：（02）23635741
（台中公司）台中市407工業30路1號
電話：（04）23595819　傳真：（04）23595493
法律顧問　陳思成
國際書碼　978-986-93954-6-5　CIP：881.357／106002865

愛米粒出版有限公司
Emily Publishing Company, Ltd.

因為閱讀，我們放膽作夢，恣意飛翔——
成立於2012年8月15日。不設限地引進世界各國的作品，分為「虛構」、「非虛構」、「輕虛構」和「小米粒」系列。
在看書成了非必要奢侈品，文學小說式微的年代，愛米粒堅持出版好看的故事，讓世界多一點想像力，多一點希望。
來自美國、英國、加拿大、澳洲、法國、義大利、墨西哥和日本等國家虛構與非虛構故事，陸續登場。

愛米粒出版
Emily

廣告回信
台北郵局登記證
台北廣字第04474號

平　信

To：愛米粒出版有限公司　收

地址：台北市10445中山區中山北路二段26巷2號2樓

＊請沿虛線剪下，對摺裝訂寄回，謝謝！

當讀者碰上愛米粒

姓名：＿＿＿＿＿＿ □男 / □女　出生年月日：＿＿＿＿

職業 / 學校名稱：＿＿＿＿＿＿

地址：＿＿＿＿＿＿

E-Mail：＿＿＿＿＿＿

＊請沿虛線剪下，對摺裝訂寄回，謝謝！

● 書名：背叛的幽靈

● 您想給這本書幾顆星?

☆☆☆☆☆

● 這本書是在哪裡買的?

a.實體書店 b.網路書店 c.量販店 d. __________

● 是如何知道或發現這本書的?

a.實體書店 b.網路書店 c.愛米粒臉書 d.朋友推薦 e.____________

● 會被這本書給吸引的原因？

a.書名 b.作者 c.主題 d.封面設計 e.文案 f.書評 g.____________

● 對這本書有什麼感想？想對作者或愛米粒說什麼話？

※ 只要填寫回函卡並寄回，就有機會獲得神祕小禮物！

讀者只要留下正確的姓名、E-mail和聯絡地址，
並寄回愛米粒出版社，即可獲得晨星網路書店$30元的購書優惠券。
購書優惠券將mail至您的電子信箱（未填寫完整者恕無贈送！）

得獎名單將公布在愛米粒Emily粉絲頁面，敬請密切注意！
愛米粒Emily: https://www.facebook.com/emilypublishing

愛米粒出版有限公司
Emily Publishing Company, Ltd.